acabus

Erik D. Schulz

Der Weizen gedeiht im Süden

Roman

acabus

Schulz, Erik D.: Der Weizen gedeiht im Süden. Hamburg, acabus Verlag 2020

1. Auflage
ISBN: 978-3-86282-736-7

Dieses Buch ist auch als eBook erhältlich und kann über den Handel oder den Verlag bezogen werden.
ePub-eBook: ISBN 978-3-86282-738-1
PDF-eBook: ISBN 978-3-86282-737-4

Lektorat: Lea Oussalah, acabus Verlag/Dr. Gregor Ohlerich, Freie Lektoren Obst & Ohlerich/Dipl.-Ing. Jonas-Philipp Dallmann, Lektorat Dallmann
Korrektorat: Dmytro Chaplya
Satz: Henry Riedl, acabus Verlag
Cover: © Annelie Lamers, acabus Verlag
Covermotiv: © nouskrabs/stock.adobe.com
Coverhintergrund: © stone36/stock.adobe.com und pixabay.com

Bibliografische Information der Deutschen Nationalbibliothek:
Die Deutsche Nationalbibliothek verzeichnet diese Publikation in der Deutschen Nationalbibliografie; detaillierte bibliografische Daten sind im Internet über http://dnb.d-nb.de abrufbar.

Der acabus Verlag ist ein Imprint der Bedey Media GmbH, Hermannstal 119k, 22119 Hamburg.

---

http://www.acabus-verlag.de
Gedruckt in Europa

TEIL I
DER BUNKER

Kapitel 1

Nach über sieben Monaten im Bunker prägte Routine den Beginn der Nachtschicht. Jürg Amstutz saß mit seinen beiden Kollegen im Kontrollraum vor dem Bedienpult, trank Kaffee und checkte die Monitorwand, über die Flure, Panzertüren, alle betriebswichtigen Räume und das Weizenfeld überwacht wurden. Dunkle Ränder unter seinen Augen verrieten, dass er schon seit etlichen Nächten Dienst schob. Er bereitete seinen Rundgang vor, den einer von ihnen alle zwei Stunden zu absolvieren hatte. Bestimmte Ecken des Objekts projizierte er als Großbild auf den riesigen Bildschirm, zoomte Türen heran und prüfte die Messwerte der Luftzusammensetzung. Nach dieser Vorarbeit stand er auf, rückte sich die Uniform mit dem Tarnaufdruck zurecht, griff ans Holster seiner Waffe und zog die Mütze in die Stirn. Das Firmenlogo des Sicherheitsdienstes prangte in roten Lettern darauf: MPIG, *McPrince International Group* … oder *die Firma*, wie viele Bewohner sie nannten.

Der Kontrollgang begann in der zweiten Etage des dreistöckigen Betonklotzes, den die Firma für zweieinhalb Milliarden Franken ins Felsmassiv des Pischahorns bei Davos getrieben hatte. Der Boden federte bei jedem von Amstutz' Schritten, denn die Fußböden waren zur Kompensation seismischer Schwingungen auf Stahlfedern gelagert. Auch wichtige Geräte hatten die Konstrukteure an Federn aufgehängt, um nach einer Druckwelle ihre Funktion garantieren zu können. Davos war von einem direkten Atomtreffer allerdings verschont geblieben.

Die schlichte Eleganz der Flure erinnerte an ein Luxushotel. Rote Teppiche mit Orientmotiven bedeckten die Böden, die Beleuchtung hinter der Holzverkleidung der Decke spendete warmes Licht, und selbst die tragenden Pfeiler waren mit Designelementen verkleidet. An den weißen Wänden hingen Monitore, die Fenster suggerierten. Der Tageszeit angepasst zeigten sie das majestätische Panorama der Alpen oder das nächtlich beleuchtete Davos – ein Davos, das so nicht mehr existierte.

An mehreren Stellen des Bunkers hatte es ungeachtet dieser architektonischen Beruhigungen nach dem Verschluss »Vorkommnisse« gegeben. Vor allem in den ersten Wochen hatten sich einige Bewohner aufgeführt wie vor der Aufnahme in die Psychiatrie. Sie waren fest davon überzeugt gewesen, es nicht einen Moment länger im Berg aushalten zu können, und mussten mit Zwangsmaßnahmen und Psychopharmaka ruhiggestellt werden. Inzwischen hatten sich die meisten an die Hermetik des Bunkerlebens angepasst, und seit Monaten unterbrach kaum noch ein Zwischenfall den öden Trott des Nachtdienstes.

Amstutz schritt vorbei an der abgeriegelten Firmenzentrale, an Büros, Computerräumen und Wohnbereichen. Er wusste, dass fast die Hälfte von ihnen leer stand. Dann stieg er hinauf zum Obergeschoss, wo sein Weg ihn an dem gigantischen Eingangstor vorbeiführte, der größten Lücke in der Betonfestung. Hinter ihm begann der 300 Meter lange Zugangsstollen. Ratten hatten im ersten Monat in dem verwinkelten Tunnel vor den Druckschleusen und Dekontaminationsduschen einen Großalarm ausgelöst. Mittlerweile waren die Tiere in der Kälte verendet.

Seit dem erfolgreich abgewehrten Angriff einer Bande von Plünderern kurz nach der Verriegelung waren die größten Risiken die Bewohner selbst. Im Obergeschoss hatte in der dritten Verschlusswoche ein auf einem Toaster abgestellter Plastikbecher einen Brand verursacht. Das Feuer hatte eine Wohneinheit zerstört und eine mehrtägige Evakuierung der halben Etage notwendig gemacht. Wie auf einem U-Boot hatte der gesamte Bereich vom Rest des Bunkers durch Schotten abgetrennt werden müssen.

Überall zwischen Wohn- und Arbeitsräumen, Kantine, Küche und medizinischem Komplex stieß Amstutz auf Schilder mit der Aufschrift *Bitte Ruhe* – und draußen vor den meterdicken Betonwänden lag Europa begraben unter Schutt, Asche und Eis.

Während er die steilen Metalltreppen in das Untergeschoss hinabstieg, zog er die Taschenlampe aus dem Gürtel und atmete durch. Die dritte und tiefste Etage gehörte der Technik. Neben der Brunnenanlage mit den Wassertanks befand sich hier die Energieversorgung, bestehend aus vier Schiffsdieseln und zwei Mini-Atomkraftwerken der Firma *Gen4 Energy*. Es herrschte beklemmende Enge, und trotz der Klimatisierung war die Luft stickig. Ventilatoren, Pumpen und Apparaturen brummten und ratterten auf unangenehme Weise.

Amstutz arbeitete sich zur Treppe auf der anderen Seite vor, prüfte Druckwerte, las Messgeräte ab und protokollierte alles. Dann passierte er den schmalen Durchgang zwischen den Wassertanks, ohne deren Inhalt das Leben im Bunker rasch erstorben wäre. Hier gab es unübersichtliche Ecken, die er ausleuchten und kontrollieren musste. Auffälligkeiten fand er keine.

Als er wieder zum Kontrollraum hinaufsteigen wollte, bemerkte er unweit vom Fuß der Treppe an einem Tank ein Bündel. Es sah im Halbdunkel aus wie ein Wäschesack, den jemand dort vergessen hatte. Er richtete den Leuchtkegel darauf, der unvermittelt auf einen leblosen Körper traf, unter dem sich eine Blutlache gebildet hatte. Amstutz keuchte und riss die Augen auf.

Nach einem Moment der Starre zog er seine Waffe und zielte in Gänge und Winkel. Nichts. Schließlich näherte er sich vorsichtig dem Toten. Er zitterte, und Schweißperlen traten ihm auf die Stirn, denn er war kein Söldner wie andere in der Firma, denen oft der Tod begegnete.

Das Licht der Taschenlampe fand ein blutverkrustetes, männliches Gesicht. Der rechte Wangenknochen stand heraus, das Fleisch darüber war zerfetzt. Am Kinn verlief eine klaffende Wunde. Knochenstücke zeugten von einer zersprungenen Schädeldecke. Amstutz überwand sich und betastete die Halsschlagader. Nichts, kein Puls. Er blickte an dem Toten hinab. Das rechte Bein sah unnatürlich nach außen verdreht aus, die Hose triefte vor Blut.

Anhand des Namensschildes, das alle Angestellten am Revers trugen, konnte Amstutz den Mann identifizieren: Leandro Turtschi, Technischer Leiter der Wasserversorgung. Zwischen dem Blut erkannte er jetzt auch Turtschis zerzaustes graues Haar und dessen unverwechselbare Aknenarbe.

Turtschi, der ehemalige Chef der Wasserwerke von Zürich, dessen Fachkenntnisse im Bunker von allen geschätzt wurden. Turtschi, der Tüftler mit dem Spitznamen *Wasser-Nerd.* Er hatte ein brutales Ende gefunden.

Amstutz bebte. Er umklammerte den Griff der Taschenlampe, ging in die Hocke und kratzte sich geistesabwesend mit seinen blutigen Fingern den Nacken. Dann nestelte er das Funkgerät hervor und verständigte seinen Vorgesetzten, Marius Haemmerli, den Leiter der Sicherheitsbrigade. Und anschließend auch noch, weil ihm das nicht genug schien, Bunkerchef Fabio Wiegele.

Zuerst traf Haemmerli am Unglücksort ein. Er war es gewohnt, um halb drei Uhr morgens aufzuspringen. Vor dem Krieg hatte der Mittdreißiger als Milizkommandant bei den Fallschirmaufklärern der Kompanie 17 gedient, einer Schweizer

Eliteeinheit. Später war er Berater in Wiegeles privater Militärfirma geworden und hatte am Sicherheitskonzept des Bunkers mitgearbeitet.

Einen Augenblick lang verharrte Haemmerli vor dem Toten wie gelähmt und mit heruntergeklapptem Kinn. Das Entsetzen stand ihm im Gesicht. Er fuhr sich durch sein kurzes, schütteres Haar.

»Nichts berühren! Alles kann von Bedeutung sein!« Als er die blutigen Hände des Wachmanns bemerkte, verzog er den Mund und rollte mit den Augen. »Wie sehen Sie denn aus, Amstutz? Es macht den Anschein, Sie hätten Turtschi erschlagen, oddr.«

»Ich? Nein, ich hab doch nur den Puls tasten und nachschauen wollen, ob er noch am Leben ist«, rechtfertigte Amstutz sich. Er sah auf seine Hände und begriff, in welcher Lage er sich befand. »Nein, Herr Kommandant, oh nein, ich …«

»Schon gut«, unterbrach Haemmerli ihn schroff. »Mir ist klar, dass Sie das nicht gewesen sind.« Er holte sein Smartphone aus der Tasche und fotografierte den Toten und die Umgebung. Um seinen Mund bildeten sich Falten.

Während Haemmerli die Fotos mit Notizen versah, vibrierte die Stahltreppe. Wiegele näherte sich. Seine festen Schritte verrieten Durchsetzungsvermögen. Wenn er einen Raum betrat, umgab ihn eine Aura von Macht und Autorität, und jeder respektierte seine Talente und Führungsqualitäten. Er besaß die Fähigkeit, Menschen für seine Ziele zu gewinnen. Als Schweizer Chef der *McPrince International Group* war er für den Bau des Bunkers verantwortlich gewesen.

»Sonderlich freuen tue ich mich nicht auf den Anblick, das kann ich wirklich nicht behaupten.«

Wiegele trat aus dem Halbdunkel des Treppenschachts ins Neonlicht, ein attraktiver Mann Anfang vierzig, hochgewachsen, breite Schultern. Sein von einem Vollbart gerahmter Mund war schmallippig, seine kurzen Haare vorzeitig ergraut.

»Großer Gott!«, brachte er hervor, als er die blutüberströmte Leiche sah. »Das war wohl nicht sein Tag heute.«

»Nein, das hat sich Turtschi gewiss anders vorgestellt«, bestätigte Haemmerli spitz.

Ein paar Sekunden standen die drei Männer reglos da und blickten auf den Leichnam. Nur die Pumpen brummten, und das Wasser in den Tanks zischte und gluckerte.

»Ist wohl die Treppe runtergestürzt, was«, mutmaßte Wiegele. »Das sollten wir gleich checken.«

»Ja, das müssen wir genau untersuchen«, antwortete Haemmerli gepresst. »Die Verletzungen passen nicht zu einem Treppensturz, sind viel zu arg. Da brechen nicht gleich reihenweise die Knochen.«

Ein unangenehmer Zug glitt über Wiegeles Gesicht. »Das waren immerhin vier Meter. Wollen wir uns nicht erst die Treppe und die Videoaufzeichnungen ansehen, bevor wir Verschwörungstheorien konstruieren?« Er schob die Männer beiseite, nahm Haemmerlis Taschenlampe und inspizierte die ersten Stufen.

»Hatte sein Leben lang nichts als Wasser im Sinn«, bemerkte Wiegele, »und jetzt liegt er begraben unter einem beschissenen Wassertank. Irgendwie ärgert mich das. Dass sich die Dinge nie so entwickeln, wie man es erwartet. Immer ist irgendein Mist. Da investierst du Milliarden, und dann fällt dir der Wasserexperte die Treppe runter.«

Haemmerlis Gesicht verzog sich, er ballte die Fäuste und folgte Wiegele mit düsterem Blick. »Er ist noch warm«, erklärte er nüchtern.

»Ja, ja, ich weiß.« Ohne eine Miene zu verziehen, suchte Wiegele nach Spuren. »Hier, sehen Sie sich das an!«, rief er. »Überall klebt Blut. Da oben auch. Und hier, sehen Sie nur!«

Tatsächlich war die Treppe an mehreren Stellen mit roten Flecken besudelt.

»Holen Sie Ihre Kamera raus, Haemmerli, und schießen Sie Fotos zur Dokumentation! Ist Ihnen jetzt klar, dass Turtschi die Treppe runtergestürzt ist?«

»Nein, bisher ist mir überhaupt nichts klar. Hier gibt es definitiv mehrere Möglichkeiten.«

»Ja, klar«, spöttelte Wiegele, »wahrscheinlich hat ihn jemand erschlagen und dann unter den Tank gelegt.«

Haemmerlis Wangen bekamen rote Flecken, und sein Blick wurde hart.

»Tun Sie, was notwendig ist«, sagte Wiegele energisch. »Nehmen Sie Fingerabdrücke, führen Sie Verhöre, setzen Sie Verdächtige fest, wenn Sie meinen. Aber ich sehe mir jetzt die verdammten Videos an.«

Beim Hinaufgehen zum Kontrollraum fragte er Amstutz: »Haben Sie vor Ihrem Rundgang irgendwas auf den Monitoren bemerkt?« Seine Stimme klang scharf.

»Nein, nichts. Keiner von uns.«

»Sie und Ihre Kollegen sollen sich eben während des Dienstes nicht zukiffen und einen runterholen! Wozu habe ich überall die Scheißkameras anbringen lassen!«

In der zweiten Etage empfing sie eine angenehme Atmosphäre, warmes Licht und sanfte Farben. Als die Männer an einer Toilette vorbeikamen, wies Haemmerli Amstutz an, sich zu waschen.

»Wir sollten ihn obduzieren lassen«, meinte Haemmerli, nachdem Amstutz verschwunden war.

»Von wem denn?«, entgegnete Wiegele. »Von unserem zartbesaiteten Doktor Bertram, dem Psychiater?«

»Vielleicht von Isler. Der ist Chirurg.«

»Hören Sie, der ist für eine Obduktion ebenso wenig qualifiziert wie ich.« Wiegele fasste sich ans Kinn, sah sich um und senkte die Stimme. »Ich halte das nach dem bisherigen Stand der Dinge ohnehin für überflüssig.«

»Ich nicht.«

»Fragen wir die Kameras. Die werden Sicherheit bringen«, bestimmte Wiegele. »Und anschließend schaffen Sie die Leiche zum Eingang, noch heute Nacht! Ich will hier kein Aufsehen. Später können Sie ihn immer noch obduzieren. Da draußen wird er tiefgefroren. Besser, als wenn wir ihn von einem Dilettanten auseinanderfleddern lassen.«

»Sie wollen ihn einfach so auf Eis legen, ohne Untersuchung?«

»Genau so ist es.«

Widerstand gegen Wiegele war zwecklos, wusste Haemmerli. Nicht zufällig wurde er hinter vorgehaltener Hand *Diktator* genannt.

Nachdem Amstutz sich gewaschen hatte, ging die Gruppe zum Kontrollraum. Wiegele setzte die anderen beiden Wachmänner mit knappen Worten vom Tod Turtschis in Kenntnis.

»Hätten Sie vielleicht 'ne Cola für mich?«, fragte er, fläzte sich auf einen Stuhl und verschränkte die Hände im Nacken. »Und nun los, die Videos auf den Schirm! Erst den Flur vor Turtschis Wohneinheit im Zweiten, dann der Abzweig zur Treppe nach unten und natürlich die Ecken im Untergeschoss, wo es passiert ist.«

»Und ab wann?«, fragte Amstutz.

Wiegele nahm einen Schluck Cola. »Tja, ab wann … Was weiß ich. Was meinen Sie, Haemmerli?«

»Ich bin zwar kein Experte, aber der Körper war schon etwas abgekühlt. Erste Totenflecken gab's auch schon. Alles in allem würde ich sagen, ab eins.«

Sie prüften das Videomaterial. Rasch kamen sie zu der Stelle, an der der Techniker sein Zimmer verließ, als bräche er zur Arbeit auf. Mühelos konnten sie ihm bis zur Treppe folgen, laut Zeiteinblendung um 1:13 Uhr.

»Sehen Sie, Haemmerli, das ist eindeutig«, bemerkte Wiegele. »Mal schauen, was jetzt kommt.« Angespannt blickte er auf den Bildschirm.

Da der Abzweig im zweiten Geschoss T-förmig endete, gab es an dieser Stelle einen toten Winkel. Der Treppensturz blieb der Kamera verborgen. Haemmerli verschränkte die Arme vor der Brust und sah aus schmalen Augen auf den Monitor. Die vom Schock der Nachricht gezeichneten Wachmänner verfolgten, wie Wiegele die Untergeschosskamera heranzoomte. Das Licht warf lange Schatten zwischen den Tanks. An der Treppe war kaum mehr zu erkennen als ein Schemen. Der obere Teil blieb komplett im Verborgenen; man sah nur, wie ein unförmiger Körper herabstürzte, zweimal aufschlug, taumelte und reglos unter dem Tank zum Liegen kam.

Wiegele ließ die Sequenz vor- und zurücklaufen, drosselte die Geschwindigkeit, veränderte Kontrast und Helligkeit, doch die Bildqualität verbesserte sich kaum, und der Kameraausschnitt blieb derselbe. Nach der siebten Wiederholung wandten die Wachmänner sich ab.

»Das reicht wohl fürs Erste«, sagte Haemmerli.

»Ja …« Wie aus einem Bann schreckte Wiegele hoch und stand auf. »Gut, ich haue mich jetzt wieder hin. Sie erledigen hier den Rest. So ein Scheiß, die Nacht ist gelaufen.«

Damit verschwand er.

Mit versteinerter Miene blickte ihm Haemmerli hinterher. Dann goss er sich Kaffee aus einer Thermoskanne ein. Er trank in kleinen Schlucken und biss sich auf die Unterlippe. Nach einer Weile setzte er sich wieder zu den Männern.

»Welchen Grund mag Turtschi wohl gehabt haben, mitten in der Nacht aufzustehen und nach den Tanks zu sehen? Hatte er einen Albtraum, dass jemand seine Brunnen vergiftet?«

»Weiß nicht, Herr Kommandant«, antwortete ein Wachmann. »Ist aber schon sehr eindrücklich, so mitten in der Nacht.«

»Ja, gewiss, sehr eindrücklich«, bestätigte Haemmerli und massierte sich ein Ohrläppchen. »Wissen Sie was«, sagte er und drehte sich dem Bedienpult zu, »ich sehe mir das hier mal genauer an. Sie, Amstutz, gehen derweil mit einer Begleitung nach unten und decken Turtschi zu. Sofort, damit nicht noch jemand über ihn fällt.«

»Jawohl, Herr Kommandant!« Man sah Amstutz an, dass er auf die Aufgabe gern verzichtet hätte.

»Und noch was: Besorgen Sie Putzmittel, und kümmern Sie sich darum, dass die Schweinerei in Ordnung kommt. Danach holen Sie eine Trage aus dem OP, ziehen sich einen Mantel über und rufen mich an. Wir bringen die Leiche dann gemeinsam zur Scheune.«

In der nächsten halben Stunde bearbeitete Haemmerli die Tastatur, holte verschiedene Kameras auf den Schirm, verglich Zeiten und scrollte vor und zurück. Neue Erkenntnisse gewann er dabei nicht. Erst nach der zehnten Wiederholung wurde er an der Stelle stutzig, als Turtschi im Flur den Abzweig zur Treppe ins Untergeschoss nahm: Er hob leicht den Kopf, nickte, als grüße er jemanden. Da er nur von hinten zu erkennen war, ließ sich das jedoch nicht mit Sicherheit sagen.

»Wo ist der andere?«, fragte sich Haemmerli.

Doch so sehr er auch die Umgebung absuchte, andere Kameras aufrief – der Unbekannte, den Turtschi scheinbar gegrüßt hatte, blieb verborgen.

Plötzlich bemerkte Haemmerli an der Wand gegenüber für Sekundenbruchteile einen kleinen, verschwommenen Abschnitt neben dem Schatten Turtschis. Eine Störung, eine Interferenz? Er riss die Augen auf und zoomte heran. Die diffuse Stelle war exakt jene, an der der ominöse Unsichtbare einen Schatten hätte werfen müssen.

»Mein Gott!«, flüsterte er bestürzt.

Das Telefon klingelte, die Wachleute hatten ihre Aufgaben erledigt. Haemmerli ging in sein Zimmer und zog sich einen gefütterten Armeeparka über. Er nahm eine Kunstrose aus der Vase und steckte sie in die Innentasche. Dann stieg er ins Untergeschoss.

Der Fundort war professionell gesäubert worden. Auf den ersten Blick war kein Blut mehr zu sehen. Turtschi lag auf einer rollbaren Trage, gehüllt in eine Armeedecke, seine Füße steckten in einer sackartigen Tasche. Die an den Seiten befestigten Planen hatten die Wachleute über dem Toten zusammengeschlagen, Gurte sicherten ihn gegen das Herausrutschen.

Schweigend schoben die Männer die Leiche zum Lastenaufzug. Turtschi hatte im Bunker keine Freunde gehabt, war ein Einzelgänger gewesen. Seine Verwandten waren, wie die der meisten anderen Bewohner, draußen geblieben.

Haemmerlis Chipkarte, die mit hohen Privilegien ausgestattet war, öffnete die Aufzugstür. Schilder warnten: *Im Havariefall nicht betreten! Personenbeförderung verboten!*

Sie erreichten die obere Etage, verließen den Fahrstuhl und brachten den Toten zum Eingangstor, das einer mächtigen Tresortür glich. Haemmerli drückte einen Code, und langsam, mit der Kraft einer Hydraulik, öffnete es sich. Nachdem sie die Druckschleusen und den Ganzkörpermonitor passiert hatten, befanden sie sich im Zugangsstollen. Der helle Beton und die Beleuchtung hinter Glaselementen erinnerten an einen Autobahntunnel. Ein Shuttle von der Größe eines Kleinbusses mit Elektroantrieb stand bereit, in das sie die Trage hievten.

Die Fahrt zum Eingang dauerte vier Minuten. Die Strecke war unterbrochen von scharfen Kurven, deren Sinn es war, Druckwellen einer Explosion zu brechen. Der Stollen mündete in ein gepanzertes Gebäude, das halb aus dem Berg ragte. Von außen war es getarnt als primitive Holzscheune, die in einem verschwiegenen Waldstück an der Flüelapassstraße stand. Die Straße führte von Davos im Landwassertal auf über 2000 Meter Höhe nach Susch im Unterengadin.

Die sorgfältige Tarnung hatte den Angriff von Plünderern nicht verhindern können. Einschüsse und Manipulationsspuren am Metalltor der Scheune zeugten von einem erbitterten Gefecht. Seitdem war es den Bunkerbewohnern bei Strafe verboten, sich dem Eingangsbereich zu nähern. Jedes Eindringen von Feinden oder von radioaktiv verseuchtem Material sollte so verhindert werden.

Sie erreichten die Sicherheitsschleusen. Bei der Ankunft hatten sich hier alle Zugangsberechtigten einem Iris-Scan unterziehen und eine PIN-Identifizierung durchführen müssen. Den Code hatten die Käufer eines Platzes vor dem Krieg erhalten.

In einem Seitengelass gab es eine Kühlkammer für Leichen. Die Energieversorgung war abgestellt, denn der nukleare Winter sorgte für durchgängige Temperaturen unter minus zwanzig Grad. In der Kammer lagen die Leiche einer an Lungenentzündung verstorbenen Frau und eines saudischen Unternehmers, der zwei Wochen nach Verschluss einem Herzinfarkt erlegen war. Die Todesursache von Jürgen Thiele, einem Unternehmer aus Düsseldorf, hatte nicht eindeutig geklärt werden können. Eines Morgens hatte er tot in seinem Bett gelegen.

Haemmerli öffnete die Metalltür, weiß gekachelte Wände wurden sichtbar. Der Atem der Männer kondensierte zu Nebel, und die Kälte trieb ihnen Tränen in die Augen.

»Warum muss sich so etwas unter so unwürdigen Umständen abspielen?«, fragte Haemmerli.

Amstutz nickte, seine Lippen zitterten.

»Ich spreche noch ein paar Worte, damit das hier wenigstens mit einem kleinen Rest Würde endet.«

Haemmerli öffnete eine Kühlzelle, zog einen Hubwagen heraus und wies die Männer an, Turtschi von der Trage auf die Wanne umzulagern. An einigen Stellen war Blut in die Armeedecke gesickert.

»Allmächtiger Gott, du bist Vergangenheit, Gegenwart und Zukunft. In deine Arme legen wir Leandro Turtschi. Wir erwarten nicht, dass du unsere Fragen beantwortest. Wir können nichts mehr tun für Leandro Turtschi. Uns bleibt nur die Hoffnung, dass du für ihn da bist. Dass du deine Arme weit öffnest, für ihn bald eine würdigere Ruhestätte findest und rufst: ›Komm wieder, Menschenkind!‹ Amen.«

»Amen«, antworteten die Wachmänner im Chor.

Haemmerli zog die Kunstrose aus der Innentasche seines Parkas, legte sie dem Verstorbenen auf die Brust und schob die Wanne in die Kühlzelle.

Kapitel 2

Oliver Bertram schlief schlecht. Das lag an den Erwartungen an ihn, mit denen er schwer zurechtkam. Ständig schwirrten Probleme und Sorgen durch sein Hirn.

Er trug die Verantwortung für das Gewächshaus und den Weizenanbau, der für die nächsten Monate oder sogar Jahre einen wichtigen Teil der Lebensgrundlage für 300 Menschen bildete. Seine Kenntnisse in Agrarwissenschaft halfen ihm dabei, aber auf sich gestellt den richtigen PH-Wert des Bodens zu finden, ihn angemessen zu bewässern und zu düngen, die Beleuchtung optimal einzustellen, Schädlingsbefall zu verhindern und die ökonomischste Saatstärke zu ermitteln, all dies waren komplexe Aufgaben.

Erst in den frühen Morgenstunden döste Oliver ein und begann zu träumen, einen in Facetten oft wiederkehrenden Traum. Er saß auf der Terrasse eines französischen Restaurants in Berlin und wartete in der Abendsonne auf seine Frau. Nach einer Weile kam Michelle. Sie gab ihm einen Kuss und sah hinreißend aus, eine zarte, blonde Schönheit. Sie stießen an mit Crémant Rosé. Glückliche Momente ihrer gemeinsamen Zeit zogen vorbei. Er trug Michelle auf den Schultern durchs Grün der schottischen Lowlands … eine erotische Begegnung am Rande einer Party während ihrer Studentenjahre … eine Schifffahrt auf dem Sankt-Lorenz-Strom in Kanada … ein Sonnenuntergang auf ihrem Wassergrundstück bei Berlin … Und dann saßen sie wieder auf der Restaurantterrasse, aßen und tranken. Michelle sagte etwas zu ihm, doch er verstand sie nicht.

Als er aufwachte, fühlte Oliver sich zerschlagen. Montagmorgen. Ein paar Minuten wälzte er sich im Bett und vergrub das Gesicht im Kissen, bevor er langsam die Augen öffnete. Auf dem Nachttisch stand ein Foto von der Frau, von der er soeben geträumt hatte: die langen blonden Haare, der schön geschwungene Mund mit den blutroten Lippen, die leuchtend grünen Augen, ein strahlendes Lachen.

Jeden Tag machte Oliver sich Vorwürfe, dass er Michelle nicht entschlossener gedrängt hatte, ihre Dienstreise nach Brasilien abzusagen. Sie hatte dort als Onkologie-Professorin ein Studienzentrum in Barretos betreut. Bis zum Schluss hatte sie auf eine diplomatische Lösung der USA-China-Krise vertraut. Die meisten Menschen hatten damals gehofft, dass die politische Lage sich beruhigen, alles in gewohnte Bahnen zurückkehren würde. Zwei Tage vor den ersten Bomben war Oliver mit Annabel, seiner Tochter, in den Bunker geflohen. Von Michelle hatte er nie wieder etwas gehört.

Oliver setzte sich auf mit einem langgezogenen Stöhnen, stützte das Gesicht in die Hände und sah sich um. Zusammen mit Annabel bewohnte er ein Zimmer im Obergeschoss, schmucklos, funktional. Hinter einer glänzenden Holzwand verbargen sich Einbauschränke. Eine Marmorablage teilte die zweiundvierzig Quadratmeter in einen Bereich für ihn und Annabel. Es gab eine kleine Küchenzeile, ein weißes Sofa und einen Schreibtisch.

Er stand auf und schlurfte zur Außenwand aus Sichtbeton, um den Vorhang aufzuziehen. Der Bildschirm, der ein Fenster vortäuschte, zeigte die Berglandschaft im Morgengrauen. Die Sehnsucht, ein richtiges Fenster zu öffnen und frische Luft zu atmen, wuchs kurz ins Schmerzhafte. Dann schob er sie weg.

Wie jeden Montagabend stand der Jour fixe mit Fabio Wiegele an. Sie spielten zusammen Tischtennis, gingen an die Bar im Casino oder hörten Musik in Wiegeles luxuriösem Appartement. Das verband sie, doch von Freundschaft hätte Oliver kaum gesprochen, eher von Bekanntschaft. Zu groß war das Spannungsfeld zwischen kumpelhafter Nähe und plötzlich autoritärem Gebaren. Für eine echte Freundschaft fehlte Wiegele die Fähigkeit, Kritik anzunehmen, einen Spiegel vorgehalten zu bekommen. Je länger Oliver den Bunkerchef kannte, umso mehr wuchs seine Gewissheit, dass etwas mit ihm nicht stimmte. War es eine Profilneurose oder doch eine gefährliche soziopathische Prägung, tief eingegraben in seine Persönlichkeit? Trotz seiner psychiatrischen Fachkenntnisse vermochte Oliver den beunruhigenden Kern dieses Mannes bisher nicht freizulegen.

Er knipste die Stehlampe an und sah nach Annabel. Sie schlief noch. Ihre Füße lugten unter der Decke hervor, ihre langen rotbraunen Haare breiteten sich wie Strahlen auf dem Kissen aus. Mit 14 ein so langer Schlacks, dachte er zärtlich.

Er zündete ein Teelicht an und stellte es in den Leuchtturm auf ihrem Nachttisch. Sie liebte dieses Souvenir aus Keramik, das sie sich während eines Urlaubs an der Ostsee gekauft hatte. Schon in Berlin hatte der Turm immer neben ihr auf dem Schreibtisch leuchten müssen, beim Fernsehen oder am Bett – ein richtiger Spleen. Er streichelte über ihr Haar und gab ihr einen Kuss, woraufhin sie sich räkelte und murrte.

Vater und Tochter frühstückten an einem kleinen Tisch neben der Küchenzeile.

»Was liegt bei dir heute an?«, fragte Oliver.

»Wir schreiben in Bio einen Test über das Auge. Soll ich dir was darüber erzählen?«

»Sicher. Immerhin erwarte ich von einer Medizinertochter in Bio eine Eins.«

»Immer diese Erwartungshaltung.« Annabel stöhne theatralisch, dann erklärte sie ihrem Vater das Zusammenspiel der verschiedenen Elemente des Auges: Glaskörper, Iris, Pupille, Netzhaut, Zonulafasern, Ziliarkörper …

»Perfekt!«, lobte Oliver. »Du wirst das schon machen, sehe ich.«

Annabel war überdurchschnittlich intelligent, ihr Hunger nach Wissen erstaunlich. Ihr erklärtes Ziel war es, Ärztin zu werden. Universitäten gab es nicht mehr, doch irgendwie würde sie ihren Traum schon verwirklichen. Ganz die Mama, dachte Oliver.

Ohne Appetit aß er sein Rührei aus Pulver. Er sehnte sich nach frischen Eiern aus dem Bioladen, nach sonnengereiftem Frischobst, nach warmen, knusprigen Brötchen.

»Und was liegt bei dir an, Paps?«

»Ach, ich sehe mal nach meinen Halmen, ob sie strammstehen und gedeihen. Dann mache ich meine Analysen im Labor. Noch einen Ernteausfall kann ich mir nicht leisten.«

Die erste Weizenernte war deutlich hinter den Erwartungen zurückgeblieben, was einen Wutausbruch Wiegeles zur Folge gehabt hatte. Er hatte ihm gedroht, ihn vor die Tür zu setzen, wenn sich so ein »beschissener Dilettantismus« wiederholen würde.

»Du wirst das schon machen, Paps.«

Gemeinsam verließen sie die Wohnung. Annabel trug ein bedrucktes, den Bauchnabel freilassendes Top, das sie selbst geschneidert hatte, darüber eine Fellweste und ein kurzes schwarzes Kleid. Manchmal fand Oliver ihr Outfit zu gewagt, vor allem, wenn es zu sehr ihre sich bereits entwickelnden Reize betonte. Ihn beunruhigten die Blicke, die manche Männer ihr nachwarfen.

Der Unterricht fand in Gruppen zu je sechs Kindern statt. In ihrer Klasse hatte Annabel sich mit Christian Simpkins angefreundet, den sie um den Finger wickelte. Er war häufig bei den Bertrams zu Besuch, um seinen streitenden Eltern aus dem Weg zu gehen. Annabel tanzte mit ihm Streetdance, veranstaltete allen möglichen Blödsinn, und die beiden erledigten zusammen ihre Hausaufgaben – in dieser Rangfolge. Christian half Annabel über den Verlust ihrer Freundinnen hinweg. Auch die sozialen Netzwerke und das Shopping vermisste sie.

Nachdem Oliver sich vor den Schulräumen im zweiten Stock von seiner Tochter verabschiedet hatte, stieg er hinunter in die Techniketage, wo sich die Gewächshäuser befanden. Von einem zwanzig Meter langen Tunnel zweigten drei Höhlen ab, die separat vom Bunker in den Fels gemeißelt waren. Über die Hälfte der Fläche nahm das Weizenfeld ein, ein Bereich war mit Kartoffeln bepflanzt und der kleinste mit Obst und Gemüse. Die 25000 Quadratmeter messenden Areale entsprachen der Größe aller drei Etagen des Bunkers. Obwohl nur 300 der insgesamt 500 Plätze belegt waren, reichte die nutzbare Fläche nicht für eine autarke Versorgung. Sie diente zur Ergänzung der Konserven- und Tiefkühlvorräte.

Der Agraringenieur, der das Gewächshaus hätte leiten sollen, hatte es nicht rechtzeitig in den Berg geschafft. Für ihn wie für 200 andere Inhaber eines Bunkerplatzes war der Emergency Call zu spät gekommen. Oliver hatte seinen Posten bekommen, weil er im Sudan ein halbes Jahr an einem Joint Venture zwischen der Firma seines Vaters und einem chinesischen Unternehmen mitgewirkt hatte, konkret bei der Optimierung des Insektizideinsatzes beim Weizenanbau. Dieser Job war die beste Therapie seiner Burn-Out-Depression gewesen, die er in der psychiatrischen Klinik erlitten hatte. Damals musste er dringend raus aus dem stressigen Alltag, sonst wäre er womöglich als Patient in der eigenen Klinik gelandet. Seitdem hatte er aufgrund von Versagensängsten nie wieder als Psychiater gearbeitet.

Ihn erfüllte die Aufgabe im Gewächshaus mit Stolz und Genugtuung, und sie bewahrte ihn vor Langeweile. Andererseits rief sie ein latentes Gefühl von Überforderung hervor.

Neben der Verantwortung für die Erträge hatte er den Hut für zwölf Mitarbeiter auf, Firmenangestellte und Freiwillige, die sich von der Ödnis des Bunkeralltags ablenken wollten. Auf seine Anweisungen hin pflügten, säten, jäteten und ernteten sie, bedienten den kleinen Mähdrescher und regulierten das ausgeklügelte Bewässerungssystem und die High-End-Beleuchtung.

Oliver betrat den mächtigen Stollen, warf einen kurzen Blick hinauf zu den taghellen Lampen an der Decke und begutachtete den Acker. Der Weizen bildete erste Ähren aus. Bald würde die Ernte anstehen. Die Mühe hatte sich gelohnt. Als er mit einem Handbohrstock in den Boden stechen wollte, stand plötzlich Haemmerli neben ihm und legte ihm eine Hand auf die Schulter.

»Verdammt, Marius, hast du mich erschreckt!«

»Unbemerkt anpirschen gehört zu meinem Geschäft«, sagte Haemmerli grinsend, seine Augen aber blickten ernst. »Sorgst für frisches Brot, oddr?«

»Ja, gebe mir Mühe. In drei Wochen ist Ernte.«

»Mein Gott, was ist langweiliger als Landwirtschaft?« Der flache Witz täuschte nicht über Haemmerlis Anspannung hinweg.

»Du besuchst mich doch sonst nicht auf dem Feld.« Oliver rammte den Bohrstock in den Boden. »Also, was hast du auf dem Herzen?«

»Bist du sicher, dass sich nicht Big Brother hinter einem deiner Halme versteckt?« Haemmerli nestelte am Kragen seiner Uniform herum, zog die Augenbrauen zusammen und spähte über das Feld. »Ich hab dir was Wichtiges zu sagen.«

»Was ist los?«, fragte Oliver besorgt. Da Haemmerli ihn nicht ansah, sondern nervös die Höhle absuchte, schob er nach: »Wenn wir leise reden, hört uns kein Mensch.«

»Turtschi ist gestern Nacht aufgefunden worden. Tot!« Die Nachricht brachte Haemmerli langsam und so besorgt hervor, wie Oliver es noch nie bei ihm erlebt hatte.

»Großer Gott! Wie …«

»Er ist die Treppe zum Untergeschoss runtergestürzt und hat sich dabei den Schädel aufgeschlagen.«

»Was? Und war gleich tot?« Hitze stieg in Oliver auf.

»Na ja, Wiegele meint, so ist es gewesen«, sagte Haemmerli. »Turtschi hat eben einen kleinen Unfall gehabt … Alles ganz eindeutig, oddr? Ein Mann rauscht die Treppe herunter, bricht sich den Schädel, der Mann ist tot und damit basta. Keine Untersuchung, Fall abgeschlossen.«

Oliver beschlich die dunkle Ahnung, dass sich das monotone Leben im Luxuskäfig ab sofort grundlegend ändern würde. Auf einmal hatte er das Gefühl, als verwandle sich der Boden unter ihm in Schlamm. Um nicht einzusinken, hob er abwechselnd die Füße. Der Tod Turtschis schockierte ihn. Ein kauziger, chaotischer Einzelgänger, immer freundlich.

»Du glaubst nicht an einen Unfall?«

»Da ragten Knochenstücke aus der Schädeldecke, Oliver. Es sah aus, als hätte ihm jemand mit einer Eisenstange den Schädel zertrümmert.«

»Kann das nicht durch die Treppe passiert sein?«

»Du hast ihn nicht gesehen. Er hat mich an den Mann erinnert, den wir nach dem Sturz in eine Schlucht geborgen haben.«

Einen Augenblick verharrte Haemmerli mit erhobenem Kopf und atmete tief durch. »Ich denke, Turtschi ist ermordet worden.«

»Verdammt, wer sollte so was tun?« Mit kalten Händen umklammerte Oliver den Bohrstock, stocherte in der Krume und blinzelte. »Malst du nicht zu schwarz?«

»Ich male nie schwarz, das weißt du.«

Das stimmte. Haemmerli war der geborene Optimist. Selbst hier unten, nach einem verheerenden Nuklearkrieg, redete er davon, bald wieder nach draußen zu gehen. Die Welt würde sich schon erholen.

»Vielleicht wusste er von Sachen, die wir nicht wissen. Oder er hat dem Diktator in die Suppe gepinkelt. Oder beides. Jedenfalls stimmt hier irgendetwas nicht.« In knappen Sätzen berichtete Haemmerli von den merkwürdigen Artefakten, die er auf den Kamerabildern entdeckt hatte.

»Weißt du was«, resümierte er, »ich glaube, das wurde von langer Hand geplant und gedeckt.«

Betroffen schwiegen die Freunde für einen Moment.

»Mit diesem Verdacht leben wir gefährlich«, meinte Oliver schließlich. Er spürte, wie seine Knie zitterten.

»Ja, vielleicht. Oh, kam auch gar nicht auf Radio Pischahorn heute Morgen.«

Haemmerli begleitete die Bemerkung mit einem sarkastischen Lacher. Der bunkerinterne Sender gab Organisatorisches durch, brachte selbst produzierte Reportagen und Nachrichten. Ansonsten dudelte alpenländische Volksmusik.

»Ich hab ein paar Dateien von Turtschis Computer gezogen«, sagte Haemmerli und fasste Oliver am Oberarm. »Vielleicht kannst du damit etwas anfangen. Mir ist das zu hoch.« Unauffällig schob er ihm einen USB-Stick zu.

»Wie hast du das angestellt?«

»Meine Chipkarte steht auf der Hierarchieleiter ziemlich weit oben«, erklärte Haemmerli und verabschiedete sich.

»Pass auf dich auf!«

Der Milizkommandant wandte sich lächelnd um. »Ich bin ein Siebzehner, hab Vertrauen.«

Kapitel 3

Oliver schritt mit einer Plastiktüte voll Erde und einer mit Pflanzenproben durch das Untergeschoss. In seiner Anspannung nervten ihn die Schwingungen des Bodens. Wie gern hätte er wieder einmal Asphalt unter den Füßen gespürt! Seit dem Verschluss fühlte er sich eingesperrt wie im Bauch eines Frachtschiffes.

Auf dem Weg ins Obergeschoss begegneten ihm ein Wartungstechniker, eine Reinigungskraft, die eine dröhnende Scheuersaugmaschine vor sich her schob, und zwei Wachmänner. Er wunderte sich, denn normalerweise patrouillierten die Uniformierten allein.

Im Labor erinnerte er sich an ein Gespräch mit Turtschi. Der hatte ihm vor ein paar Wochen einen Vortrag über die Wasserversorgung aus den drei Tiefbrunnen gehalten. Die Schilderungen waren verworren gewesen. Nur einzelne Begriffe wie Sedimente, Felsschichten und Radioaktivität hatte er noch im Gedächtnis. Wehmütig dachte er, dass dieser liebenswerte Nerd zeitlebens unfähig gewesen war, sich klar auszudrücken.

Oliver siebte den Boden für seine Analysen, trocknete ihn und bestimmte mit Extraktionsmitteln den Nährstoffgehalt. Er arbeitete so zügig wie seit Monaten nicht mehr, weil er den USB-Stick auswerten wollte. Immer wieder umklammerte er ihn in der Hosentasche. Die Pflanzen- und Bodenuntersuchungen lieferten beruhigende Ergebnisse. Er musste das Feld nur noch mit einem Fungizid besprühen, dann stand einer üppigen Ernte nichts mehr entgegen.

Er schloss das Labor ab und ging in die Kantine im Obergeschoss. Die Lust am Essen war Oliver im Bunker abhandengekommen. Jede Mahlzeit stand lange im Voraus fest. Die Gäste konnten zwischen verschiedenen Dosengerichten wählen. Heute waren es Chili con Carne, Königsberger Klopse und ein undefinierbarer vegetarischer Brei, dazu ein lascher Salat aus dem Gewächshaus. Anfangs zweimal, inzwischen einmal pro Woche gab es Fleisch oder Fisch aus der Kühlkammer.

In der Kantine saßen eine saudi-arabische Familie mit zwei Kindern, Techniker, ehemalige Industrielle, Banker und Menschen, die es oben irgendwie zu Vermögen gebracht hatten oder zum Personal gehörten. Ein Bunkerplatz kostete dreieinhalb Millionen Franken. Ohne seine Eltern hätte Oliver nie das Geld für sich und seine Familie aufgebracht.

Am liebsten wäre er jetzt allein gewesen. Er grüßte die Leute knapp, wählte Chili con Carne und setzte sich zu Familie von Holtzendorff.

Die von Holtzendorffs gehörten zu einer Dynastie von Medienunternehmern. Vater Georg ging auf die Siebzig zu und war vor dem Krieg Chefredakteur einer großen deutschen Tageszeitung gewesen. Ein hagerer, wie ein Raubvogel wirkender Typ, der meist das missgelaunte Gesicht eines Mannes zog, der sich immer im Recht wähnte. Oliver hielt ihn für depressiv, wofür es gute Gründe gab: Von seinen drei Kindern hatte es nur Tochter Carolin rechtzeitig in den Bunker geschafft. Darüber hinaus hatte er seinen Verlag und damit Macht und Status verloren.

Madeleine von Holtzendorff war über zwanzig Jahre jünger als ihr Mann. Oliver bewunderte ihre Attraktivität und ihren Lebensmut. Er hatte sich sogar ein Autogramm von ihr geben lassen. Die populäre Schauspielerin hatte Rollen in Spielfilmen und am Theater gespielt. Mit ihrer geschulten, ausdrucksstarken Stimme las sie den Kindern im Bunker vor.

Neben ihr saß Carolin, Holtzendorffs erwachsene Tochter. Ihr Gesicht war umrahmt von langen braunen Haaren. Wenn sie lachte, zeigte sich zwischen den Schneidezähnen eine Lücke, was ihre Reize eher unterstrich. Sie hatte Medizin studiert und arbeitete auf der Krankenstation. Ihre Attraktivität und Sinnlichkeit zogen Oliver an.

»Haben Sie schon gehört, was mit dem Turtschi passiert ist?«, fragte Georg von Holtzendorff mit seiner Altherrenstimme.

»Ja, schrecklich«, bestätigte Oliver.

»Wusste gar nicht, dass man bei einem Treppensturz so leicht ums Leben kommen kann. Wenn wir noch oben wären, würde ich meine Leute auf die Sache ansetzen. Das gäbe sicher eine hübsche Story.«

Oliver wusste, dass von Holtzendorff Wiegele verachtete. Dem Gerücht nach hatte er den Begriff *Diktator* geprägt. Die regelmäßigen Bewohnerversammlungen hielt er für Augenwischerei. Echte Mitbestimmung gäbe es nicht. Das ausschließliche Sagen im Bunker hätte das Konsortium aus sechs Männern, dem Wiegele vorstand.

»Turtschi war ein guter Mensch«, meinte Carolin. »Ich bin total geschockt. Wer sorgt jetzt für unser Wasser? Was wird aus uns?«

»Es gibt ja noch andere Ingenieure hier unten«, entgegnete Oliver und hob ironisch eine Augenbraue. »Die Firma hat organisiert, dass alles doppelt vorhanden ist, selbst die Menschen mit ihren jeweiligen Qualifikationen. Alles zu unserer Sicherheit und für unser Überleben.«

»Also, ich weiß nicht. Mir fällt auf Anhieb niemand ein, der das übernehmen könnte.« Carolin leckte sich die Lippen und nestelte an ihrer Halskette, an der ein Kreuz hing. »So einfach ist das nicht. Turtschi hat aus den drei Tiefbrunnen immer die richtige Zusammensetzung für unser Wasser gefunden, er hat die Filteranlagen gewartet und er hat …«

»Wir verdursten schon nicht gleich, wenn das Wasser mal über einen anderen Kies sickert«, wies ihr Vater sie zurecht. »Das ist wenigstens mal was anderes. Mir fällt sowieso die Decke auf den Kopf.« Er fuhr sich mit einer Hand über das Gesicht. »Wenn wir nur bald wieder raus könnten!«

»Das werden wir, Georg«, sagte seine Frau. »Wir dürfen die Zuversicht nicht verlieren. Dann gehen wir zurück nach Hamburg und beginnen noch einmal von vorn. Lieber eine neue Welt mitgestalten, als in der alten sterben.«

»Ich will euch ja nicht die Laune verderben«, wandte Carolin ein, »aber da draußen herrschen minus 25 Grad. Es ist kaum heller, als wenn man hier das Licht ausknipsen würde. Und die Ozonschicht hat sich wahrscheinlich restlos aufgelöst, von der Strahlung ganz zu schweigen.«

»Ich erfriere doch lieber, oder was weiß ich«, brauste ihr Vater auf, »als in diesem Loch für den Rest meines Lebens zu versauern! Mich kotzt auch dieses autoritäre Firmengehabe an, diese Enge, diese Dunkelheit, dieses Scheißessen!« Er stieß seinen Teller beiseite, sodass er klapperte. »Das ist alles Scheiße!«

»Könnten Sie bitte ein bisschen leiser reden?«, beschwor Oliver ihn und sah sich um. »Die Firma hört es nicht gern, wenn Bewohner in aller Öffentlichkeit von Ausstieg reden.«

Längst hatte es sich herumgesprochen, dass das Konsortium überall Kameras und Mikrophone angebracht hatte.

Von Holtzendorffs Gesicht bebte vor Erregung. »Oben könnten wir auch nach Dominik und Nathalie suchen!«, stieß er gepresst hervor.

»Ist ja gut, Papa«, versuchte Carolin, ihn zu trösten, »das werden wir.«

»Ich lasse mir von niemandem den Mund verbieten!«, brüllte ihr Vater und schlug mit der Faust auf den Tisch.

Carolin blickte nach unten, ihre Lippen zitterten.

»Lass uns aufs Zimmer gehen, Georg.« Madeleine legte den Arm um ihren Mann, der sich sträubte und Flüche brabbelte.

Erst nach einigem guten Zureden ließ er sich unter den Blicken der anderen Bewohner aus der Kantine führen.

»Tut mir leid, wie das gelaufen ist«, entschuldigte Carolin ihre Eltern.

»Ich verstehe das«, meinte Oliver. »Er hat zwei Kinder oben gelassen, dazu sein Lebenswerk. Da würde mir auch der Kragen platzen.«

»Wir haben alle Menschen oben gelassen«, entgegnete sie und runzelte das Kinn. Neben Verwandten und Kommilitonen hatte Carolin ihren Freund in Tübingen verloren. »Nein, ich sehe meinem Vater die Ausbrüche nicht mehr nach. Wäre es nach ihm gegangen, hätte ich Journalistik studieren und ins Unternehmen einsteigen müssen.« Sie verschränkte die Arme, lehnte sich zurück und spitzte die Lippen. »Es war schon ein Kampf, Medizin studieren zu dürfen. Eigentlich hatte ich Lehrerin werden wollen. Aber das hat er mir verboten.«

Ihre warme, intelligente Stimme löste ein Wohlgefühl in Oliver aus. Doch Carolin war mit ihren Gedanken woanders. Sie blinzelte gegen Tränen an.

»Haben Sie auch manchmal Schuldgefühle gegenüber denen, die draußen geblieben sind?«

»Ja, die habe ich.«

Um dieses Thema nicht vertiefen zu müssen, stand Oliver rasch auf.

Gemeinsam gingen sie zu ihren Zimmern. Auf dem Flur waren ruppige Beats zu hören, deren Lautstärke sich bis zu Olivers Tür steigerte. Offenbar veranstaltete Annabel wieder eine ihrer Sessions. Beim Aufschließen wunderte er sich, dass sich niemand über den Lärm beschwerte. Als er Annabel und Christian Simpkins sah, erstarrte er. Carolin hielt sich die Hand vor den Mund und lachte.

Gitarrenriffs fetzten ihnen um die Ohren, der Sänger kreischte, flehte, schrie. Die Teenager tanzten impulsiv und raffiniert zu dem Rhythmus, den sie frei interpretierten. Die offene Tür bemerkten sie nicht. Annabel trug schwarze Skinny Jeans, gehalten von einem Nietengürtel, darüber einen stufigen dunkelgrünen Rock; auf ihrem ärmellosen schwarzen T-Shirt prangte der Name ihrer Lieblingsband: *My Chemical Romance.* Christian trug ebenfalls ein dunkles Shirt und enge Jeans, sah aber nicht so durchgestylt aus. Beide hatten sich mit schwarzen Lidstrichen geschminkt. Sie streckten ihre Arme in die Luft, klatschten, bewegten sich schnell nach links und rechts, drehten ihre Körper. Sie kickten nach vorn und nach hinten, ohne den Boden zu berühren, tippten mit den Füßen, die in abgetragenen Converse-High-Tops steckten, stampften auf und sprangen in die Luft. Ihre Lederarmbänder vibrierten. Bei der nächsten Drehung bemerkte Annabel ihren Vater und schrie auf.

»Scheiße! Was machst du denn schon hier?«

Sie stürzte zur Anlage und schaltete die Musik aus, wobei ihr das verschwitzte Haar über das wütende Gesicht fiel. »Wie scheiße ist das denn, Mann? Wie lange stehst du schon da? Verdammt!«

Christian schnappte sich seine Tasche, verabschiedete sich mit kurzem Kopfnicken und flüchtete aus der Wohnung.

»Ich geh dann mal auch«, sagte Carolin lächelnd.

»Sehen wir uns morgen in der Kantine?«, fragte Oliver und versuchte zurückzulächeln.

»Gern.«

Er schloss die Tür und wandte sich seiner Tochter zu.

»Ist das megapeinlich!«, begann Annabel ihre Beschimpfung. »Kannst du nicht wie jeder normale Mensch anklopfen, statt uns hinterherzustalken? Am Arsch, ist das peinlich!«

Ihr schlanker Körper bebte vor Wut, doch Oliver ertrug die Tirade gelassen. Nein, das war nicht mehr das kleine Mädchen, das sich noch vor einiger Zeit auf seinen Schoß geschmiegt hatte. Als er das aufhellende Make-up bemerkte, das ihre Sommersprossen übertünchte, veränderte sich sein Gesicht. Das reizte Annabel weiter.

»Was glotzt du denn so?«

»Jetzt krieg dich gefälligst wieder ein«, hielt Oliver dagegen und versuchte, ruhig zu bleiben. »Ich habe angeklopft. Und es ist okay, wenn ihr eine Session abhaltet. Aber ich hab etwas Dringendes zu arbeiten und …«

»Arbeit, Arbeit, Arbeit!«, fluchte Annabel und sah ihn scharf an. »Den ganzen Tag hängst du auf deinem bescheuerten Feld rum, hinter deinem Schreibtisch oder bei irgendwelchen Leuten! Du kümmerst dich einen Scheißdreck um mich! Kein Stück interessierst du dich für mein Leben!«

Minuten vergingen mit einer Flut ungerechter und gerechter Vorwürfe, bis Annabel sich schließlich an ihren Schreibtisch trollte und schweigend an ihre Hausaufgaben setzte.

Oliver brühte sich einen Kaffee, klappte den Laptop auf und stöpselte Turtschis USB-Stick ein. Auf dem Datenträger des Verstorbenen herrschte ein Chaos, das außer ihm vermutlich niemand verstand. Oliver hatte Mühe, den Wust aus wirr benannten Excel-Tabellen und Textdateien zu durchforsten. Nach einer Stunde plagten ihn Kopfschmerzen. Mit allen möglichen Tricks und Suchbegriffen bemühte er sich, Informationen aus den Messreihen und Diagrammen zu saugen.

Im Laufe des Nachmittags konzentrierte er sich auf die Farbe Rot, die er als Signal und Warnung verstand. Er stieß auf Tabellen, in denen Messergebnisse der radioaktiven Isotope Cäsium und Strontium im Trinkwasser des Bunkers eingetragen waren. Langsam gewannen die nebulösen Daten Kontur. Gern hätte er Fakten im Internet recherchiert, doch das gab es nicht mehr. Ihm blieb nur der eingeschränkte Zugriff auf die Datenbank des Bunkers.

Unvermittelt brach Annabel ihr Schweigen und kam zu ihrem Vater herüber.

»Du, Paps«, fragte sie unbekümmert, »kannst du mir mal kurz bei Physik helfen? Ich komm mit dieser bekackten Wärmelehre einfach nicht klar.«

»Natürlich«, antwortete Oliver. Vorbehaltlos und ohne jeden Gram widmete er sich ihrer Frage. Während er ihr die Grundlagen von Schmelz- und Verdampfungswärme erklärte, kam sie ihm plötzlich wieder zerbrechlich und wehrlos in einer aus den Fugen geratenen Welt vor. Hinter ihrer großen, pinkfarbenen Lesebrille schauten ihre klaren Augen ihn an, unschuldig und ernst. Er hatte sich und Michelle geschworen, alles für sie zu tun, ihre gemeinsame Tochter immer zu beschützen. Er würde Gebirge für sie bezwingen, Meere überqueren und Wüsten durchwandern. Er würde für sie töten und sterben.

»Bis auf ein, zwei Kleinigkeiten hast du das hervorragend gelöst«, lobte er sie. »Kluges, fleißiges Mädchen!«

Annabels schönes Gesicht überzog ein Lächeln. Dann gab sie ihm einen Kuss auf die Wange und arbeitete weiter.

Die Unterbrechung hatte Olivers Sinne geschärft. Er holte sich einen Schokoriegel aus der Küche, kochte für sich und Annabel Tee, und während er weiter das Datenmaterial sichtete, ging ihm allmählich ein Licht auf. Ein Licht, dessen Leuchtkraft ihn erschreckte.

Eine Messreihe und eine dazugehörige Grafik belegten eine gefährliche Zunahme von Cäsium und Strontium im Trinkwasser. Die Grenzwerte wurden bereits jetzt um ein Mehrfaches überschritten, und die Kurven zeigten steil nach oben. Turtschi hatte gewissenhafte Arbeit geleistet. Oliver wusste, dass Cäsium sich durch keine Technik aus Wasser herausfiltern ließ, leicht über den Darm aufgenommen wurde und sich dann im gesamten Körper ablagerte. Hier unten konnte man dem krebserregenden Gift nicht ausweichen. Und es gab keine Alternativen. Die Flaschenvorräte waren viel zu gering. Alle Bewohner des Bunkers würden verseucht werden. Eine Katastrophe rollte auf sie zu, von der Turtschi gewusst hatte.

Die Augen zu Schlitzen verengt starrte Oliver auf den Monitor. Plötzlich fühlte er sich wie in einem Panzer gefangen, das Atmen fiel ihm schwer. Voller Angst fragte er sich, wie viele der tödlichen Partikel bereits in seinen und Annabels Körper gelangt waren. Gab es im Bunker überhaupt noch eine Zukunft?

Er versuchte, kühlen Kopf zu bewahren, in Ruhe über das Desaster nachzudenken. Wenn Turtschi sein Wissen Wiegele vorgetragen hatte, ergab sich daraus kein nachvollziehbarer Grund, ihn umbringen zu lassen. Davon abgesehen, hielt Oliver den Diktator nicht für einen Mörder. Aber wenn ein Leben im Felsmassiv des Pischahorns unmöglich werden sollte, blieb den Bewohnern nur die Flucht. Die Flucht an die lebensfeindliche Oberfläche, wo ein nuklearer Winter unter zerstörerischer UV-Strahlung herrschte. Niemand vermochte zu sagen, wie viele totbringende Teilchen dort herumschwebten und im Eis gespeichert waren. Sie wussten ja nicht einmal, ob es in der näheren Umgebung noch Leben gab.

Oliver recherchierte in der Bunkerdatenbank die Wirkung radioaktiver Strahlung auf den menschlichen Körper und wie sie gemessen wurde. Was er über die Strahlenwirkungen las, trieb ihm den Schweiß auf die Stirn und ließ sein Herz rasen. Auf einmal kam er sich nicht mehr vor wie in einem unterirdischen Hotel, sondern wie in einem Gefängnis, in dem die

Todesstrafe schleichend vollstreckt wurde – in kleinen, unsichtbaren Portionen.

Die Antwort auf die Frage, wie verseucht sie alle schon waren, lag im Schleusenbereich am Eingang des Bunkers. Dort stand der Ganzkörpermonitor, in dem sich jeder Bewohner zu Beginn seines Aufenthaltes einem Scan hatte unterziehen müssen. Oliver entschloss sich, mit dem Gerät die Radioaktivität seines Körpers so schnell wie möglich bestimmen zu lassen. Dazu brauchte er Haemmerlis Hilfe, denn ohne den Leiter der Sicherheitsbrigade war eine Umgehung der Überwachung unmöglich.

»Was ist los mit dir, Paps?« Annabel riss ihn aus seinen Gedanken. »Du guckst, als hätte dir Mister Doom 'ne schleimige Kröte in den Hals geschoben!«

»Nein, nein, alles okay. Mach dir keine Sorgen.«

Sie neigte den Kopf, sah ihn skeptisch an. »Glaubst du selber nicht, oder?«

Ihre analytische Gabe erschreckte Oliver zuweilen. »Ach«, winkte er ab, »ich hab nur keine Lust auf Tischtennis und einen Abend mit Wiegele. Der Typ ist immer so anstrengend.«

»Kann ich verstehen«, sagte sie und tat, als stecke sie sich den Finger in den Hals. »Der Typ ist gefühlsmagersüchtig und ekelhaft, wenn du mich fragst. Und megagruselig. Das Schwein zieht mich immer mit den Augen aus.«

»Ernsthaft? Du kannst mich jederzeit über das Walkie-Talkie rufen. Ich bin in zwei Minuten bei dir.« Für einen Augenblick senkte Oliver den Blick, weil er wusste, dass bei einem Übergriff das Funkgerät nutzlos sein würde.

»Danke, Paps«, sagte Annabel, »ich pass schon auf mich auf.«

Kapitel 4

Das beklemmende Gefühl hatte sich in Olivers Brust festgesetzt, eine Mischung aus Angst und Ohnmacht. Lustlos packte er seine Sporttasche und wunderte sich, dass das Tischtennismatch überhaupt stattfand. Angesichts der nächtlichen Ereignisse war ihm der Tod noch zu nah für einen entspannten Männerabend.

Seit ein paar Monaten hörten er und Wiegele nach dem Sport in dessen Luxusapartment gemeinsam Musik, eine neue Facette ihrer Bekanntschaft. Beide teilten die Leidenschaft für Rock und Singer-Songwriter. Oliver hatte Wiegele gezeigt, wie er bessere Hörerlebnisse erreicht, wenn er sich in einen entspannten Zustand versetzt und mit einschlägigen Tricks den Elektrosmog aus dem Raum verbannt. Seine fundierten Kenntnisse über die Funktion des Innenohres und der Psychoakustik hatten den Bunkerchef begeistert, der seitdem von einem Flow beim Musikhören schwärmte, einem Zustand, in dem die Zeit verging, ohne dass man es bemerkte. Die raffinierten Manipulationen an seiner Hi-Fi-Anlage wirkten wie Traditionelle Chinesische Medizin, behauptete er. Seinen privaten Zugang zu Wiegele wollte Oliver nutzen, um etwas über dessen mögliche Ziele zu erfahren.

Bevor er sich mit ihm traf, stattete er Haemmerli einen Besuch ab. Mit einem gewinnenden Lächeln und einem festen Händedruck empfing ihn der Freund. Er trug rote Shorts und ein ärmelloses schwarzes Hemd und trainierte gerade seinen drahtigen Körper. Der Boden war übersät mit Hanteln und Gewichten. An der Wand hing ein Waffenschrank. CDs lagen auf dem Tisch, es roch nach abgestandenem Essen und kaltem Kaffee. Das Zimmer wirkte wie eine derangierte Junggesellenbude.

»Na, mein Bester, es macht den Anschein, als wälzt du Probleme. Komm rein! Magst erst mal ein Glas Cüpli? Entspannt dich, oddr?«

»Nein, danke, sonst treffe ich gegen Wiegele keinen einzigen Ball.«

Haemmerli hatte drei Kisten Champagner in den Bunker gerettet, von denen sie sich zuweilen eine Flasche gönnten.

»Ich muss mit dir reden, Marius«, kam Oliver zur Sache und deutete mit einem Blick in Richtung Stereoanlage, ein Zeichen, laute Musik für ein vertrauliches Gespräch anzustellen.

Haemmerli rubbelte sich mit einem Handtuch seine kräftigen Schultern und das nadelscharfe Gesicht ab und drehte dann die Anlage auf. Krachend dröhnte der Motörhead-Song *Eat The Rich* durch den Raum, den er vor dem Krieg oft mit seiner Band gespielt hatte. Die beiden steckten ihre Köpfe zusammen.

»Ich muss die Radioaktivität in meinem Körper messen«, erklärte Oliver.

»Oh, Gütiger, das ist schlecht, äußerst schlecht. Turtschis Stick, oddr?«

Oliver nickte.

»Das Wasser, oddr? Verdammt!« Haemmerli presste die Lippen aufeinander und schüttelte den Kopf. Einen Moment überlegte er und strich sich das dünne Haar zurück. »Ich deichsle das irgendwie. Ich hab meine Leute im Griff. Kannst du heute Nacht um zwei oben bei der Tresortür sein?«

»Ja, natürlich.«

Die Freunde lösten ihre Köpfe voneinander. Haemmerli schlug mit imaginären Drumsticks und stimmte in den röhrenden Gesang aus den Boxen ein: »*Come on, baby, eat the rich, put the bite on the son of a bitch …*«

In dem kleinen, luxuriös ausgestatteten Fitnessstudio stemmten Bewohner Hanteln, schwitzten an Kraftmaschinen, trainierten auf den Crosstrainern und verfolgten Oliver mit verstohlenen Blicken. Er kam sich vor, als wäre er mit einem Promi zum Lunch verabredet. Schutz vor der Neugier fand er im Tischtennisraum, in dem eine einzige Platte auf dem Parkett stand.

Oliver setzte sich auf die Designerbank aus Holz ohne Rückenlehne, blickte auf die gerahmten Portraits von Tennisstars an den Sichtbetonwänden und wartete. Während er stets auf Pünktlichkeit achtete, verspätete sich Wiegele häufig in unverschämter Weise. Das monotone Geräusch der Crosstrainer drang an sein Ohr. Je länger er saß, umso aufdringlicher wurde der Schweißgeruch.

Nach zehn Minuten stand er auf, ging zur Getränkebox und nahm sich ein stilles Wasser. Dabei kam ihm die Idee, drei garantiert cäsiumfreie Flaschen Perrier für Annabel zu hamstern. Wie ein Dieb ließ er sie in seiner Tasche verschwinden.

Nach einer kleinen Ewigkeit, in der er fast eingenickt wäre, erschien Wiegele. Ruhig und selbstsicher betrat er den Raum. Er trug knielange, schwarze Shorts und ein ärmelloses, grellrotes Hemd. Noch im Gehen streckte er Oliver die Hand zum Gruß entgegen.

»Schön, dich zu sehen. Wie geht's?« Unangenehm lange forschte Wiegele in Olivers Augen. Dann ließ er seine Sporttasche so auf die Bank fallen, dass sie mehr als die Hälfte des Platzes beanspruchte.

»Geht so. Und dir?«

»Ach, ich hab einen beschissenen Kater, Mann. Hab schon alle möglichen Vitaminpillen eingeworfen und den halben Tag trainiert, aber dagegen hilft nur 'ne neue Dröhnung. Freu mich nachher auf die Bar.«

»Nein, das meinte ich eigentlich nicht«, entgegnete Oliver. »Eher Turtschis Tod.«

»Ja, Mann, tragisch.«

Für den Bruchteil einer Sekunde kam es Oliver vor, als würde Wiegele lächeln. Die Kälte seiner Augen erinnerte ihn an frühe Versuche mit künstlicher Intelligenz.

»Sollten wir unser Match nicht besser verschieben? Ich meine, dass …«

»Komm, lass uns das abhaken«, unterbrach Wiegele ihn und berührte Oliver am Arm. Nach einer Pause streckte er den Zeigefinger aus und wies auf die Decke. »Kannst du mir sagen, wie viele da oben umgekommen sind?«

»Keine Ahnung. Ein paar Milliarden?«

»Ein paar Milliarden, und das Leben muss trotzdem weitergehen. Nun stell dir mal vor, wir würden für jeden dieser bedauernswerten Toten unseren Sport um einen Tag verschieben.«

»Du weißt schon, wie ich das meine«, sagte Oliver und rieb sich den Nacken.

»Schon gut, du hast ja recht. Wir heben nachher ein Glas auf den guten alten Turtschi und betäuben den ganzen Scheiß einfach.« Einen Moment strich Wiegele sich mit dem Handrücken über den Bart. Dann packte er seine Tischtenniskelle und chinesische Bälle aus und stellte sich ans Ende der Platte. »Aber jetzt lass uns erst mal den Ball prügeln, okay?«

Wenn Oliver sich auf ein Match konzentrierte, war er der bessere Spieler. Er beherrschte druckvolle Topspins, blockte aggressiv und übernahm die Initiative. Dennoch lag er in der Bilanz hinten, weil er sich ab und zu bewusst schlagen ließ, um Wutanfälle seines Gegners zu vermeiden. Bei einem dieser exzessiven Ausbrüche hätte er beinahe eine Kelle an den Kopf bekommen, die Wiegele durch den Raum geschmissen hatte.

Das Spiel ging an ihm vorbei, von zwei Partien gewann er nicht einen Satz. Ständig schwirrten Gedanken um Cäsium-137 durch sein Hirn, rankten sich um die Arten von Tumoren, die die Strahlung auslösen konnte. Seine Professorin mit ihrem profunden Wissen hätte ihm das sicher verständlich dargelegt. Er vermisste Michelle schmerzlich und verfluchte es, in dieser künstlichen Höhle auf sich allein gestellt zu sein. Je länger er darüber nachdachte, umso mehr schnürte es ihm wieder die Brust zu. Keuchend fürchtete er, in einem Anfall von Klaustrophobie aus dem Raum stürzen zu müssen.

Erst der Alkohol in der Lounge löste seine Anspannung. Er setzte sich mit Wiegele auf das weiße Sofa, wo sie klirrend ihre Bierflaschen aneinanderschlugen. In der Ecke flackerte ein künstlicher Kamin, und über der Bar spendeten kegelförmige Metalllampen gedämpftes Licht.

»Alter, schön, mit dir hier zu sitzen, ein paar Bier zu trinken und einfach zu quatschen«, sagte Wiegele, dessen V-förmiger Hemdausschnitt den Blick auf seine nackte, rasierte Brust freigab. »Sag mal, Olli, was hast du eigentlich von unserem Wasserprofessor gehalten? Kanntet ihr euch? Also, ich bin aus dem Typen nie richtig schlau geworden. Immer dieses verworrene Gequatsche.«

»Ja, Turtschi war ein Einzelgänger. Ich hab ein-, zweimal mit ihm geredet, aber ich könnte dir nicht mehr sagen, worüber. War wirklich Kauderwelsch.« Oliver bemühte sich, den prüfenden Blicken Wiegeles standzuhalten.

»Merkwürdig, dass ihr nie über eure Arbeit gesprochen habt. Ich meine, Wasser und Landwirtschaft, das gehört doch irgendwie zusammen.«

»Nein, wie gesagt. Und wenn, hätte ich ihn wahrscheinlich nicht verstanden.«

»Schon interessant, wie ein Mensch so abstrus und naiv sein kann. Der hat mich doch damals ernsthaft gefragt, ob im

Arbeitsvertrag eine Probezeit festgelegt wird. Und sollte der Krieg tatsächlich ausbrechen, was passieren würde, wenn er sie nicht bestehe. Solche Sachen. Sei's drum, ich hab ihn trotzdem eingestellt, und er hat ja auch geliefert – leckeres, sauberes Wasser.« Wiegele grinste ironisch und leerte sein Bier. »Meine Güte, die besten Jahre meines Lebens habe ich als Wohltäter vertan. Turtschis Job macht jetzt übrigens Norbert Wiemers. Der leitet die Ingenieure an, dann klappt das schon.«

Wiemers war, wie Oliver wusste, einer der sechs undurchsichtigen Männer aus dem Konsortium, die im Bunker das Sagen hatten. Vor dem Krieg hatte ihm eine Baumarktkette gehört, dazu hielt er ein beachtliches Aktienpaket an der *McPrince International Group*.

»Was qualifiziert ihn denn für den Job, Fabio? Wir reden hier immerhin nicht vom Befüllen eines Swimmingpools. Ich denke, wer …«

»Warum fragst du?«, unterbrach Wiegele ihn barsch. »Der packt das schon, entspann dich. Denkst du, ich lass da einen Dilettanten ran? Die Ingenieure sind in Ordnung. Einer hat sogar Verfahrenstechnik studiert.«

Oliver drückte seine linke Faust in das Sofa. »Okay, wenn du meinst, der packt das …«

»Na klar. Wir haben so viel Wasser hier unten, die können das gar nicht versemmeln. Die meisten Bunker haben einen Mangel. Wir dagegen halten das hier jahrelang aus. Wir müssen eher aufpassen, nicht zu ersaufen.«

Wiegele öffnete eine neue Flasche Bier und fixierte Oliver mit halbgeschlossenen Lidern. »Komm, wir heben jetzt einen auf unseren Superingenieur! Rest in peace, Turtschi, alter Junge!«

Sie stießen an, und Wiegele sah zur Decke, als proste er dem Geist des Verstorbenen zu.

»Er muss sehr einsam gewesen sein«, stellte Oliver nachdenklich fest.

An der Bar hatten sich zwei attraktive Frauen auf ein Glas Wein getroffen. Oliver kannte sie flüchtig.

»Am meisten fehlen mir hier unten die Clubs«, tuschelte Wiegele und beobachtete die Frauen.

»Okay«, sagte Oliver und hob abwehrend die Hände, »nicht schon wieder diese Storys!«

»Sag bloß, bei dir regt sich nichts, wenn das Büfett aufgefahren wird.«

Bei jeder Gelegenheit erzählte Wiegele von seinen Exzessen auf Geschäftsreisen, davon, wie er in Saunaclubs Sex mit mehreren Frauen gehabt, sich selbst dabei gefilmt, Pornos nachgestellt hatte. Und natürlich, dass er auf sexuellem Gebiet unschlagbar war. Er stand auf junge Frauen, die sich vor dem Sex auf jede bekannte sexuell übertragbare Krankheit testen lassen mussten. Während er sich mit ihnen vergnügte, wartete seine Familie in der Villa am Zürichsee. Auch hier im Bunker schmückte Wiegele sich mit seinen drei Kindern und seiner jungen Frau – und betrog sie regelmäßig. Genervt hörte Oliver sich die Story einer Orgie in Berlin einen Monat vor Kriegsbeginn an, bis es ihm gelang, Wiegele in seine Höhle zu lotsen. Sie war ein vom Rest der Wohnung abgetrenntes, separat zugängliches Zimmer, in dem sich ein riesiges Bett, zwei Ledersessel, ein Schreibtisch, die Hi-Fi-Anlage und eine Bar befanden.

Sie machten es sich in den Sesseln bequem, hörten Billy Joel und die Beatles und fachsimpelten über die Aufnahmen, Toningenieure, Nachhall und andere Fragen rund um den Klang. Wiegele goss sich reichlich Cognac ein und trank sich allmählich in einen Rausch. Je weiter der Abend fortschritt, umso leiser wurde die Musik aus den mächtigen Boxen und umso vertraulicher ihr Gespräch.

»Warum fehlt dir eigentlich der linke kleine Finger, Fabio?« Die Frage hatte Oliver bislang nie zu stellen gewagt.

»Ach, die öde Story. Du weißt doch, Terroristen haben mich als Vierjährigen in ein Loch in den Alpen verschleppt und wollten von meinem Alten fünf Millionen erpressen. Der hat nicht gleich gespurt, und da haben sie … Schnipp!«

Sein Vater war Vorstandsvorsitzender eines Mischkonzerns im Familienbesitz gewesen. Die Friedrich Wiegele KG war im neunzehnten Jahrhundert um Öl- und Getreidemühlen sowie einen Holzhandel herum entstanden und hatte sich im zwanzigsten Jahrhundert zu einem Hochtechnologiekonzern entwickelt. Zuletzt hatte sie über 10000 Mitarbeiter beschäftigt.

»Ich erinnere mich nur noch an die verfickte Kälte in dem Loch«, fuhr Wiegele fort. »Seitdem hatte mein Vater … wie heißt das doch gleich? Paranoia. Er hat damals zu meinem Schutz sogar eine Sicherheitsfirma engagiert. Rate mal, welche!«

»Die MPIG?«

»Bingo! Die verbarrikadierten unser Haus mit tonnenschweren, magnetgesicherten Türen und gepanzerten Scheiben, auch das auf Teneriffa und das an der Côte d'Azur. Mein Vater hätte zum Schutz meines Lebens oder der Ehre seiner Familie getötet. Oder töten lassen. Auch wenn er eines der größten Arschlöcher der Welt ist, geht es mir genauso. Irgendwann gewöhnt man sich an die Sicherheitstypen, die ständig um einen herumlungern. Aber das bringt ein luxuriöses Leben nun mal mit sich. Und ich liebe dieses Leben.«

»Mit dem ganzen Aufwand könnte ich nicht leben«, meinte Oliver und nippte an seinem Cognac.

»Für mich wäre es eher der Horror, zur grauen Masse zu gehören, wie die meisten hier.« Wiegele spreizte die Beine und hob, während er weitersprach, den Daumen. »Um im Leben zu gewinnen, muss man eine Persönlichkeit sein, ein Löwe. Nicht der größte der Welt, aber ein Löwe.«

Unangenehm berührt, schluckte Oliver. »Und wie bist du zum Löwen geworden?«

Lässig goss Wiegele Cognac nach. »Eigentlich wollte ich Medizin oder Archäologie studieren, aber mein Vater zwang mich zu Wirtschaftswissenschaften. So stieg ich rasch zum Schweizer Chef von McPrince auf. Ich lernte, dass Geld alle Probleme löst, und alles andere Quatsch gewesen wäre. Dafür hab ich gar nicht die Geduld. Ich ließ also die Puppen tanzen und meißelte den verdammten Bunker in den Berg. Und jetzt ... jetzt habe ich den Hut für 300 Leute auf.«

Seine Augen wurden schmal, und um seinen Mund spielte ein Lächeln. Er kippte den Cognac hinunter wie Limonade und begann zu lallen. »Mein Gott, ist das ein geiler Song.«

»Ja, James Taylors Akustikgitarre ist unschlagbar.« Oliver fühlte sich von Wiegeles Lächeln, das wie eine Drohung zwischen seinem Vollbart hing, angewidert. Er spürte: Was immer Wiegele umtrieb, bei der Verfolgung seiner Ziele war er fähig, zu allen Mitteln zu greifen, ohne einen Anflug von Schuldbewusstsein.

Langsam ließ Wiegele den Kopf nach hinten sinken, streichelte sich mit der Hand über die Stirn und schloss die Augen. Als hätte er Olivers Gedanken registriert, nuschelte er: »Aber jetzt zwitscher mal ab, Kumpel, und träum was Hübsches. Unser Gespräch wird langsam fade.«

Auf dem Rückweg aus dem Führerbunker, wie Wiegeles Wohnung heimlich genannt wurde, dachte Oliver nach. Offenbar betrachtete Wiegele die Bewohner des Bergs als seine Gefangenen, Leibeigene, über die er unbegrenzt verfügen konnte, über die er Macht ausübte. Er hatte es zwar nicht gesagt, aber sein Lächeln hatte Bände gesprochen. Während Oliver durch den leeren Flur lief, wurde ihm übel. Er begriff, dass es ein Fehler wäre, Wiegele zu vertrauen. Ein tödlicher Fehler.

Kurz vor eins betrat er seine Wohnung, eine Stunde vor dem Treffen mit Haemmerli in der Schleuse. Annabel schlief im Schein der Stehlampe, sie hatte Angst vor der Dunkelheit. Vor ihrem Bett lagen symmetrisch angeordnet zwei Schulterstandplatten aus Kork und ein Baumwollgurt, den sie um ihren Leuchtturm gelegt hatte. Utensilien für Yoga.

Oliver putzte sich die Zähne und sah in den Spiegel. Seine Wangen waren kräftig, der Mund etwas breit. Die blauen, warmen Augen blickten müde zurück auf das sandfarbene, an den Schläfen leicht silbrige Haar, das an der Stirn schütter wurde. Für Anfang vierzig war er gut durchtrainiert. Um wie viel frischer würde er aussehen, dachte er und rieb sich die Augen, wenn er durch einen Park joggen und Regentropfen auf seiner Haut spüren könnte.

Er nahm sich ein Buch, legte sich angezogen aufs Bett und versuchte zu lesen. Seine Gedanken aber drifteten ab. Würde Wiegele ihn durch die Kameras verfolgen und er, Oliver Bertram, womöglich das Schicksal Turtschis teilen? Oder schlief der Chef betrunken in seiner Höhle?

Kurz vor zwei Uhr stand Oliver auf, verließ die Wohnung und schlich über den menschenleeren Flur. An der mächtigen, einen Spalt geöffneten Stahlbetontür warteten Haemmerli und Adrian Isler. Vor dem Krieg hatte Isler als Plastischer Chirurg in der Fallschirmkompanie 17 gedient. Im Bunker arbeitete er in der Sicherheitsbrigade und bedarfsweise in der medizinischen Abteilung. Oliver kannte ihn von gemeinsam verbrachten Abenden.

»Grüezi, Oliver! Hattest schon was zum Frühstück?«

Unter der fröhlichen Bemerkung rumorten offenbar Sorgen, Haemmerlis Stirn lag in Falten. Auch Isler presste den Mund zusammen.

»Nein«, sagte Oliver, »nur zu viel Cognac. Sind die Kameras aus?«

»Ja, Amstutz hat Dienst und übernimmt heute Nacht die Überwachungsanlage.«

»Und wer sagt uns, dass die Daten aus dem Monitor nicht ins Netzwerk auf Wiegeles Laptop übertragen werden?«

»Adrian. Er hat die Kabel rausgezogen.« Haemmerli grinste. »Und nun beruhige dich, Oliver.«

Eisiger Wind aus dem Zugangsstollen blies ihnen entgegen, während sie an den Dekontaminationsduschen vorbei zum Ganzkörpermonitor gingen. In einem Raum neben der Druckschleuse stand der etwa zwei Meter große Apparat.

Oliver zog sich aus bis auf den Slip. Er fühlte sich, als hätte ein Arzt den Verdacht auf einen Tumor geäußert, und die Untersuchung sollte nun Gewissheit bringen. Seine Zukunft, die Zukunft Annabels und vielleicht die aller Bewohner hingen davon ab. Er rieb sich die Hände, zitterte vor Kälte. So schlimm kann es nicht werden, versuchte er sich zu beruhigen. Bis auf die Appetitlosigkeit und eine gewisse Müdigkeit litt er unter keinen Symptomen, die auf Strahlenkrankheit deuten. Und beides könnten auch Folgen des Bunkerlebens sein.

Haemmerli wies ihn an, sich zwischen zwei metallene Detektorplatten zu stellen. Oliver zog die Schultern hoch. Die Arme durfte er weder vor der Brust verschränken noch die Hände in die Oberarme krallen, wie er es gern getan hätte. Mit einem Gefühl der Hilflosigkeit ließ er die Prozedur über sich ergehen. Die Kälte in dem unwirtlichen Raum drang ihm bis auf die Knochen. Leise summte der Apparat, klickte und maß die Strahlung. Ein Laptop verarbeitete die Signale. Haemmerli und Isler starrten auf den Monitor. Die Zeit verging quälend langsam. Oliver fürchtete, an den Metallplatten festzufrieren, wenn er sie berührte.

»Ist stabil jetzt, kannst rauskommen, Olli«, rief Haemmerli.

Erleichtert zwängte Oliver sich aus dem Apparat und zog sich wieder an. Er fluchte, weil er seinen Mantel im Zimmer gelassen hatte. Seine Hände zitterten so sehr, dass er kaum die Knöpfe zubekam. Haemmerli reichte ihm einen Flachmann mit Whisky. Warm rann ihm der Alkohol die Kehle hinunter und breitete sich im Magen aus. Da er wegen der klappernden Zähne nicht sprechen konnte, lieh Haemmerli ihm seinen Armeeparka. Allmählich taute Oliver auf. Seine Komplizen sahen besorgt aus; vor ihren Mündern schwebten Dampfwölkchen.

»327 Millisievert«, rückte Isler mit dem Messergebnis heraus.

»Und das heißt?«

»Das heißt«, sagte Haemmerli, »dass du eigentlich schon was merken müsstest. Ab 250 Millisievert spürt man erste Effekte, und ab tausend nennt man das Strahlenkrankheit.«

»Die Belastung durch das Wasser ist offenbar schon wirksam«, vermutete Oliver und nahm einen weiteren Schluck aus dem Flachmann. »Und die Konzentration von Cäsium im Wasser und damit in unseren Körpern nimmt immer weiter zu. Es ist nicht aufzuhalten.«

»So ein Mist«, fluchte Haemmerli. »Wir kriegen alle die beschissene Strahlenkrankheit oder Leukämie. Vielleicht fallen uns auch die Haare aus, und wir gehen drauf, als ob wir Polonium geschluckt hätten.«

Die Männer sahen sich besorgt an. Oliver drehte sich um und versetzte dem summenden Ganzkörpermonitor einen Tritt.

»Das wird nicht helfen, Olli«, sagte Haemmerli. »Das Wasser ist unabänderlich verseucht, du hast Turtschis Daten gelesen. Und deshalb müssen wir hier raus. Raus aus diesem Käfig, wo der Tod mit Häppchen gemästet wird.«

»Was?« Olivers Herz begann heftig zu schlagen, und er musste sich an der Wand abstützen. »Weißt du, was das bedeutet? Raus in die Apokalypse da oben?«

»Ja, ich weiß, Oliver, es wird hart, und vielleicht sterben wir alle. Aber wenn ihr leben wollt, werden du und Annabel mitkommen müssen.«

»So einfach ist das nicht, Marius. Die Ausgänge sind hermetisch abgeriegelt. Nur Wiegeles Chipkarte öffnet sie. Nur er hat die Zaubercodes. Und denk daran, was den Brenneckes passiert ist!«

Das Ehepaar Brennecke hatte vor einigen Monaten versucht, aus dem Bunker zu fliehen. Sie hatten die klaustrophobische Atmosphäre nicht länger ertragen können und an die Oberfläche gewollt. Schon an der Tresortür waren sie vom Sicherheitsdienst festgesetzt worden. Sie hätten das Leben aller Bewohner gefährdet, wurde ihnen vorgehalten. Seitdem saßen sie in Einzelhaft. Sämtliche Privilegien waren ihnen entzogen, ihr Eigentum konfisziert worden.

Als Oliver die Entschlossenheit in den Gesichtern der ehemaligen Elitesoldaten sah, bekam er Panik und wollte weglaufen.

Haemmerli hielt ihn an der Jacke fest. »Wir schaffen das schon, Olli – mit oder ohne dich. Aber in deinem Interesse und in dem deiner Tochter, triff die richtige Entscheidung!«

Kapitel 5

Auf dem Rückweg war Oliver so aufgewühlt, dass er an seiner Wohnung vorbeilief und verwirrt vor der verschlossenen Kantine strandete. Angst schnürte ihm die Kehle zu. Kopfschüttelnd kehrte er um. Als er wieder in seinem Zimmer war, kochte er sich Tee, trank ihn in kleinen Schlucken und wärmte sich langsam auf. Danach legte er sich aufs Bett, knipste das Licht aus und dachte über die veränderte Situation nach.

Erst in den frühen Morgenstunden fand er für wenige Stunden Schlaf und träumte wirres Zeug. Er verbrachte mit seiner Familie einen Urlaub im Elsass, allerdings in einem Dorf, das in der Realität in der Umgebung von Berlin existierte. Am Abend gab es in der Dorfschule eine Gesprächsrunde. Sechzig Schüler und Eltern waren anwesend, fast alle kannte er aus seinem Leben. Der Raum, in dem sie saßen, war jedoch kein Klassenzimmer, sondern ein dunkler Wald mit knochenweißen Stämmen. Was folgte, hatte er schon mehrmals geträumt: Er saß in der Klasse und schrieb an einer wichtigen Prüfung, für die er nicht gelernt, die er aber in der Wirklichkeit längst bestanden hatte. Plötzlich wurde das Elsass von einer feindlichen Macht bedroht, doch die Schüler verfolgten das Geschehen nur aus der Ferne, als beträfe es sie nicht. Dann flog die Tür auf, und die Klasse drängte ins Freie. Jemand umschlang ihn gewaltsam von hinten, sodass er fürchtete, seine gefrorenen Knochen könnten brechen. Überall standen Männer in Uniform herum, und alles lag in Schutt und Asche. Kanonen donnerten, Panzer rollten über die Straßen. Die Klasse flüchtete einen Berg hinauf. Der Aufstieg zerrte an den Kräften. Oben angekommen, erklommen sie einen mächtigen Schlitten und sahen, wie Jagdflugzeuge über den Himmel zogen und das Land bombardierten. Atompilze stiegen auf, und alles versank in einem Flammenmeer. Da begriff Oliver, dass Michelle und Annabel nicht bei ihm waren. Er weinte, bis der Traum in der Morgendämmerung verrann.

»Buongiorno, Paps!«, weckte ihn Annabel und gab ihm einen flüchtigen Kuss auf die Wange. »Hab schon Kaffee und Toasts gemacht. Nun mal raus aus den Federn, der Tag läuft schon!«

»Wie spät ist es?« Oliver fühlte sich wie gerädert.

»Halb neun. Du siehst gar nicht gut aus. Schlecht geschlafen?« Sie begann, ein Lied zu trällern und durch die Wohnung zu tanzen. »Warst ja von den Toten nicht zu erwecken. Komm endlich!«

Schlaftrunken hüllte Oliver sich in seinen Bademantel und trottete zum Frühstückstisch. Sein Gesicht hellte sich auf, als er den dampfenden Kaffee sah.

»Hör mal, Paps, Christian kommt heute nach der Schule zu mir. Wir müssen an einem Referat arbeiten.« Sie senkte den Kopf, neigte ihn zur Seite und sah ihn mit ihren klaren Augen an. »Kochst du uns was Leckeres zum Abendbrot?«

»Leckeres, hm. Ich könnte versuchen, 'ne Bolognese zu zaubern.«

»Das wäre super! Zaubern schmeckt sowieso immer am besten.«

Nachdem Annabel die Wohnung verlassen hatte, um zur Schule zu gehen, zermarterte Oliver sich wieder das Hirn. Obwohl er die zunehmende Verseuchung des Wassers bedrohlich fand, begriff er nicht, warum Haemmerli und Isler so vehement nach draußen flüchten wollten – in den skelettierten Kontinent über ihnen, in eine eisige, verstrahlte, dunkle Welt. Was war ihr Ziel? Wohin konnten sie sich überhaupt wenden? Der nächste bewohnbare Ort lag vermutlich in Afrika, Tausende Kilometer entfernt. Es überstieg Olivers Vorstellung, eine derartige Strecke zu Fuß zurückzulegen, sich frierend und hungrig durch ein verheertes Land zu kämpfen, vorbei an Ruinen und Leichen. Bei diesen Gedanken bekam er Beklemmungen. Selbst bei einem Versuch gab es unter den gegebenen Umständen nicht einmal eine Garantie, lebend aus dem Bunker herauszukommen.

Er beschloss, so lange wie möglich mit Annabel auszuharren. Die Strahlung in seinem Körper würde er regelmäßig messen. Es wäre nicht das erste Mal, dass wissenschaftliche Ergebnisse und die Schlussfolgerungen daraus sich als falsch erwiesen. Er durfte den Daten nicht blind vertrauen. Haemmerli würde er raten, ebenfalls keine voreiligen Schlüsse zu ziehen, alles noch einmal in Ruhe zu überdenken. Vielleicht ließe sich mit Wiegele und dem Konsortium reden. Vielleicht war es möglich, gemeinsam nach einer Strategie für eine andere Wasserversorgung zu suchen. Expeditionen nach Davos schwebten ihm vor, wo er gefrorene Vorräte vermutete. Und wenn alle Stricke rissen, konnten die Bewohner später ja gemeinsam den Ausstieg wagen. Je länger Oliver darüber nachdachte, umso mehr gewann er die Überzeugung, dass es Alternativen geben musste.

Als er sich zum Aufbruch fertig machte, unterbrach Radio Pischahorn die Volksmusik für die Bunkernachrichten. Neben zwei Bagatellen verlas der Sprecher mit sachlicher Stimme eine Meldung: »Norbert Wiemers wird Nachfolger von Leandro Turtschi als Chefingenieur der Wasserversorgung. Er tritt sein Amt sofort an. Als Verfahrenstechniker bringt Wiemers das Profil mit, das für die reibungslose Leitung dieses Bereichs erforderlich ist. Ihm zur Seite gestellt werden zwei weitere kompetente Ingenieure mit hervorragender Expertise in der Verfahrenstechnik und mit Kenntnissen im Anlagenbau. Die Neubesetzung der Leitung der Wasserversorgung ist erforderlich geworden, nachdem der bisherige Leiter, Leandro Turtschi, bei einem tragischen Unfall ums Leben gekommen ist.«

Oliver verließ die Wohnung und stieg hinunter zur zweiten Etage, um mit Haemmerli zu reden. Auf den Gängen begegneten ihm Leute, die er flüchtig kannte: Angestellte, Reinigungskräfte, Wartungstechniker. Heute, in der grundlegend veränderten Lage, fühlte er sich ihnen besonders fremd.

»Na, mein Bester«, begrüßte ihn Haemmerli, »komm rein, stolpere aber nicht.«

Der Zimmerboden war übersät mit Ausrüstungsgegenständen: Kleidung, Waffen, Konserven. Oliver klappte der Mund auf, und seine Augen weiteten sich.

»Was hat das zu bedeuten?«

»Inventur«, erläuterte Haemmerli ernst. »Pass auf, ich zeig's dir. Unsere Fallschirmpatrouillen operieren so gut wie immer ohne Versorgung, verstehst du? Deshalb müssen wir das gesamte Material mitführen, aber wirklich nur, was mit großer Wahrscheinlichkeit benötigt wird.« Er deutete auf penibel gestapelte Utensilien. »Das ist die innerste Schicht, die dem Überleben dient: Tarnanzug, Mütze, Schal, Survival-Kit mit Kochgefäß, GPS-Gerät, Kompass und Wasserentkeimungsmittel.« Ein trockener Lacher entwich ihm. »Dazu gehört natürlich auch die MP7, eine Maschinenpistole, und die Pistole 75.«

Mit leuchtenden Augen nahm Haemmerli die Maschinenpistole in die Hand. »Ich liebe diese Waffe. Sie hat die Durchschlagskraft eines Sturmgewehrs, ist aber leicht und kompakt. Damit durchlöcherst du auf 200 Meter Entfernung eine kugelsichere Weste aus Titan.«

»Kannst du mal kurz anhalten, Marius? Um Himmels willen, was hast du eigentlich vor?«

Alles Militärische war Oliver fremd. Den Armeedienst hatte er verweigert.

»Gut, ich mach's kurz. Das Ganze musst du dir vorstellen wie eine Zwiebel. Auf die Überlebensschicht kommt die Kampfschicht. Fünf bis acht Magazine für die MG, dazu Pistolenmagazine. Ich persönlich bevorzuge etwas mehr, besonders im Ernstfall. Dann vier Handgranaten, Funkgerät, Restlichtverstärker, eine Gore-Tex-Hülle, die man auch als Notschlafsack benutzen kann, und natürlich ausreichend Wasser im Zwei-Liter-Camelbak.«

Als Haemmerli sah, dass über Olivers Gesicht Schweißperlen rannen, hielt er einen Moment inne und fasste ihm aufmunternd an die Schulter. Dann fuhr er fort: »Zur Auftragserfüllung gibt's den 120-Liter-Rucksack oben drauf. Der wird mit allem Möglichen befüllt: Kletterausrüstung, Seile, Spaten und solches Zeug. Kein Mensch hält aber lange ohne Treibstoff durch, und man kann sich nicht darauf verlassen, draußen was Essbares zu finden! Also stopfen wir so viel wie möglich an Verpflegung rein, noch mehr Wasser und einen Gasbrenner. Aber das Überlebenswichtige in der Kälte sind natürlich Schlafsack, Isomatte und Zelt.«

»Großer Gott, wer soll das alles schleppen?«

»Wir.«

»Marius, wir müssen darüber nochmal reden, ich …«

»Ja, am besten auch über Potjomkinsche Dörfer, oddr?«

»Auf was spielst du an?«, fragte Oliver verwirrt. »Ich meine es ernst! Jetzt gleich, im Gewächshaus. Ich muss da ohnehin etwas kontrollieren.«

Im Untergeschoss angekommen, gab Oliver seinen Mitarbeitern Instruktionen für die Mischung des Fungizids, das gespritzt werden musste. Der Weizen hatte inzwischen eine Höhe von knapp einem Meter erreicht, er leuchtete dunkelgrün. Oliver ließ es sich nicht nehmen, Haemmerli eine der bewimperten Ähren zu zeigen.

»Sieh dir das an! Ist das nicht herrlich? Fühl mal, wie weich! Daraus backen wir bald frisches Brot!«

Oliver nahm Pflanzenproben, während Haemmerli unauffällig den Boden nach Mikrophonen absuchte. Als sie sich vor Abhörung sicher wähnten und die Arbeit getan war, setzten sie sich im Schneidersitz zwischen die Halme, duckten sich und begannen zu reden.

»Was meintest du mit Potjomkinschen Dörfern?«

»Die Meldung auf Radio Pischahorn über die angebliche Qualifikation Wiemers, dem neuen Chefingenieur«, sagte Haemmerli sarkastisch. »Das ist das Potjomkinsche Dorf!«

»Damit könntest du recht haben.« Die Eignung von Wiegeles Adlatus für den Posten hielt Oliver ebenfalls für einen Witz.

»Und wie ich damit recht habe! Mich würde wirklich interessieren, was für 'ne Laune die in der Zentrale gerade haben.«

Oliver kratzte sich am Scheitel, beugte sich nach vorn und sah zu Boden. »Vielleicht sollten wir mit Wiegele offen über die Radioaktivität im Wasser reden. Ich meine, er kann doch auch kein Interesse daran haben, hier unten verstrahlt zu werden. Wir könnten einen Suchtrupp nach oben schicken und nach Wasservorräten in Davos suchen. Es muss doch eine Lösung für das Problem geben.«

»Du fällst wohl gern die Treppe runter, oddr?«, entgegnete Haemmerli und unterstrich seine Rede mit energischen Gesten. »Die Scheißfirma hat ein Riesenproblem, ein Führungsproblem. Dieser Wiegele ist ein Psychopath, wenn du mich fragst, eiskalt und gewissenlos. Außerdem sitzt er auf Tausenden Wasserflaschen. Mit dem kannst du nicht verhandeln und auch nicht vernünftig reden. Der geht über Leichen, um seine Ziele durchzusetzen. Hat hier je einer außerhalb des Konsortiums an irgendwelchen Entscheidungen mitgewirkt?«

»Nein«, gab Oliver resigniert zu und kauerte sich zusammen.

»Du kannst ja gerne mal zur Zentrale gehen. Hallo, Fabio, liebes Konsortium, wir haben da auf einem Stick von dem irren Turtschi was über verstrahltes Wasser gefunden! Das wollen wir jetzt mal offen ausdiskutieren!«

»Hör auf!«, flehte Oliver und raufte sich die Haare. »Wir wissen doch noch nicht einmal, ob Turtschi wirklich ermordet wurde und wer dahintersteckt. Es gibt keine Beweise.«

»Natürlich gibt es keine Beweise. Wir sind eben nicht die Mordkommission, Olli, und können uns nur auf unseren gesunden Menschenverstand verlassen. Und der sagt mir, es ist an der Zeit, unser Schicksal in die eigenen Hände zu nehmen und nicht länger in dieser Falle hier sitzen zu bleiben.«

»Du willst ja wirklich raus«, stellte Oliver entsetzt fest.

»Nicht nur ich …«

Plötzlich hörten sie Geräusche vom Feldrand her, ein Knistern in den Halmen, dessen Echo von den Wänden widerhallte. Es klang, als wiege sanft ein Wind das Feld, der in der Höhle jedoch nie wehte.

Die beiden erhoben sich und spähten über die Ähren. Sie musterten jeden Winkel, aber niemand war zu sehen. Dann duckten sie sich tiefer als zuvor und flüsterten so leise, dass man neben ihnen hätte stehen müssen, um etwas zu verstehen.

»Wer würde denn noch aussteigen wollen?«

»Auf jeden Fall ist Adrian dabei. Und die Holtzendorffs. Du weißt, der Alte hasst Wiegele. Er meint, wir alle sind hier nur Marionetten. Er will raus und noch mal von vorne anfangen.«

»Ist er für solche Strapazen nicht schon zu alt?«

»Danach können wir nicht gehen, das muss er selber wissen. Ich versuche, eine Gruppe von zehn Leuten zusammenzustellen. Das wäre optimal. Die Vorbereitungen laufen schon. Vorräte sammeln, Waffen bereitmachen, Taktik. Adrian hilft mir. Wir denken, in zehn Tagen sind wir startklar. Ich zähle auf dich, Oliver.«

Olivers Mundwinkel senkten sich, er blinzelte und zerknüllte einen Weizenhalm. »Ich kann nicht raus, Marius. Mir ist das einfach zu riskant, vor allem wegen Annabel.«

»Gerade für sie musst du es wagen!« Haemmerli sah Oliver in die Augen und packte ihn am Oberarm. »Schau dir doch mal an, wo du stehst, was für Glück du hattest, in diesem Bunker zu landen. Aber jetzt wird es hier zu gefährlich, der Bunker zur tödlichen Falle. Wach auf! Wiegele ist nicht dein Freund, Oliver, ist es nie gewesen. Er wird dir nicht helfen. Wenn es drauf ankommt, lässt er dich gnadenlos fallen. Der einzig gangbare Weg ist der nach draußen.«

»Hast du denn gar keine Angst? Das ist doch alles Wahnsinn!«

»Ich hab im Death Valley im letzten Moment Wasser gefunden. Und ich habe in der Antarktis überlebt, bei minus zwanzig Grad. Angst kann ich mir nicht leisten. Als ich Turtschis Leiche gesehen hab, wusste ich, die Zeit an diesem Ort ist für mich abgelaufen. Das wird jetzt immer so weitergehen. Bei einem Toten wird es nicht bleiben. Bald werden andere rauskriegen, was wir wissen. Und dann herrscht hier Krieg, Oliver. Krieg ums Wasser.«

Nachmittags kochte Oliver Spaghetti Bolognese. Er verbrauchte das vorletzte Pfund Hackfleisch aus der Tiefkühltruhe, Dosenchampignons und Dosentomaten, H-Schlagsahne sowie Basilikum und Zwiebeln aus dem Gewächshaus. Angespannt starrte er in die Pfanne und kaute auf den Lippen herum. Zwischendurch nippte er an seinem Kaffee.

»Du guckst ja schon wieder so krass«, unterbrach Annabel seine düsteren Gedanken. Sie arbeitete mit Christian an einem

Referat über die Stadien der Faltengebirgsentstehung und kam in die Küche, um sich eine Flasche Wasser zu holen.

»Nein, alles okay. Ich konzentriere mich nur auf das Rezept.«

»Du konzentrierst dich aufs Rezept«, sagte sie verächtlich, blies sich ihre Haare aus der Stirn und sah ihn durchdringend an. »Am Arsch! Und guckst, als ob der Rest der verschissenen Welt auch noch untergehen würde?«

»Kommst du vielleicht mit etwas weniger Kraftausdrücken aus?«

»Okay. Aber du könntest mir ruhig sagen, was los ist. Das macht einem ja Angst, dieser … dieser Doomblick!«

Damit ging sie zurück zu ihrem Freund. Sie diskutierten über den Himalaja und die Alpen und darüber, wie die Kontinentalplatten auf einer Schicht aus flüssigem Magma schwammen.

Christian meisterte die Spannungen zwischen seinen Eltern, indem er sich mit Ehrgeiz auf die Schule konzentrierte. Annabel gefiel seine Hartnäckigkeit. Sie hatte Oliver von den Streitereien bei Familie Simpkins berichtet. Oft geriet Christian zwischen die Fronten, wenn seine Mutter oder sein Vater ihn auf ihre Seite zu ziehen versuchten. Hasso Simpkins tyrannisierte seine Frau, manchmal schlug er sie sogar. Seit sich das Paar eines Nachts nackt auf dem Flur geprügelt hatte, war es zum Bunkergespräch geworden.

Während Oliver die Spaghetti abgoss und den Parmesankäse in eine Schüssel füllte, nahm er sich vor, ab sofort unbesorgt zu wirken, um Annabel nicht weiter zu beunruhigen.

Als kurz darauf beim Essen eine Spaghetti über Christians Wange flutschte und dort einen roten Streifen hinterließ, hob sich die Stimmung. Annabel kicherte, sogar Oliver entspannte sich. Er schob einen Film in den DVD-Player. Es war Tradition, mehrmals in der Woche den Tag gemeinsam bei einem Heimkino-Event ausklingen zu lassen.

»Wie geht's eigentlich deinen Eltern, Christian?«, fragte Oliver, um sich abzulenken.

»Gut«, sagte Christian schnell. Seinem schmalen Gesicht unter dem kurzen dunkelblonden Haar war anzusehen, dass er sich um das Thema drücken und den Film sehen wollte.

»Na, so genau wollte ich es gar nicht wissen.« Über seine Teetasse lächelte Oliver ihn an.

Christian knetete die Hände, prustete unwillig. »Sie zoffen sich dauernd, wie immer eigentlich, und …«

»Nun lass ihn doch in Ruhe«, ermahnte Annabel ihren Vater.

»Und was noch?«, hakte Oliver nach.

Einen Moment wand Christian sich, dann fuhr er fort: »Und wenn mein Vater mit seinem Geigerzähler rumspielt, sagt er immer: ›Wenn das der Diktator wüsste.‹«

»Was? Wieso das denn?«

Oliver hatte das Gefühl, dass etwas in seiner Brust schockgefror. Niemand hier unten hatte einen Geigerzähler. Wozu sollte man den auch mitnehmen in einen perfekt gegen Strahlung abgeschirmten Atombunker?

»Weil der immer so lostickt, wenn er ihn ins Wasser taucht. Er sagt, das Wasser ist radioaktiv verseucht. Und die Techniker verheimlichen das Wiegele bestimmt.«

In einer raschen Bewegung legte Oliver den Zeigefinger auf den Mund und flüsterte Christian ins Ohr: »Du darfst nie wieder ein Wort darüber verlieren! Verstanden?«

Verstört und mit aufgerissenen Augen nickte der Junge.

»Es ist gefährlich!«

»Was ist denn nun schon wieder los?«, zischte Annabel.

»Wir sind im Bunker nicht mehr sicher«, flüsterte Oliver seiner Tochter zu. »Ich erkläre dir das nachher. Das mit dem Geigerzähler kann uns alle Kopf und Kragen kosten. Wir dürfen nie mehr laut darüber reden, okay?«

»Okay.« Annabels von Sommersprossen getüpfelte Nasenflügel weiteten sich, sie furchte die Brauen und sah ihren Vater ängstlich an. Tränen schossen ihr in die Augen.

»Ist schon okay«, tröstete Oliver und nahm sie in die Arme. »Ich gehe zu Christians Vater und kläre das. Versucht, euch ganz normal zu verhalten, seht solange den Film weiter.«

Aufgewühlt ging Oliver in die zweite Etage. Frau Simpkins öffnete. Sie sah verhärmt aus. Glanzlose, farblich kaum zu bestimmende Haare hingen an ihr herunter wie ihr graues Kleid. Darüber trug sie einen sackförmigen grünen Pullover, der ihr teigiges Gesicht blass erscheinen ließ. Definiere Depression, dachte Oliver.

Die Wohnung der Simpkins war spießig möbliert. Ein plüschiges gelbes Sofa, dunkle Schränke und Nippes. Nur ein alter Orientteppich gab dem Raum etwas Klasse.

»Was für eine Überraschung, der Herr Bertram«, begrüßte ihn Hasso Simpkins. »Setzen Sie sich! Der letzte Elternabend ist schon ’ne Weile her, was? Wollen Sie einen Drink?«

»Nein, ich will nur kurz mit Ihnen reden.«

»Dann Tee oder Kaffee?«

»Tee.«

»Mausi, kannst du uns rasch einen Earl Grey kochen?«

Unwillig schlurfte Frau Simpkins zur Küchenzeile, wobei sie etwas vor sich hin brabbelte, das man als Unmutsäußerung hätte deuten können. Eine Schlagersendung von Radio Pischahorn übertönte ihre Worte.

Ungeniert verdrehte Hasso Simpkins die Augen. »Kein Wunder, dass einem da die Lust auf Hausmannskost vergeht.«

Simpkins war dafür bekannt, freizügig Sexstorys zum Besten zu geben. In einem Saunaclub hatte er vor dem Krieg Wiegele kennengelernt und Kontakte geknüpft. Dort hatten sie sich Frauen geteilt und Erfahrungen als Womanizer ausgetauscht. Trotz seines ausgedünnten, halblangen Haars wirkte der Fünfzigjährige charismatisch. Sein Vermögen hatte er als Hedge-Fonds-Manager erworben.

»Ich muss mit Ihnen reden«, beschwor Oliver ihn, »jetzt gleich. Diskret.«

»Kein Problem.« Mit einem Schwung setzte Simpkins sich zu Oliver auf das Sofa und flüsterte ironisch: »Und wo soll das konspirative Gespräch stattfinden, Doc?« Bevor Oliver antworten konnte, fuhr er grinsend fort: »Drei Türen weiter ist die Besenkammer. Garantiert abhörsicher. Das habe ich gecheckt.«

»Also los!«, erwiderte Oliver, stand auf und fragte verwundert: »Wieso kommen Sie mit Ihrer Karte eigentlich in die Kammer?«

»Ich hab's einfach probiert, und es hat funktioniert. Weiß auch nicht, wieso.«

Simpkins raffte sich auf und zupfte seinen Armani-Anzug zurecht. »Mäuschen, der Doc und ich machen kurz einen Spaziergang, ja?«

»Und was wird aus dem Tee?«, fragte sie vorwurfsvoll. In ihren Augen lag das Elend ihres Lebens.

»Stell ihn warm, wir sind gleich zurück«, sagte er, dabei erzeugte seine Kehle ein trockenes Geräusch wie ein verunglücktes Kichern.

»Gut, Hasso, wie du meinst …« Ihre Stimme bebte und erstarb zu einem Flüstern.

Angesichts der Umstände müssten sich die Streitgründe zwischen den beiden eigentlich in Nichts auflösen, dachte Oliver. Doch bei Familie Simpkins köchelten sie weiter.

Inzwischen hatte sich Hasso Simpkins abgewandt und lugte durch den Spion.

»Was ist? Wir schlüpfen rasch um die Ecke, und dann rein in die Kammer.«

»Geht nicht«, widersprach Simpkins trocken.

»Warum nicht?«

»Weil gerade eine Patrouille vor meiner Tür steht und irgendwelches Zeug labert. Merkwürdig, die kommen neuerdings immer zu zweit.«

Rötliche Flecken brannten auf Olivers Wangen. Die Angst vor Entdeckung und Verfolgung übermannte ihn, seine Knie zitterten. Er ging zur Tür und sah selbst auf den Flur.

Simpkins deutete derweil zu seiner Frau, die in der Küche wirtschaftete. »Ich sag Ihnen, Bertram, chronisch dysphorisch, die Alte.« Dann übernahm er wieder den Spion und kniff Augen und Lippen zusammen. Sekunden vergingen, die Oliver vorkamen wie eine Ewigkeit.

»Ich glaube, jetzt ist die Luft rein. Wenn wir unsere Beine in die Hand nehmen, bemerkt uns kein Schwein.«

Sie rannten nicht, sondern verhielten sich wie zwei Männer, die in eine Unterhaltung vertieft aus einer Bar nach Hause schlenderten. Wie beiläufig zog Simpkins seine Karte durch den Schlitz, und beide verschwanden. Die Besenkammer war ein enger Raum zwischen Winkelstahlregalen, die bis zur Decke reichten. Sie waren dicht gefüllt mit Wischlappen, Reinigungsmitteln, Eimern und Staubsaugern. In einer Ecke stand eine Scheuersaugmaschine. Der Geruch nach Putzmittel brannte in der Nase.

»Wie geht es Ihnen eigentlich? Haben Sie alles gut überstanden?« Trotz seiner Ungeduld versuchte Oliver, die angespannte Stimmung zu lockern.

»Ich bin immer noch etwas durcheinander«, gab Simpkins zu und hielt sich an einem Regal fest. »Man ist noch nicht ganz drin in der Psychiatrie, schon erklären dir die Götter in weiß, du bist verrückt. Dann schieben sie dir alle möglichen Psychopharmaka rein – meine Güte! Ich komme erst allmählich wieder zu mir.«

»Ich weiß, Sie hassen Pillen.«

Simpkins hatte, wie Oliver von Wiegele wusste, in einem Bordell eine Psychose erlitten und nackt drei Frauen mit einem Messer bedroht. Kokain war dem Gerücht nach im Spiel gewesen. Notarzt und Polizei hatten schließlich eine Zwangseinweisung veranlasst.

»Na ja, bei dem Trott der letzten Monate hier habe ich meine Meinung darüber geändert. Auf jedem Flur sollte ein rosa Antidepressiva-Automat angebracht werden.« Simpkins begann zu kichern, und Oliver bemerkte erst jetzt, dass auf seiner Stimme einige Drinks schwammen.

»Zum Glück gibt's sogar im Pischahorn für Sugardaddy ein paar Ladies mit nymphomanischen Neigungen, bestens geeignet für die Besenkammer. Kennen Sie Schwester Angelina, die Spanierin von der Krankenstation?« Das Regal wackelte, denn Simpkins brach in ein von Schnarchlauten durchsetztes Gelächter aus.

»Hören Sie auf zu lachen! Das geht mir auf die Nerven. Ich stehe unter einem Scheißdruck!«

Olivers bleiches Gesicht und seine aufgerissenen Augen brachten Simpkins zur Räson, er schwieg und hörte zu. In knappen Sätzen umriss Oliver das Problem, berichtete von dem Mord an Turtschi, von dem verseuchten Wasser, von der Strahlung, die bereits in seinem Körper steckte, und von Haemmerlis Fluchtplänen.

»Und deshalb dürfen Sie oder Christian unter keinen Umständen noch einmal etwas über Ihren Geigerzähler rausposaunen! Sonst enden Sie wie Turtschi. Wiegele geht über Leichen, glauben Sie mir.«

»Falls er nicht schon längst davon weiß«, gab Simpkins zurück, plötzlich nüchtern und vernünftig.

»Ich sehe als einzigen Ausweg, hier so lange auszuharren wie möglich. Wenn sich der nukleare Winter verzogen hat, können wir alle gemeinsam oben in Davos etwas Neues aufbauen, meinen Sie nicht?«

»Nein, wir werden hier unten alle verrecken.«

Simpkins baute sich vor Oliver auf und machte eine Geste mit den Armen, als wollte er den Berg über sich wegstemmen. »Haemmerli hat verdammt noch mal recht, wenn er aussteigen will. Jesus Christ, ich sag Ihnen was, die Idee ist grandios! Ich werde mit ihm gehen. Früher oder später drehe ich in diesem Loch ohnehin mit meiner Alten durch. Hey, Sie sollten sich auch einen Ruck geben, Mann!«

»Wissen Sie überhaupt, wovon Sie da reden? Draußen herrscht Eiszeit! Haben Sie mal bei minus zwanzig Grad auf eine Bahn gewartet und gedacht, Ihre Zehen sterben ab?«

»Wir haben die Freiheit, uns zu entscheiden: Strahlentod und eingeschlagener Schädel. Oder abgefrorene Zehen – und eine kleine Chance.«

»Schön wär's«, entgegnete Oliver resigniert.

Die Kinder fläzten auf dem Sofa und sahen den Film. Der Leuchtturm flackerte. Auf den ersten Blick wirkte alles entspannt, aber in den klaren, fragenden Augen Annabels las Oliver Angst und unbeantwortete Fragen. Ihr Körper strahlte Verletzlichkeit aus. Einen Moment knetete sie den Saum ihrer Fellweste, dann stoppte sie den Film mit der Fernbedienung und komplimentierte Christian mit knappen Worten aus der Wohnung.

Vater und Tochter umarmten sich. Oliver spürte, dass Annabel zitterte. Er drückte sie an sich und streichelte über ihr rotbraunes Haar; dabei blickte er über ihre Schulter auf den Monitor an der Wand, der die Alpen im goldenen Abendrot zeigte – irreal und absurd.

Sie stellten Musik an und setzten sich auf das Sofa, wo Oliver zum zweiten Mal an diesem Abend im Flüsterton von den Dingen erzählte, die er wusste. Nichts ließ er unerwähnt, auch nicht seine Ratlosigkeit. Annabel schwieg lange.

»Ich wünschte, Mama wäre hier … Ich vermisse sie so.«

»Ja, das geht mir genauso.« Oliver schluckte, und beide kämpften mit ihrer schmerzenden Sehnsucht.

»Wenn wir nach oben gehen, könnten wir Mama suchen.«

»Glaub mir, wenn das irgendeine Aussicht auf Erfolg hätte, wäre ich schon längst losgezogen.«

Annabel sah ihrem Vater tief in die Augen, von unten nach oben mit geneigtem Kopf. Ihr Blick war nicht forschend, sondern warm.

»Ich weiß, aber man kann doch nicht ewig eingesperrt leben. Ich meine, irgendwie muss es weitergehen mit der Welt. Das läuft nicht, wenn man sich in einer Höhle verkriecht und Hundefutter aus der Dose frisst. Ich will jedenfalls was verändern. Und wer weiß, vielleicht gibt es ja doch einen Ort, an dem ich später Medizin studieren kann.«

»Heißt das etwa, du willst auch raus? Im Ernst?«

»Ich weiß nicht, Paps.« Sie schmiegte sich an ihn. »Ich hab solche Angst. Eigentlich weiß ich überhaupt nichts mehr, außer, dass alles anders werden muss. Dieser widerliche Wiegele!« Sie streckte die Zunge raus und fasste sich mit Daumen und Zeigfinger um den Hals. »Wenn wenigstens alle an einem Strang ziehen würden, wäre alles halb so schlimm.«

Kapitel 6

Am Freitag der folgenden Woche, 234 Tage nach seinem Einzug in den Bunker, befühlte Oliver die Weizenstängel auf dem Feld. Wie unzählige Male zuvor ertastete er eine glatte Oberfläche und spürte ein Gefühl von Befriedigung. Die Ähren sahen kräftig aus und reiften im Kunstlicht. Sie rochen üppig, warm und leicht nach Honig. Die Ernte stand unmittelbar bevor. Der Mähdrescher würde Halme und Ähren abschneiden und die Körner herausdreschen. Dann würden sie zu Mehl weiterverarbeitet werden.

Als er sich an einer anderen Stelle herunterbeugte und den Bohrstock für Proben in den Boden rammen wollte, sah er auf drei Halmen einen rostroten Belag. Er zog sich entlang der Längsachse bis hinauf zu den Ähren, für das ungeschulte Auge zwischen Abertausenden von Pflanzen unsichtbar.

Ungläubig tastete Oliver den Stängel ab. Er wusste sofort, was die kleinen Knubbel unter seinen Fingerspitzen bedeuteten: Pusteln des Schwarzrosts. Kompletter Verlust der Ernte.

Seine Beine drohten einzuknicken. Er umklammerte den Bohrstock und blickte über das Feld. Dicht an dicht standen die Ähren, aufrecht wie Zinnsoldaten in Reih und Glied, den Kopf hoffnungsvoll dem Licht entgegengereckt. Doch sie waren dem Untergang geweiht.

Olivers Herz drückte in der Brust, als wolle es zerbersten. Er rang nach Luft. Mechanisch untersuchte er alle Bereiche des Feldes. An einigen Halmen waren die Flecken bereits zusammengewachsen und hatten sich kaffeebraun verfärbt. Eine abgelegene Ecke des Ackers, etwa einen Quadratmeter groß, zeigte den fortgeschrittensten Befall: Dort breiteten sich von den Halmen her schwarze, streifige Stellen auf Blattscheiden und Ähren aus, wie ein Krebsgeschwür flossen sie ineinander. Innerhalb von Tagen würde sich sein Stolz in schwarzen, verschrumpelten Pflanzenabfall verwandeln, in ein Gemisch aus gebrochenen Halmen und toten Körnern. Sektor für Sektor würde befallen werden. Kein Cocktail potenter Pilzgifte konnte das verhindern, denn die hatte er längst versprüht.

Ein Schweißtropfen fiel auf ein Blatt und mischte sich mit dem Pulver des Pilzes zu einer schwarzen Schliere. Wie hatten die Sporen der heimtückischen Plage hierher, ins abgeschirmte Innere des Bergs, gelangen können? Was hatte er übersehen?

Plötzlich war Oliver wie von Sinnen und begann, das welkende Getreide mit Handschlägen zu verwüsten und Flüche zu brüllen, deren Echo zwischen den Felsen hallte. Voller Wut stampfte er auf, und die Krume stob in hohem Bogen auf. Dann knickten seine Beine ein, und er sank zu Boden, streckte sich aus, bedeckte das Gesicht mit den Händen und weinte, bis die Tränen und die Erde auf seinen Wangen zu einem klebrigen Film verschmolzen.

»Warum? Warum ausgerechnet hier?«

Seit der Antike war die Getreidepest für Missernten und Hungersnöte verantwortlich. In den fünfziger Jahren des 20. Jahrhunderts hatte sie einmal die halbe Weizenernte der USA vernichtet. Nach einem halben Jahrhundert Pause hatte man geglaubt, die Geißel besiegt zu haben, bis an der Wende zum neuen Jahrtausend in Uganda plötzlich eine neue, aggressive Variante des Schwarzrosts ihr todbringendes Haupt erhob. Die Epidemie vernichtete Ernten von Kenia bis Südafrika, ließ die Felder der arabischen Halbinsel umknicken, und wäre nicht der Krieg ausgebrochen, hätte der Wind die Sporen bis in den Fernen Osten und nach Australien getragen.

Atombomben und der nukleare Winter hatten den Pilz an der Erdoberfläche aufgehalten. Doch hier im Pischahorn, in einer hochtechnisierten Welt unter Tage, hatte er einen Weg gefunden zu überleben.

Langsam, als erwache er aus einem Albtraum, rappelte Oliver sich auf. Es kam ihm vor, als sei seine furchtbare Entdeckung vor langer Zeit geschehen, während in Wirklichkeit nur wenige Minuten vergangen waren. Er empfand eine eigenartige Leere. Die Stille in der Höhle war beklemmend. Kein Halm regte sich. Plötzlich fühlte er eine brennende Sehnsucht nach Michelle, nach ihren tröstenden Armen. Wie nie zuvor vermisste er ihren Schutz, den Schutz seiner starken Frau.

Mit einem Seufzer stand er auf, klopfte die Erde vom Hemd und brachte sich so gut wie möglich in Form. Dann schnitt er ein paar Ähren ab und steckte sie in eine Plastiktüte. Er brauchte Gewissheit. Obwohl er die Proben noch nicht mikroskopiert hatte, tanzte vor seinen Augen bereits das Bild der ovalen goldbraunen Pilze mit den typischen Sporen.

Stimmen durchbrachen vom Zugangstunnel her die Stille, rissen ihn aus seiner Verzweiflung. Eine aufgeregte Frauenstimme fragte etwas, und zwei Männer gaben ihr Auskunft. Oliver versuchte, sich zusammenzureißen, normal zu wirken. Schritte näherten sich auf dem Fels, bis sie vom weichen Acker gedämpft wurden.

»Doktor Bertram!«

Es war Carolin von Holtzendorff. Sie trug eine weiße Bluse, die lässig in einer verwaschenen Jeans steckte. Ihre Haare hatte sie im Sixties-Look über ihrem Kopf zusammengesteckt.

Olivers Gesicht hellte sich auf, und in einer mühsamen Bewegung hob er den Arm zum Gruß. Sie gingen aufeinander zu, sie lebhaft und zügig, er schleppend, als trüge er eine Eisenkugel am Bein.

»Ich muss Ihnen was erzählen!«, begann Carolin im Laufen. »Es gibt jetzt wirklich niemanden mehr, der dieses Schwein stoppen kann. Sie werden nicht glauben, was Wiegele getan hat …«

Als sie Olivers Gesicht sah, hielt sie inne und schlug eine Hand vor den Mund. »Um Gottes willen, was ist denn mit Ihnen los?«

Er hielt ihr die Tüte mit den Pflanzenproben vors Gesicht, unfähig, ein Wort zu sprechen.

»Ich verstehe nicht. Was ist das? Was hat das zu bedeuten?«

Mühsam räusperte Oliver sich. Sein Mund war staubtrocken. »Schwarzrost.«

Carolin verstand nicht. Sie zuckte mit den Schultern und führte ihn zum Feldrand, wo ein roter Plastikeimer unter einem Wasserhahn stand. Nachdem sie ihn aufgedreht hatte, befeuchtete sie ein Taschentuch und begann, Olivers Gesicht abzuwischen. Ihre flüssigen, harmonischen Bewegungen, das Reiben ihrer Hand auf seiner Haut beruhigten ihn. Am liebsten hätte er sie an ihrem Ledergürtel zu sich gezogen, umarmt und geküsst.

»Das Feld ist verloren«, sagte er endlich. »Schwarzrost, das ist ein Pilz, eine Seuche, die Getreide befällt. In ein paar Tagen hat sich alles hier in schwarzen Dreck verwandelt. Jeder einzelne Halm, jede Ähre!«

»Sind Sie sicher?« Ungläubig knetete sie das schmutzige Tuch. »Das Feld sieht doch gesund aus.«

Er hob noch einmal die Tüte mit den Proben. »Sehen Sie hier die schwarzen Streifen auf den Stängeln, wie sie sich auf den Ähren ausbreiten? Ich bin hundertprozentig sicher, dass wir hier unten nie Weizen ernten werden. Das bekommt niemand mehr steril. Die Sporen sind überall, und wir haben keine Chemikalien, die wirken würden. Es ist aus.«

»Das … das tut mir leid«, sagte sie und strich ihm tröstend über die Schulter.

»Ich könnte Ihnen die befallenden Stellen auf dem Feld zeigen, aber damit fallen wir zu sehr auf. Ich will den Löwen nicht noch mit der Nase auf das Desaster stoßen. Der wird mich sowieso rauswerfen oder umbringen oder was weiß ich.« Fatalistisch winkte Oliver ab.

»Ich fürchte, damit liegen Sie richtig.« Carolin klimperte mit den Lidern, runzelte die Stirn und seufzte. »Eigentlich bin ich hier, um Ihnen was zu sagen. Die Krähen im Konsortium hacken sich jetzt gegenseitig die Augen aus. Flügelkämpfe um die Macht, geführt mit allen Mitteln.«

»Was ist passiert?«

»Wiegele hat Widmer und Casentieri verhaften lassen. Er hat sie einfach aus ihren Zimmern geholt und ins Gefängnis gesteckt, wegen Gefährdung der Sicherheit. Angeblich wollten sie fliehen. Ein sogenanntes Gericht soll darüber entscheiden, ob sie nach draußen verbannt werden. Praktisch wäre das die Todesstrafe.«

Oliver rieb sich das Kinn, schob die Brille ein Stück den Nasenrücken herauf. Er überlegte. »Offenbar brodelt es unter den Mächtigen. Es ist nur noch eine Frage der Zeit, bis Unbeteiligte zwischen die Fronten geraten.«

»Ja«, sagte sie mit einer Stimme, die ebenso zitterte und bebte wie ihr Körper.

Eine Ewigkeit sahen sie einander an. Während Carolins Augen Halt in den seinen suchten, wog Oliver das Für und Wider einer Flucht ab. Die Wärme, Güte, aber auch die Entschlossenheit in ihrem Blick strömten in ihn hinein. Plötzlich fand er die Kraft, eine Entscheidung zu treffen. Er entschied sich für den Ausstieg, für das Wagnis. Mit jedem Nerv, mit jedem Schlag seines Herzens, der Leben durch seinen Körper jagte, stieg seine Gewissheit, dass dies der richtige Weg war. Oliver war stolz. Und dieser Stolz würde nie nachlassen, denn seine Entscheidung war ein Versprechen an Carolin, unumstößlich und unverletzlich.

»Wir müssen hier raus«, sagte sie leise.

»Ich weiß.«

Sofort begannen ihre Augen zu leuchten. »Wir treffen uns heute Abend mit Haemmerli, den Simpkins und meinen Eltern in der Besenkammer in der zweiten Etage. Haemmerli will Dienstagmorgen los und braucht Ihre Hilfe.«

»Meine Hilfe? Warum?«

»Ich weiß nicht, was er vorhat. Jedenfalls gibt es einen Zeitplan, nach dem wir alle in die Kammer kommen sollen. Nach den jüngsten Ereignissen müssen wir besonders auf der Hut sein. Isler hat Nachtdienst und kommt später dazu. Sie sind um 22:20 Uhr an der Reihe.« Mit einer Mischung aus Furcht und Ungläubigkeit blickte sie über das Feld. »Wie lange können Sie das hier geheim halten?«

»Ein paar Tage vielleicht.«

Punkt 22:20 Uhr fand Oliver sich vor der Besenkammer im zweiten Stock ein, in der er vor einer Woche das Gespräch mit Simpkins geführt hatte. Ohne Verzögerung öffnete sich die Tür, und Haemmerlis Arm zog ihn hinein. Die Freunde umarmten sich.

»Jetzt werden wir dieses Loch verlassen, mein Bester, oddr? Schön, dass du dabei bist!« Haemmerlis Augen strahlten vor Kraft und Tatendrang, sein Muttermal auf der linken Wange leuchtete. »Alle wissen schon, was auf dem Weizenfeld los ist. Und was mit Widmer und Casentieri passiert ist. Wir können also gleich mit der Planung loslegen. Das Ganze wird ein bisschen was von einem Seminar haben. Hilft aber nichts, Sie brauchen die Informationen. Sie alle müssen bitte sehr gut zuhören, denn wir dürfen uns keine Fehler leisten.«

Alle hingen an Haemmerlis Lippen. Georg von Holtzendorff wirkte 15 Jahre jünger. Die Aussicht, sich oben ein neues Leben aufzubauen, hatte die Falten aus seinem Gesicht gewischt.

Die Ausrüstungsgegenstände, die Oliver bereits aus Haemmerlis Vorführung in seinem Zimmer kannte, lagen zwischen den Regalen ausgebreitet.

»Wir brechen Dienstagmorgen auf. Da es inzwischen unmöglich ist, den Haupteingang zu passieren, müssen wir den Notausgang nehmen. Er beginnt neben dem Gewächshaus. Es ist ein 250 Meter hoher Schacht mit einer Stahltreppe. In der Nähe des Gipfels kommt er aus dem Berg. Von da führt ein Weg runter nach Davos, wo wir die erste Nacht verbringen werden.«

»Was für ein Weg?«, fragte Simpkins und stieß ein sarkastisches Lachen aus. Er lehnte am Regal und hatte glasige Augen. »Sie meinen wohl eher Abfahrt im Tiefschnee, was?«

»Ganz recht, Simpkins«, entgegnete Haemmerli, »ohne richtige Vorbereitung und Technik überstehen wir es da draußen nicht einen Tag. Auf dem Pischahorn weht ein eisiger Wind, und im Tiefschnee wird der Abstieg zur Strapaze. Ich kenne die Gegend. Es gibt heikle Stellen, Spalten und Risse. Alles ist ständig in Bewegung. Ein Ausrutscher und man wird weggerissen. Und noch was, Simpkins: Im Überlebenskampf ist Disziplin das oberste Gebot. Können Sie sich dieses Wort bitte einprägen? Disziplin!«

»Na klar, Mann, Disziplin, kein Problem, Haemmerli. Auf mich können Sie sich verlassen, hundertprozentig.« Grinsend dehnte Simpkins sich wie bei einem Morgenstretching.

»Sind Sie jetzt fertig?«, fragte Haemmerli. Dann fuhr er fort: »Wir werden also frieren, erschöpft sein und hungrig. Aber wir werden nie aufgeben, müssen immer bereit sein zu improvisieren – langsam und kontrolliert. Wir haben Zeit, und wenn nicht, nehmen wir sie uns.«

Haemmerli erläuterte jetzt die Schichten seiner »Überlebenszwiebel«: Die richtige Kleidung entscheide über Leben und Tod, und dazu gehöre vor allem angemessenes Schuhwerk.

Jeder sollte Allroundstiefel tragen und diese in der verbleibenden Zeit im Bunker einlaufen. Wer keine habe, solle sich bei Freunden unter Wahrung der strikten Geheimhaltung welche besorgen oder in der Ausrüstungskammer der MPIG schnorren. Die Schnürsenkel müssten mit Fett eingerieben werden. Hinzu kämen mehrere Paar Wollsocken.

Detailverliebt beschrieb Haemmerli die Verwendung langer Thermounterwäsche und das Tragen mehrerer T-Shirts unter einem Pullover, weil auf diese Weise isolierende Lufteinschlüsse entstünden. Zuletzt folgte die Beschreibung der wind- und wasserdichten Winterjacke mit Kapuze sowie von Handschuhen und Schal.

Als es an die Regeln für das Packen eines Rucksacks ging, verlangte Haemmerli höchste Konzentration. Alle sollten nur das mitnehmen, was unbedingt gebraucht würde, denn das Gewicht dürfe nicht mehr als ein Viertel des eigenen Körpergewichts betragen.

»Keep it simple and stupid«, schwor er seine Gruppe ein.

Oliver und Carolin bat er, für einen professionellen Verbandkasten zu sorgen. Dann präsentierte er ein selbstaufstellendes Zelt aus flexiblen Teleskopstangen, empfahl praktikable Konserven, Kochgeräte und Zunder zum Feuermachen, kurz, er vermittelte kompakt all das Wissen, das er sich in seiner Ausbildung über Jahre angeeignet hatte.

»Sie sind aber gradlinig, Herr Haemmerli«, sagte von Holtzendorff bewundernd.

»Überleben ist alles, das macht gradlinig. Kompliziert werden die Dinge von alleine, oddr?«

Haemmerlis Augen suchten Blickkontakt zu allen Anwesenden, während er seine Pläne weiter ausführte.

»Wenn wir Dienstagabend in Davos ankommen, besteht die Möglichkeit, dass wir in einem Gebäude Schutz finden.

Sicher ist das aber nicht, denn niemand hat eine Vorstellung davon, was uns oben erwartet. Finden wir kein festes Quartier, machen wir Feuer und biwakieren im Freien. Das steht uns ohnehin irgendwann bevor.« Seine Arme vollführten eine beruhigende Geste, da er in den Gesichtern Angst las. »Keine Sorge, was Davos angeht, bin ich optimistisch. Ich bin da aufgewachsen. Und ein Zelt in den Alpen bei minus zwanzig Grad ist praktisch mein zweites Zuhause.«

Vor dem Krieg hatte Haemmerli in einer Zweizimmerwohnung am Ortsrand von Davos gewohnt, unweit seiner Eltern. Sein Vater hatte bei der Züricher Kantonalbank gearbeitet, seine Mutter war Hausfrau gewesen. Wäre er ihren Wünschen gefolgt, hätte er die Laufbahn eines Bankangestellten eingeschlagen und wäre wahrscheinlich im Bombenhagel verdampft. Es nagte an ihm, durch Zufall überlebt und seine Familie zurückgelassen zu haben.

»In Davos schlagen wir uns zur anderen Seite des Ortes durch«, fuhr Haemmerli fort. »Da gibt es eine Skistation und vielleicht auch Schneemobile oder etwas Ähnliches, das uns die Reise nach Süden erleichtern könnte. Bis Locarno sind es etwas mehr als 150 Kilometer.«

»Warum nach Locarno und nicht nach Zürich?«, fragte Georg von Holtzendorff, der an die Stadt mit einer naiven Sehnsucht dachte.

»Ich fürchte, wir finden dort nur Asche und Eis – oder Schlimmeres. Wir müssen den großen Städten ausweichen. Und Locarno liegt im Süden. Je weiter wir nach Süden gelangen, umso besser.« Ein verschmitztes Lächeln huschte über Haemmerlis Gesicht. »In Locarno liegt übrigens ein Militärflugplatz, wo die Ausbildung der Siebzehner stattfand. Natürlich wissen wir nicht, wie jetzt das Klima da ist und ob Startbahn und Flugzeuge noch brauchbar sind. Aber wenn ja, haben wir eine Chance, sehr schnell weiter nach Süden zu gelangen.«

Alle wussten, dass Haemmerli nicht nur Erfahrungen als Fallschirmspringer hatte, sondern auch über eine Pilotenlizenz verfügte.

»Falls es eine Möglichkeit gibt, wohin willst du fliegen, Marius?«, fragte Oliver.

Es schien, als hielten alle einen Moment den Atem an. Haemmerli rieb sich den Nacken und blickte zu Boden.

»Unser endgültiges Ziel liegt wohl nicht in Europa, was?«, fragte Hasso Simpkins scharf.

»Ganz recht.«

»Könnten Sie ein bissel präziser werden, Haemmerli? Wir haben da schließlich ein Wörtchen mitzureden!«

»Das hängt von den Bedingungen ab, die wir vorfinden, Simpkins. Vom Ausmaß der Eiszeit, die oben herrscht. Vielleicht reicht Süditalien. Wenn nicht, dann Nordafrika. Oder eben dorthin, wo noch Leben möglich ist.«

Ein Raunen ging durch die Besenkammer.

»Scheiße«, fluchte Simpkins, »vielleicht in die Zentralafrikanische Republik?«

Angst stach Oliver in die Glieder. Er verschränkte die Arme, verkrallte die Hände in den Oberarmen und hasste plötzlich aus tiefster Seele jene Gewissenlosen, die den Krieg angezettelt hatten. Als Vertriebene, als Flüchtlinge würden sie aufbrechen in die Fremde, Tausende Kilometer entfernt von der vernichteten Heimat. Gab es überhaupt noch eine Zukunft?

Haemmerli ließ der Gruppe keine Zeit. »Ich bitte um Ihre Aufmerksamkeit! Unterwegs treffen wir vermutlich auf andere Überlebende. Führen wir uns vor Augen, dass die Gesellschaft zusammengebrochen ist und die Ressourcen zerstört sind. Die Welt hat gebrannt, und niemand hat gelöscht. Also müssen wir anderen gegenüber ein gesundes Misstrauen bewahren und uns darauf vorbereiten, uns notfalls mit der Waffe zu verteidigen.«

»Sie meinen, wir sollen auf Menschen schießen?«, fragte Carolin von Holtzendorff. Sie hatte den Kopf gehoben und sich in die Höhe gestreckt. Ihre Augen leuchteten. Oliver beobachtete sie und bewunderte ihre Schönheit und ihren Mut. Sie sah ihn an, und beide tauschten ein flüchtiges Lächeln.

»Ganz recht«, sagte Haemmerli.

»Glauben Sie wirklich, das wird nötig sein? Meinen Sie nicht, wir treffen auch auf Leute, die uns helfen wollen? Sehen Sie das nicht zu pessimistisch?«

»Nein, Frau von Holtzendorff. Ich bin der geborene Optimist, wie Sie wissen, sonst würde ich das hier gar nicht versuchen. Aber wir müssen vorbereitet sein. Keine Sorge, darum werden Herr Isler und ich uns kümmern. Wir führen Sie da durch, das verspreche ich Ihnen.« Während Haemmerli sprach, wich er ihrem Blick aus. »Aber natürlich haben Sie recht. Es gibt da draußen bestimmt auch freundlich gesonnene Leute. Dann ist es die beste Strategie, mit ihnen zu kooperieren. Die Erfahrung ist, dass in solchen Situationen Geschenke ein guter Zugang zum Wohlwollen anderer sind. Darauf sollten wir uns vorbereiten und so viel mitnehmen, wie wir tragen können.«

Die Gruppe diskutierte, welche Geschenke sie für potenzielle Begegnungen mitnehmen sollte: Hasso Simpkins plädierte für Zigaretten, Carolin für einen Kompass, Walkie-Talkies und Sonnenschutzcreme, Haemmerli für eine Pistole und ein Schweizer Taschenmesser. Zudem bat er Simpkins, den Geigerzähler zur Messung der Kontamination mitzunehmen.

Olivers Kopf rauchte. Haemmerlis Worte hatten ihn schockiert. Er ahnte, wie hart die Reise durch die zerstörte, verstrahlte Welt werden würde. Zum ersten Mal wurde ihm bewusst, dass da draußen nichts mehr war wie zuvor. Sicherheit, die selbstverständliche Versorgung mit allem Notwendigen und das Vertrauen in einen funktionierenden Staat, all dies gehörte der Vergangenheit an.

»Und was ist mit der Strahlung, Haemmerli?«, fragte Simpkins. »Da oben hat immerhin ein verdammter Atomkrieg gewütet. Wie wollen wir uns dagegen schützen? Haben Sie Jodtabletten gebunkert?«

»Nein, wir brauchen keine Jodtabletten«, erklärte Haemmerli. »Die sind leider kein Allheilmittel, denn sie schützen nur die Schilddrüse vor Jod-131, und das auch nur in den ersten Tagen nach Austreten von Strahlung. Sie helfen weder gegen Strontium noch gegen Cäsium, auch nicht gegen Plutonium oder Uran.«

Wieder lasteten von Sorgen gezeichnete Blicke auf Haemmerli.

»Sicher werden wir was abbekommen. Aber sieben Monate nach dem Krieg ist der schlimmste radioaktive Niederschlag runter und liegt hoffentlich in den unteren Schneeschichten. Wichtig ist nur, die Kontaktzeiten so kurz wie möglich zu halten und auf unsere Ausrüstung zu vertrauen.«

»Das soll alles sein?«, fragte der alte von Holtzendorff.

»Glauben Sie mir«, legte Haemmerli nach, »meine größte Sorge ist nicht die Strahlung, sondern die Kälte und das UV-Licht, wegen der aufgelösten Ozonschicht. Letzteres ist vielleicht nicht ganz so arg, denn im Moment wird die Sonne noch stark vom Ruß in der Stratosphäre absorbiert. Der Rest ist Schicksal.«

Nervöse Gespräche liefen durch die Gruppe. Nachdem weitere Details geklärt worden waren, löste sie sich auf. Kurz bevor Carolin an der Reihe war, unauffällig in den Flur geschleust zu werden, fragte sie Haemmerli: »Was wird eigentlich aus den anderen Bewohnern? Den Gefangenen? Können wir nicht mehr Menschen mitnehmen? Oder noch besser, das Kommando im Bunker an uns reißen und alle retten?«

»Darüber habe ich natürlich nachgedacht«, erwiderte Haemmerli stirnrunzelnd, »und bin immer wieder zum selben Ergebnis gekommen: Ich bin weder in der Lage, eine Revolution anzuführen und zu gewinnen, noch dazu, oben die Sicherheit für eine größere Gruppe zu garantieren.«

Darauf signalisierte Carolin ihm mit einem Blick, dass sie verstanden hatte und es akzeptierte. Die Zurückbleibenden würden ihr Schicksal selbst in die Hand nehmen müssen. Dann verschwand sie in den Flur. Zurück blieben Haemmerli und Oliver, der sich ebenfalls anschickte zu gehen.

»Einen Moment, Oliver. Adrian wird gleich hier sein. Wir müssen noch etwas Wichtiges mit dir bereden.«

Eine neue Facette drängte sich in Olivers Palette diffuser Ängste: Versagensangst. Er ahnte, was Haemmerli von ihm verlangen würde.

»Was meinst du, Marius?«, fragte er, zog die Arme nach oben und blieb stehen.

»Ich habe vorhin den Notausgang neben dem Gewächshaus erwähnt. Meine Chipkarte funktioniert nicht für diese Sicherheitstür. Wiegele hat das vermutlich umprogrammieren lassen.«

»Und? Was heißt das?«, unterbrach ihn Oliver, der sich wie alle anderen darauf verlassen hatte, dass Haemmerli die Gruppe nicht nur führen, sondern sich auch um unbequeme Details der Flucht kümmern würde. Der Ärger über seine Naivität schnürte ihm den Hals zu.

In diesem Augenblick öffnete sich die Tür, und Isler schlüpfte in die Kammer. Er trug die Uniform der MPIG, bei deren Anblick Oliver zusammenzuckte.

»Habt ihr schon miteinander geredet?«, fragte Isler sofort.

»Wir sind noch nicht ganz fertig«, sagte Haemmerli.

Unruhig wippte Oliver von einem Fuß auf den anderen und verzog nervös den Mund. »Ich weiß schon, was ihr von mir verlangt. Nicht umsonst startet das Unternehmen Dienstagmorgen, richtig?«

»Richtig«, bestätigte Isler. »Traust du dir zu, Wiegele die Chipkarte abzunehmen?«

Die Aufgabe drohte, Oliver aus der Fassung zu bringen. Am liebsten wäre er geflüchtet und hätte sich in seinem Zimmer eingeschlossen. »Ich weiß es nicht. Wiegele ist misstrauisch wie ein Wolf, und bei der momentanen Situation im Bunker …« Er kratzte sich am Hinterkopf und sprach weiter. »Ihr müsst euch das so vorstellen: Wiegele ist ein psychischer Messerstecher. Er ist raffiniert und wandlungsfähig, manipuliert andere Menschen. Er ist immer und überall und tut, als sei nichts gewesen. Wir müssen auf der Hut sein.«

»Es muss klappen, Oliver«, beschwor Haemmerli ihn und fasste ihn an beiden Schultern. »Manchmal muss man bereit sein, für etwas zu sterben und im Extremfall sogar zu töten. Geh so an die Sache heran! Unser aller Leben hängt davon ab, dass wir hier rauskommen!«

»Und wie soll das konkret vor sich gehen?«

»Unser Plan heißt Oliver, weil nur du Wiegeles Gewohnheiten kennst und weil du als Arzt einen Knockout-Drink mixen kannst, um ihn Wiegele im passenden Moment einzuflößen.«

»Knockout-Drink, okay. Aber wenn er am Montag gar keine Lust auf Alkohol hat? Oder auf eine lausige Limo? Was ist, wenn er nicht mal Lust auf Tischtennis hat?«

Während er seine Zweifel aussprach, begriff Oliver, dass er nach Ausreden suchte. Er sah Haemmerli und Isler an und deutete mit dem Zeigefinger in ihre Richtung. »Sagt mal, Freunde, warum wollt ihr mich eigentlich als Bauern einsetzen, wenn ihr doch die Bajonette in den Händen haltet und viel besser als ich in der Lage seid, sie auch zu nutzen?«

»Weil Plan B viel zu riskant wäre. Und zu blutig«, gab Haemmerli zu. »Natürlich kann ich zu Wiegele gehen und ihm eine Pistole an den Schädel halten, um ihm die Karte abzunehmen. Aber er könnte Alarm auslösen, und dann hätten wir hier ganz schnell ein Scharmützel, bei dem ich auf meine eigenen Männer schießen müsste. Du hast es selbst gesagt: Der Kerl ist durchdrungen von Misstrauen. Er ist es einfach nicht gewöhnt, dass ich abends unter einem Vorwand an seine Tür klopfe.«

»Können wir also auf dich zählen, Oliver?«, fragte Isler direkt.

»Wir stehen bereit, wenn etwas schiefgeht«, ergänzte Haemmerli.

»Ja, ich lasse mir etwas einfallen. Ich mixe ihm einen Schlaftrunk, nach dem er nicht einmal mehr wissen wird, dass je Krieg war.«

In schweigendem Einverständnis schüttelten die Männer sich die Hände.

Nachdem Haemmerli die Kammer verlassen hatte, ging er zum Gefängnistrakt, der sich nur ein paar Türen weiter in der Nähe des Kontrollraums befand. In zwei der sechs Zellen, wusste er, saßen die Eheleute Brennecke ein, in zwei weiteren Widmer und Casentieri, die Mitglieder des Konsortiums, die am Vormittag inhaftiert worden waren.

Haemmerli schob die Sichtluke in Casentieris Stahltür auf. Der Gefangene saß auf der Liege in einer karg eingerichteten Zelle. Den Kopf hatte er auf die Knie gelegt, die Hände umfassten die Unterschenkel. Langsam, wie aus einer Betäubung, hob er den Kopf.

»Verschwinden Sie«, brummte er.

»Ich muss mit Ihnen reden«, flüsterte Haemmerli. »Vielleicht kann ich Ihnen helfen.«

»Wie ich sagte, verschwinden Sie, das Spiel ist aus. Niemand kann mich vor Wiegele retten, Haemmerli. Sie schon gar nicht. Sie sind doch seine rechte Hand, also genauso ein Schwein.« Damit drehte er sich weg, legte sich hin und schloss die Augen.

Betroffen verzog Haemmerli den Mund und schob die Luke wieder zu. Einen Moment lang blieb er stehen, griff sich an die Nase und kniff die Augen zusammen. Dann ging er zu Widmers Zelle, den er für zugänglicher hielt. Christian Widmer war Chef einer deutschlandweit agierenden Anwaltskanzlei gewesen. Im Bunker musste er aufgrund seiner ausgeprägten Klaustrophobie regelmäßig Psychopharmaka nehmen.

Haemmerli zeigte sich ein Bild von Panik: Widmer hockte mit angewinkelten Beinen auf der Liege unter einer Decke, zitterte und wimmerte. Gegenstände lagen auf dem Boden, ein Schrank war umgestoßen worden.

»Widmer«, sprach ihn Haemmerli mit gedämpfter Stimme an, »ich muss mit Ihnen reden!«

Langsam, unter geduldigem Zureden, schaffte er es, Widmer zurück in die Realität zu holen. Schlotternd schlurfte er zur Tür.

»Warum sind Sie wirklich festgenommen worden?«

»Ihre Leute waren doch dabei, Haemmerli. Casentieri und ich wollten angeblich fliehen.«

»Angeblich?«

»Nur ein Vorwand, um uns kaltzustellen. Wir haben einfach nur Angst vor dem verstrahlten Wasser und wollten nicht länger warten.«

»Warten worauf? Sie müssen schon etwas deutlicher werden!« Ungeduldig trommelte Haemmerli mit den Fingern gegen die Tür.

»Wiegeles Vater sitzt in einem Bunker bei Zürich, zu dem Wiegele Kontakt hat«, erklärte Widmer. »Dort ist alles in bester Ordnung, sagt er, keine Verstrahlung und so. Die haben angeblich gigantische Wasservorräte.«

»Das höre ich zum ersten Mal.«

»Ja, es ist ja auch geheim. Wir wollten also nach Zürich und …« Plötzlich stockte Widmer und spähte durch die Luke in den Gang. Dann flüsterte er so leise, dass er kaum mehr zu verstehen war: »… und Wiegele riet uns zum Ausstieg.«

»Was? Das kapiere ich nicht. Er selbst riet Ihnen dazu?«

»Ja, genau. Er hat uns gesagt, kein Problem. Er war ganz menschlich, Schulterklopfen, kleine Witze, Sie kennen ihn ja. Schließlich hätten wir vom Konsortium Privilegien. Wir sollten Vorräte und Waffen mitnehmen, um die Vorhut für die Versorgungsbrücke zu werden.«

»Versorgungsbrücke?«

»Ja, Wiegele hat versprochen, das Wasserproblem binnen weniger Wochen zu lösen – mit Schneemobilen und den Hubschraubern seines Vaters. Er will solange im Pischahorn ausharren, bis der Winter vorüber ist.«

Widmer winkte ab und begann zu schluchzen. Es dauerte einige Momente, bis er seine Stimme wieder unter Kontrolle bekam.

»Als wir den Köder dann geschluckt hatten, kamen die Sicherheitsleute und servierten uns ab. Ich sage Ihnen, der Mann ist der Teufel!«

»Das tut mir leid.«

»Können Sie mir helfen, Haemmerli? Ich hab solche Angst, dass das Schwein mich umbringt!«

Haemmerli umfasste einen Gitterstab der Luke und leckte sich über die Lippen. »Ich werde sehen, was ich tun kann. Mit ihm reden, aber …«

»Ja, reden Sie mit ihm, Haemmerli!« Widmers Augen flackerten. »Sie sind einer der wenigen, die Zugang zu ihm haben. Aber ich warne Sie: Streiten Sie nicht mit ihm! Keine Wortgefechte! Die letzten beiden, die sich mit ihm gezofft haben, liegen in der Leichenkammer.«

»Wen genau meinen Sie? Thiele, den Unternehmer aus Düsseldorf?«

»Genau den und Leonardo Turtschi!«

»Turtschi?« Haemmerli riss die Augen auf.

»Turtschi sprach bei einer Versammlung des Konsortiums offen über das verseuchte Wasser und die Verstrahlung. Er hatte sogar schon Informationsblätter für die Bewohner vorbereitet. Er wollte alle aufklären und plädierte für einen raschen Ausstieg. Wiegele schrie ihn zusammen. Es kam zu einem Streit, den ich Turtschi nie zugetraut hätte. Sie stritten um die Wasservorräte in den Flaschen. Wiegele hatte natürlich gut reden mit seinem riesigen Privatvorrat.« Widmer lachte sarkastisch auf. »Verdammt aber auch, bei seinem Wasser verstand dieser Nerd überhaupt keinen Spaß.«

»Nein, er war auch sonst ziemlich humorfrei, der gute Turtschi. Dafür aber viel zu offenherzig.«

»Das war ich auch«, sagte Widmer bitter, sank hinter der Tür auf die Knie und gab sich stumm seinem Schmerz hin.

Kapitel 7

Das Teelicht in Annabels blauweißem Leuchtturm flackerte gegen das Verlöschen an, als Oliver zurückkam. Er versuchte, seine Tochter nicht zu wecken, schlich auf Zehenspitzen und nutzte das fahle Licht der Kerze für seine Verrichtungen. Er wollte so schnell wie möglich ins Bett, obwohl er in seinem aufgewühlten Zustand wenig Hoffnung auf Schlaf hatte.

»Wo warst du so lange?«, fragte Annabel, während Oliver Wasser in den Zahnputzbecher laufen ließ.

»Bei einem Meeting. Es ist fast Mitternacht, du Laus, und du bist noch wach?«

»Kennst mich doch, neugierig kann ich nicht einschlafen.«

»Okay, ich erzähle ich dir gleich alles, mach mich nur rasch fertig.«

Anschließend suchte er ein neues Teelicht aus der Küchenschublade, zündete es an und setzte es in den Leuchtturm. Er kniete sich vor Annabels Bett, legte seinen Kopf auf die Matratze und seinen Arm um ihren Oberkörper. Sie kuschelte sich an ihn, und Vater und Tochter begannen zu flüstern.

Oliver erzählte ihr von dem Desaster auf dem Feld, ohne das unvermeidliche Ende des Getreides zu verschweigen; dabei tanzten die Bilder der schwarzen Schlieren vor seinen Augen.

»Ach, wie traurig«, meinte Annabel, »die armen Halme und Ähren! Was wird wohl aus ihren Seelen?«

Oliver drückte sie leicht. »Die kommen in den Weizenhimmel.«

Beide kicherten, aber das Lachen blieb ihnen im Halse stecken. In Annabels Welt hatten viele Dinge eine Seele, die es wert war, wahrgenommen zu werden. In der Grundschule hatte einmal jemand ihren Bleistift zerbrochen. In ihrem Kummer spitzte sie daraufhin beide Stücke an und benutzte sie weiter, um den Bleistift zu ehren.

Oliver erklärte genauer, was der Pilzbefall für die Versorgung der Bewohner bedeutete und welche Konsequenzen ihm drohten. Annabels hörte mit ernstem Blick zu.

»Wir müssen also raus«, schloss sie messerscharf und rappelte unter der Decke mit den Beinen. »Deshalb auch das Treffen und die Heimlichtuerei, stimmt's?«

»Genau.«

»Das ist ja endgeil! Endlich raus aus dieser Scheißhöhle, frische Luft, Sonne und …«

»Und Eiseskälte, mein Schatz. Und harte Märsche und tödliche Gefahren«, bremste Oliver ihre Unbekümmertheit. »Das wird kein Spaziergang durch einen Park.«

»Spielverderber!« Sie stöhnte und drehte sich weg. »Weiß ich doch alles selbst.«

»Ich will nur, dass dir klar ist, was auf uns zukommt.«

Sie schwiegen einen Moment. Annabel zupfte an der Decke und sah in die Flamme. »Was meinst du mit Eiseskälte?«

»Die Thermometer draußen messen minus 25 Grad. Wie hoch der Schnee liegt, weiß keiner. Alle Außenkameras sind längst eingeschneit.«

»Wie kalt ist das eigentlich? Wie muss ich mir das vorstellen?«

»Kalt. Sehr kalt.« Oliver erinnerte sich plötzlich, dass Annabel in Berlin noch nie einen harten Winter miterlebt hatte. »So eisig wie damals in Kanada, wo wir im Winterurlaub in Whistler waren.«

»Huh! Scheiße, verdammt!«

»Aber … aber wir gehen nach Süden, und irgendwann werden wir die Sonne wiedersehen, glaub mir.« Er krallte sich in der Decke fest, biss sich auf die Lippe und wagte es nicht, sie anzusehen. »Ich habe noch eine schlechte Nachricht für dich: Wir werden nur ganz wenige persönliche Sachen mitnehmen können. Höchstens einen Drittel Rucksack voll. Du musst also eine Auswahl treffen, der Rest bleibt hier.«

»Auf jeden Fall nehme ich den Leuchtturm mit!«, bestimmte sie prompt.

»Das ist aber schon mehr als ein Drittel.«

»Wenn ich ohne ihn gehen soll, bleibe ich lieber hier und krepiere!«

»Okay, das Ding musst du dann aber selber tragen, mein Schatz.«

Nach dem Gespräch begann für Oliver eine aufgewühlte Nacht mit Grübeleien. Was sollte er selbst mitnehmen? Einen Datenträger mit allen Bildern, E-Books, Aufzeichnungen und Musik. Das Foto von Michelle auf dem Nachttisch. Ihren Schmuck. Die Goldmünzen natürlich, für Tauschgeschäfte. Seine geliebten Bücher hingegen, das vietnamesische Stillleben an der Wand und die afrikanische Holzschnitzerei, all diese liebgewordenen Dinge würde er zurücklassen müssen. Dabei waren die Habseligkeiten der Familie schon beim Einzug in den Bunker erheblich dezimiert worden. Oliver vermisste seine Sammlung von Vinylschallplatten, die Teppiche, Gemälde und Zeichnungen, die der Wohnung in Berlin Charakter verliehen hatten.

Bevor er in einen unruhigen Schlaf fiel, zogen Erinnerungen an seine Eltern vorbei. In der Biotech-Firma seines Vaters, in die er nach dem Sudanprojekt eingestiegen war, hatte er an Medikamenten zur Verhinderung des Stresssyndroms infolge psychischer Traumata gearbeitet. Mit ihrer Hilfe sollte der Teufelskreis des Erinnerns durchbrochen werden. »Neurooffensive auf dem Schlachtfeld des Gehirns« hatte sein Vater die Forschungen genannt, für die sich auch das Militär brennend interessiert hatte: der Soldat als erneuerbare Ressource, keine kostspieligen Veteranen mehr, die das Grauen während ihrer Einsätze nicht verarbeiten konnten. Kurz vor der Marktreife war ein Teil der Ergebnisse durch einen Hackerangriff in falsche Hände geraten. Ob den Soldaten, die die Bomben geworfen hatten, eben jenes Mittel verabreicht worden war?

Ein Jahr vor dem Krieg war dann sein Vater auf mysteriöse Weise bei einem Autounfall ums Leben gekommen. Seine Mutter hatte sich strikt geweigert, in den Bunker einzuziehen, in ein dunkles Loch, um darin auf das Ende der Welt zu warten. So war der Gang in den Bunker auch zum endgültigen Abschied von den Eltern geworden.

Am Wochenende packten Annabel und Oliver unauffällig ihre Rucksäcke und spielten ihren Alltagstrott: Tochter brütet über Hausaufgaben, nachmittags dann ein Treffen mit Christian, Vater arbeitet am Laptop – und sichert in Wahrheit seine Daten für die Flucht.

Nachdem er geduscht und sich das Haar so geföhnt hatte, dass die schütteren Stellen überdeckt wurden, zog er sich einen Anzug an und setzte sich zu Annabel an den Frühstückstisch. Beide würgten die eintönige Kost hinunter und konnten vor Nervosität den Kaffee kaum genießen. Annabel verkrampfte das Kinn, zog Grimassen und zupfte an ihrem Haar herum, bis Oliver ihre Hand drückte und sie anlächelte. Später verabschiedete er sich zu einem Besuch bei Carolin von Holtzendorff auf der Krankenstation.

Weiß und hochwertige, natürliche Materialien prägten die Gestaltung der kleinen Station. Wie überall erinnerte auch hier das Ambiente eher an ein Luxushotel als an einen Atombunker. Der Behandlungsraum hingegen konnte mit einer Untersuchungsliege und Medikamentenschränken seine reine Funktionalität nicht verbergen. Daneben lag ein Sprechzimmer, in dem an Wochentagen und bei dringenden Fällen der Allgemeinmediziner Doktor Wenzel Untersuchungen durchführte. Beide Räume grenzten an einen Operationssaal.

Carolin begrüßte Oliver herzlich. Ihr langes brünettes Haar war zu einem Knoten gebunden. Sie strahlte Lebendigkeit aus, und ihre Augen leuchteten. Auf den zweiten Blick allerdings fiel Oliver auf, dass unter ihnen dunkle Ringe lagen und ihre Haut blass wirkte.

»Haben Sie auch so schlecht geschlafen?«, fragte er. Wie immer fühlte er in ihrer Gegenwart ein Kribbeln.

»Nein, ich hab nur einen kleinen Infekt mit ein bisschen Husten, nichts Dramatisches.«

»Wenn ich Ihnen helfen kann, sagen Sie Bescheid. Sie sitzen ja an der Quelle.«

»Danke, ist schon in Ordnung.«

»Ich wollte mir nur mal die Räume und die Medikamentenvorräte ansehen, denn ich spiele mit dem Gedanken, mir die Langeweile mit einer Sprechstunde zu vertreiben.« Bei dem Wort Medikamentenvorräte zwinkerte er. »Bedarf für Psychotherapie gibt's hier ja genug. Ich brauche nur in die Gesichter zu sehen, um Diagnosen zu stellen: Depression, posttraumatische Belastungsstörung, Angst …«

Sie lächelte. »Ich sehe, Sie haben nichts verlernt. Gut, dann zeige ich Ihnen mal unseren Behandlungsraum mit den Medikamenten, und …« Sie wurde unterbrochen von einem Hustenanfall.

Oliver rieb sich die Nase, zog eine Augenbraue hoch und sah sie kritisch an. Wortlos öffnete er den Medikamentenschrank und durchstöberte kennerisch die Tablettenschachteln und Ampullen. Seine Finger stoppten bei Zolpidem, einem Schlafmittel, zogen es heraus, suchten weiter und fanden ein paar Ampullen Diazepam, ein starkes Psychopharmakon, das in entsprechender Dosis einen Elefanten in den Tiefschlaf zwingen konnte.

»Ich denke, es sind genug Pillen da, um meine Gesprächstherapie zu unterstützen«, sagte er und lächelte vielsagend.

Carolin bekam wieder einen Hustenanfall. Wie ein Echo hustete jemand aus einem Patientenzimmer. Klingt nach einem festsitzenden Übel, dachte Oliver.

»Was hat er?«

»Der Mann auf Zimmer eins hat eine Lungenentzündung. Die Frau nebenan eine schwere Bronchitis mit starken Schwächezuständen. Doktor Wenzel hat beiden Azithromycin verordnet.«

»Und hat es angeschlagen?«

»Sieht bisher nicht danach aus. Beide haben seit vier Tagen hohes Fieber. Wenzel sagt, das Antibiotikum muss erst wirken. Er will noch warten, bevor er was Stärkeres gibt. Die Sprechstunde letzte Woche war übrigens knallvoll. Viele Leute mit unklarer Schwäche und Infekten.«

Das verseuchte Wasser hat schon begonnen, das Immunsystem der Bewohner zu schwächen, dachte Oliver. Er wandte sich wieder dem Medikamentenschrank zu und suchte nach Breitbandantibiotika. Eine Blinddarm- oder Lungenentzündung würde ohne Medikamente in der Wildnis Verheerendes anrichten. Er erinnerte sich an die Toten im Sudan, die er wegen mangelnder medizinischer Versorgung hatte sterben sehen.

Als Carolin abermals hustete, wurde Oliver aktiv. »Was für Symptome haben Sie genau, Frau von Holtzendorff? Vielleicht haben Sie sich bei den Patienten angesteckt. Wir müssen das abchecken, bevor …«

Ein Lächeln huschte über ihr Gesicht. »Ach, ich hab nur leichte Temperatur, einen komischen Schmerz in der Brust und Kopfdröhnen.«

»Was heißt leichte Temperatur genau, in Zahlen?« Oft hatte Oliver erlebt, dass Menschen bei 39,5 Grad noch von leichtem Fieber sprachen.

»Knapp 38.«

»Und husten Sie etwas ab? Gelbgrünen Schleim?«

»Wie lecker«, antwortete sie, lachte und hustete erneut. »Ja, ein bisschen.«

»Okay«, sagte Oliver und nahm das Stethoskop. »Ich werde Sie jetzt abhören, und dann entscheiden wir, was wir tun. Dazu müsste ich bitte an Ihren Rücken.«

Wortlos kam Carolin der Aufforderung nach, setzte sich auf die Behandlungsliege und knöpfte sich die Bluse auf, unter der ein mit Spitze besetzter, weißer Halbschalen-BH zum Vorschein kam.

Als Oliver das Stethoskop auf ihre seidige Haut setzte, musste er schlucken. Seit einem Dreivierteljahr hatte er nicht mehr eine so wunderbare Haut gesehen. Einen Moment spürte er den Impuls, seine Hand über die mit zartem Flaum besetzten Schulterblätter streicheln zu lassen. Er erschrak vor diesem unprofessionellen Gedanken, riss sich zusammen und hörte ins Innere seiner Patientin. In Carolins Lunge brummte, giemte und pfiff es.

»Sie haben eine Bronchitis«, stellte Oliver fest, »eine recht schwere sogar. Ich schlage vor, Sie schlucken sieben Tage Antibiotika und nehmen unterstützend Schleimlöser sowie Paracetamol gegen Kopfschmerzen.« Er zog eine der beiden Packungen Breitbandantibiotika aus seiner Tasche.

»Eine chemische Keule?« Skeptisch nahm sie das Levofloxacin und ließ es durch ihre Finger wandern. »Schulmedizin … nun gut, Sie sind der Arzt.« Sie steckte die Packung in ihre Jeans und knöpfte sich die Bluse wieder zu. »Medizin ist wirklich nicht mein Ding, weder Pillen noch Skalpelle. Noch nicht mal dieser Job hier. Und bei den Vorlesungen über Antibiotika habe ich wohl mal wieder gefehlt.«

»Würden Sie lieber an einem Pult vor einer pubertierenden Horde stehen? Für mich wäre das die Hölle.«

»Als Kind war ich eine schlimme Legasthenikerin und ging in eine, nun ja, Sonderklasse, wie das damals hieß. Heute weiß ich, dass ich besser unterrichten kann als andere.«

Zwei Atemzüge lang erforschten ihre Augen einander. Oliver war elektrisiert. Carolin strahlte Selbstbewusstsein, Lebensfreude und, so meinte er zu sehen, auch Verlangen aus. Sie lächelten sich an, und am liebsten hätte er sie geküsst. Dann stand sie auf und wandte sich ab.

Das übrige Wochenende bemühten sich die Verschwörer, gegenüber den allgegenwärtigen Linsen der Überwachungskameras Normalität zu wahren. Doch hinter der Fassade brodelte es. Oliver quälten Beklemmungen und Unruhezustände. Hinzu kamen ständige Gedanken an Michelle. Er vermisste sie so sehr, dass sich der Verlust immer wieder in sein Herz bohrte, zumal er obendrein beobachtete, wie Annabel unter der Situation litt. Der Bunker im Pischahorn war ihr Treffpunkt. Falls sie noch lebte, wie sollten sie sich je wiederfinden, wenn er mit unbestimmtem Ziel nach Süden aufbrach? Die Frage zerriss ihn und raubte ihm den Schlaf – und döste er endlich, suchten quälende Träume ihn heim.

Am Montagvormittag besuchte Oliver sein Weizenfeld zum letzten Mal. Die rostroten und kaffeebraunen Flecken hatten sich weiter ausgebreitet. Drei Areale zeigten inzwischen ein fortgeschrittenes Stadium des Befalls: schwarze, abgebrochene Halme und tote Körner. Zum Glück war das Ausmaß des Desasters vom Eingang aus noch nicht zu erkennen. Oliver versuchte, das Gefühl der Verzweiflung, das ihn angesichts des sterbenden Getreides überfiel, wegzuschieben. In weniger als 24 Stunden würde das Feld unter dem Fels für ihn der Vergangenheit angehören. Wenn alles gut ging.

Kurz vor Mittag traf er sich mit Haemmerli am Rande des Weizenfelds. Ein letztes Mal wollten sie gemeinsam in der Kantine essen. Daneben diente die Verabredung als Vorwand, um Details des Ausstiegs zu besprechen.

»Hast du alle Sachen im Sack, Oliver?«, flüsterte Haemmerli zur Begrüßung. Er war aufgeregt, sein Muttermal auf der Wange leuchtete rot.

»Ja, ist alles klar. Ich habe auch an die Medikamente gedacht.«

»Das ist gut, sehr gut! Aber denk dran, nur Wesentliches in den Rucksack. Die anderen sind auch bereit. Holtzendorffs Tochter hat einen Schnupfen, ist aber fit genug, denke ich.« Verstohlen rieb Haemmerli sich die Hände. »Endlich hat der Trott hier ein Ende. Raus, Nächte am Lagerfeuer, frische Luft, vielleicht sogar Sonne … Jetzt darf nichts mehr schiefgehen!«

»Ja, ich bin auch froh, dass wir hier rauskommen. Das Bunkerprojekt war von Anfang an zum Scheitern verurteilt. Ich hätte es wissen müssen.«

»Immerhin haben wir hier überlebt. Und wir haben eine Chance weiterzuleben. Und die werden wir nutzen!« Haemmerli fasste Oliver am Arm und sah ihn an. »Bist du bereit, dem Diktator den Knock-Out-Drink zu kredenzen?«

»Ja, ich bin bereit«, murmelte Oliver, blickte zu Boden und hielt sich die Hand vor den Mund. »Was aber, wenn es nicht klappt? Wenn er keinen verdammten Drink will? Ich hab schon erlebt, dass er nach einer Sauftour tagelang keinen Alkohol trinkt. Was dann?«

»Nach dem Sport wird ihm die Kehle schon brennen, und er wird irgendetwas in sich hineinschütten: Wasser, einen Smoothie, ganz egal. Du musst diesen Schweinehund plätten!«

Olivers Augen waren weit geöffnet, seine Hände verkrampften sich. »Ehrlich gesagt, ich hab Skrupel, Marius«, gestand er stockend. »Ich … es ist mir ernst. Ich hasse Gewalt.«

»Ich weiß«, sagte Haemmerli und rüttelte ihn am Arm, »aber du sollst ihn ja nicht umbringen, nur außer Gefecht setzen. Wiegele ist ein Mörder, vergiss das nicht! Nutze all deine Kreativität! Der Typ muss ins Koma, sonst versperren uns zwei Dutzend Brigadiere mit MPs den Weg. Und dann werden wir eingelocht wie Widmer und Casentieri.«

»Ich kriege das schon hin«, flüsterte Oliver kaum hörbar.

»Ja, gut, sei ein Fuchs! Ein Tiger, wenn nötig! Denk an Annabel, daran, was du ihr schuldig bist!« Haemmerli schnaufte und hielt einen Moment inne. »Noch was: Ich habe Widmer im Gefängnis befragt.«

In knappen Sätzen berichtete er von seinem Besuch bei den Inhaftierten, von Wiegeles Versprechen einer Versorgungsbrücke und seinen perfiden Machenschaften.

Oliver horchte auf. »Aber wenn er die Wasserversorgung tatsächlich sicherstellen kann, dann müssen wir vielleicht gar nicht raus.«

»Denk nach, Oliver, wie soll das funktionieren? Soll da einer mit dem Schneemobil mal eben nach Zürich düsen, 150 Kilometer durch Tiefschnee, einen Kanister auf dem Rücken? Hubschrauber – dass ich nicht lache! Wiegele ist ein schlaues Köpfchen. Der sorgt vor allem dafür, nicht selbst verstrahlt zu werden, davon bin ich überzeugt. Aber die anderen? Glaubst du ernsthaft, ihn interessiert das, solange er selbst genug Perrier hat?«

Oliver kratzte sich am Hinterkopf und nickte schließlich. »Du hast wahrscheinlich recht, das ist dem egal. Hauptsache, er behält seine Macht … Zum Kotzen! Wir können uns wirklich nur auf uns selber verlassen.«

»So gefällst du mir besser, Olli!«

Jetzt erläuterte Haemmerli seinen Plan für die Nacht. »Meine Spätschicht beginnt um zehn. Zufällig haben heute auch Isler und Jürg Amstutz Dienst, dazu die drei anderen nicht eingeweihten Kollegen. Die haben wir wegen der erhöhten Sicherheitsstufe seit Turtschis Tod am Hals. Isler und ich werden sie überwältigen und in der Zentrale festsetzen.«

»Und was ist mit Amstutz?«

»Der ist auf unserer Seite, will aber nicht mit. Wir fesseln ihn zu seiner eigenen Sicherheit.«

»Das verstehe ich nicht. Was hat er hier unten denn noch verloren?«

»Er hält unser Unternehmen für Selbstmord. Lieber im Bunker noch eine Zeitlang kleine Dosen schlucken, sagt er, statt nach Hiroshima kurz nach der Bombe zu gehen.«

Im Schweißdunst des Fitnessstudios wartete Oliver auf Wiegele. Er käme »roundabout um neun«, hatte er gesagt. Als es auf zehn ging, rutschte Oliver auf der Bank herum, voller Angst, der Plan könnte scheitern. Er verschränkte die Arme, wippte vor und zurück, schwitzte, trank eine Flasche Perrier und fühlte sich, als hätte er bereits drei Matches absolviert.

Erst Viertel nach zehn tauchte Wiegele auf. Er trug schwarze Shorts und ein ärmelloses, dunkelgrünes Hemd. Seine muskulösen Arme waren bedeckt mit stoppellangen Haaren.

»Der einzige Normale hier«, begrüßte Wiegele ihn mit ausgestreckter Hand. »Endlich kommen wir wieder mal zu einem Match. Hab richtig Lust, dich fertig zu machen!« Er strich sich über den Vollbart, bekam einen stechenden Blick und fuhr mit hackenden Gesten fort: »Ich wurde ein bisschen aufgehalten … Du weißt schon, Probleme ohne Ende. Dieser bescheuerte Fluchtversuch von Widmer und Casentieri! Sollen die Horden von draußen uns alle abschlachten, oder was? Mein Gott, wie mich dieser Scheiß nervt! Und dann soll noch irgendwas im Busch sein, eine kleine Rebellion. Keine Ahnung, wie das alles zusammenhängt.«

Nachdem Oliver einen verkrampften Lacher hinbekommen hatte, fragte er ungläubig mit dünner Stimme: »Rebellion?«

»Ach, offenbar planen hier noch mehr Verrückte abzuhauen. Mein Gott, ich hab nichts dagegen, wenn die sich draußen den Arsch schockgefrieren lassen, aber sie gefährden unsere Sicherheit und wollen uns beklauen, verstehst du? Waffen, Vorräte und solches Zeug. Ich hab eben noch Haemmerli persönlich mit dieser Scheiße betraut. Ohne den wäre ich aufgeschmissen. Ich kann niemandem trauen. Wir haben die Sicherheitsmaßnahmen hochgefahren, und morgen gibt's Durchsuchungen, ein paar Stichproben. Ach, wird schon alles easy … Komm, entspannen wir uns, legen wir los!«

»Okay«, brachte Oliver heraus, obwohl es ihm schwerfiel, seine Stimme zu kontrollieren.

Wiegele gab ihm einen Klaps auf die Schulter, und beide bezogen Position an der Tischtennisplatte. Zu Beginn des ersten Spiels schwirrten Gedanken wie wütende Hornissen durch Olivers Hirn. Wiegele schmetterte ihm die Bälle unerreichbar entgegen, setzte trockene Returns und fand sofort ins Spiel, sodass Oliver die ersten Sätze verlor. Auch im dritten Satz lag er 11:15 zurück, als ihm während des Klickens der Bälle plötzlich sein Hass auf Wiegele bewusst wurde. Diese Eingebung löschte alle Gedanken an Zukunft und Vergangenheit aus. Nur die Gegenwart zählte noch, der Moment. Wie ein Tennisprofi im Finale war er auf einen Schlag hochkonzentriert. Wiegele durfte nicht gewinnen! Auf Konsequenzen nahm Oliver keine Rücksicht. Leidenschaftlich spielte er sich in einen Rausch, konterte Schläge, blockte, platzierte knallharte Schmetterbälle und schnitt die Zelluloidkugel unberechenbar für den Gegner. Er gewann den dritten Satz mit 24:22 – und schließlich das Match.

Nach dem Matchball schleuderte Wiegele seinen Schläger durch den Raum, sodass er an der Wand zerschellte. Als Oliver sich fragte, wie groß der Vorrat an Tischtenniskellen im Bunker war, wurde ihm bewusst, dass er mit seinem naiven Siegeswillen möglicherweise eine tödliche Dummheit begangen hatte.

»Ich brauche einen Drink«, sagte Oliver und dachte an ihre regelmäßigen Barbesuche und die Musiksessions nach dem Spiel.

»Scheiß drauf«, entgegnete Wiegele, der mit versteinerter Miene schnaufte und die Hände in die Hüften stemmte. »War nicht mein Tag heute, hab zu viel im Kopf. Nächstes Mal vielleicht wieder.«

»Was?«, fuhr Oliver hoch. Obwohl sein Herz sich auf die Größe einer getrockneten Feige zusammenzog, versuchte er, cool zu bleiben. »Fabio, ich sterbe vor Langeweile. Ich dachte, wir ziehen uns noch Jethro Tull rein. Ich hab in einem Packen CDs letztens zwei Scheiben im Original-Master-Mix gefunden, die sind unfassbar genial im Sound.«

Jethro Tull gehörte zu Wiegeles Lieblingsbands. Die raren CDs hatte Oliver ihm bislang verschwiegen, weil er sie für sich behalten wollte.

»Lass gut sein«, entgegnete Wiegele, setzte sich auf die Bank und öffnete eine Flasche Orangensaft. Er kratzte sich am Kopf, biss sich auf die Lippe und trank gierig. »Kannst du mir die Teile nicht einfach borgen?«

»Nein«, weigerte sich Oliver, weil Wiegele Geborgtes grundsätzlich nie zurückgab, nicht einmal aus Versehen.

Es entstand eine Pause. Vom Fitnessstudio drang das Geräusch klappernder Hanteln und steppender Füße zu ihnen herüber.

»Schon klar«, sagte Wiegele endlich, »du willst erst deine heißgeliebten James-Taylor-CDs wiederhaben, bevor du …« Übellaunig winkte er ab. »Gut, aber nur kurz! Die Rübe musst du dir heute allein vollhauen. Ich muss Augen und Ohren offen halten wegen dem Scheiß hier unten. Komm in einer Viertelstunde mit den Tull-Scheiben bei mir vorbei.«

Zwanzig Minuten später saßen sie nebeneinander auf den wuchtigen Ledersesseln in der Höhle des Diktators: Wiegele links, mit offenem weißem Hemd, in seiner Brusttasche die Chipkarte und auf dem Beistelltisch ein Smoothie; Oliver rechts, ein Bier in der Hand und das vorbereitete Fläschchen mit dem Zolpidem-Diazepam-Gemisch in der Jeans. Vor beiden fuhr langsam die Hi-Fi-Anlage hoch, die Röhren wärmten sich auf, glommen bernsteinfarben.

»Bevor du dir die Kante gibst«, sagte Wiegele und ließ den Kopf lässig auf die Sessellehne fallen, »wollte ich dich noch was fragen. Was Juristisches.«

»Was Juristisches?«

»Wir sind doch auf Schweizer Staatsgebiet. Also gelten hier auch die Schweizer Gesetze bei Hochverrat, oder?«

»So etwas wie Staaten gibt es da oben eigentlich nicht mehr, vermute ich«, meinte Oliver.

»Wie auch immer. Ich will den Fluchtversuch rechtsstaatlich behandeln, fair. Und du bist doch als Bauernbeauftragter eine gewisse Autorität hier unten.«

Oliver zuckte mit den Schultern, nippte an seinem Bier.

»Deshalb will ich dich beim Verfahren gegen Widmer und Casentieri als Schöffe dabeihaben.«

Nachdem Oliver sich verschluckt hatte, stellte er sein Bier ab und hob die Hände. »Oh nein, mit dem juristischen Krempel steh ich auf Kriegsfuß, lass mich bitte damit in Ruhe!« Erinnerungen an Verfahren gegen Patienten aus der Psychiatrie und findige Anwälte leuchteten auf. Er ballte die Faust, presste sie in den Sessel. »Was hast du mit den beiden überhaupt vor? Was erwartet sie?«

»Das war keine Bitte!«, erklärte Wiegele scharf. »Die wollten uns alle in Gefahr bringen. Das ist Hochverrat, nichts anderes. Wenn der bewiesen ist, kann lebenslängliche Freiheitsstrafe verhängt werden, das habe ich nachgelesen. Ich fände es allerdings besser, die Deserteure nach oben zu verbannen, aber das entscheidet das Gericht. Mehr kann ich momentan nicht dazu sagen. Laufendes Verfahren.«

»Dann müsste ich Einsicht in Akten und Videoaufzeichnungen bekommen.«

»Kriegst du.«

»Und wer wird Richter und wer Anwalt der Beschuldigten sein?« Da Widmer in Haft saß, fiel Oliver beim besten Willen niemand ein.

»Keine Ahnung«, sagte Wiegele gleichgültig, »Richter wird jedenfalls Schlegel.«

»Christian Schlegel, der Verwaltungsrichter?«, fragte Oliver ungläubig.

»Genau der!«

Oliver kannte Schlegel, ein Typ, der aussah wie ein schwammiges Bübchen mit vor vier Wochen bestandenem Bachelor. Die Plätze im Bunker für sich und seine vierköpfige Familie hatte er von seinem Vater spendiert bekommen, einem Vorstandsmitglied bei einer Zulieferfirma der Autoindustrie und der MPIG. Gerüchten zufolge hatte Wiegele ihm einen Rabatt gewährt und ihn in der Firma angestellt. Damit hatte er ihn in der Hand.

Während Oliver Wiegeles Heimtücke bewusst wurde, suchte ein Würgereiz ihn heim. Es bereitete ihm Mühe, sich nicht auf das Pitchpine-Parkett zu übergeben. Nur die Aussicht, am nächsten Morgen draußen auf dem Pischahorn zu stehen, hielt ihn davon ab. Im Grunde konnte es ihm egal sein, was dann hier unter Wiegeles kranker Führung ablief. Doch die Menschen, die zurückbleiben würden, waren ihm nicht gleichgültig. Er überlegte, ob er ihnen eine Warnung hinterlassen sollte. Aber wie? Es fehlte an der Zeit und der Idee, die Information an die Bunkerbewohner zu bringen, ohne die Flucht zu gefährden.

Die Anlage hatte Betriebstemperatur. Wiegele legte eine Jethro-Tull-CD in den High-End-Player ein. Kaum erfüllte die Musik den Raum, schwärmte er von der Dynamik der Aufnahme, ihrer Kraft und Transparenz, wodurch die Emotionalität der Musik erst zur Wirkung käme. Kann er das überhaupt fühlen, dachte Oliver. Für ihn war das, was aus den teuren Lautsprechern drang, nur ein mattes Blubbern, ein Klangbrei, der ihn nervte. Er wartete und fokussierte nur auf eins: auf die Gelegenheit, seine Tropfen in den Smoothie zu befördern.

Nachdem sie die Hälfte der CD gehört hatten, klopfte es. Wiegele stellte die Musik leise und rollte mit den Augen. Das war Olivers Chance! Mit jeder Faser seines Körpers konzentrierte er sich auf eine Lücke in Wiegeles Aufmerksamkeit. Sein Herz raste, und vom Bauch stieg ihm eine Hitzewelle hinauf bis zum Hals. Endlich erhob sich Wiegele und ging zur Tür.

Unvermittelt drohten Oliver jene Versagensängste zu blockieren, die seine Depression begleitet hatten. Er musste aufstehen und die Tropfen in den Smoothie befördern, wusste er, die gesamte Flucht hing davon ab. Aber er konnte nicht. Die Dämonen der damaligen Zeit fuhren ihre Krallen nach ihm aus und versprühten lähmendes Gift. War das der Beginn eines Rückfalls mit schrecklichen Tiefs?

Mit aller Kraft stieß er die Gedanken beiseite, spreizte den Daumen, bohrte ihn sich in die Magengrube und zerbarst so den Panzer, der ihn eingeschnürt hatte. Dann stand er auf, gerade noch rechtzeitig, ging um Wiegeles Sessel herum, verlangsamte einen Wimpernschlag lang seinen Schritt am Beistelltisch – und goss blitzschnell die K.-o.-Tropfen in den Smoothie. Die flüssige Bewegung beibehaltend, wandte er sich schließlich Wiegeles Frau Svenja zu, die mit einem Tablett Tapas in der Tür stand, auf dem sich Köstlichkeiten türmten, die andere Bunkerbewohner zuletzt vor dem Krieg gesehen hatten.

Wiegele bedankte sich charmant, legte eine Hand um ihre Taille und gab ihr einen Kuss auf die Wange.

»Oh, wie lecker, danke«, lobte Oliver mit einem Lächeln, das ihn große Überwindung kostete.

»Gern geschehen«, sagte Svenja Wiegele, von deren Schönheit eine eigenartige Anziehung ausging. Vor dem Krieg war sie Model in einer bekannten Agentur gewesen. »Bekommen wir bald frisches Brot von Ihrem Weizen?«

»Nächste Woche wollen wir ernten.«

»Toll! Na, dann will ich nicht weiter stören beim Allerheiligsten.«

Lächelnd schob Wiegele die Tür zu. Noch im Stehen nahm er sich ein Baguette mit Tomate und Serranoschinken. Schmatzend fläzte er sich in den Sessel, stellte das Tablett zwischen beide auf die Lehnen und drehte die Musik wieder lauter. *A New Day Yesterday* erklang, harter, aufrüttelnder Rock.

Oliver öffnete ein Bier und hielt es Wiegele zum Anstoßen entgegen. Die Gläser klirrten, doch von dem Smoothie fehlten danach nur Milliliter. Verstohlen sah Oliver auf die Uhr: nur noch eine Viertelstunde bis zum Treff.

Um sich zu beruhigen, nahm er ein paar geröstete Kartoffelecken und tauchte sie in würzig-scharfe Sauce. Zwischendurch probierte er Pflaumen und Datteln im Speckmantel.

»Meine Güte, ist das lecker«, pries er die Tapas und hoffte, dass Wiegele ebenfalls bei den salzigen Kartoffelecken zulangen würde. Vielleicht steigerte das seinen Durst.

Wiegele nickte und knabberte an Hühnerbruststreifen in Sherry-Sauce. Von Müdigkeit zeigte er keine Spur. Lustlos nippte er an seinem Smoothie.

»Weißt du was, Alter?«, sagte er. »Ich genehmige mir jetzt doch ein Bier.«

Der unerwartete Sinneswandel löste in Olivers Innerem einen Tornado aus. Er lächelte ausdruckslos. Was sollte er jetzt tun? Sich auf Wiegele stürzen, ihn überwältigen, diesen durchtrainierten Athleten? Nur das Überraschungsmoment wäre auf seiner Seite, die Chancen auf einen Erfolg waren minimal. Nie in seinem Leben hatte er sich geprügelt. Stets war er jedem Konflikt, der in einer Schlägerei hätte enden können, aus dem Weg gegangen. Er verfluchte sich, weil er nicht an ein zweites Fläschchen K.-o.-Tropfen gedacht hatte.

Als er gerade überlegte, wie er alle seine Kräfte bündeln und sich in letzter Verzweiflung auf Wiegele stürzen sollte, setzte dieser plötzlich noch einmal den Smoothie an und leerte ihn in einem Zug. Dann öffnete er lässig ein Bier und stieß mit Oliver an.

»Der beste Tull-Sound, den ich je gehört habe. Diese Flöte klingt wirklich nach einer Flöte und nicht nach irgendeinem Schtü … Scheiße.«

Trotz der hohen Dosis der Schlaf- und Beruhigungsmittel hielt Wiegele sich beachtlich.

»Mein Gott, ich bin … bin eigentlich zu müde, um noch was zu vertragen«, lallte er und stierte seine Bierflasche an. Er kämpfte, um die Lider offen zu halten. »Liegt bestimmt an dem beschissenen Schtress … Macht mich ganz fertig … Alter, ich muss dich jetzt rausschmeißen … Wünsch dir süße …«

»Ach, nur noch die letzten beiden Songs, Fabio. Das sind die besten.«

»Okay, du Nervensäge.«

Mit diesen Worten ließ Wiegele den Kopf auf die Sessellehne sinken, seine Lider fielen langsam zu, und seine Arme hingen schlaff herab.

Die zwei letzten Stücke kamen Oliver so lang vor wie eine Wagner-Oper. Abwechselnd sah er aufs Display des CD-Spielers und auf den bewegungslosen Mann neben sich. Kurz vor dem Ende des letzten Takts pirschte er sich geschmeidig wie eine Raubkatze an ihn heran und streckte Daumen und Zeigefinger nach der Chipkarte aus. Doch als er gerade zugreifen wollte, fiel Wiegeles halbvolle Bierflasche mit einem Knall zu Boden.

»Verdammte Kacke, Mann, mein schönes Parkett … Scheiße!«, lallte Wiegele. Aus glasigen Augen stierte er auf die Pfütze. Er hievte sich hoch, zerrte ein Taschentuch aus der Hose und kniete sich hin, um das Bier aufzuwischen. Das vollgesaugte Taschentuch wrang er über dem Parkett aus. Schließlich beugte er sich so weit vor, dass ihm die Chipkarte aus der Brusttasche rutschte und auf dem Boden landete.

»Lass gut sein, ich mach das schon«, bot Oliver an und half dem Betäubten zurück auf den Sessel. Dann setzte er sich daneben und wartete. Er kauerte sich zusammen, krallte die Hände ineinander, stützte sein Kinn darauf und linste nach links.

Als Wiegele wieder eingenickt zu sein schien, ergriff er die Gelegenheit und schnappte sich flink wie ein Raubvogel die Chipkarte. Rasch ließ er sie in der Hosentasche verschwinden, stand auf und atmete tief durch.

»Bei meiner Karte werde ich empfindlich und passe auf wie ein Schießhund!« Wiegeles Stimme kam wie aus dem Nichts. Und sie klang glasklar.

Schockiert wandte Oliver sich um – und sah in Augen, die ihn diabolisch anfunkelten.

»Her damit, Bauernlümmel!«

Das Adrenalin in Wiegeles Blut neutralisierte einen Teil der Wirkung der Knockout-Tropfen. Oliver streckte sich, spannte jeden Muskel und konterte die Blicke des Diktators. Eine Sekunde später schraubte der sich aus dem Sessel, entschlossen, sich sein Machtinstrument zurückzuerobern. Als er fast stand, nahm Oliver all seinen Mut zusammen und stieß ihn zurück.

»Alter, ich verpass dir … ach, Scheiß … die machen Hundefutter aus dir!«

Wie ein Adler visierte Wiegele den Schreibtisch zwei Schritte links neben ihm an der Wand. Oliver sah dort den Alarmknopf, und es schoss ihm durch den Kopf, dass die Medikamente den Verstand seines Gegners blockierten. Sonst hätte er sich nicht verraten. Im selben Augenblick sprang Wiegele auf und hechtete los.

Oliver gelang es gerade noch, ihm ein Bein zu stellen. Wiegele schlug hin, robbte aber weiter. Jetzt ging alles rasend schnell. Nur noch Zentimeter lagen zwischen Wiegeles ausgestrecktem Zeigefinger und dem Alarmknopf unter der Schreibtischplatte. Oliver stürzte sich auf seinen Widersacher und fixierte ihn am Boden. Wendig wie ein Judokämpfer drehte Wiegele sich unter ihm, plötzlich hellwach trat und schlug er um sich.

Ein Treffer landete in Olivers Gesicht, der den Schmerz jedoch kaum spürte, selbst die Faust ballte und zuschlug, so hart er konnte.

Eine Zeit lang tobte ein besessener Kampf, bis Wiegele die Oberhand zu gewinnen drohte. Er versuchte, Oliver von sich wegzudrücken. Bevor der das Gleichgewicht verlor, gab er den unter ihm tobenden Brachialkräften nach, sprang zur Seite, schnappte sich die Bierflasche und schlug sie Wiegele auf den Kopf. Sofort klaffte eine Platzwunde an seiner Stirn, und Blut spritzte aufs Parkett. Wiegele ächzte, war aber nicht bewusstlos.

»Wie krass … du Drecksau!«

Mit beiden Händen griff Oliver um Wiegeles Hals, verlagerte sein Gewicht nach vorn und drückte zu.

»Schluss jetzt, du Psychopath, oder das war's!«

Dann stand er auf und schleifte Wiegele an den Beinen vor die Anlage. Eine Blutspur markierte den Weg. Er zog das Netzkabel des CD-Spielers aus der Steckdose, riss es aus dem Gerät und fesselte Wiegele die Hände auf den Rücken. Anschließend brachte er ihn in eine stabile Seitenlage und presste zwei Tempotaschentücher auf die Kopfwunde.

»Mach's gut, Fabio, und träum was Hübsches!«

»Du Arschloch, du bist fällig … Nein, Scheiße, du bist tot …«

Während Wiegele Flüche lallte, verließ Oliver mit einer geschwollenen linken Augenbraue und einem Gefühl von Stolz die Höhle.

Kapitel 8

Oliver stürzte die Treppen zum Obergeschoss hinauf. Neben Annabel warteten in seiner Wohnung Christian und dessen Eltern, alle in voller Montur: wattierte Skijacken und Hosen, Bergschuhe, angeschnallte Rucksäcke.

»Haben Sie ihn erledigt?«, fragte Simpkins, dem Schweißtropfen auf der Stirn standen.

Ohne eine Antwort zu geben, ging Oliver auf Annabel zu, die ihn mit bleichem Gesicht und aufgerissenen Augen empfing. Sie nahmen einander in die Arme und drückten sich.

»Ein Klacks«, sagte Oliver, obwohl er zitterte.

»Huh!«, fiel ihr eine Last von der Seele.

»Wiegele liegt gefesselt in seiner Höhle und schläft wie ein Hundebaby. Ich zieh mich rasch um, dann kann's losgehen.«

»Ja, beeilen Sie sich, es ist schon Viertel nach zwei!«, mahnte Simpkins und lüftete den Kragen. »Scheiße, ist mir heiß! Endlich raus aus diesem Loch!«

»Ja, endlich raus an die Oberfläche«, pflichtete Ingeborg Simpkins ihrem Mann bei. Sie sah aufgeräumt aus, die Miene voller freudiger Erwartung, und eine sportliche, rot-weiß-schwarz gestreifte Skijacke hatte die graue Maus zum Verschwinden gebracht. »Auf jetzt, Herr Bertram, hurry up!«

»Haben Sie vielleicht was zu trinken für mich, solange Sie sich umziehen?«, fragte Simpkins und sah seine Frau genervt an.

»Klar, unten im Schrank, vom Cognac ist noch was übrig. Bedienen Sie sich, wir müssen eh alles zurücklassen.« Dann verschwand Oliver in der Küche.

Simpkins bediente sich an der Bar und trank gleich aus der Flasche.

»Hasso!«, fauchte seine Frau. »Wir müssen klaren Kopf bewahren!«

In einer Mischung aus Ignoranz und Spott blickte ihr Mann an ihr herab und setzte einen Moment lang die Flasche ab, um sie schließlich endgültig zu leeren. Christian beobachtete die Szene mit geweiteten Nasenflügeln, peinlich berührt.

Annabel hatte die Schultern nach oben gezogen, presste die Lippen aufeinander, rieb dann die Zunge darüber, öffnete die Augen und runzelte die Brauen. Wie alle an der Flucht Beteiligten stand sie in dieser Nacht an der Schwelle zu einem neuen Leben, vor etwas Unbekanntem, das sie anzog und zugleich ängstigte. Nach dem Ausstieg, so spürte sie, würde es nur noch die Zukunft geben. Die Tür zur Vergangenheit würde sich für immer schließen.

Ein paar Minuten später kam Oliver zurück. Noch ein letzter Blick auf das modern eingerichtete, nie ganz zur Heimat gewordene Zimmer, dann brachen sie auf.

Auf dem Weg ins Untergeschoss sorgte sich Oliver, ob es Haemmerli und Isler gelungen war, die drei nicht eingeweihten Kollegen vom Sicherheitsdienst außer Gefecht zu setzen. Als sie die Metalltreppe hinunterstiegen, musste er an Leandro Turtschi denken, der hier ein grausames Ende gefunden hatte. Das Labyrinth des Technikgeschosses mit seiner bedrohlichen Enge, seinen dunklen Winkeln und seiner stickigen Luft verstärkte die Angst. Die Geräusche der Maschinen kamen ihm vor wie Wiegeles Ruf nach Rache.

Vor der Tür des Notausgangs warteten Haemmerli, Isler und Familie von Holtzendorff. Die beiden Siebzehner waren perfekt ausgerüstet: gefütterte Tarnanzüge, grüne Wollmützen, riesige Rucksäcke. An der Hüfte trugen sie Pistolen, und in den Händen hielten sie eine MP7. Carolin und ihr Vater strahlten Optimismus aus, Frau von Holtzendorff wirkte ängstlich und in sich gekehrt. Oliver und Haemmerli sahen sich einen Moment lang an. Dann lächelten sie, hoben die Arme und klatschten sich zur Begrüßung ab.

»Alles klar im Kontrollraum«, erklärte Haemmerli, »bis zur Frühschicht droht von da keine Gefahr. Und Wiegele?«

»Liegt gefesselt in seiner Höhle. War höllisch schwer, ihm die verdammten Tropfen einzuflößen. Es kam zu einem Kampf, aber ich …«

»Komm, Olli, lass gut sein«, unterbrach Haemmerli, »das kannst du mir alles unterwegs erzählen. Gib mir einfach die Karte, wir haben keine Zeit!«

Stolz lächelnd zog Oliver das Stück Plastik aus der Thermohose und überreichte es Haemmerli, der es unverzüglich in das Lesegerät schob. Ein Summen ertönte, und eine Hydraulik begann, die zwanzig Zentimeter dicke Stahlbetontür aufzuschieben. Alle waren erleichtert, dass Wiegeles Karte den Weg freigab.

Oliver blickte hinüber zu dem Tunnel, von dem die Gewächshäuser abzweigten. Dort überließ er sein sterbendes Korn nun sich selbst.

Nachdem die zehnköpfige Gruppe das Treppenhaus betreten hatte, schloss Haemmerli die Pforte von innen. Weiße Neonlampen erhellten einen schmalen, kalten Schacht. Vom Boden schraubte sich eine Stahlwendeltreppe steil empor, die in der Mitte ein zwei Meter breites Loch umschloss. Die Öffnung lag 250 Meter über ihnen im Dunkeln.

»Ist es Ihnen recht, Herr Haemmerli, wenn ich vorangehe?«, fragte Georg von Holtzendorff. »Ich möchte der Erste an der Oberfläche sein.«

Entschlossen begann der fast Siebzigjährige, die Stufen zu erklimmen. Die anderen folgten. Bei jedem Schritt erklang ein metallisches Dröhnen. Es roch modrig wie in einem Keller. Nach fünfzig Metern verstummten die Gespräche, an ihre Stelle trat angestrengtes Keuchen. Allen lief der Schweiß über das Gesicht. Olivers Herz raste. Er bekam Hunger und weiche Knie, die Tapas bei Wiegele waren nur noch eine ferne Erinnerung. Jetzt bedauerte er es, sich in den letzten Monaten nicht fitter gehalten zu haben.

Als Erste verlangte Carolin nach einer Pause. Sie sah blass aus und hustete. Haemmerli reichte ihr eine Wasserflasche, aus der sie gierig trank.

Nach zwei Minuten forderten die Siebzehner die Gruppe zum Weitergehen auf. Oliver sah Risse in den Wänden, die von den brachialen Kräften des Berges zeugten. Wann würde sich die Natur diese Betonröhre und alles vom Menschen in den Fels Gemeißelte zurückerobern? Je weiter sie hinaufstiegen, umso kälter wurde die abgestandene Luft. Als sie abermals eine kurze Rast einlegten, nutzte Oliver die Gelegenheit, um durch das Loch in der Mitte der Wendeltreppe nach oben zu spähen: Noch immer verlor das Ende des Schachts sich in einer trüben Ferne.

Nachdem die Gruppe bei der zweiten Rast ihren Durst gestillt hatte, forderte von Holtzendorff sie zum Aufbruch auf.

»Nicht schlapp machen!«, rief er Carolin zu, die sich ein gequältes Lächeln abrang und schwer atmete. Im Vorübergehen klopfte er ihr auf die Schultern und streichelte ihr über die Wange. Seine Augen leuchteten und sein von Falten durchfurchtes Gesicht strahlte Enthusiasmus aus. Er hob den Fuß und erklomm wieder allen voran den nächsten Treppenabsatz. So hallten zunächst nur seine Schritte von den Felswänden, bis die übrigen Flüchtenden ihm folgten und das Dröhnen des Stahls wieder anschwoll. Um Schritt zu halten, nahm Oliver Annabel an die Hand, die sich bereitwillig ziehen ließ.

»Scheiße, ist das ätzend«, maulte sie. »Ich kann jetzt schon nicht mehr. Was soll das erst …«

Plötzlich verlosch das Licht. Überrascht hielt die Gruppe an. Alle fragten durcheinander, was passiert war, bis die Siebzehner ihre Taschenlampen angeschaltet hatten.

»Alle ganz ruhig bleiben!«, bestimmte Haemmerli. »Wir leuchten Ihnen den Weg, Herr Isler vorneweg, ich vom Ende aus.«

»Was hat das zu bedeuten, Marius?«, fragte Oliver nervös.

»Ich schätze, die Sensoren haben Alarm ausgelöst. Wir bekommen sicher gleich Gesellschaft. Im Notfall kann der Sicherheitsdienst die Hydraulik per Hand entriegeln.«

»Großer Gott!« Oliver hatte das Gefühl, ein Abgrund öffne sich unter ihm.

Nach wenigen Schritten im Licht der Taschenlampen hörten sie, wie sich am Schachtboden die Stahlbetontür aufschob. Dann sprangen die Neonleuchten wieder an.

»Stehenbleiben!«, dröhnte von unten eine Stimme. »Das ist ein Befehl! Der Bunker muss verschlossen bleiben! Sie bringen mit Ihrem Verhalten alle in Lebensgefahr.«

Die beiden ehemaligen Elitesoldaten tauschten einen vielsagenden Blick, und Isler nickte.

»Leute«, rief Haemmerli nach unten, »lasst uns einfach gehen, und keiner wird verletzt. Wenn wir draußen sind, könnt ihr hinter uns die Luke wieder verriegeln, und alles ist okay!«

»Sie bleiben stehen, Herr Kommandant, kommen mit Ihren Leuten runter und lassen sich entwaffnen. Danach werden wir über alles reden.«

»Mit wem denn reden, mit Wiegele?«

»Genau!«

Ein eisiger Wind zog durch den Schacht nach oben. Angespannte Stille. Mit knappen Gesten signalisierte Haemmerli der Gruppe, sich ruhig zu verhalten und mit dem Gesicht voran an der Wand Deckung zu suchen.

»Mit Verbrechern verhandeln wir nicht«, stellte Haemmerli klar, wobei er jedes Wort langsam und betont sprach. »Wir gehen jetzt weiter, und ihr verschwindet! Wir werden vor nichts Halt machen, vor gar nichts. Versucht ihr, uns den Weg zu versperren, garantieren wir für nichts.« Das Echo seiner Worte verhallte zwischen den Wänden.

»Wer dem Befehl zuwiderhandelt«, brüllte der Sicherheitsmann, »wird erschossen! Das ist unsere letzte Warnung!«

»Dann werdet ihr sterben«, brüllte Haemmerli zurück. »Und das ist meine letzte Warnung!«

Unten bezog der Sicherheitsdienst offenbar Stellung, denn die Treppe vibrierte, und man hörte das Geräusch von Waffen, die entsichert wurden. Dann, mit einem Schlag, brach die Hölle los. Aus mindestens drei Maschinengewehren eröffneten die Verfolger das Feuer, was in dem engen Schacht ein schier unerträgliches Getöse hervorrief. Projektile prasselten in den Stahl, Querschläger schlugen in die Wand. Oliver schützte Annabel mit seinem Körper. Dicht über ihm zersplitterte ein Querschläger den Beton, Neonleuchten zerbarsten. Eine Stufe höher tat Simpkins es ihm gleich, der seinen Sohn unter sich verbarg und Flüche ausstieß. Carolin eine Stufe unter ihm schrie panisch. Als die Schüsse einen Moment lang aufhörten, legte Oliver ihr die Hand auf die Schulter. Doch schon tobten erbarmungslos weitere Salven, bis der Beschuss so plötzlich abbrach, wie er begonnen hatte.

Oliver hörte Schritte die Treppe emporstampfen, dann herrschte wieder Stille. Während des merkwürdigen Innehaltens konnte er Nachladegeräusche erahnen. Allmählich zog Pulverdampf hinauf und brannte in den Bronchien, als die zweite Welle von Salven auf die Gruppe niederging. Herzschläge drohten Olivers Brust zu zerreißen, schwer rang er nach Luft. Aus dem Augenwinkel sah er, wie von oben zwei Körper die Stufen hinunterstürzten. An seinem Kampfanzug erkannte er Adrian Isler. Der linke Ärmel seiner Jacke war zerfetzt und blutverschmiert. Deckung suchend robbte er zur Wand zurück. Darüber lag regungslos der alte von Holtzendorff.

Abermals schwiegen die Waffen.

»Idioten, sofort aufhören, oder ihr werdet alle sterben!«, brüllte Haemmerli, der eine Granate in der Hand hielt.

Seine Warnung wurde mit einer Maschinengewehrsalve beantwortet. Also zog er den Splint aus der Granate, ließ den Bügel los und warf sie ohne Zögern in den Abgrund.

Sekunden später erbebte die Betonröhre unter einer gewaltigen Explosion. Schrapnelle schlugen in die Treppe ein. Danach drangen nur noch ein Wimmern und einzelne Schreie zu ihnen herauf, die rasch erstarben. Haemmerli beugte sich über das Geländer und blickte nach unten, wo der Schacht nun im Dunkeln lag. Es waren seine ersten Toten in einem Kampfeinsatz – ehemalige Kameraden.

Einen Moment hielt er inne, sah dann hoch, sah die Verletzten und besann sich auf die Lebenden.

»Adrian, bist du okay?«

»Hab was abgekriegt«, keuchte Isler, »nur ein Streifschuss am Oberarm. Aber ich glaube, Holtzendorff hat es erwischt.«

Carolin begann zu schluchzen. Von Familie Simpkins war ängstliches Gemurmel zu hören. Annabel blieb unter ihren Vater gekauert und zitterte.

Haemmerli forderte alle auf, in Deckung zu bleiben, und stieg die Treppe hinauf. Als er an Carolin und ihrer Mutter vorbeikam, tröstete er sie: »Tut mir leid. Ich werde sehen, was ich für Ihren Vater tun kann.«

»Sterben wir jetzt alle?«, fragte Annabel mit bebender Stimme.

»Nein, Kleines«, beruhigte Haemmerli, »wir ziehen das durch, okay?«

»Okay.«

Oliver sah zu Georg von Holtzendorff, der hingestreckt über drei Stufen lag und sich nicht mehr rührte. Der geriffelte Stahl der Tritte und die Wand waren blutverschmiert. Haemmerli stand daneben. Er drehte den Toten auf den Rücken und lehnte ihn gegen die Wand. Ein Querschläger hatte die Brust zerfetzt, sein Gesicht war verschont geblieben. Es sah friedlich aus, die Augen waren geschlossen. Haemmerli schnallte seinen Rucksack ab, zog eine Decke heraus und legte sie über den Toten, sodass nur noch das Gesicht frei blieb. So hatte es fast den Anschein, als hätte von Holtzendorff sich von den Strapazen nur etwas Ruhe gegönnt. Die beiden Siebzehner beratschlagten, während Haemmerli Islers Wunde mit einem Verband versorgte.

»Ihr könnt jetzt kommen«, rief Haemmerli, nachdem er seinem Kameraden auf die Beine geholfen hatte.

Vorsichtig erhoben sich Oliver und Annabel, die sich an ihn klammerte, das Gesicht in seiner Jacke vergraben, zitternd und wimmernd. Einer nach dem anderen schlich an der Unglücksstelle vorbei. Oliver sah den Toten und spürte, wie Todesangst seinen Hals umklammerte. Er versuchte, flach und kurz zu atmen, um nicht den giftigen Pulverdampf zu inhalieren.

Als Carolin und ihre Mutter zu dem Toten gelangten, knieten sie sich neben ihn. Carolin weinte; Madeleine von Holtzendorff hingegen schien gefasst und streichelte ihrem Mann über das dünne graue Haar.

»Ich habe dir immer wieder gesagt, du sollst nicht so übermütig sein«, tadelte sie ihn leise. Sie runzelte die Stirn, verdeckte mit der Hand ihr Gesicht und schüttelte den Kopf.

Haemmerli trat an die Frauen heran, legte ihnen einen Arm über die Schulter und atmete durch. »Es tut mir leid, aber wir können nichts mehr für ihn tun. Ich muss Sie jetzt bitten weiterzugehen. Verweilen wäre zu gefährlich.«

Unter Schock ließen Carolin und ihre Mutter sich nach oben führen. Der Kern ihrer Familie war zerbrochen. Oliver sah Carolin in die Augen. Bereits jetzt am Beginn unserer Reise sind wir rücksichtsloser Gewalt begegnet, dachte er. Sie würden nie nachlassen dürfen, würden jeden Schritt genau überlegen müssen, sonst erwartete sie hinter der nächsten Ecke der Tod.

Die Siebzehner gingen voran, die MP7 im Anschlag. Je weiter sie nach oben kamen, umso mehr Atemluft kondensierte vor ihren Mündern.

Nach einer Minute Pause, in der sie tranken, drängelte Haemmerli: »Wir müssen weiter! Ich glaube zwar nicht, dass sie uns noch mal beschießen, aber vielleicht verfolgen sie uns.«

So schnell es ging, schleppte die Gruppe sich die Treppe hinauf. Noch etwa fünfzig Meter. Angstvoll blickte Oliver zurück in den Schacht. Würden neue Verfolger nachrücken? Annabel blieb stehen, wollte ausruhen, aber er zog sie weiter.

»Wir müssen sterben, stimmt's?«, fragte das Mädchen. Tränen liefen ihr über das schmutzige Gesicht.

»Nein, mein Schatz, wir werden leben.«

Alle keuchten und waren an der Grenze ihrer Kraft. Jeder Schritt schmerzte, und das Gepäck schien doppelt so schwer wie am Beginn des Aufstiegs. Als sie noch etwa 15 Meter vom Ausgang entfernt waren, drangen hektische Geräusche vom Boden des Schachts hinauf. Haemmerli spähte hinab. Wie er vermutet hatte, blieb ein Beschuss diesmal aus. Nach wenigen Augenblicken kehrte wieder Ruhe ein, aber die Neonbeleuchtung verlosch, sodass die Siebzehner erneut ihre Taschenlampen einschalten mussten.

»Ich hoffe«, sagte Haemmerli, »die haben nicht den Saft für die Hydraulik der Bunkerabdeckung gekappt, sonst haben wir ein Problem.«

»Was für ein Problem?«, fragte Hasso Simpkins.

»In dem Fall können wir die Abdeckung nur noch manuell öffnen. Das müssen Sie sich wie die Luke eines U-Boots vorstellen, aber viel größer und schwerer. Ich hoffe, unsere Kräfte reichen dafür.«

Carolin blieb stehen und begann zu schluchzen, ihr Körper zitterte. »Ist es dann nicht besser umzukehren? Ich ...«, brachte sie hervor und klammerte sich an das Geländer. Ihr Gesicht im Dämmerlicht strahlte eine merkwürdige Schönheit aus. Die Erschütterung über den Tod ihres Vaters und die Strapazen hatten sie in einen Zustand versetzt, der ein Fingerschnipsen von Panik entfernt war.

Behutsam stieg Oliver zurück bis auf ihre Stufe. »Kommen Sie, nehmen Sie meine Hand. Wir stehen das zusammen durch.«

Carolin zögerte, doch schließlich verschlangen ihre Finger sich mit den seinen, und gemeinsam tasteten sie sich nach oben. Einen Moment lang verbarg sie ihren Kopf an seiner Schulter und weinte.

Endlich erreichte die Gruppe das Ende des Schachts. Die Stahlwendeltreppe mündete in eine Plattform. Haemmerli und Isler leuchteten mit ihren Taschenlampen die Konstruktion aus, die aufgrund ihrer Enge Beklemmungen auslöste. Auf dem gerippten Stahl lagen deformierte Projektile, die von der gepanzerten Luke zwei Meter darüber abgeprallt waren. Neben den Lichtschaltern befand sich ein großer roter Knopf, der die Hydraulik in Gang bringen sollte. Haemmerli betätigte ihn skeptisch. Nichts. Der tonnenschwere Stahl rührte sich nicht.

»Männer, für unsere Freiheit werden wir hart arbeiten müssen«, stellte Haemmerli fest und wies auf das manuelle Kurbelsystem am Rand der Abdeckung zwischen den Scharnieren.

»Ich fange an«, sagte Isler, schnallte den Rucksack ab und nahm ohne Zögern die Kurbel in die rechte Hand. Zunächst ließ sie sich keinen Millimeter bewegen. Nur unter gewaltiger Kraftanstrengung, während sein Gesicht sich rötete, schaffte er die erste Umdrehung. Nach der dritten Rotation krachte und quietschte es über ihm. Es hörte sich an, als würde eine zerberstende Eisscholle einen Schiffsrumpf zusammenquetschen.

Im Fünf-Minuten-Takt wechselten die Männer sich ab. Die Überkopfarbeit brachte Olivers Arme rasch zum Erlahmen, seine Schultern schmerzten. Millimeter für Millimeter schob das Stahlmonstrum sich höher, bis schließlich von Geröll und Sand durchsetztes Eis zum Vorschein kam. Bald war die Luke so weit geöffnet, dass schmutziger Schnee erschien, abbröselte und in den Schacht fiel.

Widerwillig gestand Haemmerli ihnen eine Pause zu. Alle tranken und sammelten Kräfte. Weil ihm vom Hunger die Knie zitterten, aß Oliver einen Schokoriegel, den er sich mit Annabel teilte.

Dann kurbelten sie weiter. Als Oliver wieder an der Reihe war, hatte die Abdeckung sich bereits in einem Winkel von 45 Grad geöffnet. Plötzlich stürzte ein fußballgroßer Schneebrocken herunter, und Luft zog aus dem Schacht nach draußen.

Wenige Augenblicke danach sah die Gruppe durch die Öffnung das aschfarbene Licht des Morgenhimmels. Das erste natürliche Licht seit sieben Monaten! Die Aussicht auf einen Tag im Freien motivierte Oliver, schneller zu kurbeln. In den Gesichtern der anderen las er, dass sie es ebenfalls nicht erwarten konnten, dem Mief und dem Kunstlicht des Bunkers zu entkommen.

Je breiter die Öffnung zwischen Schnee und Luke wurde, je steiler der Stahldeckel sich hob, umso rascher senkte sich schneidend kalte Luft auf die Gruppe nieder. Minus 25 Grad auf über 2500 Meter Höhe. Die Kälte trieb ihnen Tränen in die Augen, schmerzte im Gesicht.

Als der Deckel fast senkrecht stand, unterbrach Haemmerli das Kurbeln. Mit bedeutungsvoller Miene griff er nach der Sprossenleiter und stieg langsam empor. Der Rest der Gruppe folgte ihm, einer nach dem anderen.

Die Sonne war bereits aufgegangen, doch Millionen Tonnen Ruß und Asche dämpften ihre wärmende Kraft. Nur widerwillig wich die Dämmerung einem undeutlich schimmernden Gestirn, das seltsam fremd und schwach wirkte. Oliver sah sich um: eisbedeckte Berggipfel bis zum Horizont. Der Schnee reichte ihm bis zur Hüfte. Trotz des schwachen Windes herrschte eine nahezu perfekte Stille, in der er seinen Herzschlag hörte.

Erst jetzt bemerkte er den Stacheldraht, der den Ausstieg im Radius von fünf Metern umgab. Eine Windung davon ragte aus dem Schnee.

»Wie sollen wir da durchkommen?«

»Das ist das geringste Problem, dafür haben wir gesorgt«, sagte Haemmerli, nahm seinen Feldstecher und suchte das Tal unter ihnen ab. Dann musterte er den Himmel.

»Ohne Sonne sind sogar die Alpen ein trostloser Ort«, meinte Isler und begann, mit einer Schaufel eine Schneise bis zum Stacheldraht in den Schnee zu graben.

Währenddessen positionierte Haemmerli eine Röhre mit Plastiksprengstoff unter der Barriere und befestigte eine Zündschnur daran. Anschließend schickte er die Gruppe zurück in den Schacht, um Deckung zu suchen.

Die Explosion sprengte eine Gasse in den Stacheldraht und wirbelte Schneeflocken auf.

Der Weg ins Tal von Davos war frei.

TEIL II
DIE FLUCHT DURCH DIE ALPEN

KAPITEL 1

Der Notausstieg befand sich in der Nähe eines Bergsees unterhalb des Pischahorngipfels. Die Lage des Sees ließ sich unter dem meterhohen Schnee, der das Hochtal füllte, nur erahnen. Im trüben Licht wirkte die Gipfelpyramide wie eine monumentale Warnung vor den Herausforderungen, die auf die Flüchtenden warteten.

Haemmerli formierte eine Reihe. Er und Isler gingen voran. Nach den ersten stampfenden und wühlenden Bewegungen durch den hüfthohen Schnee wurde allen bewusst, dass dieser Abstieg sich mit nichts vorher Erlebtem würde vergleichen lassen. Vor der Eiszeit hätte der Weg bei einer Wanderung im Sommer wenige Stunden erfordert. Nun sprach Haemmerli davon, dass sie all ihre Kraft aufbringen müssten, um es bis zum Abend ins Flüelatal zu schaffen. Dort würden sie vielleicht Schutz in verlassenen Gebäuden finden.

»Wir müssen den Gegenanstieg da zum Höhenrücken rauf«, beschrieb Haemmerli das erste Teilstück des Weges. »Oben auf dem Pischagrat kommen wir aus dem Tiefschnee raus.«

»Und 'ne Rast?«, fragte Oliver, der keuchte und dem der Mund einzufrieren drohte.

»In anderthalb Stunden, wenn wir kurz unterhalb des Grats sind. Der Gegenanstieg heißt *Verborgen Pischa*. Scheißname!«

Die Sonne stieg höher, doch ihre wärmende Kraft drang nicht durch die grauen Wolkenschleier. Zitternd grub sich die Gruppe durch die weiße Hölle, eine Strapaze, die allen schlagartig die fundamentale Veränderung der Welt ins Bewusstsein rückte.

An einigen Stellen ging es über Felsen, wo Schnee lag, der nur bis zu den Knien reichte. Doch die Hoffnung, es könnte nun leichter vorangehen, zerstob nach wenigen Schritten, als das brutale Weiß abermals ihre Hüften umschloss.

Immer wieder wandte Oliver sich um und sah aufmunternd Annabel an, die hinter ihm lief. Ihr Mädchengesicht, das von einer Winterjacke und einer Pudelmütze umrahmt wurde, strahlte Unerschrockenheit aus, obwohl ihr die Anstrengung anzusehen war. Sein Blick streifte kurz zurück in Richtung Bunkerausstieg, da er befürchtete, Wiegeles Männer könnten die Verfolgung aufnehmen. Manchmal irritierten ihn Schatten, die er für durch den Schnee streifende Söldner hielt. Vorerst bräuchten sie nicht mit Angriffen zu rechnen, beruhigte Haemmerli ihn, denn die Wachleute müssten sich erst ausrüsten und vorbereiten. Und Isler und er würden schon das Richtige tun, käme es zu einer Konfrontation.

Die körperliche Anstrengung drohte Olivers Denken zu blockieren. Er verstand nicht, warum Haemmerli sie bergauf zum Pischagrat führte, der ihm unüberwindlich erschien. Es fiel ihm schwer, seine inneren Widerstände niederzuringen. Auf einmal hielt er es für völlig ausgeschlossen, die Weiten der Alpen unter diesen Bedingungen zu durchqueren. Um sich herum sah er nur mächtige Gebirgsketten, getaucht in trügerische Stille, mit der auch die tödlichen radioaktiven Isotope überall zerfielen, dachte er. Wenige hundert Meter Weg bedeuteten hier draußen eine Ewigkeit; Zeit bekam einen anderen Wert.

Plötzlich schrie Madeleine von Holtzendorff: »Halt!«

Entsetzt zeigte sie auf Carolin, die auf den Rücken gefallen war. Mit geschlossenen Augen lag sie im Schnee, das Gesicht kreidebleich, die Lippen blaurot.

Oliver und Haemmerli stapften zurück und knieten sich zu ihr. Sie atmete flach und schnell. Trotz des Drucks durch die extreme Situation rief Oliver sein medizinisches Wissen ab. Er zog die Handschuhe aus und tastete nach dem Puls. Ihr Herz raste mit über 140 Schlägen in der Minute. Er hielt sich seine Hände vor den Mund und hauchte sie an, um die beißende Kälte zu lindern. Vergeblich.

»Was hat meine Tochter?«, wollte Frau von Holtzendorff wissen. Sie hatte die Augen weit aufgerissen und die Arme vor der Brust verschränkt.

»Einen Schwächeanfall. Wahrscheinlich durch ihre Bronchitis«, stammelte Oliver gegen die klirrende Kälte. An Haemmerli gewandt ergänzte er: »Pause – bis sie sich erholt hat!«

»Ja«, pflichtete Madeleine bei, der Tränen in den Augen standen. »Das ist zu viel für sie … Und auch für mich!«

»Okay, Rast. Zehn Minuten.«

Haemmerli schnallte sich den Rucksack ab, öffnete ihn und zog eine Thermoskanne heraus, in deren Becher er ein dampfendes Getränk goss. Die anderen kauerten sich in den Schnee, suchten Schutz vor dem eisigen Wind.

»Hier, du zuerst!« Haemmerli gab Annabel den gesüßten Tee.

»Danke.« Das bibbernde Mädchen schlürfte die heiße Flüssigkeit und reichte den Becher rasch an Christian weiter. In diesem Moment schlug Carolin die Augen auf. Sie wirkte verwirrt.

»Sind Sie okay?«, fragte Oliver besorgt und suchte ihren Blick. Eigentlich hielt er Carolin für durchtrainiert. Hatte das Antibiotikum, das er ihr vor drei Tagen gegeben hatte, nicht angeschlagen?

»Seitenstechen … und auf einmal so übel«, brachte Carolin mit brüchiger Stimme hervor. »Und dann weiß ich nichts mehr.«

»Geht's jetzt besser?«

»Etwas, aber mir ist kalt … Gott, ich halte ja alle auf.« Gequält lächelte sie in die Runde.

»Hier, trinken Sie: Tee mit Zucker. Ist gut!« Oliver half ihr hoch und stopfte Schnee hinter ihren Rucksack, sodass sie aufrecht sitzen konnte. »Für Unbequemlichkeit gibt's keinen Sonderpreis.«

Inzwischen hatte Haemmerli Brötchen ausgepackt und zwei Büchsen Corned Beef geöffnet. Er zerkleinerte die Nahrungsmittel mit dem Taschenmesser und verteilte sie. Alle aßen gierig. Der Kampf gegen die Naturgewalten verbrauchte Energie.

Ingeborg Simpkins saß abseits im schmutzigen Schnee und klagte gepresst: »So habe ich mir das in meinen schlimmsten Albträumen nicht vorgestellt. Ich bin jetzt schon am Ende. Am liebsten würde ich umkehren.«

»Hättest eben mehr ins Fitnessstudio gehen sollen«, entgegnete ihr Mann.

»Nicht im dreckigen Schnee sitzen«, befahl Haemmerli, »da ist die stärkste Strahlung!«

Während Frau Simpkins sich einen neuen Platz suchte und die Eheleute sich weiter befehdeten, grübelte Oliver darüber nach, in welcher Gefahr sich Carolin befand. Selbst ein simpler Infekt war in dieser Situation imstande, ihre Kräfte erheblich zu schwächen. Und sie litt an einer schweren, fieberhaften Bronchitis, wahrscheinlich sogar an einer Lungenentzündung. Wenn sie den Abstieg nicht schaffte, steckte die Gruppe in einem Dilemma. Eine Nacht im Freien bei diesen Temperaturen und in dieser Höhe bedeutete für sie alle das Ende. Irgendwann würde Haemmerli eine Entscheidung treffen müssen.

»Besser?«, fragte Oliver seine Patientin beschwörend.

Diese nickte nur leicht. Mit zwei Fingern tastete er erneut ihre wild pulsierende Halsarterie. Ihre Haut war bedeckt von kaltem Schweiß, und ihr Herz schlug jetzt 120-mal in der Minute – immer noch zu schnell, um aufzubrechen.

»Noch fünf Minuten«, wandte Oliver sich mit bittendem Blick an Haemmerli. »Sie ist noch nicht so weit.«

»Okay, fünf Minuten«, stimmte Haemmerli zu. »Aber nicht länger! Die Wolken da hinten sehen böse aus.« Über einer Gipfelkette zogen sich Quellwolken zusammen.

»Hast du Schokolade?«

Haemmerli zog eine Tafel Vollmilchschokolade aus dem Rucksack und reichte sie Oliver, der sie auswickelte und Carolin gab. Zum Dank lächelte sie schwach und schob sich rasch mehrere Stücke in den Mund.

Oliver betete, dass ihr Puls unter hundert sinken möge. Dann fragte er ernst: »Haben Sie eigentlich Ihr Antibiotikum genommen, das Levofloxacin?«

Carolin senkte den Blick und biss sich auf die Lippe.

»Schon gut«, sagte Oliver, »Sie sind nicht die Erste, die was gegen Pillen hat.«

»Tut mir leid … ich … Verdammt, ich fühl mich so beschissen. Ich hab die Dinger zurück in den Schrank getan. Wegen der Nebenwirkungen.«

Oliver öffnete den Rucksack und kramte seine Reiseapotheke hervor, in der er ein weiteres Päckchen Levofloxacin verstaut hatte; sieben Tabletten, ausreichend für eine Woche Behandlung. Er drückte die erste Pille aus dem Blister.

»Das kann ich unmöglich annehmen.«

»Warum?«

»Was, wenn Annabel krank wird und Sie dann keine mehr haben?«

»Wir finden neue, in einer Apotheke unten in Davos.« Langsam, aber mit der Konsequenz des erfahrenen Arztes führte Oliver die Pille zu ihrem Mund. Nach kurzem Zögern nahm sie an und lächelte. Nachdem sie das Antibiotikum geschluckt hatte, taste er erneut ihren Puls, der jetzt bei 95 lag.

»Marius«, sagte Oliver, »wir müssen ihren Rucksack leichter machen. Ich nehme ihr ein paar Sachen ab. Kannst du auch …«

»Nein, nicht mal mehr eine Büroklammer, alles voll. Frag Simpkins oder Adrian.«

»Ich kann was nehmen«, bot Annabel an.

»Lieb von dir«, lobte Oliver, »aber das wird noch 'n harter Marsch. Lieber nicht.«

»Kommen Sie, Bertram«, beschloss Hasso Simpkins, »wir regeln das.«

Die beiden Männer öffneten ihre Rucksäcke und packten Wasserflaschen, Konserven, ein Buch über Pädagogik und zwei Walkie-Talkies zwischen ihr eigenes Gepäck. Ihre Kleidung, ein Fotoalbum und einige andere Dinge musste Carolin selbst weitertragen. Dann halfen sie ihr auf, und die Gruppe setzte sich wieder in Bewegung. Der kleine Tross begann, sich zum Pischagrat hinaufzukämpfen.

»Laufen Sie hinter mir, und halten Sie sich an meinem Rucksack fest«, bestimmte Oliver. »Ich ziehe Sie rauf.«

Für den Anstieg durch den Tiefschnee zum Kamm brauchten sie zwei Stunden. Der Verzweiflung nahe, verfluchte Oliver den weichen, unberechenbaren Untergrund. Seine Schultern schmerzten von der Last auf dem Rücken. Je weiter sie nach oben kamen, umso mehr schwanden Carolins Kräfte. Gleichzeitig trieb Haemmerli die Gruppe stärker an, weil er schlechtes Wetter befürchtete und aus *Verborgen Pischa* herauswollte. Er spürte die Gefahr von Lawinen. Eine falsche Bewegung und der ganze Berghang würde abstürzen.

Gegen neun Uhr morgens erreichten sie den Pischagrat. Der Wind hatte den Fels vom Schnee befreit. Neben Geröll und scharfkantigem Gestein prägten eisüberkrustete Areale das Gebiet, gefährliche, launenhafte Stellen, die Ausrutscher mit dem Tode bestraften. Zudem waren sie auf dem Kamm schutzlos dem eisigen Wind ausgeliefert. Trotz der sorgfältigen Vorbereitung froren allen Hände und Füße, sie fühlten sich hungrig und ausgelaugt.

Nach einer weiteren halben Stunde gelangten sie zur Bergstation Pischa, wo die Seilbahn aus dem Flüelatal endete. Knapp über dem Schnee hingen ihre vereisten Seile wie riesige alte Spinnweben und verschwanden talwärts im dunstigen Nichts. Die Gebäude waren meterhoch mit Schnee bedeckt, auch Fenster und Türen, was ein Eindringen unmöglich machte. Etwas Schutz bot nur ein windgeschützter Winkel der Außenmauern.

Kaum ein Wort wurde während der Pause gesprochen und wenn, gefror es zu einem Nuscheln. Tee und belegte Brote wurden herumgereicht. Haemmerli erklärte, dass sie als Nächstes 700 Höhenmeter zur Talstation hinuntersteigen müssten. Von dort wären es noch einmal drei Kilometer entlang der Flüelapassstraße bis zum *Hotel Intercontinental* am Ortsrand von Davos, wo er hoffte, die Nacht zu verbringen.

Carolin, die zwischen Oliver und Annabel saß, begann in Anbetracht der kommenden Strapazen zu weinen, bedeckte ihr Gesicht mit den Händen und zitterte. Oliver legte den Arm um sie und versuchte, sie zu trösten, und sie legte ihren Kopf an seine Brust.

»Ich will nicht sterben«, sagte sie leise.

Oliver spürte, wie sie von Kälte, Fieber und Verzweiflung geschüttelt wurde. Mit den Tränen kämpfend, erwiderte er: »Du stirbst mir nicht! Und wenn ich dich tragen muss!«

»Danke«, flüsterte sie und genoss einen Augenblick lang seine Nähe und seinen Trost. »Schön, dass du mich duzt.«

Annabel sah den beiden lächelnd und verwirrt zu.

Minuten später ging es weiter. Nach etwa hundert Metern verließen sie den Pischagrat und stiegen in den tiefschneebedeckten Hang zum Flüelatal. Die Gefahr einer Lawine haftete ihnen an den Fersen. Jeder Schritt musste durchdacht und behutsam gesetzt werden. Kein Wort fiel, Haemmerli hatte ihnen eingeschärft, besser zu schweigen. Das schwere Gepäck und Carolin, die sich immer häufiger von hinten an seinem Rucksack festklammerte, schoben Oliver den Berg hinunter. Sein Rücken und seine Knie schmerzten, seine Zehen spürte er kaum noch.

Zweimal rutschte er aus und stürzte mit Carolin seitlich in den Schnee, voller Angst, dass sie nichts mehr halten würde. Doch mit Haemmerlis und Islers Hilfe rappelten sie sich wieder auf. Der Weg war im Grunde ungangbar, begriff Oliver, aber eine Umkehr unmöglich.

Um die Mittagszeit herum erreichte der Trupp die Baumgrenze. Die schneebedeckten Stämme waren grau, stellenweise schwarz, wie abgestorben. Die Ödnis entsetzte Oliver. Über dem Pischahorn wallten Wolken und verwischten die Kanten des Gipfels. Die dunkle Wand gierte bereits nach den Schneefeldern darunter; schon jagte der Wind erste Fetzen darüber.

Im Wald ging es steil bergab über Geröll, Schiefer und schmutzigen Schnee. Nur mühsam kamen sie voran. Äste und Stämme knarrten und knackten im Wind. Schließlich verdunkelten graue Schwaden den Himmel, und Flocken wirbelten herab. Frost und Schnee schnitten auf der Haut. Wenn sie sich verirrt oder verloren hätten, wäre es ihr sicheres Ende gewesen. Doch Haemmerli behielt die Übersicht. Er zog ein Seil hervor und verband alle damit, sodass sie wie an einer Perlenkette hinunter ins Flüelatal fanden.

Glücklicherweise verschwanden nach zwei Stunden die Wolken und mit ihnen die bedrückende Dunkelheit. Doch mehr als das trübe Licht, das sie schon am Morgen begleitet hatte, ließ die rußgeschwängerte Stratosphäre nicht zu. Vielleicht entkommen wir so wenigstens der zerstörerischen UV-Strahlung, dachte Oliver, denn die Ozonschicht war durch Stickoxide vermutlich zerstört worden. Was das bedeutete, wusste er nur zu gut: Erblinden und schwere Schädigungen der Haut.

Der Marsch durch das Tal dauerte bis zum Abend. Endlich ragten die Umrisse des *Hotels Intercontinental* vor ihnen aus dem Hang wie ein gestrandetes Raumschiff. Die goldene Metallfassade des ovalen Gebäudes glomm schwach im Dämmer. Sie wirkte intakt, doch die unteren Geschosse und der Haupteingang, hinter dem sich die Lobby verbarg, waren begraben unter Schneemassen, sodass Haemmerli die Gruppe über den zweiten Stock ins Innere lotsen musste. Vorsorglich wies er Simpkins an, mit dem Geigerzähler Messungen durchzuführen. Die oberen Schneeschichten wiesen nur eine geringe Strahlenbelastung auf, doch der Stahl der Fassade ließ sofort den Alarm lospiepen.

Die Männer besorgten Holz und legten es wie ein Floß auf das verstrahlte Metall. Über diese provisorische Brücke gelangten sie auf einen Balkon, wo sie das Fenster zu einem Zimmer einschlugen. Bevor sie einstiegen, klopften sie sich gründlich den Schnee ab, um die Strahlung zu reduzieren.

Haemmerli schaltete seine Taschenlampe an. Abgesehen von einer dünnen Staubschicht wirkte die Einrichtung des Hotelzimmers unberührt, als hätte das Zimmermädchen erst vor Stunden aufgeräumt. Entkräftet fiel Carolin in einen Sessel, schloss die Augen, und im nächsten Augenblick kippte ihr Kopf zur Seite.

»Wir müssen sie ins Bett legen, Marius«, meinte Oliver.

»Nicht hier«, entgegnete Haemmerli, »viel zu kalt. Und Feuer können wir hier auch keins machen. Wir ziehen runter in die Lobby, da gibt es einen Kamin.«

Er öffnete die Minibar und leuchtete kurz hinein: Sie war leer. Während er einen Moment vor dem Kühlschrank hockte, sagte er: »Das Holz vom Balkon nehmen wir für das Feuer. Passt aber mit dem Stahl auf! Oliver, du kümmerst dich um Frau von Holtzendorff. Anschließend verbarrikadieren wir die Tür.«

»Warum?«, fragte Hasso Simpkins.

»Weil wir nicht wissen, wer sich draußen herumtreibt. Wir haben zwar niemanden gesehen, aber …« Nachdenklich rieb Haemmerli sich das Kinn. »Und ob Teile meiner ehemaligen Brigade hinter uns her sind, wissen wir auch nicht. Unsere frischen Spuren und die zerschlagene Scheibe sind für ungebetene Besucher wie eine Einladung.«

Haemmerli und Isler begannen mit der Patrouille, sicherten das Gebäude, indem sie alle Stockwerke abgingen und auf jeder Etage kurz prüften, ob weitere Überlebende hier Asyl gefunden hatten. Es schien nicht der Fall zu sein, leer und öde lagen die langen Flure vor ihnen.

In der Zwischenzeit schleppten die anderen das Holz vom Balkon in den Flur, wobei Ingeborg Simpkins ausglitt und ihr Sturz erst durch das Metall der Fassade abgebremst wurde.

»Stellst dich wieder an, also nee«, spöttelte ihr Mann.

Dann errichteten sie aus Bett, Schreibtisch und Stühlen eine provisorische Barrikade vor der Balkontür. Wenn jemand eindrang, würde der Lärm sie zumindest alarmieren, aber ein unüberwindliches Hindernis war sie nicht.

Vor Anstrengung keuchend, kehrten die Siebzehner zurück und holten die Gruppe ab. Gemeinsam gingen sie hinunter in die Lobby. Oliver stützte Carolin, die einen Arm um seinen Hals geschlungen hatte und sich benommen führen ließ.

In der Halle herrschte eine gespenstische Atmosphäre. Wo vor acht Monaten noch beflissene Portiers hinter dem Tresen gestanden und der Concierge Koffer hereingetragen hatte, warf Haemmerlis Taschenlampe nun Schatten auf verwaisten Luxus. Vor der Glasfront zur Terrasse erhob sich der Kamin, davor ein

Tisch und eine Gruppe von Sesseln. Oliver setzte Carolin dort ab. Haemmerli richtete den Lichtstrahl auf das Glas der Terrassentür. Meterhoch und in verschiedenfarbigen Sedimenten türmte sich dahinter der Schnee; unten eine schwarz-grau gestreifte, etwa dreißig Zentimeter dicke Schicht. Als älteste Ablagerung zeugte sie vom radioaktiven Fallout.

»Können Sie da mal Ihren Gamma-Scout ranhalten?«, bat Haemmerli Hasso Simpkins.

Simpkins näherte sich der schmutzigen Schicht und hielt den Geigerzähler an die Scheibe. Nach einer halben Minute piepte das Gerät wie eine kleine Sirene.

»Über 500 Mikrosievert pro Stunde«, stellte Simpkins fest.

»Was bedeutet das genau?«, fragte Haemmerli.

»Das bedeutet, dass wir diesen Dreck unbedingt meiden müssen, um nicht die Strahlenkrankheit zu kriegen. Die Werte liegen zigtausendfach über Normal.«

»Und in den jüngeren Schichten?«

Unter den Augen der beunruhigten Gruppe führte Simpkins den Gamma-Scout nach oben, bis er seinen Arm ausgestreckt hatte. »Hier sind es auch noch mehr als 200 Mikrosievert ... Wie im Bunker, nur schlimmer.«

»Gut, danke. Schalten Sie aus. Wir können uns nicht die ganze Zeit Gedanken um die Strahlung machen, wir haben andere Sorgen – wir müssen überleben.« Haemmerli deutete auf das dunkle Sediment vor der Scheibe. »So gut es geht, werden wir dem Gröbsten ausweichen, uns dekontaminieren. Der Rest ist Schicksal.«

Nach diesen Worten schritt er zum Empfangstresen und riss ein paar Seiten aus einem Kalender. Dann ging er zum Kamin, öffnete die Glastür, zündete das Papier an und hielt es hinein. Sofort griff ein Luftzug nach den Flammen.

»Okay, wir können heizen«, stellte er zufrieden fest, knüllte den Rest zusammen und legte es in den Kamin. »Wir werden ein bisschen Anmachholz darüber stapeln und dann Holz drauflegen. Die Wärme und ein ordentliches Essen werden sicher unsere Stimmung heben.«

Alle waren erschöpft und deprimiert. Sie hatten das Feuer dringend nötig.

Nach zwanzig Minuten loderten helle Flammen im Kamin. Sie strahlten zwar Wärme ab, aber es würde Stunden dauern, den hohen Saal um ein paar Grad zu erwärmen, wusste Haemmerli. Im Keller hatten Isler und Simpkins weiteres Brennholz gefunden. Haemmerli gab ihnen den Rat, die Menge, die sie für die Nacht zu brauchen glaubten, mindestens zu verdreifachen und neben dem Kamin zu stapeln.

Derweil holten die anderen Hotelgäste Matratzen und Decken aus den Zimmern und platzierten sie um das Feuer. Inständig hofften sie, dass ihre Schlafsäcke in Kombination mit dem Bettzeug die klirrende Kälte wenigstens zum Teil abhalten würden.

Das Kaminfeuer warf ein flackerndes Licht in die Lobby. Unvermittelt schlich Madeleine von Holtzendorff zum Empfangstresen, den Blick auf ein Telefon gerichtet. Sie sah verstört aus, ihr Gesicht war bleich und ihre Augen aufgerissen. Nach einem Moment des Zögerns nahm sie den Hörer und wählte eine Nummer.

»Nathalie, nun melde dich doch … Nathalie, nun geh schon ran … Nathalie!«, rief sie flehend in den Hörer und schlug auf den Tresen. »Nathalie, ich hab das Theater jetzt satt, geh sofort ans Telefon! Nathalie …«

»Mutter«, versuchte Carolin sie vom Sessel aus zu beruhigen, aber ihre Stimme war zu schwach.

Während die anderen sie betroffen ansahen, verlor Madeleine die Fassung. Sie brüllte hysterisch in den Hörer, trat gegen den Tresen und sprang auf und ab. Das Verhängnis, dessen ganzes Ausmaß sie erst jetzt in dieser Minute zu realisieren schien, machte sie zu einer Verrückten. Oliver stürzte zu ihr und rüttelte sie am Arm.

»Frau von Holtzendorff, die Telefone sind kaputt! Wir können niemanden anrufen.«

Einen Augenblick starrte sie ihn an, dann entgegnete sie: »Ich versuche es bei Dominik. Der ist nicht so ein Dickkopf wie seine Schwestern.«

»Sie können nicht mit Ihren Kindern telefonieren, Frau von Holtzendorff. Wir werden sie irgendwo da draußen finden«, redete Oliver beschwichtigend auf sie ein.

»Ich mach das schon. Und lassen Sie gefälligst meinen Arm los!«

Allmählich füllten ihre Augen sich mit Tränen, und sie schluchzte in ihre Hände. Wellen der Verzweiflung erfassten sie und schließlich brach sie zusammen. Oliver nahm sie in die Arme. Fürsorglich geleitete er sie zu Carolin, die eine Weile die Hände ihrer Mutter hielt und tröstend auf sie einsprach.

Nach diesem Verzweiflungsausbruch, der alle tief berührt hatte, machten sich Haemmerli und Isler daran, Vorräte zu suchen. Was sie in der Küche fanden, führte ihnen albtraumhaft vor Augen, dass die Zivilisation auf unbestimmte Zeit gegangen war. In der Nähe der Fenster trafen sie auf Spuren eines Massakers: Fünf gefrorene Leichen, drei Frauen und zwei Männer, lagen in unnatürlicher Haltung auf dem Boden verteilt. Die Frauen trugen Kostüme und die Männer Anzüge mit dem Logo des Hotels. Sie waren offenbar mit Maschinengewehren exekutiert worden, wovon diverse Schusswunden Zeugnis ablegten. Auch die Fensterfront war durchlöchert von Einschüssen, sodass kalte Luft hereinströmte. Entsetzt hielten die Männer sich die Hände vor das Gesicht.

»Wer tut so was?«, fragte Haemmerli mit stockender Stimme.

Isler schüttelte den Kopf. »Und das alles für ein bisschen Proviant.«

»Adrian, mir graut davor, was wir auf unserem Weg alles finden werden!«

Die Siebzehner tauschten einen Blick, in dem sich die Furcht vor der übermenschlichen Aufgabe spiegelte, die sie erwartete.

»Was sollen wir jetzt tun?«

»Den anderen sagen wir nichts«, entschied Haemmerli, »es sei denn, wir finden im Hotel noch so viele Tote, dass wir nicht anders können. Die armen Menschen hier werden wir irgendwie bedecken.«

In den Schränken fanden sie Tischdecken und legten sie über die Leichen. Anschließend suchten sie nach Essbarem. Einige Türen der Edelstahlschränke klemmten. Das tiefgefrorene Metall konnte man nur einen Augenblick berühren, sonst froren die Finger fest. Alle Nahrungsmittelvorräte waren geplündert worden. Die Männer nahmen Töpfe, Besteck und Tischdecken und gingen zurück zu den anderen.

Dort holten sie aus ihren Rucksäcken ein paar Büchsen Chili con Carne und Ravioli, öffneten und erhitzten sie am Kamin. Dazu gab es Tee. Haemmerli legte sogar zwei Tischdecken auf, weil er der Meinung war, man sollte auch in Katastrophensituationen Förmlichkeiten beibehalten.

Nie hatten Oliver Dosenravioli so gut geschmeckt. Das warme Essen und das knisternde Feuer verbesserten die Stimmung – außer bei Haemmerli und Isler, denen der Schock über das Gesehene in den Knochen steckte. Als Digestif ließ Simpkins einen Flachmann mit Cognac herumgehen, von dem Madeleine von Holtzendorff den größten Schluck nahm.

Nach dem Essen sorgte Annabel sich wie eine Krankenschwester um Carolin. Sie half ihr auf eine Matratze und flößte ihr Tee ein. Carolins Augen waren dunkel unterlaufen, ihr Gesicht sah abgezehrt aus. Als sie wieder Schüttelfrost bekam, tastete Oliver ihren Puls, der um 110 pendelte. Sie glühte. Um die Wirkung der Antibiotika zu beschleunigen, gab er ihr eine weitere Tablette und damit die doppelte Tagesdosis, dazu zwei Paracetamol.

Dann ließ Oliver sich in einen Sessel fallen, hielt sich an seiner Teetasse fest, blickte in die Flammen und dachte über Carolin nach. Ihr Zustand hatte sich seit dem Schwächeanfall nicht verbessert, im Gegenteil. So war sie nicht in der Lage, wusste er, eine schwere Wanderung zu bewältigen.

»Carolin braucht mindestens ein bis zwei Tage Ruhe«, wandte er sich flüsternd an Haemmerli. »Noch so einen Marsch übersteht sie nicht.«

»Da spricht einiges dagegen«, entgegnete Haemmerli besonnen. »Zum einen halten wir mit den wenigen Vorräten nicht lange durch. Zum anderen werden wir wahrscheinlich von Wiegeles Leuten verfolgt. Wenn sie uns hier stellen, gibt es ein Gefecht mit unabsehbarem Ausgang. Wir müssen also so schnell wie möglich weiter.«

»Marius, ich bleibe auf jeden Fall bei ihr.« Oliver sah seinen Freund entschlossen an. »Sie hat eine Chance durchzukommen, und ich werde ihr dabei helfen. Und wenn es so weit kommt, wird auch Annabel mit mir zurückbleiben.«

Haemmerli lehnte sich zurück und atmete durch. Schließlich sagte er: »Wir finden schon eine Lösung, Oliver. Lass uns jetzt erst mal eine Nacht drüber schlafen. Ich bin fertig, mein Kopf ist leer.«

Die Flammen loderten auf, als Oliver Scheite nachlegte. Er bettete sich zwischen Annabel und Carolin, die schon schlief, schwer atmete und im Traum Unverständliches murmelte. Neben Annabel lag Christian. Die Kinder waren in Jacken gehüllt, tief im Schlafsack versunken und mit Federbetten zugedeckt. Madeleine wachte mit Sorgenfalten auf der Stirn an der Seite ihrer Tochter. Von seinem Lager aus sah Oliver dem Tanz der Flammen zu, der den hohen Raum erfüllte und auch Haemmerli und Isler streifte, die sich berieten.

»Wir müssen uns heute Nacht die Wache teilen«, meinte Haemmerli.

»Wozu eine Wache? Niemand würde in dieser Finsternis einen Angriff wagen.«

»Bist du dir sicher?«

»Nur, wenn du es bist.« Isler zog die Mundwinkel herunter.

Die beiden Aufklärer nahmen ihre Maschinengewehre, stiegen in den zehnten Stock und begannen einen gründlichen Rundgang. Sie fanden ein Zimmer, dessen Balkon sich nach Südwesten in Richtung Davos öffnete, und spähten durch ihre Feldstecher. Alles war in Dunkelheit getaucht, kein einziges Licht erhellte die Stadt. Auch kein Stern leuchtete, und der Mond blieb unsichtbar am trüben Himmel. Um niemanden auf sich aufmerksam zu machen, vermieden die Männer es, mit den Taschenlampen in der Nähe der Fenster zu leuchten.

Systematisch gingen sie alle Räume ab und durchsuchten die Zimmer nach Vorräten. Vergeblich. Nicht eine Tüte Kartoffelchips oder ein Fläschchen Schnaps fanden sie. Von der Stirnseite des Hotels aus, die zum Flüelatal wies, sahen sie zunächst ebenfalls nur Finsternis. Lange spähten sie in die Richtung, aus der sie gekommen waren. Dann blieb Haemmerlis Blick plötzlich an einem schwachen Licht hängen, das ab und zu durch den Wald flackerte, schwach wie ein Leuchtturm am Horizont.

»Siehst du's? Auf zehn Uhr dreißig?«

Isler nickte. »Bestimmt noch 'nen Kilometer weg, soweit man das abzuschätzen kann.«

»Wiegeles Leute«, sagte Haemmerli. »Wir können also ein paar Stunden schlafen. In der Nacht brauchen sie für den Weg bei den Bedingungen mindestens vier Stunden.«

»Außerdem würden nur Idioten bei minus dreißig Grad nachts durch die Berge marschieren.« Isler hielt einen Moment inne, massierte sich die Schläfen und presste die Lippen aufeinander. »Du musst mir mal eins erklären, Marius. Unsere Chancen hier draußen sind nicht gerade die besten. Warum riskiert Wiegele überhaupt das Leben seiner Leute? Ich meine, wir könnten ihm doch jetzt herzlich egal sein.«

»Schon vergessen, dass Oliver ihn ausgeknockt und gedemütigt hat?«

»Nein, aber …«

»Der Typ ist ein Psychopath, rücksichtslos, ohne jedes Gefühl und ohne jede Verantwortung. Rache ist für den ein Hochgefühl.« Haemmerli rieb sich das stoppelbärtige Kinn und gab Isler einen Klaps auf die Schulter. »Komm jetzt, morgen müssen wir zeitig raus. Wir werden ihnen eine Falle stellen und sie entwaffnen. Dann können sie sich entscheiden, ob sie mit uns kommen oder in ihren Bunker zurückgehen.«

»Ich bin dafür, kein Risiko einzugehen und kurzen Prozess zu machen.«

»Nein, Adrian, ich hab heute genug Tote gesehen«, entgegnete Haemmerli energisch. »Ich schieße nicht auf unsere ehemaligen Kameraden!«

»Die kommen sicher nicht, um uns mit Zürcher Geschnetzeltem zu verwöhnen. Die wollen uns töten, Marius!«

Haemmerli blieb hart. »Es wird nicht geschossen, wenn es nicht unbedingt sein muss!«

Die Gruppe verbrachte eine unruhige Nacht. Trotz des Feuers war es kalt in der Halle, weit unter null Grad. Jede halbe Stunde wurde jemand vom Frost geweckt und warf Holz in den Kamin. Während die Scheite in der Glut knisterten, raubte die Sorge um Carolin Oliver den Schlaf. Fiebrig wälzte sie sich hin und her. Wenn sie aufwachte, gab er ihr Wasser, das sie gierig trank.

In der Morgendämmerung weckten Haemmerli und Isler Oliver aus dem Halbschlaf, um ihm ihren Plan zu erläutern. Isler sollte sich im fünften Stock hinter der Metallfassade verstecken, und Haemmerli wollte sich draußen im Wald vor dem Hotel in einen Hinterhalt legen. Dazu würde er die Fußabdrücke im Schnee vom Hinweg nutzen, die den Verfolgern die Spur in das Zimmer im zweiten Stock wiesen. Die Aufgabe des Lockvogels hatte Oliver.

»Du wartest im Zimmer, Oliver, die Tür bleibt offen«, erklärte Haemmerli. »Sobald du die Sicherheitsleute siehst, rennst du in den Gang und versteckst dich. Den Rest erledigen wir.«

»Rennen? Seid ihr irre? Ich weiß ja nicht mal, ob ich gerade gehen kann.« Olivers Beine fühlten sich steifgefroren an, seine Zehen schmerzten. Vor allem aber hatte er Angst, bewaffneten Männern gegenüberzutreten.

»Sie werden kaum auf 15 Meter an das Hotel rankommen«, versuchte Isler, ihn zu beruhigen. »Du schaffst das, Oliver! Vertrau uns!«

»Können wir vorher wenigstens noch einen Schluck Kaffee trinken?«

»Nein, jetzt nicht«, sagte Haemmerli und drückte ihm eine Thermoskanne in die Hand. »Das kannst du auf dem Zimmer trinken. Wirkt auch authentischer.«

Haemmerli drückte Simpkins eine Pistole 75 in die Hand. Er erhielt die Aufgabe, Frauen und Kinder im Notfall zu verteidigen.

Eine Stunde wartete Oliver im zweiten Stock. Teile der provisorischen Barrikade hatte er weggeräumt, um freie Sicht zu haben. Durch die zerschlagene Scheibe pfiff der Wind. Langsam ergoss das trübe Morgenlicht sich über den Hang, wo die Bäume unter Schneemassen starben. Auf dem Nachttisch lag eine Ausgabe der *Neuen Zürcher Zeitung*, datiert drei Wochen vor Kriegsbeginn. Eine Schlagzeile auf Seite drei fiel Oliver ins Auge: *Cyberkonflikt zwischen China und den USA wieder aufgeflammt. Diplomatische Bemühungen dauern an.*

Doch er war zu müde zum Lesen und hätte mit seinen steifgefrorenen Fingern die Seiten ohnehin nicht umblättern können. Er setzte sich, wärmte sich am Kaffee und dachte an Annabel, die ungeachtet der Stimmen in der Lobby tief neben ihrem Leuchtturm geschlafen hatte. Der süße Anblick ihrer verwuschelten rotbraunen Haare, eingehüllt in Decken, hatte ihm Kraft gegeben.

Plötzlich bewegten sich Gestalten im Wald, die kaum von der Umgebung zu unterscheiden waren: vier Männer in Tarnanzügen im Dämmergrau. Mit ihren düsteren Uniformen und Waffen wirkten sie wie Verkünder des Todes. Wie Haemmerli es vorausgesehen hatte, kamen sie direkt auf das Zimmer zu. Sie hielten Ausschau, bemerkten ihn aber nicht, bis sie etwa zwanzig Meter vor der Fassade stoppten. Olivers Knie zitterten. Die Männer stampften los, keuchten, riefen Unverständliches.

Angst schnürte Oliver die Kehle zu. Er fühlte sich wie gelähmt, hatte Mühe aufzustehen und aus dem Zimmer zu flüchten. Erst im letzten Moment überwand er sich. Hinter der Tür blieb er stehen und lugte hinaus.

»Halt!«, schrie Isler vom Balkon des fünften Stocks aus, seine Stimme hallte durch das Flüelatal. »Sofort stehenbleiben!« Um seine Warnung zu untermauern, schoss er eine MG-Salve zwei Meter vor die Verfolger in den Schnee.

»Ganz ruhig, Isler«, entgegnete Jomini, einer der Wachleute.

»Schön die Hände nach oben!«, blieb Isler hart. »Los, los, ich will die Hände sehen, kommt schon!«

Demonstrativ langsam und halbherzig hoben die Wachmänner ihre Arme.

»So, und jetzt die Waffen vor euch in den Schnee werfen!«

Als die MGs mit dumpfem Ploppen vor ihnen gelandet waren, trat Haemmerli aus dem Wald.

»Ihr habt jetzt genau zwei Möglichkeiten«, stellte er seine ehemaligen Leute vor die Wahl. »Entweder ihr macht kehrt und geht zurück in Wiegeles verstrahlten Bunker, oder ihr kommt mit uns in den Süden.«

»Leider liegen die Dinge nicht so einfach, wie du denkst, Haemmerli«, erwiderte Jomini, »und deshalb …«

»Die Dinge sind schon kompliziert genug, Jomini! Also halte es einfach, schwarz oder weiß!«, unterbrach Haemmerli ihn ungeduldig. »Und entscheidet euch schnell! Es ist kalt hier draußen!«

»Wir können nicht zurück, ohne unsere Mission erfüllt zu haben.«

»Was für eine Mission?«

»Euch festzunehmen oder bei Widerstand zu erschießen.«

»Ihr könnt doch einfach sagen«, rief Isler von oben, »ihr habt uns erschossen. Wo ist das Problem?«

»Das Problem sind unsere Helmkameras«, erklärte Jomini und deutete auf seine Stirn. »Die Signale werden direkt in den Bunker übertragen und vom Chef ausgewertet. Wir haben also keine Wahl.«

Eine Pause entstand. Oliver beobachtete aus seinem Versteck atemlos, was geschah. Sein Hass auf Wiegele und dessen perfide Methoden wuchs ins Unermessliche.

»Ich bleibe hier. Ich gehe mit Haemmerli und den anderen«, durchbrach Amstutz die Stille. In seinem Tarnanzug hatte ihn bislang niemand erkannt. »Irgendwie wird es hier oben schon weitergehen.«

»Das kannst du nicht machen, Amstutz!«, fuhr Jomini ihn an. »Wenn wir desertieren, schickt der Chef uns die ganze restliche Truppe auf den Hals. Also sei vernünftig!«

»Dann müsst ihr eben kämpfen«, hielt Haemmerli ihm dagegen. »Dafür wurdet ihr schließlich ausgebildet!«

Amstutz ließ sich nicht beirren und ging festen Schrittes auf das Hotel zu, seine Züge gestrafft vom Stolz der Entscheidung. Plötzlich zog Jomini, dessen Gesicht sich in dem Augenblick zu einer Grimasse entstellte, eine Pistole aus der Jacke. Er feuerte zweimal auf Amstutz, der sofort zusammenbrach. Dann schoss er auf Isler, wandte sich schnell um und zielte auf Haemmerli, der sich fallen ließ und im Schnee Deckung fand. Im selben Moment krachte eine Salve aus Islers Maschinengewehr. Tödlich getroffen sank Jomini zusammen, Blutspritzer benetzten den Schnee. Die beiden anderen Männer streckten ruckartig ihre Arme nach oben und schlossen voller Todesangst die Augen.

Wutentbrannt sprang Haemmerli auf und stampfte auf die überlebenden Wachmänner zu.

»So ein Schwachsinn!«, brüllte er und begann, ihnen die Pistolen abzunehmen. Zornig warf er sie zu den Maschinengewehren. An Isler gewandt, rief er: »Ganz ruhig, Adrian, nicht mehr schießen! Alles unter Kontrolle. Bist du okay?«

»Bei mir ist alles okay, Marius. Aber wenn einer von den beiden auch nur mit dem kleinen Finger zuckt, mache ich ein Sieb aus ihm!«

»Bitte lass uns am Leben, Adrian«, flehte eine ängstliche Stimme.

»Ihr geht jetzt zurück zu eurem Führer«, sagte Haemmerli und richtete eine Helmkamera auf sich, »und übermittelt ihm folgende Botschaft: Ich werde irgendwo auf diesem Planeten Raketen finden, bunkerbrechende Munition, und damit werde ich euch Saubrut aus dem Berg sprengen, falls noch mal jemand mit einer McPrince-Uniform hier auftaucht!« Dann schrie er die Männer noch einmal an, wobei er in die Kamera sah: »Ist das klar?«

»Ja.«

»Und jetzt Abmarsch!«

Überhastet stürmten die Wachleute zurück in den Wald. Als ihre Umrisse zwischen den Stämmen verschwunden waren, wagte Oliver sich hinaus. Sein Mund war so trocken, dass er kaum die Zunge vom Gaumen lösen konnte. Die Schießerei hatte ihn bis ins Mark erschüttert. Sie erschien ihm wie ein Echo des Weltkriegs, der womöglich noch nicht vorüber war.

Amstutz lag mit offenen Augen auf dem Rücken, in seinem Gesicht eine Mischung aus Überraschung und Entsetzen. Ein Bild des Grauens bot Jomini, dem es einen Teil des Kopfes weggerissen hatte; außerdem hatten mindestens drei Kugeln seinen Brustkorb zerfetzt. Oliver musste sich übergeben.

Inzwischen war auch Isler vor das Hotel geeilt. »Ich hätte sie alle erledigen sollen«, meinte er. »Dieses Pack!«

Haemmerli sah seinen Kameraden mit jenem analytischen Blick für die Schwäche von Menschen an, den Oliver immer bewundert hatte. Isler bemerkte die Mischung aus Strenge und Verwunderung in den Augen seines Freundes und senkte den Kopf. Dann begruben sie die Toten notdürftig und sammelten die Waffen ein. Während sie Amstutz' Körper mit Schnee bedeckten, rannen Tränen über Haemmerlis Wangen.

Kapitel 2

Als Haemmerli, Isler und Oliver ins Hotel zurückkehrten, fanden sie die Lobby verlassen vor. Das Feuer war bis auf die Glut heruntergebrannt. Beide Siebzehner entsicherten ihre Waffen und leuchteten jeden Winkel aus – nichts. Haben wir eine zweite Verfolgergruppe übersehen und sind in einen Hinterhalt geraten, schoss es Oliver durch den Kopf. Sein Körper fühlte sich an, als gefröre alles Blut darin zu Eis. Nie zuvor war er schlagartig so krank vor Angst geworden wie jetzt, bei dem Gedanken, Annabel könnte etwas zugestoßen sein.

Haemmerli ging zur Treppe, die in den Keller führte, rieb sich die Augen und senkte die Waffe. Sein Gesicht entspannte sich, dann lächelte er.

»Sie können wieder hochkommen, Simpkins! Alles klar«, rief er in das Untergeschoss, obwohl nichts zu sehen war.

Wie eine Katze schlich Simpkins aus dem Dunkel und spähte die Treppe hinauf. »Wegen der Schüsse habe ich alle in einem Versteck hier unten in Sicherheit gebracht.«

»Das haben Sie gut gemacht.«

»In einer Kammer lagen sogar noch zwei Flaschen Riesling rum«, erklärte Simpkins wirr. »Woher wussten Sie, dass …«

»Die Spuren im Staub auf der Treppe.«

Hinter Simpkins kamen jetzt alle aus ihrem Versteck. Die Panik fiel von Oliver ab. Er fühlte nur noch die Erschöpfung und den Wunsch, seine Tochter in die Arme zu schließen. Sie eilten aufeinander zu und umarmten sich. Oliver strich über Annabels Haar. Tränen quollen ihr aus den Augen.

»Wir haben Schüsse gehört«, erzählte Annabel aufgeregt. »Ich hatte solche Angst um dich, Paps … Und dann mussten wir auch noch in diesen dunklen Keller. Wenn's bloß bald wieder Strom geben würde!«

»Jetzt ist alles okay, mein Schatz«, beruhigte Oliver sie. »Geht's dir gut?«

»Ja, alles klar. Gab's Tote da draußen?«

Oliver vermied es, Annabel zu belügen. Er sah ihr fest in die Augen und nickte.

»Oh Gott, wie schrecklich!«, rief sie aufgelöst und hielt sich beide Hände vor den Mund. »Warum?«

»Sie wollten uns töten. Die Sache ist aus dem Ruder gelaufen.« In knappen Sätzen skizzierte Oliver den Hergang der Schießerei.

»Habt ihr die beiden beerdigt?«

»Ja, so gut es ging.«

»Verdammt, hat es nicht schon genug Tote gegeben? Hört das denn niemals auf?« Wütend presste Annabel die Lippen aufeinander. »Man müsste die Verantwortlichen vor Gericht stellen.«

Vater und Tochter halfen Carolin zurück auf ihre Matratze vor dem Kamin. Annabel kochte Tee, und Oliver gab ihr die nächste Dosis Antibiotikum. Beim Frühstück unterhielten sich alle, und die Gruppe entspannte sich etwas.

Haemmerli willigte in Olivers Wunsch ein, noch einen Tag im Hotel zu verbringen, um Kräfte zu sammeln. Obwohl er nicht an einen weiteren Angriff von Wiegeles Männern glaubte, teilte er eine Wache ein.

Carolin ging es zwar besser, aber für einen Marsch durch die Kälte war sie noch zu schwach. Traurig sah sie in den Kamin.

»Es ist erstaunlich, wie viel Kraft einem das Feuer gibt«, sagte sie, als Oliver bei ihr saß. »Ich dachte, ich muss da draußen erfrieren. Danke, dass du mich gerettet hast.«

»Das hätte doch jeder getan.«

»Das glaube ich kaum … Und dann auch noch so ein fettes Walross wie mich über einen Berg schleppen.« Ihr Lächeln erstarb plötzlich, und sie sagte mit zittriger Stimme: »Ich hatte noch gar keine Zeit zu begreifen, dass mein Vater tot ist. Er war so zuversichtlich, so entschlossen. Diese Schüsse im Schacht, das war so nah dran. Ganz anders als bei meinen Freunden und Geschwistern, die einfach weg sind.«

»Tut mir leid.« Oliver legte seine Hand auf die ihre und sah sie an.

»Mein Freund sagte mal, dass Liebe an sich unmöglich sei. Ich meine, so wie wir sie uns vorstellen. Weil sie doch immer vom Alltag kaputtgemacht wird. Und nun gibt es diesen Alltag nicht mehr, vor dem er sich so gefürchtet hat.«

»Hattest du eine gute Zeit mit ihm?«

Carolin nickte.

»Ich weiß nicht, ob ich die gute Zeit, die ich mit meiner Frau hatte, damals überhaupt erkannt habe. Das nagt an mir.« Um sich abzulenken, warf er zwei Scheite in den Kamin und lächelte zu Annabel hinüber, die sich mit Christian unterhielt.

»Irgend so ein Zenmeister hat mal gesagt, das eigentliche Leben findet im Schnittpunkt zwischen Vergangenheit und Zukunft statt. Im Augenblick. Vielleicht sollte man das jetzt endlich beherzigen.« Carolin schwieg eine Weile, bevor sie fortfuhr: »Glaubst du, wir finden je in die Zivilisation zurück? In ein normales Leben?«

»Ja, daran glaube ich. Aber es wird ein harter Kampf.«

Sie sahen ins Feuer, lauschten dem Knacken der Scheite und tauschten Blicke.

Während einer der Männer im obersten Stock jeweils zwei Stunden Wache schob, suchten die anderen das Hotel bis zum Abend nach Nützlichem ab. Bis auf drei Packungen Kekse fanden sie keine Vorräte. Die weitere magere Ausbeute waren zwei Taschenlampen und eine Lupe, mit der man bei Sonne Feuer entzünden konnte. Abgesehen von dem Unterschlupf, den es bot, war das Luxushotel für die Gruppe ohne Nutzen. Von den erbeuteten Waffen behielten sie die Magazine der Maschinengewehre und die Pistolen, die sich Oliver und Simpkins in ihre Rucksäcke steckten.

Haemmerli versuchte, mit seinem Funkgerät eventuell überlebende Kameraden zu kontaktieren. Aber es herrschte Funkstille, und so blieb nur die Hoffnung, in tiefergelegenen Regionen mit versprengten Resten der Siebzehner eine Kommunikation aufzubauen und sich zusammenzuschließen.

Am Abend checkten Haemmerli und Isler alle Ausrüstungsgegenstände und gaben Tipps für die Bekleidung. Nicht nur wegen der Kälte, auch wegen der Strahlung musste sie unbedingt trocken bleiben, um ihre Isolationsfähigkeit zu behalten. Jedes Mitglied der Gruppe bekam Aufgaben zugeteilt und hatte seinen eigenen Verantwortungsbereich. Die Kinder zogen los und besorgten frischen Schnee, den sie mit dem Geigerzähler auf Radioaktivität hin untersuchten und zu Wasser schmolzen. Holz und Möbel für das Feuer zerhacken, Tee kochen, Essen zubereiten, Geschirr waschen und vieles mehr – Haemmerli gab jedem das Gefühl, etwas Besonderes und wichtig zu sein.

Abends saßen alle am Feuer und tranken den Wein, den Simpkins im Keller gefunden hatte. Anhand einer Karte erläuterte Haemmerli den Marsch durch Davos am kommenden Tag, plante minutiös die nächsten Schritte. Vom Hotel aus würden sie über die Flüelastraße zur Promenade gelangen, die zum anderen Ende des Ortes führte. Dort gab es einen Skiverleih und eine Garage für Schneemobile, wo er hoffte, ein funktionsfähiges Fahrzeug zu finden. In einem der Gebäude der Umgebung hätten sie sicher die Möglichkeit, sich wieder für eine Nacht einzuquartieren.

Die Temperatur in der Lobby hatte sich durch das Feuer inzwischen auf ein paar Grad über null erwärmt, wodurch die

Kälte ihre beißende Qual verlor. Nach dem warmen Essen, dem Wein und den Anstrengungen der letzten Tage verbrachten sie eine ruhige Nacht, unterbrochen nur von den wechselnden Wachen der Männer. Zeitweise schlief Oliver so fest, wie man nur kann, ohne tot zu sein.

Am nächsten Morgen nach dem Frühstück und den letzten Vorbereitungen traten sie vor das Hotel. Die erneute Konfrontation mit der Kälte versetzte ihnen einen Schock. Keine Wolke verdunkelte den Himmel, doch die Sonnenstrahlen verkümmerten zu einer milchig-grauen Trübnis. Die Umrisse der Stadt, die auf 1500 Metern Höhe lag, waren kaum zu erkennen. Nur einige markante Gebäude ragten aus der Schneedecke. Um Davos erhoben sich über 3000 Meter hohe Gipfel, der nackte Fels sprenkelte den Schnee mit schwarzen Flecken. Alles sah unwirklich aus, dazu diese beklemmende Stille.

Wie befürchtet, erwies sich das Gehen als extrem anstrengend, denn der Schnee reichte ihnen wieder bis zu den Hüften. Jeder musste seine gesamte Kraft und Konzentration aufbringen, um sich durch die weißen Massen zu kämpfen.

Annabel stampfte vornübergebeugt durch den Schnee, wobei sie den starken Willen ausstrahlte, alle Prüfungen zu bestehen. Dicht bei ihr ging Christian, dessen Eltern das Kriegsbeil im Überlebenskampf begraben hatten. Am Ende des Trupps schleppte sich Carolin dahin. Noch blass, musste sie immer wieder von Oliver gestützt werden, der vor ihr lief.

Am Ortseingang, kurz vor Ende der Flüelastraße, hielt Haemmerli an und deutete auf eine Reihe rechteckiger Erhebungen.

»Darunter liegt das Haus meiner Eltern. Vier Stockwerke. Weiter hinten war meine Wohnung«, erklärte er mit brüchiger Stimme. »Ich hätte sie nicht zurücklassen dürfen.«

»Du konntest doch nicht ahnen, dass es so endet«, versuchte Oliver, ihn aufzurichten. »Hast selbst gesagt, du hast nur durch Zufall überlebt.«

»Ja, das werde ich nie wieder los. Überleben ist auch ein Fluch.«

Oliver nickte und schwieg. Der Frost fraß sich in sein Gesicht und hinderte ihn am Sprechen. Jedes Wort kostete Überwindung.

»Meine Eltern waren konservativ, haben mich streng erzogen … Grenzen aufgezeigt. Fliegerei und Fallschirmspringen …« Haemmerli winkte ab. »Durch ihre Erziehung bin ich erst zu den Siebzehnern gekommen, weil ich gelernt habe, Dinge einfach zu akzeptieren, in harten Momenten zu kämpfen.«

Bald kreuzte die Straße die Gleise in der Nähe der Station *Davos Dorf*, nur zu erkennen an den eisüberkrusteten Oberleitungen. An der Kreuzung zur Bahnhofstraße war der Schnee verweht und etwas flacher. Ein gelbes Schild ragte heraus und wies den Weg zum *Flüelapass*. Auf Oliver wirkte es wie ein Mahnmal an eine vergangene Epoche.

Auf der Bahnhofstraße fanden sich keine Spuren, nirgendwo Leben, nur verlassene Gebäude und Stille. Nach hundert Metern, kurz vor Beginn der Promenade, kamen sie vorbei an einem Supermarkt und einem Café. Zwei Stunden Marsch durch eisige Kälte mit schwerer Last auf dem Rücken hatten ihnen zugesetzt. Ihre Hände und Füße waren steifgefroren, sie brauchten eine Pause.

Haemmerli schlug eine Scheibe des Cafés ein und ebnete den Weg ins Innere. Als sich alle auf die mit Eiskristallen überzogenen Stühle gesetzt hatten, wurde Tee und Essen verteilt. Es verbot sich, ein Feuer in dem geschlossenen Raum zu entzünden. Verstört blickte Annabel auf die leeren Verkaufsregale. Ein Schild mit der Aufschrift *Leckere hausgebackene Kuchen* und eine Preistafel erinnerten an das, was einmal selbstverständlich gewesen war.

Nach der Pause suchten Haemmerli und Oliver im benachbarten Supermarkt nach Vorräten. Viel Hoffnung hatten sie nicht, denn Türen und Fenster waren eingeschlagen. Schon von außen sah man umgestürzte Regale und Chaos, und innen bot sich ihnen ein Bild des Grauens. Überall lagen Erstochene, Erschlagene und Erschossene, tote Leiber, hingestreckt in jeder denkbaren und undenkbaren Haltung. Sie sahen schrumpelig und vertrocknet aus, vom Frost mumifiziert. Einige Leichen trugen darüber hinaus die Stigmata der Strahlenkrankheit: offene Geschwüre im Gesicht, kahle Köpfe oder Haarreste, die wie Spinnweben anmuteten.

»Das krieg ich nie wieder aus dem Kopf – Annabel darf so was nie sehen!« Oliver zitterte unkontrolliert und kämpfte gegen Übelkeit.

»Ja, das will man nur vergessen, wird es aber behalten«, sagte Haemmerli, dessen Augenbrauen vor Entsetzen hochgezogen waren. »Wie die Straßen wohl ohne Schnee aussehen würden?«

»Lass uns so schnell wie möglich unseren Job machen. Und dann nichts wie raus hier!«

Sie wälzten Kisten, hoben Regale an und sahen in jedem Winkel nach vergessenen Büchsen, Flaschen und Packungen. Eine Tote schockierte Oliver besonders, ein Mädchen, nicht viel älter als Annabel. Ihr Pullover war zerschnitten und voll von geronnenem Blut, auf ihrem Rücken war ein Hautgeschwür.

»So kommen wir nicht weiter«, meinte Haemmerli nach einiger Zeit. »Wir müssen da suchen, wo die Masse nie nachsehen würde.«

»Was meinst du?«

»Denken wie ein Mitarbeiter, der was verstecken will. Im Lager zum Beispiel.«

Um ins Lager zu gelangen, mussten sie Gerümpel und die Leiche eines alten, abgemagerten Mannes beiseiteschaffen. Sie fanden dasselbe Durcheinander und denselben Horror wie in der

Verkaufshalle. Auch die Suche in Kühlräumen und Büros blieb ohne Ergebnis, bis Haemmerli den Eingang zur Kellertreppe entdeckte. Sie stiegen hinunter und durchstöberten den Heizungsraum und den für die Betriebstechnik. Dabei fühlte Oliver sich wie im Untergeschoss des Bunkers und bekam wieder Beklemmungen in der Brust.

Haemmerli behielt recht mit seiner Vermutung. In einem verschlossenen Verteilerkasten hatte jemand Vorräte versteckt: Reis, Nudeln, Konserven, Knäcke- und Dosenbrot, sogar pfundweise Kaffee und Tee.

»Genial«, freute sich Haemmerli. »Wir danken dir, weiser Fremder, der du nicht mehr davon profitieren kannst.«

Sie packten den Fund in Einkaufsbeutel und traten zurück auf die Straße. Auf der gegenüberliegenden Seite lag eine Apotheke. Oliver schlug vor, dort die Vorräte an Antibiotika und anderen Medikamenten aufzufüllen. Vergeblich, es war nichts mehr zu finden, nur geleerte Regale und Schubladen.

Die Gruppe schleppte sich die Promenade entlang. Im schwachgrauen Tageslicht verschwammen die Konturen der Häuser und Hotels in den Schneemassen. Teilweise waren Dächer eingefallen und Wände umgestürzt. Im Ortskern passierten sie das Davoser Kongresszentrum, wo noch vor einem Jahr die Weltelite über globale Fragen diskutiert hatte.

Als sie in eine Querverbindung zur Talstraße abbogen, rieselten schwere Flocken auf die Stadt. Dazu kam Wind auf, und es wurde diesig. Nach zehn Minuten war es, als hätte der Himmel alle seine Pforten geöffnet. Haemmerli hatte Mühe, die ausgelaugte Gruppe zu motivieren und anzutreiben. In weniger als einer Stunde wären sie am Ziel, meinte er, und versprach ein Kaminfeuer und heiße Gulaschsuppe.

In der Talstraße stießen sie auf eine Tankstelle. Sie brauchten Benzin, falls sie Schneemobile finden sollten. Doch die Zapfsäulen funktionierten erwartungsgemäß nicht; zudem schien es aussichtslos, unter dem Eis die Abdeckungen der Speicher aufzuspüren, geschweige denn den Sprit darunter zu bergen.

Der überdachte Eingang war gut zugänglich, die Scheiben der Tür zerschlagen. Während die Gruppe nach Benzin suchte, durchstreiften Annabel und Christian den Shop. Sie taten es instinktiv, als würden ihre Eltern ganz normal tanken und sie sich inzwischen nach Zeitschriften und Süßigkeiten umsehen. Doch sie fanden nur geplünderte Auslagen. Nicht einmal leere Kanister gab es. Als Annabel an einer unübersichtlichen Ecke vorbeikam, erstarrte sie. Christian sah, was seine Freundin sah. Er keuchte, hielt sich die Augen zu und rannte hinaus, wo er mit gesenktem Kopf verstört im Kreis um die Tanksäulen lief.

Zwischen Wand und Regal lagen drei Tote, mumifiziert und ausgemergelt. Die nackte Haut über den Knochen an Armen und Beinen war aufgeplatzt. Vertrocknete Leiber, kollaterale Opfer des nuklearen Wahnsinns. In einer Ecke lagen zwei weitere Tote mit Schusswunden. Annabel hatte nie zuvor eine Leiche gesehen. Sie riss die Augen auf, wurde bleich und hielt sich die Hände vor den Mund. Sie war so geschockt, dass sie sich nicht mehr bewegen konnte. Die lauter werdenden Stimmen draußen hörte sie nicht.

Oliver unterbrach ihr Entsetzen, indem er sie von hinten griff, wegriss und ihre Augen verdeckte. Dabei erschrak Annabel so sehr, dass sie versuchte, sich seiner Umklammerung zu entwinden. Sie strampelte, schlug um sich und schrie.

»Wer hat das getan? Was geht hier vor? Warum ist alles so schrecklich?«

Dann ließ sie sich, den Kopf in Olivers Jacke gekauert, hinausführen, wo sie zügellos zu weinen begann.

Christians Vater unterbrach inzwischen das Herumlaufen seines Sohnes um die Tanksäulen, indem er ihn hochhob. Die

Beine des Jungen liefen danach noch in der Luft weiter, wobei er keinen Laut von sich gab. Seine Mutter tröstete ihn.

»Ich will so was nie wieder sehen!«, rief Annabel. »Hörst du? Bleib bloß immer bei mir!« Stakkatoartige Schluchzer schüttelten sie, verstärkt von der Kälte.

»Ja, ich bleibe immer bei dir«, versprach Oliver und hielt ihren Kopf.

»Wir müssen diese armen Menschen beerdigen«, forderte Annabel.

»Wie soll das gehen?«

»Weiß ich nicht. Lass dir was einfallen.«

In einer Garage fand Haemmerli schließlich zwei Planen, mit denen sie die Toten notdürftig bedeckten. Damit gab Annabel sich zufrieden.

Am frühen Nachmittag erreichte der Trupp sein Ziel in dem Viertel um den Bahnhof *Davos Platz*. Als Basislager wollte Haemmerli ein Haus nutzen, das Freunden seiner Eltern, der Familie Rüegg, gehört hatte. Das zweistöckige Haus trug den romantischen Namen *Casa Clevia*. Wie alle Gebäude war es eingehüllt von meterhohem Schnee, sodass sie sich einen Zugang über ein Fenster im ersten Stock verschaffen mussten.

Im Erdgeschoss fanden sie das Wohnzimmer, wo um den Kamin eine gemütliche Sitzgruppe stand. Einst hatten Haemmerli und seine Eltern hier Abende mit den Rüeggs und ihren Kindern bei Gesellschaftsspielen und anregenden Unterhaltungen verbracht, nun zeigte das Thermometer an der Wand minus 23 Grad. Im Haus gab es mehrere Schlafzimmer mit Bauernschränken und Alkoven. Alles wirkte ordentlich, als wären die Bewohner nur in den Urlaub gefahren.

Die Männer schleppten Matratzen aus den Schlafzimmern vor den Kamin. Anschließend schippte Isler den Schornstein frei, während Haemmerli und Simpkins draußen Äste von den Bäumen brachen und brennbares Material suchten.

Oliver kümmerte sich unterdessen um Annabel, die weiter unter Schock stand. Beide saßen auf der Couch, sie an ihn geklammert und den Kopf vergraben an seiner Brust. Ihr Atem ging schnell, und sie war bleich. Auf dem Tisch stand der Leuchtturm, in dem eine Kerze flackerte.

»Wie ist es, wenn man stirbt, Papa?«

Als Arzt hatte Oliver etliche Tote gesehen und sich die Frage oft selbst gestellt. »Ich weiß es nicht«, sagte er. »Das kann man nur vermuten.«

»Und was vermutest du?«

»Zuerst fürchtet man sich, weil man nicht weiß, was kommt. Dann aber kann man hoffentlich irgendwann loslassen und sieht und spürt noch einmal viele Dinge. Schöne Dinge.«

»Ich hab nur Angst, von jetzt an ewig schwarzzusehen«, brachte sie hervor und weinte. Ihr Blick war benommen. »Hoffentlich werde ich nicht verrückt.«

»Du wirst nicht verrückt«, tröstete Oliver sie. »Es ist ganz normal, dass du durcheinander bist. Bin ich auch. Erzähl mir einfach davon, das erleichtert.« Im Gespräch mit seiner Tochter hoffte er selbst, die Toten im Supermarkt und in der Tankstelle aus dem Kopf zu bekommen.

»Ich weiß ja im Moment nicht einmal, wo ich bin. Sind wir schon da, wo wir hinwollten? In Locarno?«

»Nein, mein Schatz. Wir sind immer noch in Davos, in einem Haus von Haemmerlis Freunden. Von hier fahren wir bald mit Schneemobilen weiter, wenn alles gutgeht.«

Oliver drückte Annabel an sich und wartete, bis ihre Erschütterung abgeklungen war. Dann erzählte sie, wie sie in den Tankstellenshop gekommen war, berichtete von ihrem Entsetzen, dem Ekel vor den schrecklich aussehenden Leichen und von ihrer Wut auf die Menschen, die andere umgebracht hatten. Die Kälte und ihre Ergriffenheit ließen ihre Stimme zuweilen stocken.

Gerührt hörte Oliver ihr zu und erklärte, die Stadt sei nach den Bombenabwürfen ins Chaos gestürzt. Die Menschen waren im Überlebenskampf um die letzten Nahrungsmittel übereinander hergefallen und hatten sich Grässliches angetan. Wie sie sei er geschockt davon und habe Angst, solche schlimmen Dinge je wieder zu erleben.

»Ich will so was nie wieder sehen, Papa«, wiederholte Annabel nach einer Weile.

Vorsichtig sah Oliver sie an. »Das kann ich dir leider nicht versprechen. Es wäre eine Lüge. Aber was immer auch kommen mag, wir werden das gemeinsam durchstehen … Und irgendwann wird alles wieder gut. Okay?«

»Okay.«

In einem Sessel saß Frau Simpkins und tröstete ihren Sohn. Carolin lag bereits auf einer Matratze und erholte sich von den Strapazen. In dem Zimmer, das langsam wärmer wurde, herrschte Emsigkeit, Geschirr klapperte, Frau von Holtzendorff erhitzte Konserven.

»Hör mal, Annabel«, sagte Oliver, »ich brauche deine Hilfe.«

»Was ist?«, fragte sie erschrocken. »Ich will, dass du bei mir bleibst!«

»Das werde ich«, versprach Oliver, »keine Angst. Du willst doch unbedingt Ärztin werden, richtig?«

»Richtig.«

»Tja, und Mediziner müssen immer für ihre Patienten da sein, auch, wenn sie selbst gerade Schlimmes erlebt haben.«

»Das stimmt.«

»Traust du dir zu, Carolin eine Weile zu versorgen? Ich meine, ihr Tee, Suppe, Medikamente zu reichen und solche Sachen?«

»Ich versuch's«, sagte sie und löste sich langsam von Oliver. Carolin, die Familie Bertram beobachtet hatte, lächelte Annabel zu.

»Du, warte mal!« Für einen Moment nahm Oliver Annabels Hand.

»Was ist?«

»Ich bin stolz auf dich!«

Zum Essen gab es Tomatensuppe, Zürcher Geschnetzeltes sowie Tee und Kaffee, alles aus dem Fund, den sie im Supermarkt gemacht hatten. Während sie hungrig aßen, erläuterte Haemmerli die kommenden Aufgaben: Sie mussten einen großen Haufen Holz zusammensuchen, der sie über die Nacht bringen sollte. In der Nähe des benachbarten *Mountain Hotels* vermutete er einen großen Schuppen, der als Garage für Schneemobile gedient hatte. Ihn freizulegen bedeutete vermutlich Schwerstarbeit.

Nachdem Haemmerli, Isler und Simpkins aus dem Keller Spaten, Hacken und Schaufeln geholt hatten, erntete Oliver auffordernde Blicke. Er setzte sich zu Carolin und Annabel auf die Matratze und legte seiner Tochter den Arm über die Schulter. Annabels aufgesprungene Lippen bebten, denn sie hatte Haemmerlis mahnende Augen gesehen.

»Ich komme mir so nutzlos vor«, meinte Carolin lächelnd. »Ich liege hier und falle allen zur Last.«

»Hauptsache, du kommst wieder auf die Beine«, entgegnete Oliver, »alles andere ist unwichtig. Aber mit der kleinen Doktor Bertram an deiner Seite mache ich mir darüber keine Gedanken.«

Annabel lächelte gezwungen und knetete ihre Hände.

»Traust du dir schon zu, Annabel, Carolin hier weiter zu unterstützen, wenn ich draußen Haemmerli und den anderen helfe?«

Ängstlich nickte Annabel, umarmte Oliver und presste sich zitternd an ihn.

»Wir passen schon aufeinander auf«, sagte Carolin einfühlsam. »Meinst du nicht, Annabel?«

»Ja, na klar«, bestätigte Annabel rasch, um ihre Furcht vor den anderen nicht einzugestehen.

Oliver zog Walkie-Talkies aus seinem Rucksack, schaltete sie an und gab eines davon seiner Tochter.

»Wenn es Ärger gibt, kannst du mich auf Kanal sieben erreichen. Wir gehen nicht weit vom Haus weg. Versprochen.«

Die Männer cremten sich ihre Gesichter und die aufgerissenen Lippen mit einer Salbe ein, die sie im Bad gefunden hatten, und brachen dann auf. Böen trieben den Schnee von den Bergen herab, und überall gab es tiefe Verwehungen. Die verwaschene Sonne warf keine Schatten, und die Kälte fuhr ihnen sofort wieder erbarmungslos in die Knochen. Das *Mountain Hotel* lag weniger als hundert Meter entfernt von der *Casa Clevia*, und doch mussten sie sich dorthin durch hüfthohen Schnee kämpfen wie Pioniere. Nirgends sah man einen rauchenden Schornstein oder eine Spur von Leben. Die Einsamkeit der toten Stadt deprimierte Oliver. Er dachte an Annabel, die seinen Schutz und Trost gebraucht hätte. Nun stand ihr Carolin zur Seite. Je länger seine Gedanken darum kreisten, desto mehr vertraute er ihr und desto geringer wurde sein schlechtes Gewissen. Carolin nahm ihm eine Last ab, wofür er ihr dankbar war.

Von der Garage gegenüber dem *Mountain Hotel* konnte man nur das Dach erahnen. Haemmerli kannte die Örtlichkeiten, sodass er wusste, in welcher Richtung sich das Tor öffnen ließ.

»Wir müssen eine Rampe in den Schnee treiben«, erklärte er den anderen, »dann können wir mit den Schlitten rausfahren.«

»Was meinst du, wie lange wir brauchen?«, fragte Isler.

»Bis morgen Abend, schätze ich. Heute haben wir noch zwei Stunden, bevor es dunkel wird. Holz müssen wir auch noch sammeln.«

Also legten sie los, schippten Unmengen des weißen Pulvers beiseite, hackten harschen Schnee und sprödes Eis. Die anfangs schwachen Wölkchen ihres Atems steigerten sich zu Dampfschwaden. Ungeachtet des Frostes lief Oliver Schweiß die Haut entlang, tränkte seine Unterwäsche und fühlte sich eisig an. Bald war er so erschöpft, dass er kaum noch die Augen offen halten konnte. Zweimal unterbrach das Walkie-Talkie seine Arbeit: Alles sei im Haus in Ordnung, berichtete Annabel, und Oliver antwortete, draußen sei ebenfalls alles ruhig, und sie hätten nichts gesehen.

In der Abenddämmerung sammelten sie Buschwerk und hackten Äste von den Bäumen, die sie bündelten und zur *Casa Clevia* schleppten. Dort hatten die Frauen inzwischen ein Abendbrot aus Wurstkonserven und Dosenbrot zubereitet. Annabel fiel ihrem Vater in die Arme. Sie wirkte entspannter. Während seiner Abwesenheit hatte sie die Bibliothek der Rüeggs durchforstet und Möbel zerlegt. Zusammen mit Politikerbiografien und Steuerratgebern hatten sie damit das Feuer gefüttert.

Nach dem Essen übermannte Oliver bleierne Erschöpfung. Er war gerade noch in der Lage, sein Nachtlager einzurichten. Tief in der Nacht träumte er von seiner Kindheit: Er baute begeistert vom Schnee im Garten Iglus und kochte darin mit Freunden Suppe. Dann war es immer noch Winter, aber es lag kein Schnee mehr, und er ging barfuß durch einen Park, bis farbenfroh die ersten Blumen blühten. Auf einer Wiese traf er Michelle, und beide küssten sich zärtlich.

Der nächste Tag brach an. Nach dem Frühstück setzten die Männer ihre Arbeit bei der Garage fort. Der eisige Wind machte eine Pause, und die Sonne schien einen Versuch zu unternehmen, den Ruß der Stratosphäre zu durchbohren. Obwohl sie an ausgebrannten Häusern und chaotisch herabhängenden Stromkabeln vorbeigekommen waren, legte das Quäntchen Licht einen Streifen Hoffnung über die weiße Ödnis.

Gegen Mittag hatten sie die Hälfte des Tores freigeschaufelt. Inzwischen duzten sich alle.

»Warum bist du dir eigentlich so verdammt sicher, Marius«, fragte Simpkins, »dass wir in dieser Bretterbude Motorschlitten finden? Die ganze Gegend ist wahrscheinlich bis zum Horizont geplündert, und wir ackern hier tagelang auf Verdacht wie die Berserker.«

»Aus demselben Grund, weshalb wir bisher kaum auf Autos gestoßen sind.« Haemmerli stützte sich auf seine Schaufel.

»Kannst du etwas deutlicher werden?«

»Kurz nach den Bombeneinschlägen haben die Leute versucht, mit ihren Autos aus Davos zu fliehen. Kein normaler Winter, ein nuklearer Winter stand vor der Tür. Alle wollten nur noch weg. Es war hoffnungslos, auf Versorgung zu warten. Und offenbar fuhren die Autos noch, weil der elektromagnetische Puls das Hochtal verschont hatte.«

Die anderen kannten das Problem: In Europa funktionierte kein Radiosender mehr, es gab keinen Strom und Flugzeuge flogen nicht – klare Hinweise darauf, dass gewaltige elektromagnetische Pulse die elektronische Infrastruktur zerstört hatten. Nur wenige Regionen waren davon verschont geblieben.

»Und weil damals kein Schnee lag«, resümierte Oliver, »brauchten die Leute auch keine Schneemobile.«

»Und deshalb stehen die Dinger noch hinter diesem Holztor«, versicherte Haemmerli. »Wenn wir genug Benzin finden, kriegen wir sie bestimmt in Gang, das sind robuste Maschinen. Also los, Jungs, graben wir weiter! Denkt dran: Wir wollen in den Süden!«

»Darüber müssen wir auch noch mal reden«, gab Simpkins zu bedenken, aber das Thema wurde nicht weiter vertieft.

Kurz vor Mittag unterbrachen die Männer die Freilegung des Tors. Ihre Muskeln schmerzten, und ihre Lungen brannten von der kalten Luft. Auf dem Weg zur *Casa Clevia* wollten sie ein paar Häuser nach Benzin durchsuchen.

Haemmerli kannte Leute in Davos, die Zivilschutzanlagen betrieben und sich auf globale Katastrophen vorbereitet hatten. Praktisch unter jedem größeren Haus, jeder Schule und jedem Krankenhaus gab es einen Keller mit Vorräten, den man als Bunker hätte bezeichnen können. Keiner davon allerdings war für ein siebenmonatiges Überleben geeignet, und so waren diese Räume längst verwaist.

Im Keller eines vierstöckigen Hauses, in dem eine Hausmeisterfirma ihr Quartier gehabt hatte, fanden sie einen knapp vollen Zwanzig-Liter-Kanister mit Benzin. Wie erwartet, gab es auch hier Spuren von Plünderungen. Für den Treibstoff hatten die Diebe vermutlich keine Verwendung, weil es zu diesem Zeitpunkt keine Autos zum Betanken mehr gegeben hatte.

Im zweiten Geschoss kamen die Männer an einer aufgebrochenen Wohnungstür vorbei, die Simpkins aufschob. Was er sah, ließ ihn den Kopf schütteln: Auf dem Boden lagen zerwühlte Kleidung, zerstörtes Kinderspielzeug und ein umgestoßener, eingetretener Schrank.

»Auch wenn's hier keine gefrorenen Leichen gibt, macht mich das fertig, Leute. Wie die Tiere. Seht euch das an, keinen Respekt vor gar nichts!«

»Wie konnte es nur so weit kommen?«, fragte Isler bedrückt.

»Ja, wie konnte es überhaupt zu diesem Scheißkrieg kommen?«, ergänzte Haemmerli. »Seit wir hier oben sind, denke ich darüber nach. Im Bunker habe ich immer nur an meine Angehörigen, frische Luft und Sonnenlicht gedacht.«

»Im *Interconti* hab ich in einer Zeitung gelesen«, berichtete Oliver, »dass wenige Tage vor Kriegsbeginn der Cyberkrieg zwischen China und den USA aufgeflackert ist. Sie nannten es Konflikt. Wahrscheinlich ist der dann eskaliert.«

»So war es womöglich. Ich habe das in den Datenbanken des Bunkers recherchiert«, berichtete Isler. »In der Tat fing es damit an, dass die Chinesen angeblich bei den Amerikanern militärisch nutzbare Informationen gestohlen haben sollen. Die Amerikaner konterten mit einer breitangelegten Operation gegen chinesische Infrastruktur: Kraftwerke, Telefonnetze, Flugverkehr. Von der Presse wurde alles heruntergespielt, die Angst hübsch auf Sparflamme gehalten. Innerhalb von wenigen Wochen kochte das dann alles hoch – wie genau, wissen wir nicht.« Er trank einen Schluck Tee und fuhr resigniert fort: »Aber die Vorbereitungen liefen auf allen Seiten, auch bei den Russen. Man hätte es sehen müssen. Die Folgen wurden verharmlost, alle redeten stattdessen von Frieden und Diplomatie.«

»Sie waren wie vernagelt«, sagte Simpkins. »Nur das Bunkerkonsortium hat die Zeichen richtig gedeutet und rechtzeitig den Emergency Call verschickt, das muss man denen lassen.«

»Wo es wohl überall Einschläge gab?«, fragte Isler in die Runde.

»Das werden wir noch früh genug erfahren, fürchte ich«, sagte Haemmerli. »Ich glaube, niemand hat eine Vorstellung vom Ausmaß der Katastrophe. Sicher ist nur eins: Es hat ein neues Zeitalter begonnen.«

Nach ihrer Rückkehr schippten sie weiter Schnee und hatten bis zum Nachmittag den Schuppen freigelegt. Mit Krachen, Ächzen und der Kraft aller vier Männer ließ das Tor sich schließlich öffnen. Ihre Mühe wurde belohnt. Sie fanden zwar keine Schneemobile, dafür aber ein zweiteiliges Amphibienfahrzeug mit Tarnlackierung, sehr zur Freude der Siebzehner.

Der vordere Teil bestand aus einem zweisitzigen Betriebswagen auf breiten Gummiketten, der hintere Teil, der Hänger, in dem weitere acht Personen Platz finden konnten, besaß ebenfalls einen Gummikettenantrieb.

»Jackpot!«, freute sich Isler und tänzelte um das Gefährt herum. »Der gute alte Schwede Bandvagn 202! Wurde von Volvo Anfang der Sechziger bis in die achtziger Jahre für die Armee gebaut. Das Ding hält nichts auf, in keinem Gelände. Der BV fährt da weiter, wo Geländewagen versagen. Sogar im Tiefschnee oder über Baumstämme.«

»Freu dich nicht zu früh, Adrian«, warnte Haemmerli. »Du hast den Anlasser noch nicht betätigt. Und der Schwede ist laut, sodass wir im Gelände wie über einen Präsentierteller fahren werden. Außerdem frisst er Unmengen Benzin.«

»Besser als lächerliche Schneemobile, mit denen wir wahrscheinlich in der nächsten Schneewehe steckengeblieben wären«, entgegnete Isler und stieg in den Betriebswagen. Hinter dem Lenkrad sah es aus wie in einem normalen PKW. Sogar der Zündschlüssel steckte.

»So, jetzt alle Mann festhalten!« Isler verzog das Gesicht zu einer gespannten Grimasse und schaltete die Zündung ein. »Der Tank steht auf Reserve«, sagte er grimmig und startete dann. Das Rumpeln und Zischen des Anlassers erfüllte den Raum. Alle hielten einen Moment lang den Atem an. Nach drei zähen Umdrehungen ratterte die Maschine los.

»Ich hab's ja gewusst!«, rief Isler und strahlte bis zu den Ohren. »Bandvagn wurden für Tiefschneeeinsätze und Temperaturen bis minus vierzig Grad gebaut, total zuverlässige Technik. Möchte nur wissen, warum das Ding hier steht.«

»Die Davoser Bergwacht hat es angeschafft«, vermutete Haemmerli, der sich nun auch freute. »Damit können wir sogar durch die langen Tunnel auf den Straßen nach Locarno fahren, falls sie passierbar sind. Die hätten wir mit den Schneemobilen umfahren müssen.«

»Wie weit ist es bis Locarno?«, fragte Oliver.

»Über 150 Kilometer«, sagte Haemmerli. »Aber diese Annahme ist sehr gradlinig kalkuliert.«

»Und wo wollen wir so viel Benzin hernehmen? Der Schluck aus dem Kanister wird wohl kaum reichen.«

»Mit Improvisation, Oliver, und Optimismus.«

Isler blieb nach der Unterhaltung hinter dem Steuer sitzen. Er hatte dieses Stück solide Technik sofort ins Herz geschlossen. Die anderen fanden Platz im Hänger. Mühelos erklomm der Bandvagn die Rampe und knatterte wie ein kleiner Panzer durch Davos zur *Casa Clevia*. Die Frauen und die Kinder waren begeistert.

Den Rest des Tages verbrachte die Gruppe damit, die Abfahrt am nächsten Tag vorzubereiten. Alle waren erleichtert, die schweren Lasten, die mit den Vorräten aus dem Supermarkt noch zugenommen hatten, nicht mehr auf dem Rücken schleppen zu müssen. Oliver und Simpkins besorgten Holz für die Nacht. Die Siebzehner machten sich auf die Suche nach Benzin, was jedoch erfolglos blieb. Immerhin erbeuteten sie drei Flaschen russischen Wodka.

Den Abend verbrachte die Gruppe am Kaminfeuer. Die Temperatur im Raum war mittlerweile auf zehn Grad plus geklettert. Annabel und Christian unterhielten sich befangen. Ihre Gesichter spiegelten nach wie vor die Erschütterung über das Erlebte. Unter den Erwachsenen kreisten Wodkaflaschen. Obwohl der Schnaps eigentlich nicht Olivers Geschmack war, trank er ihn in großen Schlucken; er wärmte und entspannte.

Hasso Simpkins, dessen Zunge vom Wodka schwer wurde, eröffnete mit Haemmerli eine Diskussion über das Ziel ihrer Flucht. Einfach der Süden sei ihm und seiner Familie zu weit und zu unsicher, erklärte er. Deshalb hätten sie entschieden, nach Zürich zu gehen, denn sie glaubten an einen funktionierenden Schweizer Katastrophenschutz und an eine gute Versorgung in der Metropole. Er forderte darüber eine Abstimmung innerhalb der Gruppe, nicht zuletzt über den Bandvagn.

Haemmerli argumentierte, dass es mit Sicherheit in ganz Europa so aussähe wie hier in Davos. Es stünde ihnen natürlich frei, die Gruppe zu verlassen, aber wenn sie leben wollten, sollten sie mit ihm und Isler kommen.

Simpkins stritt hitzig und wurde unsachlich. Haemmerli, unterstützt von Isler, behielt aber die Ruhe und führte ihm detailliert die Nachteile eines Alleingangs vor Augen.

Oliver verschränkte die Arme und hörte aufmerksam zu. Haemmerlis Argumente waren so klar und einleuchtend, dass sie in ihm ein Glücksgefühl auslösten, sich in dieser bedrohlichen Lage in so kompetenten Händen zu wissen. Den Siebzehnern jetzt nicht zu vertrauen, würde jeder Logik entbehren.

Nach drei weiteren Doppelten lenkte Simpkins letztlich ein und verwarf seine Pläne zähneknirschend. Als seine Frau von der Möglichkeit anfing, in den Bunker zurückzugehen, bürstete er sie barsch ab. Lieber würde er den Strahlentod sterben, sagte er, als in Wiegeles Verließ zu verrecken.

Allmählich glätteten sich die Wogen und eine gelöstere Stimmung kehrte ein. Grundsatzfragen wurden nicht mehr aufgeworfen, stattdessen leise Unterhaltungen beim züngelnden Feuer geführt. Neben Oliver auf der Matratze saß Carolin, die er noch einmal gründlich untersucht hatte. Angesichts der kurzen Zeit seit Krankheitsbeginn und der hinter ihr liegenden Strapazen ging es ihr erstaunlich gut. Offenbar hatte das Antibiotikum angeschlagen.

»Wie kommt es eigentlich«, fragte sie, »dass dieses Panzerdings nicht gleich auf Nimmerwiedersehen im Schnee versinkt?«

»Weil der alte Schwede wie ein Tausendfüßler gebaut ist«, erklärte Oliver angeheitert und tippelte mit den Fingerspitzen über die Decke. »Dadurch verteilt er sein Tonnengewicht statt auf zwei Punkte, wie wir mit unseren Füßen, auf seine gesamte Länge über die Schneeflöckchen. Tippel, tippel, tippel … und so sinkt er nicht ein.«

Carolin kicherte und lief ihrerseits mit den Fingern über die Decke. »Wie ein betrunkener Tausendfüßler.«

Plötzlich berührten sich ihre Hände. Oliver erschrak, zuckte zurück und legte es dann auf eine weitere Berührung an, die er genoss. Einen Moment lang hielten sie einander bei den Händen, darauf bedacht, es niemanden merken zu lassen.

»Äffchen in Südamerika berauschen sich an Tausendfüßlern, wusstest du das?«, flüsterte er.

»Echt?«

»Ja, die reiben sich Tausendfüßler über die Haut, weil sie ein psychedelisches Gift versprühen, wenn sie sich verteidigen.«

»Ist ja verrückt. LSD für Äffchen! Hoffentlich ist auch unser Panzer berauschend.«

Mit den Augen bedeutete Carolin Oliver, dass sie ihn gern geküsst hätte. Schüchtern blickte er nach unten. Das Wort Südamerika schoss ihm durch den Kopf. Er dachte an Michelle.

Ein Lied durchbrach die Gespräche: Madeleine von Holtzendorff begann mit ihrer weichen Stimme zu singen: *Eins und eins, das macht zwei*, ein Song von Hildegard Knef. Alle lauschten gebannt der ausdrucksstarken Darbietung. Nur Carolin gab ihr kopfschüttelnd zu verstehen, sie möge besser aufhören.

Oliver legte sich zurück auf die Matratze, verschränkte die Hände im Nacken und lauschte dem Gesang, der ihn traurig stimmte. Danach gab es Applaus und Madeleine sang weiter: *Für mich soll's rote Rosen regnen.* Oliver tauschte mit Carolin Blicke, die ihn elektrisierten. *Sag mir, wo die Blumen sind* vermochte

Madeleine nicht zu beenden; sie brach in Tränen aus. Oliver war von dem Anblick gerührt, und Carolin nahm ihre Mutter in den Arm. Als sich die Gemüter beruhigt hatten, bereiteten sich alle auf die letzte Nacht in Davos vor. Oliver zündete ein Teelicht für Annabels Leuchtturm an und setzte sich zu ihr.

»Magst du Carolin?«, fragte sie.

»Ja.«

»Ich auch.« Annabel verzog den Mund und nestelte an ihrer Bettdecke herum. »Wenn wir morgen durch die Alpen fahren, müssen wir unbedingt immer zusammenbleiben, okay?«

»Versprochen.«

Während langsam Ruhe im Zimmer einkehrte, begannen Hasso und Ingeborg Simpkins sich anzuzischen. Offenbar ging es um die richtige Positionierung der Matratzen und Decken. Oliver verdrehte die Augen. Er dachte an seine Zeit als Psychiater. Damals hatte er unzählige Paare kennengelernt, die nie hätten zusammenkommen dürfen. Für ihn hatten diese Konflikte in den letzten Monaten jeden Sinn und jede Wichtigkeit verloren.

Am nächsten Morgen pfiff eisiger Wind um das Haus. Da die Kälte schon nach Sekunden auf der Haut schmerzte, hatte Isler sein Gesicht bis auf einen Seeschlitz mit einem Schal verhüllt. Er kippte das Benzin aus dem Kanister in den Tank des Bandvagn, erklomm den Fahrersitz, setzte sich hinter das Steuer und platzierte seine MP7 zwischen den Sitzen. Neben ihm nahm der mürrische Simpkins Platz, der offenbar seiner Frau aus dem Weg gehen wollte. Der Rest der Gruppe stieg auf den Hänger und stapelte das Gepäck auf dem Boden. Haemmerli saß an der Heckklappe, ebenfalls das Maschinengewehr griffbereit.

Als alles verstaut war, startete Isler, ließ den Motor kurz aufheulen und legte den ersten Gang ein. Der Bandvagn ruckte an und begann, durch die tote Stadt zu knattern. Die Gummiketten klackten dumpf auf dem Schnee, der unter dem Gewicht des Gefährts etwas einsank.

Die Route führte das Tal entlang in Richtung Südwesten, in etwa dort, wo vor der Eiszeit die Landwasserstraße am Fluss verlaufen war. Im trüben Licht hoben sich die verschneiten Bäume und Berghänge kaum ab von der Umgebung. Manchmal tauchten vereiste Kabel von Seilbahnen auf oder die Oberleitung der Rhätischen Bahn seitlich der Straße, Bezugspunkte, an denen Isler sich orientierte, denn die Bahn führte wie die Straße aus dem Tal.

Wenn sie an verlassenen, verfallenen Gebäuden vorbeikamen, rückte Annabel dichter an ihren Vater. Sie erzählte ihm von den Büchern, die sie aus der *Casa Clevia* mitgenommen hatte: Tolkien, Paulo Coelho und Hermann Hesse. Falls Familie Rüegg heimkehren sollte, würde sie ihnen die Bücher zurückgeben, schwor sie. Zitternd vor Kälte und wie unter einem Zwang sprach Annabel dann wieder von dem Erlebnis in der Tankstelle. Sie war wütend auf die Bestien, die den Menschen so etwas angetan hatten. Oliver drückte sie an sich. Auch er bekam die schrecklichen Bilder der letzten Tage nicht aus dem Kopf.

»Wann scheint bloß endlich wieder die Sonne?«, fragte Annabel. »Dieses Grau macht mich ganz krank!«

»Je weiter wir nach Süden kommen, desto wahrscheinlicher wird es.«

Oliver blickte in den Himmel und hauchte in die Hände, um sein Gesicht zu wärmen. Die Sonne über ihnen war kaum mehr als ein kalter, schmutziger Schimmer.

»Ob Mama in Südamerika die Sonne sieht, was meinst du?«

»Ich hoffe es.«

KAPITEL 3

Nach einer guten Stunde und etwa fünf Kilometern hätte keine Kleidung der Welt es vermocht, die Kälte von den stillsitzenden Körpern fernzuhalten. Den Bandvagn zu heizen, wäre ins Leere gelaufen, da beim Hänger die Planen fehlten und es zu viel Benzin verbraucht hätte. Der Frost kroch ihnen unter die Haut und krallte sich erbarmungslos fest. Vor allem die Kinder zitterten unkontrolliert, sodass Haemmerli ein Einsehen hatte und eine Rast vorschlug. Rasch trugen sie Zweige zusammen und entfachten ein Feuer, dessen kleine Flammen sie jedoch zu verhöhnen schienen. Annabel rückte dicht an die Glut, streckte die Hände aus und bibberte. Tee wurde verteilt, aber die Stimmung blieb gedrückt. Keine Spur von Leben, keine Tiere, keine Vögel – nichts als Trübnis und Kälte.

Etwas abseits übergab sich Ingeborg Simpkins, der die Farbe aus dem Gesicht gewichen war. Das komme von der Schaukelei auf dem Bandvagn, meinte Oliver.

Während der nächsten Etappe übernahm Haemmerli das Steuer und die schwächelnde Frau Simpkins setzte sich auf den Beifahrersitz. Isler bezog an der Heckklappe Posten, Simpkins zwängte sich zwischen Oliver und Carolin.

Berge, Bäume, Schneeverwehungen: Eine fremde, feindselige Landschaft zog an ihnen vorüber. Oliver spürte Schmerzen im Rücken und Muskelkater im ganzen Körper. Die Eintönigkeit der Fahrt leerte sein Gehirn, und eine gewaltige Müdigkeit überkam ihn. Sein Kopf kippte nach hinten, und er nickte ein.

Geweckt wurde er eine Weile später durch ein scharfes Ruckeln. Zunächst noch im Dämmer, fühlte er sich plötzlich von Simpkins' Stimme unangenehm berührt. Dann drang die

Unterhaltung, die neben ihm geführt wurde, in sein Bewusstsein, und er begriff, dass es sich bei dem Gefühl um Eifersucht handelte. Simpkins beschwatzte Carolin. Sie redeten über ihr Befinden, wobei er sie aufheiterte und scherzte. Als Oliver hinüberspähte, offenbarte ihm Carolin gerade, dass man jeder Lage auch positive Aspekte abgewinnen müsse; in der Kälte gäbe es wenigstens keine Spinnen, Käfer und Schlangen, vor denen sie sich fürchtete. Simpkins lachte.

Die Heiterkeit ärgerte Oliver. Er spürte einen Kloß im Hals, fühlte sich wie gelähmt. Schließlich schloss er wieder die Augen und rief sich Bilder von Michelle ins Gedächtnis, die er tief in sich bewahrt hatte. Das tat er oft in solchen Situationen. Aber bei diesen Gedanken kam er unweigerlich an den Punkt, der sein Dilemma war: Im Süden würde die Chance, seine Frau je wiederzusehen, gegen Null sinken.

Da er die brennende Eifersucht so nicht bezwang, beschloss er eine andere Strategie. Er versuchte, sich abzulenken.

»Geht's dir gut?«, fragte er Annabel, die ihr Gesicht mit einem Wollschal verhüllt hatte. Ihre Augen, die aus dem Schlitz sahen, strahlten Zuversicht und Kraft aus.

»Bis auf die beschissene Kälte …« Ihre Lippen zitterten.

»Vielleicht fahren wir bald durch einen Tunnel. Problem?«

»Nö. Hauptsache nach Süden«, sagte sie, die sich stets vor Tunneln gefürchtet hatte.

Neben Oliver versuchte Simpkins, Carolin mit medizinischem Halbwissen zu beeindrucken. Es ging um die Ursachen von Lungenentzündungen, die seiner Meinung nach durch Kälte ausgelöst wurden. Dabei zog er ihr die Decke, die sie sich übergeworfen hatte, in Form. Oliver presste den Mund zu einem Strich zusammen.

»Ist was, Paps?«, fragte Annabel laut, um das Dröhnen des Bandvagn zu übertönen. »Siehst nach Kröte aus.«

»Alles okay.«

Er versuchte, locker zu bleiben, nicht zu viel nachzudenken. Wie oft hatte er sich dadurch im Leben gebremst, sich Möglichkeiten verbaut? Also wagte er es und sah offen zu Carolin hinüber – und begegnete einem offenen Lächeln.

»Was meinst du dazu, Doktor?«, fragte sie ihn. »Wo hab ich mir das geholt?«

»Wüsste ich auch gern«, antwortete Oliver und lächelte erleichtert. »War bestimmt ein Keim von einem Patienten im Bunker.«

»Das scheint mir schon eine halbe Ewigkeit her. Dabei war das erst vor …«

»… einer Woche«, ergänzte Oliver.

An Simpkins vorbei, der beiden verdutzt zuhörte, unterhielten sich Oliver und Carolin weiter, bis der klirrende Frost ihr Gespräch unterbrach. Zwischen ihnen floss Energie, und Oliver erkannte in ihr die Frau, deren Aufrichtigkeit, Intelligenz und Schönheit das Potenzial besaßen, ihn glücklich zu machen.

Nach zwei Stunden Fahrt verjüngte sich das Tal allmählich bei dem kleinen Ort Monstein. Die bewaldeten Hänge rückten näher heran. Vor ihnen ragte ein schroffer Gipfel in den Himmel, auf dem die Bäume nur mühsam Halt fanden. Haemmerli wusste, dass am Fuße des Bergs die Landwasserstraße durch einen kilometerlangen Tunnel geführt wurde. Kurz vor der Felswand pausierte die Gruppe und versammelte sich zu einem Kreis.

»Es gibt jetzt zwei Möglichkeiten«, erklärte Haemmerli, dem das Sprechen ebenso schwerfiel wie den anderen. »Zum einen könnten wir seitlich in den Wald abbiegen, uns irgendwie über das steile Terrain zum anderen Ende des Berges quälen und dann auf der Landwasserstraße weiterfahren. Der Bandvagn würde das schaffen. Wird aber viel Benzin kosten, abgesehen von der Lawinengefahr und der Kälte da oben. Die andere Möglichkeit ist, durch den Tunnel vor uns zu fahren. Das ist aber auch gefährlich.«

»Gefährlich?«, fragte Annabel besorgt.

Atemwölkchen traten aus Haemmerlis Mund. Nach kurzem Innehalten fuhr er fort: »Vorausgesetzt, der Eingang ist passierbar, lässt sich nicht absehen, ob das auch im ganzen Tunnel so sein wird. Er ist immerhin über zwei Kilometer lang. Liegen gebliebene Fahrzeuge könnten den Weg blockieren, der Ausgang könnte von einer Lawine verschüttet sein. Dann müssten wir umdrehen. Vermutlich würde in dem Fall das Benzin nicht mehr bis zum nächsten Ort reichen. Wir müssten also zu Fuß weiter.« Er rieb sich die Hände und sah in die Runde. »Also, was meint ihr? Sollen wir den Tunnel riskieren?«

Oliver blickte hinauf zu dem Hang, den bei genauerem Hinsehen zwei Schneisen durchschnitten. Dort waren Lawinen niedergegangen und hatten Bäume mit sich gerissen. Das Panorama wirkte bedrohlich, ja unüberwindlich. Er sah Haemmerli an und nickte. Schließlich stimmten alle dem Weg durch den Tunnel zu.

Diesmal setzten sich Haemmerli und Isler ins Führerhäuschen. Beiden war die Anspannung anzusehen. Haemmerli hatte auf dem Beifahrersitz die MP7 im Anschlag. Von feindlich gesonnenen Überlebenden, verschanzt in dem Schutz und der Wärme des Tunnels, hatte er bewusst nicht gesprochen. Niemand konnte das ausschließen, zumal es in den gut ausgebauten Betonröhren zahlreiche Seitengelasse und Notausstiege gab.

Knatternd näherte das panzerartige Gefährt sich dem Tunneleingang, aber erst auf der Höhe einer gewaltigen Schneewehe kurz vor Beginn des Stollens wurde dessen gewölbtes Dach sichtbar. Nur wenige Zentimeter blieben zwischen Tunneldecke und Bandvagn, als sie in die Mündung einfuhren.

Isler schaltete das Fernlicht ein, das von der feucht glänzenden Decke reflektiert wurde und rasch in der Finsternis versickerte. Der erste Eindruck war der ohrenbetäubende Lärm, den der Widerhall des Motors an den Wänden erzeugte. Christian hielt sich die Ohren zu, Annabel klammerte sich an Oliver fest. Sie blickten zurück aus dem Heck. Langsam wurde die helle Öffnung kleiner, bis sie nur noch ein Punkt war. Dann verschwand auch er hinter der ersten Kurve. Nie zuvor hatte Oliver eine so vollkommene Dunkelheit erlebt. Das perfekte Schwarz. Carolin, die wieder neben ihm saß, schmiegte sich an ihn.

Je weiter sie in den Tunnel eindrangen, desto wärmer wurde es. Das Thermometer am Armaturenbrett stieg rasch auf null Grad, was nach den arktischen Temperaturen alle als Erleichterung empfanden. Jacken wurden geöffnet, Schals abgenommen und Handschuhe ausgezogen. Die Gesichter entspannten sich allmählich.

Etwa in der Tunnelmitte hielten sie, um Tee zu trinken und einen Mittagsimbiss einzunehmen, Dauerbrot und Corned Beef. Isler schaltete das Standlicht ein, auch Taschenlampen sorgten für Orientierung. Wenn sich niemand rührte oder sprach, herrschte bis auf einen kaum spürbaren Luftzug absolute Stille, die zusammen mit der Finsternis bedrückend wirkte. Oliver ging ein Stück den Tunnel entlang, schaltete seine Taschenlampe kurz aus und fühlte sich wie in einem Raum, in dem sich weder Höhe noch Entfernungen abschätzen ließen. Das erinnerte ihn an den Tag des Brandes im Obergeschoss des Bunkers, als der Strom ausgefallen war. Schnell wandte er sich wieder der Gruppe zu und knipste die Taschenlampe an, leuchtete mit ihr in Hüfthöhe zu den anderen. Als er Annabel das Brot essen sah und neben ihr Carolin ihn mit einem Lächeln zurückerwartete, verharrte er einen Moment voller Glück.

»Die Wärme hier unten tut allen gut«, wandte Oliver sich an Haemmerli. »Könnten wir nicht die Nacht in einem Tunnel verbringen, falls noch welche kommen? Ich meine, das ist bestimmt besser, als im Freien zu zelten.«

»Wenn wir nichts Besseres finden, wäre das eine Alternative«, sagte Haemmerli nachdenklich. »Aber in einem Tunnel können wir nur sehr kurz Feuer machen, abgesehen davon, dass wir dann unter Umständen in der Falle sitzen. Besser wäre es, wir kommen in Alvaschein unter. Das ist ein kleiner Ort etwa fünf Stunden von hier. Wenn wir da keine Bleibe finden, gibt es in der Nähe auch einen Tunnel, einen knappen Kilometer lang. Für mehr reicht das Benzin sowieso nicht.«

»Und wie soll es dann weitergehen?«

»Wenn wir in den Dörfern unterwegs nichts finden, erkunden wir von Alvaschein aus die Umgebung. Lantsch wäre der nächste größere Ort, wo es Tankstellen gibt.«

»Und wie groß ist die Aussicht, ausgerechnet da etwas Brauchbares zu finden?«, fragte Simpkins.

»Nicht sehr groß«, gab Haemmerli zu und rieb sich die Nase. »Aber wenn wir ein bisschen verrückt denken, sehe ich da die besten Chancen.«

Nach kurzer Pause fuhren sie weiter. Endlich kam ein schwaches Licht in Sicht, wurde größer, und nach wenigen Minuten erreichten sie den Ausgang. Alle spürten Erleichterung. Die Tunnelmündung lag, so sahen sie jetzt, in der Nähe eines Dorfes, dessen Häuser unter Schnee begraben waren. Auch die nächsten beiden Orte versprachen kaum Erfolg, Vorräte oder Benzin zu finden, zumal sie sich zu jedem Gebäude erst hätten vorgraben müssen. Die Kälte war zermürbend, und die Monotonie der Fahrt hatte alle ermüdet. Doch niemand schlief länger als ein paar Minuten, da der Frost unbarmherzig in die Glieder zog und jeden zu ständigen kleinen Bewegungen zwang.

Haemmerli und Isler wechselten sich beim Fahren ab, suchten mit dem Fernglas die Täler vor ihnen ab. Nichts. Keine Spuren im Schnee, nirgendwo Leben.

Abenddämmerung setzte ein, und langsam verblichen die Konturen der Landschaft. Kurz vor Alvaschein hielten sie und suchten Zweige zusammen, die sie zwischen den Sitzen stapelten. Die Nacht kam schnell, und das Thermometer fiel mit einer Brutalität, die sie erschreckte. Zeit, im Dorf nach einem Unterschlupf zu suchen, blieb nicht.

Oliver streckte den Arm aus, um Annabel zu wecken, die neben ihm eingeschlafen war. In ihre Decke gewickelt, kaum fähig, sich zu rühren, sah sie zu, wie sie in das unbekannte Dunkel des nächsten Tunnels einfuhren.

In der Mitte des Stollens hielten sie an und schlugen ihr Nachtlager auf. Haemmerli prüfte die Richtung des Luftzuges, um ein Feuer zu entzünden. Über den Flammen erhitzten sie Suppe, die wärmte und etwas die Stimmung hob.

Im Licht der Flammen, die von der frostig glänzenden Oberfläche des gewölbten Betons reflektiert wurden, bauten sie ihre Zelte auf. Dank Haemmerlis guter Vorbereitung war die Arbeit binnen weniger Minuten erledigt, begünstigt dadurch, dass die flexiblen Teleskopstangen den Stoff fast von selbst aufstellten.

Obwohl das kleine Lagerfeuer bald verlosch, war es im Zelt durchaus gemütlich. Es hielt die Kälte gut ab, das Übrige erledigten Isomatten, Schlafsäcke und Decken. Annabels Leuchtturm glomm und sorgte für zartes Licht, bei dem sich Vater und Tochter unterhielten. Seit seinem Studium hatte Oliver nicht mehr in einem Zelt übernachtet, damals mit Michelle an der Ostsee.

Annabel fand nur mühsam Schlaf. Sie schreckte hoch, wenn der abkühlende Motor Geräusche machte, die in der Betonröhre nachhallten. Die Machtlosigkeit, nichts gegen die Mörder in der Tankstelle unternehmen zu können, nagte an ihr. Oliver hatte Mühe, sie zu beruhigen.

Der nächste Morgen brach an. Nachdem sie gefrühstückt und die Zelte abgebaut hatten, startete Isler den Bandvagn, der ratternd dem fahlen Licht des Tunnelausgangs entgegenzuckelte. Unter freiem Himmel legten sich graupelige Eisperlen auf das Gefährt. Augenblicklich schnitt die Kälte wieder in die Haut, und alle kauerten sich eng aneinander.

Auf dem Weg nach Alvaschein kamen sie an kahlen Bäumen vorbei, die in der milchigen Morgensonne standen. Plötzlich hielt der Bandvagn. Isler stoppte den Motor, und Haemmerli sprang ab. Angespannt suchte er den Waldboden ab, ging in die Hocke und strich mit der Hand über den Schnee, als würde er ihn streicheln. Dann sah er zu den anderen zurück und lächelte.

»Fußspuren!«, rief er. »Nicht mehr sehr deutlich. Aber die ersten Spuren von lebenden Menschen außerhalb des Bunkers. Ich fasse es nicht!«

Oliver drückte Annabel an sich und umarmte sie, als hätten sie in die Zivilisation zurückgefunden. In diesem Augenblick vergaßen sie, was sie in Davos gesehen hatten, vergaßen, dass Menschen, wenn nötig, mit Gewalt um ihr Überleben kämpften. Es war die Freude über die Gewissheit, nicht länger allein auf der Welt zu sein. Auch mit Carolin tauschte Oliver ein hoffnungsvolles Lächeln. Sie fühlte genauso.

»Ist das was Gutes?«, rief Simpkins, der sich von der freudigen Stimmung nicht spontan anstecken ließ.

»Das ist zu hoffen«, meinte Haemmerli. »Aber du hast recht, wir müssen mit allem rechnen. Und vorbereitet sein.«

Damit setzte Haemmerli sich auf den Hänger, nahm seine MP in den Anschlag und bat Simpkins, im Frontwagen neben Isler Platz zu nehmen und ebenfalls eine Maschinenpistole bereitzuhalten. Auf einen Schlag dämpfte das wachsame Verhalten des Elitesoldaten die optimistische Stimmung. Ein Gefühl machte sich breit, als stünde der Angriff einer mordenden und plündernden Horde nun unmittelbar bevor.

»Haltet Ausschau nach Schornsteinen«, sagte Haemmerli, bevor sie weiterfuhren. »Nur ein Haus mit Kamin macht Sinn.«

Wie alles, was sie bisher auf ihrem Weg gesehen hatten, lag auch Alvaschein unter Schneemassen begraben. Dächer waren unter der Last eingebrochen, und die Umrisse der Gebäude zerflossen im weißen Chaos. Im Ortskern aber, direkt an der Hauptstraße, fanden sie ein solide gebautes, zweistöckiges Bauernhaus, das sie kurz entschlossen zu ihrem Domizil erklärten.

Offenbar hatte sich ein Architekt in dem Gebäude ausgetobt. Die Wände waren mit Fichtenholz bekleidet, Eichendielen sorgten für eine behagliche Atmosphäre. Im Untergeschoss trennte ein mächtiger Kamin den Wohnbereich vom Essplatz. Zwölf Stühle standen um einen langen Tisch, als hätte der Besitzer die Gruppe erwartet. Im Obergeschoss fanden sich Schlafzimmer und ein Leseraum mit üppiger Bibliothek und hohen Fenstern, die einen guten Blick auf die Hauptstraße boten.

Haemmerli nahm die Räumlichkeiten in Augenschein. Dann legte er den anderen seinen Tagesplan dar. Demnach sollten Isler und Oliver ihn bei der Erkundung des benachbarten Lantsch begleiten, um Vorräte aufzufüllen und nach Benzin zu suchen. Dort gab es zwei Tankstellen. Simpkins bekam die Aufgabe, Frauen und Kinder zu bewachen. In einem Crashkurs zeigte er Annabel und Christian, wie sie raucharmes Feuer entfachen und unterhalten konnten. Das sei wichtig, um die Umgebung nicht durch einen qualmenden Schornstein auf sich aufmerksam zu machen. Der Trick: möglichst harzfreies, trockenes Holz verwenden, nichts Morsches, und gute Belüftung durch lockere Schichtung.

Oliver verabschiedete sich von Annabel, wobei er wehmütig auf das Flämmchen sah, das im Kamin zu lodern begann. Dann schloss er sich Haemmerli und Isler an. Um Benzin zu sparen, ließen sie den Bandvagn im Hof zurück und stapften zu Fuß durch den hüfthohen Schnee. Lantsch lag einen guten Kilometer entfernt. Falls sie größere Vorräte finden würden, so der Plan, könnten sie diese später mit dem Fahrzeug abholen. Oliver hob ein Bein vor das andere, ließ es in die Verwehungen sacken und keuchte nach wenigen Minuten wie beim Abstieg vom Pischahorn. Der fallende Schnee umfing sie wie ein Vorhang und verminderte die Sicht auf die Weite eines Steinwurfs.

Haemmerli navigierte mit einem Kompass. So erreichte der Spähtrupp nach einer knappen Stunde einen waldbewachsenen Anstieg. Schwarz hoben die Stämme sich vom Neuschnee ab. Der Aufstieg durch das Unterholz kostete Überwindung und Kraft.

Während sie den Wald durchquerten, hörte es auf zu schneien, und als sie oben angelangt waren, hatten sie freie Sicht auf Lantsch. Sie näherten sich von der Westseite her und gelangten außerhalb des Ortes zu einer Kirche, einem einfachen Satteldachbau mit Giebelfassade, dazu auf der Südseite ein romanischer Turm mit schmalen Lichtscharten. Rund um das Gotteshaus ragten die Spitzen schmiedeeiserner Grabkreuze aus dem Schnee. Oliver meinte fast, seinen Herzschlag zu hören.

»Wollen wir mal reinschauen?«, fragte Haemmerli, der Katholik war.

»Gern«, sagte Oliver. Obwohl seine Eltern Atheisten waren, hatte er sich als Jugendlicher katholisch taufen lassen, seinen Glauben später aber nicht praktiziert.

»Ich warte hier draußen, gebe euch Deckung.« Isler ließ sich vor dem Eingang rücklings in den Schnee fallen und zündete sich eine Zigarette an. Als die anderen ihn fragend ansahen, sagte er: »Nun geht schon! Worauf wartet ihr?«

Ehrfürchtig durchschritten Haemmerli und Oliver das Tor. Als sie im Inneren standen, blickten sie empor zu einem grauweißen Netzrippengewölbe und hohen gotischen Fenstern. Auf der Innenseite der Tür und an den Wänden um den Eingang herum hingen zahllose handgeschriebene Zettel mit Bildern von Familien, Frauen, Männern und Kindern. Ein Wort war auf fast allen Aushängen in großen Lettern zu sehen: VERMISST. »Bitte helft uns, Matteo und Mia zu finden!« lasen sie darunter, daneben Liebeserklärungen und verzweifelte Botschaften.

Das Ausmaß des Leids überwältigte Oliver. Seine Lippen zitterten, und Tränen stiegen ihm in die Augen. Das Bild eines Mädchens in Annabels Alter ging ihm besonders nahe. Es trug die Unterschrift: »Meine Sophie, Treffpunkt ist bei Oma in St. Moritz. Ich hab solche Angst um dich, deine dich liebende Mama!«

Nun, da der gesellschaftliche Halt verloren gegangen war, so viele Menschen gestorben oder getrennt worden waren, wäre es sicher tröstlich, alten Ritualen neues Leben einzuhauchen, dachte Oliver. Langsam schritt er Seite an Seite mit Haemmerli zum Flügelaltar, an dem beide niederknieten und beteten – Oliver für das Gelingen ihrer Mission, für Michelle und vor allem für das Überleben von Annabel.

Wieder vor der Kirche, suchte Haemmerli den Weg vor ihnen mit dem Fernglas ab. Von Strommasten hingen abgerissene Kabel, von einigen Häusern waren nur verkohlte Ruinen übrig, schwarze Flecken im Schnee. Dahinter verlor sich das Tal im grauen Dunst bis hin zu den Bergen.

Nachdenklich senkte Haemmerli das Fernglas, dann stiefelten sie los. Bald fühlten ihre Füße und Hände sich an wie zu

Eis gefroren. Endlich gelangten sie auf die Hauptstraße des 500-Seelen-Dorfes. Dort lag der Schnee nicht in Wehen, sondern nur kniehoch, was die Vermutung nahelegte, dass er von Schlitten und Stiefeln festgestampft worden war.

Augenblicklich schalteten die Siebzehner auf höchste Alarmstufe, sprachen kein Wort mehr und verständigten sich mit Handzeichen. Menschen mussten vor kurzer Zeit hier gewesen sein, und das bedeutete potenziell Gefahr. Vorsichtig, wie bei einem Nahkampf, bewegten sie sich Haus um Haus die Straße entlang, die Waffen im Anschlag und auf Deckung bedacht.

Als Erstes inspizierten sie die beiden Tankstellen, drangen in Garagen ein, brachen Schränke auf und durchkämmten jeden Winkel. Benzin fanden sie nicht. Die Notpumpen, um an die eventuellen Vorräte in den unterirdischen Tanks zu kommen, funktionierten nicht. Die nächsten Tankstellen lagen außerhalb, mindestens fünf Kilometer entfernt. Resignation beschlich die Männer. Sie mussten Benzin finden, denn bis nach Locarno waren es noch über hundert Kilometer.

Die Männer drangen in ein Dutzend abseits gelegene, mehr Erfolg versprechende Häuser ein, um nach Vorräten zu suchen. Da Lantsch jedoch an einer wichtigen Nord-Süd-Straße lag und offenbar schon etliche Menschen auf ihrer Flucht diesen Weg gegangen waren, blieben ihre Bemühungen erfolglos. Das war bitter. Isler hatte ausgerechnet, dass die Nahrungsmittel der Gruppe selbst bei harter Rationierung nach einer Woche aufgebraucht sein würden.

An der Schule sahen sie durch die Fenster auf vereiste Leiber, ein regelrechtes Massengrab. Vermutlich war das Gebäude zu einem behelfsmäßigen Krankenhaus umfunktioniert worden. Dort hatten die Menschen mit nichts gegen Hunger und die Folgen der Strahlung gekämpft. Die Leichen waren mumifiziert, teilweise skelettiert, die Schädel überwiegend kahl, und der Blick fiel auf von Geschwüren entstellte Haut. Oliver grauste es. Er war dankbar, dass Annabel von diesem Anblick verschont blieb …

In einem Haus am Ortsrand inspizierten die Männer sämtliche Zimmer. Proviant fanden sie auch hier keinen. Im zweiten Stock lag auf einem Doppelbett ein totes, aneinandergeschmiegtes, altes Ehepaar. Vielleicht hatten sie ihrem Leben selbst ein Ende gesetzt. Auch diese Leichen trugen die typischen Zeichen der Strahlenkrankheit. Unter der verschrumpelten Haut sah man die vertrockneten Bänder hervortreten wie Schnüre, und ihre Gesichter, die trotz allem einen gewissen Frieden ausstrahlten, waren eingefallen.

Oliver wandte sich ab und sah aus dem Fenster, von wo aus sich der Blick bis zur Hauptstraße und zum Dorfzentrum öffnete. Plötzlich hörte er aus der Ferne ein Geräusch, als würde jemand am anderen Ende des Dorfes Gras mit einem Kantenschneider mähen. Der Motorlärm kam schnell näher. Haemmerli und Isler stürzten zum Fenster, zogen Oliver nach unten und gingen in Deckung. Sekunden später jagte ein Schneemobil die Straße entlang. Die Gestalt darauf war nicht genau zu erkennen, nur dass sie sich wie ein verfolgter Motorradfahrer kurz umschaute. Häuser und Schnee schluckten bald das Geräusch des Davonrasenden, doch rasch schwoll neuer Lärm an, ein Crescendo wie ein Hornissenschwarm. Vier weitere Schneemobile jagten über die Straße. Wieder waren nur wenige Details auszumachen.

»Verdammt«, flüsterte Haemmerli, »habt ihr die Waffen gesehen?«

»Ja«, bestätigte Isler, »die jagen den Kerl!«

Da die finsteren Gestalten vom Süden her die Hauptstraße entlangrasten, mussten sie nah an Alvaschein vorbeigekommen sein. Oliver wurde bleich; kalter Schweiß bedeckte seine Haut. Was, wenn sie den Rauch aus dem Bauernhaus gesehen hatten? Oder ihre Spuren? Er zog die Arme nach oben, verkrampfte sich.

»Schon gut, Oliver«, beruhigte Haemmerli ihn, »wenn sie unsere Leute entdeckt hätten, würden sie nicht gleichzeitig jemand anderen jagen.« Sehr überzeugend klang er nicht. Niemand konnte wissen, wie groß die Bande war.

Falls noch irgendwelche Zweifel an den Absichten der Männer auf den Motorschlitten bestanden hatten, wurden diese im nächsten Augenblick zerstreut. Das Surren verstummte in der Ferne, und Stille legte sich über das Tal. Dann fielen Schüsse, hallten zwischen den Bergen wider.

»Los, Leute«, forderte Haemmerli die anderen auf, »hauen wir ab, so schnell wie möglich zurück!«

»Ich bin dafür«, entgegnete Isler, »an der Hauptstraße Stellung zu beziehen und die Schweine auf dem Rückweg zu erledigen. Bringen wir es hinter uns!«

Haemmerli überlegte. »Möglich, dass du recht hast, Adrian. Aber wir haben keine Ahnung, wo die Bande ihr Quartier hat. Wahrscheinlich weiter im Norden, in Vaz, vielleicht aber sogar hier in Lantsch. Mir ist das alles zu unsicher. Bei einem Gefecht sitzen wir dann fest und das ohne Vorräte.«

»Okay«, pflichtete Isler ihm bei, »aber in Alvaschein müssen wir überlegen, wie wir mit diesen Typen fertig werden.«

Zügig traten sie den Rückweg an, wobei ihre Ohren in der bedrückenden Stille ständig nach Geräuschen horchten und ihre Augen ängstlich jede Schneewehe und jeden Strauch absuchten.

»Hey, du Idiot«, fuhr Annabel Christian an, der gerade einen Holzkloben in den Kamin legen wollte, »wenn das Feuer nicht mehr so stark brennt, müssen wir erst kleinere Hölzer nachlegen, anschließend die großen! Klar?«

Christian zuckte zusammen, senkte den Kopf und legte das Holzstück zurück. Stattdessen suchte er ein paar dünne Äste und reichte sie Annabel, wobei seine Augen im Schein der Flammen leuchteten.

»Ja, die sind besser«, sagte Annabel freundlicher, »damit kokelt's nicht.«

»Ich geh mal und versuche, 'ne Axt zu finden und das Ding zu zerhacken«, meinte Christian und stand auf.

Annabel hielt ihn zurück, zog an seiner Hand und lächelte verschmitzt. »Lass mal. Wenn wir das Stück auf locker gestapelte Äste legen, wird's schon gehen.«

Die beiden setzten sich wieder und kümmerten sich gewissenhaft um raucharme Flammen. Sie rückten dicht aneinander und unterhielten sich über die Flucht. Auch die Zukunft war ein Thema, wie schwer es sein würde, in eine Schule zu gehen oder Musik zu hören.

In der Zwischenzeit öffnete Frau Simpkins Büchsen und füllte Zürcher Geschnetzeltes in einen Topf, den sie über dem Feuer erhitzen wollte. Sie tat es, ohne selbst Appetit zu verspüren. Ihre Übelkeit war seit ihrer Abfahrt aus Davos geblieben.

Carolin deckte den Tisch und kochte Tee. Sie war noch blass. Selbst einfache Arbeiten kosteten sie Überwindung. Ihre Mutter saß in einem Sessel und starrte apathisch in die Flammen. Sie hatte sich in eine Decke gehüllt, schien aber zu frösteln.

Hasso Simpkins, der im Obergeschoß Wache gehalten hatte, kam mit seiner MP7 die Treppe herunter und setzte sich in einen Sessel. Er zog sich die Handschuhe aus und streckte die Hände dem Feuer entgegen.

»Hier ist es so ausgestorben wie überall. Nur Schneewüste und verlassene Häuser, dazu diese ätzende Stille. Einmal glaubte ich kurz, was zu hören. War wohl mein Tinnitus.«

Während er sich aufwärmte, sah er zuweilen auf und beobachtete seine Frau, die das Geschnetzelte umständlich aus den Büchsen kratzte. Simpkins wandte sich ab und verdrehte die Augen.

»Bis zum Essen dauert es wohl noch 'ne Weile«, spöttelte er und stand auf. »Ich werde so lange mal rausgehen und eine Runde drehen. Vielleicht finde ich ja den Heiligen Gral. Ruft mich, wenn das Essen heiß ist.«

Draußen strich ein schwacher Wind vom bewaldeten Hang über die Häuser. Simpkins hängte sich die Waffe über die Schulter und stapfte durch den Schnee. Fünfzig Meter weiter blieb er keuchend vor einem zweistöckigen Haus stehen. Es wirkte, als hätten dort Wohlhabende gelebt. Spuren von Verfall fanden sich nicht; sogar die Scheiben waren noch intakt.

Er kämpfte sich durch die Verwehung vor dem Eingang, stach mit dem Gewehrlauf in das Fensterglas und öffnete die Tür. Innen durchsuchte er routinemäßig die Küche und eine angrenzende Kammer nach Vorräten – nichts. Auch in den Kleiderschränken fand sich nichts Brauchbares, sämtliche Schuhe waren verschwunden. Resigniert durchstöberte er die restlichen Räume und blieb einen Moment im Arbeitszimmer stehen. Auf einem Designerschreibtisch überzuckerten feine Eiskristalle einen Computer. Zusammen mit einer futuristischen Lampe und einem hippen Schreibtischstuhl erinnerte das Arrangement an den verlassenen Arbeitsplatz einer Raumstation.

Als er wieder draußen stand, packte ihn der Forschertrieb. Mit trotzigem Gesichtsausdruck und beherzten Schritten kämpfte er sich die Straße entlang. Er wollte nicht mit leeren Händen zu den anderen zurückkehren, sondern etwas vorweisen können.

Nach wenigen Minuten stieß er auf ein Gebäude mit einem langen, flachen Anbau. Aus dem Schnee ragten zwei Garagentore. Unter dem eingefallenen Dach las er auf einem blauweißen Glasschild drei Buchstaben: FIAT. Das »A« war zersprungen. Am Eingang fand er Gewissheit: Er stand vor der *Garage Mistail*, einer Autowerkstatt.

Simpkins brach die Tür auf und untersuchte systematisch sämtliche Zimmer und Räume. Er riss jede Schublade auf, durchforstete akribisch die Schränke, doch nichts gab etwas her. Alles Essbare war geplündert oder von den Bewohnern mitgenommen worden. In einer Mischung aus Resignation und Wut trat er die Tür eines luxuriösen Bades auf. An der Wand prangte ein riesiger goldgerahmter Spiegel. Er stellte sich davor, zog die Kapuze nach hinten und betrachtete sein dünnes, halblanges Haar, das verfilzt und schmutzig aussah. Das machte ihn älter. Gleichwohl lächelte er sich an, drehte sich schließlich um und gab der Duschkabine einen freundschaftlichen Klaps.

Beim Hinausgehen setzte er den Fuß etwas zu forsch auf eine Teppichbrücke, die auf den Dielen des Flurs lag. Durch den Schwung gab der Stoff nach und er kam ins Straucheln, stürzte fast, konnte sich aber im letzten Augenblick an der Wand abstützen. Dabei verrutschte der Teppich und gab den Blick auf eine Klappe im Boden frei.

Er hockte sich hin und zog die Handschuhe aus, um den schmiedeeisernen Griff aus der Vertiefung hochzuklappen. Es war mühsam, aber nach einigem Polken gelang es ihm, den steifgefrorenen Zeigefinger in den Griff zu winden. Die Klappe schwang hoch und knallte auf die Dielen. Eine schmale Holztreppe führte ins Dunkel. Er schaltete seine Taschenlampe an und stieg hinunter in einen gut zehn Quadratmeter großen, rechteckigen Keller, der gerade so hoch war, dass er darin stehen konnte. Die Wände waren mit Ziegelsteinen ausgemauert, der Fußboden aus Beton. Auf beiden Seiten standen Metallregale bis zur Decke. Die Fächer auf der einen Seite waren leergeräumt. Kreise im Staub legten den Schluss nahe, dass hier Konserven gestanden hatten. Auf der anderen Seite lagen angerostete Schraubenschlüssel, Werkzeug und braungrün gesprenkelte Abdeckplanen. Simpkins zog eine vom Regal, woraufhin Staub durch den Lichtkegel wirbelte, der auf nichts Brauchbares fiel. In der untersten Reihe war eine Plane zu sehen, die etwas verhüllte, das wie Kisten aussah. Vorsichtig prüfte er mit dem Fuß, was sich darunter verbarg. Sein Tritt erzeugte einen dumpfen Nachhall.

Aufgeregt riss er den Kunststoff zur Seite und traute seinen Augen nicht: In einer Reihe standen sieben Zwanzig-Liter-Kanister! Er klopfte auf ihnen herum, schlug mit der flachen Hand dagegen: Einer war gefüllt, ein anderer zur Hälfte, der Rest war leer. Anschließend öffnete er den vollen und den halbvollen Kanister und roch am Inhalt: Benzin!

»Grundgütiger«, rief er laut und fing an zu lachen und zu hüpfen. »Wahnsinn! Scheiße, ich glaub's einfach nicht!«

Kapitel 4

Am nächsten Morgen – Tag sieben ihrer Flucht – saß die Gruppe auf dem Bandvagn und fuhr in Richtung Süden. Mit dem gut gefüllten Tank hatten sie eine realistische Chance, den Flughafen in Locarno zu erreichen. Die Stimmung war gut. Alle gratulierten Simpkins zu seinem Fund, sprachen von einem Wunder und schlugen ihm anerkennend auf die Schulter.

Das Wetter und die Straße erlaubten eine zügige Fahrt. Je weiter sie sich von Lantsch entfernten, desto mehr entspannten sich die Gesichter der Siebzehner. Als sie nach einer Stunde den Abzweig auf die Autobahn 13 erreichten, die über Bellinzona bis nach Locarno führte, wurden Haemmerli und Isler wieder wachsamer. Gelegentlich fanden sich jetzt Spuren von Schneemobilen auf der Straße. Einer von beiden spähte ständig mit dem Fernglas in die Umgebung, aber Menschen sahen sie nicht.

Auf einer Brücke, die ein Tal überspannte, versperrte ihnen ein umgestürzter Laster den Weg. Es kostete eine halbe Stunde, das Hindernis mithilfe des Bandvagn zur Seite zu zerren. Der Benzinverlust war enorm, da ihr Gefährt am Gewicht des LKWs zu scheitern drohte. Der eisige Wind auf der ungeschützten Brücke steigerte die Verzweiflung der Gruppe. Oliver fürchtete, seine Füße könnten erfrieren. Er spürte sie nicht mehr. Annabels Gesicht war weiß, auf ihren Augenbrauen lagen Eiskristalle. Auch in die Gesichter der anderen drohte der Frost, Wunden zu schlagen. In seiner Niedergeschlagenheit glaubte Oliver, dies hier sei der trostloseste und unwirtlichste Ort der Welt.

Ihr Tagesziel, San Bernadino, erreichten sie aufgrund der schlechten Straßenverhältnisse nicht. Sieben Kilometer davor, in einem Tal zu Fuße eines 3000 Meter hohen Gipfels, waren sie gezwungen, im Freien zu biwakieren. Bei einem Waldstück gruben sie Vertiefungen auf einer Lichtung in den Schnee und schlugen ihre Zelte auf.

Während der Arbeit hielt Oliver einen Moment inne und blickte auf das in die Dämmerung ragende Felsmassiv und die weiten Schneefelder. Der Anblick war mächtig, er kam sich winzig vor. Die Wolken verwischten die Konturen des Berges und verhüllten den Gipfel. In seinen Knochen steckte die Kälte. Nach einem Tag auf dem Bandvagn und den Strapazen auf der Brücke war er kaum noch in der Lage, sich zu bewegen.

Haemmerli drückte ihm ein Allzweckmesser in die Hand. »Damit kannst du Späne zum Feueranzünden machen. Brich tote Zweige von den Bäumen und raspele sie klein.«

»Tote Zweige?«

»Wenn sie beim Zerbrechen knacken wie Feuer, sind sie gut«, erklärte Haemmerli. »Und noch was: Behalte das Messer. Steck es dir dorthin, wo du jederzeit rankommst.«

»Warum?«

»Denk an Lantsch.«

Sie sammelten im Wald Holz und schichteten ein Fundament aus Zweigen in eine Schneemulde. So gut es mit seinen steifen Fingern ging, schnitzte Oliver Zunder und stapelte daraus ein Häufchen. Inzwischen war die Nacht hereingebrochen, und die Temperaturen sanken dramatisch. So waren alle glücklich, als das Feuer loderte. In einem Gestell darüber hing ein Topf mit Suppe.

»Mir geht's hundeelend«, klagte Ingeborg Simpkins, die sich kaum noch auf den Beinen halten konnte. Apathisch rührte sie in der Suppe. »Marius, wann sind wir endlich an deinem Flugplatz?«

»Heute waren's dreißig Kilometer«, erklärte Haemmerli. »Schätze, noch drei bis vier Tage.«

»Super«, scherzte Simpkins, »dann noch einchecken und ab!«

»Schön wär's«, entgegnete Isler ernst. »Vielleicht sind ja der ganze Lago Maggiore und Locarno nur noch ein verdammter Krater.«

»Hoffentlich finden wir ein brauchbares Flugzeug, oddr.« Haemmerli schlürfte Tee und sah in die Runde. »Ich werde nachher noch mal alte Kameraden anfunken. Wir sind ja jetzt schon tiefer, und das Tal öffnet sich nach Süden.« Immer wieder hatte er in den letzten Tagen vergeblich versucht, einen Kontakt herzustellen.

»Ich würde zu gerne wissen«, sagte Isler, »ob Fischknecht, Jaeck, Baumann und seine Truppe am Flughafen die Stellung gehalten haben. Was wohl aus ihnen geworden ist?«

Alle schwiegen bedrückt, und das Abendbrot endete rasch, weil das Feuer gegen die arktische Kälte keine Chance hatte.

Als Oliver mit Annabel im Zelt allein war, untersuchte er seine schmerzenden Füße. Die Zehen waren tiefrot bis violett verfärbt, und es hatten sich blutige Blasen gebildet. An der Außenseite der linken Großzehe ertastete er eine lilafarbene, teigige Frostbeule.

»Ach du Scheiße!« Annabel erschrak bei dem Anblick. »Wird das wieder?«

»Keine Ahnung … Ich hoffe!« Die Erschöpfung verhinderte klares Denken, die möglichen Folgen seiner Verletzung ahnte Oliver nur durch einen Schleier. »Wie sehen deine Füße eigentlich aus?«

»Ich sehe lieber nicht nach, kann sie aber noch bewegen. Jucken ein bisschen. Nur mein Gesicht prickelt ganz schön.«

»Hier, creme dich damit ein.« Oliver reichte ihr die Salbe, die sie in Davos gefunden hatten, zog seine Socken wieder an und kroch in den Schlafsack.

»Ich komme mir vor wie Amundsen bei seiner Expedition zum Südpol«, meinte Annabel.

»Amundsen ist okay, der hat es geschafft«, erwiderte Oliver und drückte sie an sich. »Schlaf gut, mein Schatz!«

Im Nachbarzelt versuchten Haemmerli und Isler derweil, eine Verbindung mit ihren Leuten aufzubauen.

»An Standort Locarno und alle Siebzehner in Umgebung von Bellinzona bis San Bernadino, von Kommandant Haemmerli, antworten!«

Geduldig lauschten beide dem Rauschen des Funkgerätes. Fast eine halbe Stunde lang probierten sie es. Ihre eiskalten Finger, die kaum noch die Knöpfe betätigen konnten, wärmten sie zwischendurch im Schlafsack. Ab und zu gab es einen Schluck Cognac aus dem Flachmann von Isler.

Dann schwoll das Schnarren im Lautsprecher auf einmal an, und über die atmosphärischen Störungen legten sich Satzfetzen.

»Oberleutnant Jaeck … von … Meldung verstanden … sehr erfreut … antworten!«

Es klang wie von einem fernen Planeten. Die Männer schreckten hoch, waren sofort hellwach.

Haemmerli antwortete: »An Oberleutnant Jaeck, Verbindungskontrolle, antworten!«

»… Jaeck … one …«

»One« bedeutete, dass der Oberleutnant am anderen Ende eine schlechte bis unbrauchbare Verständigung hatte. Eine three wäre gut gewesen. Haemmerli versuchte, den Empfang besser einzustellen.

»Nicht alles verstanden, one. Wo stecken Sie? Antworten!«

Doch der Funkspruch blieb ohne Erwiderung, das Gerät rauschte nur.

»Verdammt!«, fluchte Haemmerli und boxte auf seine Isomatte.

»Bleib cool, Marius«, beruhigte ihn Isler. »Wir müssen nur näher ran. Das wird schon!«

Plötzlich durchbrach ein dumpfer Knall die Stille. Er schien weit oben aus den Hängen zu kommen, als hätte sich im Inneren des Berges eine Spannung entladen. Da sie in den Alpen aufgewachsen waren, wussten sie, was das zu bedeuten hatte: Ein hartes Schneebrett war mit einem Schlag in eine weiche Schicht gesackt, und die dabei entstehende Lawine raste jetzt den tausend Meter tiefen Hang hinunter. Haemmerli und Isler rissen die Schlafsäcke auf und robbten hinaus vor die Zelte.

»Verdammt, was sollen wir jetzt tun?«, schrie Isler gegen das anschwellende Grollen an.

»Beten!«, brüllte Haemmerli zurück.

»Wenn die durch unser Lager geht, ist es aus!«

Oliver war ebenfalls aus dem Zelt gestürzt, Annabel stand neben ihm und schrie hysterisch. Seine Taschenlampe beleuchtete die Bäume und den Schnee im nahen Umkreis, wo alles noch aussah wie in einer friedlichen Winternacht. Das Krachen und Dröhnen steigerte sich zu einem ohrenbetäubenden Lärm, der Boden bebte. Alles niederwalzend, bahnte sich die Lawine ihren Weg nach unten, wobei sie Millionen Tonnen Schnee, Eis, Geröll und Bäume mit sich riss. Dann gab es die finale Explosion, als die Massen nicht weit entfernt im Tal aufprallten und alles unter sich begruben.

»Los, zurück in die Zelte!«, schrie Haemmerli. »Der verstrahlte Schnee!«

Ohne den Inhalt der Warnung ganz zu verstehen, hechteten alle zurück in die dünnen Zelte und schlossen die Reißverschlüsse. Noch während die Erschütterungen verebbten, das Echo verhallte, fegte ein Wind über das Lager, und Schnee peitschte gegen die Planen. Zitternd pressten sich Oliver und Annabel aneinander. Jetzt erst begriff er, was Haemmerli gemeint hatte. Er betete, dass es kein Nachbeben geben und dass die Zelte dem Sturm standhalten würden.

Minuten vergingen. Hin und wieder entlud noch ein unter den Massen begrabener Baum seine Spannung mit einem Knacken. Dann wurde es ruhiger. Oliver tastete Annabel nach Verletzungen ab, atmete bewusst tief ein und aus, als zweifle er, noch am Leben zu sein.

Haemmerli stieß Isler an. »Das war knapp … Hundert Meter?« Seine Stimme klang dünn und unsicher.

»So ein verdammter Mist«, fluchte Isler und stotterte etwas wie: »Würd gerne noch 'n bisschen weiterleben.«

»Geht schon, da kommt jetzt nichts mehr nach.« Haemmerli reichte Isler den Flachmann.

Von einem Zelt zum anderen vergewisserte sich die Gruppe durch Rufe, dass alles in Ordnung war. Es könne nichts mehr passieren, beruhigte Haemmerli. Dennoch verbrachten alle eine Nacht, wie man sie verbringt, wenn man dem Tod sehr nahe gewesen ist.

Das trübe Morgenlicht offenbarte das gesamte Ausmaß der Zerstörung. Der Rand des Waldstücks, in dem die Zelte standen, war in die Tiefe gerissen worden. Im Tal lag ein Berg aus umgeknickten Bäumen, Geröll und schmutzigem Schnee. Eine hundert Meter breite Schneise hatte die Hänge über ihnen zerschnitten. Beunruhigt sah Haemmerli hinauf, denn er wusste, dass eine kleine Erschütterung – Neuschnee oder ein starker Windstoß – jederzeit genügen konnte, um eine weitere Lawine auszulösen.

In aller Eile schaufelten sie die Verwehungen von den Zelten, dekontaminierten die Ausrüstung notdürftig und gruben sich eine Schneise zum Bandvagn. Anschließend verließen sie den bedrohlichen Ort fluchtartig.

Nach knapp einer Stunde kam der Eingang des San-Bernardino-Tunnels in Sicht, eine über sechs Kilometer lange Betonröhre, die die Ostschweiz mit der Alpensüdseite und dem Tessin verband. Sie pausierten und kochten Tee über einem Feuer. Kurz vor der Weiterfahrt bat Haemmerli um Gehör. Er rieb sich die Hände und hielt sich dann am Heck des Lasters fest.

»Ich sag's euch nur ungern, aber ich denke, es ist sicherer, wenn wir nicht den Tunnel nehmen.«

Ein Raunen ging durch die Gruppe.

»Was?«, fragte Isler ungläubig. Simpkins machte einen Schritt auf Haemmerli zu.

»Ja, der Tunnel könnte eine Falle sein – seht, die Spuren.« Mit einem Blick wies Haemmerli auf zahlreiche Furchen im Schnee, die von Kufen stammen mussten. »Ich bin dafür, oben über den San-Bernardino-Pass zu fahren. Das ist zwar ein Umweg, aber …«

»Moment mal«, unterbrach Isler ihn energisch. »Das kannst du diesmal wirklich nicht allein entscheiden, Marius. Das kostet uns locker den halben Tag, ganz zu schweigen von der Schweinekälte.«

»Bist du irre?«, mischte Hasso Simpkins sich lautstark ein. »Vielleicht schaust du dir mal die Schneefelder da oben an! Schon vergessen, heute Nacht wären wir fast zu Brei zermalmt worden. Und du willst mit uns direkt durch die Apokalypse? Ohne mich!«

»Ich weiß, es ist hart«, entgegnete Haemmerli mit einer Zurückhaltung, die offenbarte, dass er sich seiner Sache alles andere als sicher war.

Ein angespanntes Schweigen breitete sich aus, kein Laut außer dem Wind in den toten Bäumen. Auf dem aschfarbenen Überzug des Himmels trieben Wolken, die Tannen warfen unscharfe Schatten. Über den Rand einer kantigen Felswand unweit des Passes quollen grau-schwarze Dunstschwaden hervor, von denen Fetzen auf die weißen Felder darunter waberten.

Annabel nestelte an ihrem Schal herum, und auch Christian blinzelte unsicher.

»Wir sollten darüber abstimmen«, schlug Hasso Simpkins schließlich in sachlichem Ton vor.

Blicke wurden getauscht, wanderten ängstlich hinauf auf den Berg. Fieberhaft grübelte Oliver darüber nach, was er wählen sollte: die trügerische Wärme des Tunnels mit seinen Gefahren oder den lebensfeindlichen Pass? Die Logik sagte ihm, dass er für den Pass stimmen musste … Und doch hoffte er, der Minderheit anzugehören.

Plötzlich hob Ingeborg Simpkins matt den Arm. Ihr blasses Gesicht war gesprenkelt mit punktförmigen Blutungen. »Die Frage stellt sich nicht«, brachte sie mit schwacher Stimme hervor. »Eine Fahrt über den Berg würde ich nicht überstehen. Und ich glaube, Madeleine geht es genauso.« Sie ging zu Haemmerli, auf dem nun alle Blicke lasteten, fasste ihn am Arm und beschwor ihn: »Wir müssen den Tunnel nehmen, Marius!«

Madeleine nickte. Am Morgen hatte sie sich übergeben und war einmal kurz ohnmächtig geworden. Dem Herdentrieb folgend, stimmten nun auch die anderen den geschwächten Frauen zu.

»Also gut«, sagte Haemmerli und winkte ab. »Packen wir's an!«

Sie starteten und fuhren in die Tunnelmündung ein, wo sie Dunkelheit umhüllte und der Motor ohrenbetäubend lärmte. Da die Temperatur aber rasch auf über null Grad stieg, ließen sich diese Unannehmlichkeiten ertragen. Etwa in der Tunnelmitte rasteten sie und holten das Frühstück nach, das aus kalten Konserven und Wasser bestand. Für ein Feuer fehlte ihnen das Holz. Sie mussten sich mit dem Schein des Bandvagn-Standlichts und Taschenlampen begnügen.

Madeleine kauerte apathisch auf der Sitzbank des Hängers.

»Was ist mit dir, Mutter?«, fragte Carolin.

»Ich bin noch so steifgefroren von der Nacht, lass mich einfach hier sitzen.«

»Aber du solltest aufstehen und die Füße bewegen, wie wir alle, sonst …«

»Deine Tochter hat recht, Madeleine«, sagte Oliver. »Du musst aufstehen und ein bisschen rumlaufen! Das bringt den Kreislauf in Schwung.«

»Na gut, ihr Quälgeister«, gab sie nach, und Oliver half ihr vom Bandvagn herunter. Die Schwerfälligkeit, mit der sie sich bewegte und sprach, zeigte ihm, dass etwas mit ihr nicht stimmte.

»Geht's dir nicht gut?«

»Ist schon in Ordnung … Gibt's frische Brötchen und Kaffee zum Frühstück?«

»Ich fürchte nicht.«

»Na ja, egal, ich krieg sowieso nichts runter.«

Die beiden Frauen und Oliver gingen um das Fahrzeug herum zu den anderen, die bereits aßen und sich unterhielten.

»Ohne Feuer schmeckt dieses Dosenfutter noch ekliger«, beschwerte Annabel sich bei Haemmerli. Widerwillig aß sie von dem eiskalten Corned Beef.

»Wir machen es uns heute Abend irgendwo richtig gemütlich«, versprach Haemmerli, der sich ständig nervös umsah.

»Gemütlich wär mal 'ne Dusche. Ich komme mir inzwischen vor wie ein Skunk. Alles klebt und stinkt.«

Haemmerli strich sich über den Stoppelbart, lächelte gezwungen und sagte: »Dafür kann ich leider nicht garantieren.«

»Wie geht's eigentlich nach San Bernardino weiter?«, fragte Simpkins.

»Wir könnten es heute ungefähr bis in die Gegend von Mesocco schaffen. Sollte alles reibungslos laufen, wäre es von da aus nur noch eine Tagesfahrt bis Bellinzona. Weiter reicht unser Sprit sowieso nicht mehr, aber da ist der Flugplatz schon fast in Sichtweite. Und dann«, Haemmerli zuckte mit den Schultern, »brauchen wir eine Menge Glück! Ja, wir brauchen eine Menge Glück, oddr.«

»Das klingt doch gar nicht schlecht«, freute sich Carolin.

»Sehe ich auch so«, sagte Isler. »Also, lasst uns zusammenpacken, und dann nichts wie weg aus den Alpen – dieser Gefriertruhe!«

Das Starten des Motors durchbrach die Stille. Carolin saß nun neben Isler auf dem Beifahrersitz des Vorderwagens, da sie sich auf das Erscheinen des Lichts am Ende des Tunnels freute. An der Heckklappe bezogen Haemmerli und Simpkins Stellung, blickten in das Schwarz hinter ihnen. Vorn verlor sich das Fernlicht des Bandvagn schnell in der kerzengeraden Betonröhre. Bald traf der Scheinwerfer auf liegen gebliebene Autos. An einigen Stellen rann Wasser von den Wänden oder tropfte von der Decke und bildete Pfützen auf der Straße.

Sie erinnerten Oliver an eine Nacht in Berlin vor einigen Jahren. Im Regen war er vom Sport nach Hause gefahren. Mitten auf der Fahrbahn fiel ihm etwas Rundes auf, ein flauschiger Ball mit Stacheln. Irritiert fuhr er weiter, bis er realisierte, dass es sich bei dem stachligen Ball um einen Igel gehandelt hatte. Alle Autos waren daran vorbeigefahren, keiner hatte sich um das Tier geschert. Also wendete er und fuhr zurück zu dem Igel, der sich verängstigt zusammengerollt hatte. Mit der Fußspitze bugsierte er ihn von der Straße. Bis heute verstand er nicht, dass sonst niemand auf die Idee gekommen war, dem Tier zu helfen.

Plötzlich wurde Oliver bewusst, dass sie auf ihrer eisigen Odyssee noch auf kein einziges Tier gestoßen waren. Das machte die zerstörte Welt unsagbar trostlos.

Sie erreichten einen quer zur Fahrbahn stehenden Sattelschlepper, der an der Tunnelwand nur eine schmale Schneise in der Breite des Bandvagn freiließ. Behutsam steuerte Isler an ihm vorbei, wobei er einmal die Wand streifte. Dann wurde als ein heller Punkt der Tunnelausgang sichtbar. Allmählich verdrängte das Licht die Dunkelheit wie eine kalte Sonne. Zugleich sank die Temperatur rasch wieder, sodass die Passagiere zurück in ihre warmen Sachen schlüpfen mussten.

Als sie aus der Tunnelmündung fuhren, atmeten alle auf. Endlich breitete sich das zuvor zwischen die Tunnelwände gepresste Motorengeräusch über der Landschaft aus, wo es sich verlor. Blinzelnd registrierte Haemmerli über dem Tunnelausgang eine Gruppe von Kiefern. Das Tal vor ihnen schien sich endlos nach Süden zu erstrecken.

Kurz hinter dem Ausgang passierten sie drei schmale Metallbrücken, an denen Kameras montiert waren. Haemmerli rutschte auf der Bank hin und her. Oliver blickte zurück auf den Tunnelausgang, der jetzt wie ein schwarzes Loch wirkte.

Dann, sie hatten eben die erste Brücke passiert und Oliver hatte auf einem Verkehrsschild *Zürich 188 km* gelesen, brach plötzlich die Hölle los: Schüsse knallten vom Hügel über dem Tunnel, und Kugeln schlugen mit berstender Kraft und metallischen Geräuschen in die Heckklappe des Bandvagn ein. Weitere Geschosse pfiffen an Olivers Kopf vorbei. Voller Panik warf er sich über Annabel, die gegen Madeleine geschleudert wurde. Im selben Moment zerfetzten zwei Treffer Hasso Simpkins den Brustkorb. Ein letzter Blick, fragend und verstört, dann sackte er tödlich getroffen zusammen. Seine Frau beugte sich über ihn, wollte ihm helfen und wurde ebenfalls rechts am Hals getroffen. Sie fiel nach vorne zwischen die Sitzreihen, ihr Kopf prallte gegen Olivers Knie. Christian wurde knapp verfehlt und schrie auf. Alles geschah in Bruchteilen von Sekunden.

»In Deckung!«, schrie Haemmerli, tauchte hinter die Heckklappe, hielt seine MP7 darüber und feuerte blind zwischen die Bäume auf dem Tunneldach. Einen Moment lang schwiegen die Waffen der Angreifer.

Isler trat das Gaspedal bis zum Anschlag durch. Der Bandvagn ruckte nach vorn und nahm schnellere Fahrt auf. Rasch passierte er die zweite und die dritte Metallbrücke.

»Los«, rief er Carolin zu, »die Plätze tauschen!«

Carolin begriff sofort und zwängte sich zwischen Fahrer- und Beifahrersitz, Isler rutschte auf den Beifahrersitz herüber. Weil er das Gaspedal nicht mehr durchtreten konnte, stockte der Bandvagn einen Augenblick.

Isler kauerte sich auf den Beifahrersitz, entsicherte sein Maschinengewehr und brüllte: »Tritt das Gaspedal voll durch, Carolin! Wenn ich es sage, rechts rüber, okay? Eine Kurve, dann ab in den Wald!«

»Okay!« Trotz ihrer Furcht trat Carolin beherzt aufs Gas. Die Geschwindigkeit stieg wieder.

Oliver spürte unter sich, wie Annabel zitterte und schrie. Beide hatten Todesangst. Mit der rechten Hand zog er seine Pistole aus dem Rucksack. Bis zum letzten Atemzug würde er sie verteidigen. Madeleine hockte in der hinteren Ecke und bewegte sich nicht. Christian lag auf der anderen Bank und wimmerte.

»Nicht bewegen!«, rief Annabel ihm flehend zu. »Liegen bleiben!«

Unterdessen ging die Attacke weiter. Kugeln peitschten gegen die Metallbrücken, schlugen in die Karosserie und in den Schnee ein. Haemmerli lugte über die Kante der Heckklappe und zielte genauer. Mit Erfolg: Während der Unterbrechungen des Feuers waren jetzt Schreie zu hören, und die Wucht des Beschusses schien abzunehmen.

»Jetzt!«, schrie Isler. »Rechts rüber oder wir sind tot!«

Im Rückspiegel hatte er gesehen, dass die Angreifer eine Panzerfaust auf sie gerichtet hatten.

Carolin riss das Steuer herum, und der Bandvagn vollzog eine scharfe Kurve, schlingerte. Als das Heck die Straße verließ, flog das flügelstabilisierte Geschoss knapp an ihm vorbei und verschwand hundert Meter weiter im Schnee. Die Detonation riss Straßenteile, Erde und Schnee in die Luft.

Isler verschanzte sich hinter der Seitentür und feuerte über den Tunnelausgang. Ein wilder Schlagabtausch, während Carolin auf den Wald zuhielt und Vollgas gab. Die Gegner waren offenbar in der Überzahl, denn ihre Feuerkraft überstieg ungeachtet der Verluste die der Siebzehner deutlich. Als Isler nachladen musste, traf eine Kugel ihn in die linke Schulter. Mit schmerzverzerrtem Gesicht hielt er sich die Stelle mit der Rechten und fiel nach hinten.

»Verdammt!«, fluchte er. »Diese miesen Ratten … Halt weiter auf den Wald zu, Carolin, haben's gleich geschafft!«

Geschosse zischten um sie herum, schlugen in die Bäume ein. Ohne Unterlass knallten die Maschinengewehre. Das ganze Tal war erfüllt vom Echo zahlloser Explosionen. Pulverdampf und Rauch lagen in der Luft.

Zwischen den Bäumen fanden sie Deckung und hielten. Mit glühendem Gesicht sprang Isler vom Beifahrersitz in den Schnee und stapfte zum Heck.

»Drecksschweine!«, schrie er. »Bist du okay, Marius?«

»Ja, alles okay.« Haemmerli zeigte mit den Augen auf den toten Hasso Simpkins zwischen den Sitzen. Seine Frau hatte das Bewusstsein verloren und blutete stark.

»Verdammt!«

Auf der anderen Bank lag Oliver und schützte Annabel, in der Ecke hockte Madeleine mit erstarrtem Blick.

Plötzlich stieß Christian vom Sitz auf, durchbrach die Schockstarre. Mit aufgerissenen Augen und in der Luft wirbelnden Armen stieg er über seine Eltern, sprang vom Bandvagn und versuchte davonzulaufen. Haemmerli hielt ihn fest. Der Junge kreischte.

»Scheiße, Oliver!«, brüllte Haemmerli. »Ich brauch dich!«

»Was?« Oliver verstand zunächst nicht, dann begriff er. »Ja«, rief er, stand auf und steckte seine Pistole in die Jackentasche. »Was kann ich …?«

»Der Junge! Und versorg Ingeborg!«

Annabel, die zitternd von der Bank aufgestanden war, übernahm es, Christian zu beruhigen. Sie schloss ihn in die Arme und drückte ihn fest an sich.

Fahrig zerrte Oliver die Medikamententasche aus dem Rucksack, in der sich Verbandsmaterial befand. Seine Hände zitterten. Bleib ruhig, sprach er sich Mut zu, bring, wie bei jedem Notfall, erst deinen eigenen Puls unter Kontrolle! Es half ihm, seine medizinische Routine abzurufen. Die Kugel hatte Ingeborgs Hals durchschlagen, anscheinend aber ohne die großen Arterien zu verletzen. Dennoch blutete die zerfledderte Wunde stark. Oliver drückte Mullplatten auf die Verletzung. Vergeblich. Dann ein Tuch, doch auch damit ließ die Blutung sich nicht stillen. Aus jedem kleinen Riss sickerte ungewöhnlich viel Blut, und er gewann den Eindruck, dass mit ihrer Gerinnung etwas nicht stimmte. Hatte die Strahlung das bewirkt oder der Schock? Was auch immer dahintersteckte, das Leben rann unaufhaltsam aus Ingeborgs Körper, obwohl der Treffer eigentlich nicht tödlich gewesen war. Nach wenigen Augenblicken war es vorbei. Konsterniert hielt Oliver seine blutigen Hände vor und schüttelte den Kopf. Die anderen begriffen.

Carolin kümmerte sich in der Zwischenzeit um ihre Mutter. Weil sie auf Fragen nach Verletzungen nicht antwortete, ihr Blick apathisch ins Leere ging, untersuchte sie sie auf Wunden. Nichts. Dann legte sie Madeleine auf die Bank und hüllte sie in eine Decke.

Auch Haemmerli holte sein Verbandszeug aus dem Rucksack. Isler zog sich rasch die Jacke aus und schlüpfte mit der verletzten linken Schulter aus dem Pullover. Er fror.

»Halt durch!«, beschwor ihn Haemmerli, während er ihm einen provisorischen Verband auf die Fleischwunde drückte. »Ich brauche dich jetzt, Adrian. Es ist noch nicht vorbei!«

In großer Eile zogen Oliver und Haemmerli die beiden Leichen vom Wagen, betteten sie in den Schnee und bedeckten sie mit einer Plane.

Als Isler sich gerade wieder angezogen hatte, rasten plötzlich von zwei Seiten Motorschlitten auf das Waldstück zu. Die einen näherten sich von Norden, vom Tunneleingang her, die anderen aus der Gegenrichtung. Die Schlitten der Marke Skidoo sahen aus wie Motorräder auf Kufen. Ihr helles, hochfrequentes Motorengeräusch fräste sich durch das Tal.

»Carolin, nimm die Kinder und verschanz dich auf dem Wagen!«, befahl Haemmerli. »Oliver, du verteidigst hier! Adrian, beeil dich! Du den Süden, ich nehme die anderen!«

Damit robbte Haemmerli mit allem, was er an Kraft aufzubringen vermochte, zum Waldrand, hockte sich hinter einem Baum im Schnee in Stellung und lud die MP7 nach.

Zwei Skidoos waren nur noch etwa 25 Meter entfernt. Er nahm sie mit kurzen, kontrollierten Salven unter Feuer. Die

Angreifer stürzten in den Schnee und blieben reglos liegen. Die Skidoos fuhren führerlos noch ein Stück weiter; einer überschlug sich und erstarb dann mit einem letzten Aufheulen des Motors. Der andere rauschte knapp an ihm vorbei und prallte gegen einen Baum.

Gleichzeitig stellte Isler sich den von Süden kommenden Angreifern entgegen. Auf einem der beiden Motorschlitten saßen zwei Männer, sodass der Sozius während der Fahrt auf ihn schießen konnte. Ein kurzes, erbittertes Gefecht begann, Kugeln hagelten in die Bäume und durchlöcherten die Schlitten. Isler gelang es, den mit zwei Männern besetzten Skidoo kurz vor dem Wald abzufangen. Der zweite Angreifer aber raste an ihm vorbei direkt auf den Bandvagn zu, vor dem er sein Gefährt zum Stehen brachte.

Der Fahrer stieg ab, wandte sich um und feuerte eine Salve in Richtung Isler. Doch der konnte die Schüsse nicht beantworten. Seine MP7 hatte Ladehemmung, und für Schüsse aus der Pistole war der Gegner zu weit entfernt. Entkräftet und gezeichnet von seiner Verletzung wühlte er sich durch den Schnee, schlug seine rechte Hand wie ein Ruder hinein, um die Distanz zu verkürzen. Aber es war zu spät: Der Angreifer hatte sich bereits umgedreht und stiefelte auf den Bandvagn zu.

Oliver, der sich ein paar Meter weiter hinter einem Baum versteckt hatte, beobachtete die bedrohliche Lage. Er entsicherte die Pistole 75 und versuchte, sich an seine Stunden im Schützenverein zu erinnern. Das Training hatte er damals nach kurzer Zeit abgebrochen; zudem war er ein schlechter Schütze gewesen. Aufgepeitscht von Todesangst trat er aus der Deckung und zielte. Der Schuss hallte durch den Wald, danach ein Schrei des Angreifers. Er hatte ihn am rechten Arm getroffen! Wütend und mit schmerzverzerrtem Gesicht wandte er sich Oliver zu und richtete das Maschinengewehr auf ihn. Hinter dem Baum spürte Oliver die Kugeln ins Holz prasseln; zerfetzte Rinde sprengte vom Stamm. Dann eine Pause – offenbar war das Magazin leer.

Todesmutig sprang Oliver hervor und schoss auf den Mann, der jetzt noch knapp zehn Meter von ihm entfernt war und nachlud. Der erste Schuss ging daneben, und der Mann versuchte, seine Pistole aus dem Halfter zu ziehen. Ohne zu zögern, feuerte Oliver wie in Raserei sein Magazin leer. Der Mann sackte zusammen und fiel in den Schnee.

Einer der beiden Männer, die auf dem doppelt besetzten Skidoo gesessen hatten, lebte noch und schoss in der Zwischenzeit auf Isler, der sich auf den Bandvagn zuschleppte. Der suchte Deckung, indem er sich vornüber in den Schnee stürzte.

Rasch kam der Mann mit der MG in der Hand näher. Er hatte sich die Mütze vom Kopf gezogen, sodass man lange, blonde Haare, einen dunklen Vollbart und sein zu allem entschlossenes Gesicht sah. Oliver trieb der Anblick das Entsetzen in die Knochen. Doch seine Pistole war leer. Verzweifelt hastete er in Richtung Bandvagn, wo er Simpkins Waffe zu finden hoffte.

Als er ihn fast erreicht hatte, knallten hinter dem Betriebswagen MG-Salven los. Um den Angreifer herum stob Schnee auf, Holzsplitter flogen durch die Luft, und der Mann starb im Kugelhagel, bevor er die Stelle erreicht hatte, wo Isler im Schnee lag.

Haemmerli, der von der Nordseite des Waldstücks zurückgekehrt war, kam hinter dem Bandvagn hervor, schulterte sein MG und eilte Isler zu Hilfe. Dessen Jacke war blutgetränkt. Sein Gesicht lag seitlich auf dem Schnee.

»Scheiße, Marius«, keuchte er, »dass ich der Einzige bin, der das flicken könnte. Du musst mir einen ordentlichen Druckverband verpassen. Hoffentlich kollabiert meine Lunge nicht.«

»Beiß die Zähne zusammen, Adrian! Oliver wird dich versorgen.«

Haemmerli lud die MP7 mit einem neuen Magazin. Das leergeschossene warf er in den Schnee, presste die Lippen aufeinander und meinte dann: »Den Süden müssen wir für einen Moment entblößen. Ich halte uns den Rücken frei und versuche, noch ein paar von den Typen auf dem Tunnel zu erwischen.«

»Ja, mach das Dreckspack fertig!«

Am nördlichen Waldrand legte Haemmerli sich auf die Lauer. Durch seinen Feldstecher beobachtete er am Tunneleingang fünf bewaffnete Männer, die umherliefen und wild gestikulierten. Er zog die Schulterstütze der MP7 aus, bestückte sie mit Zielfernrohr und Schalldämpfer und stellte auf Einzelfeuer, weil die Munition knapp wurde. Die Distanz zu der Gruppe betrug ungefähr 200 Meter. Die MP7, eine Nahgefechtswaffe, war für sein Vorhaben nicht optimal, ein Sturmgewehr wäre besser gewesen. Da Windstille herrschte, wollte er es trotzdem versuchen. Es stand zu viel auf dem Spiel.

Er atmete ruhig, zielte konzentriert auf die Brustkörbe und schoss. Zwei Männer sackten zusammen, bevor die anderen merkten, dass ein Unglück geschehen war. Dann der dritte. Einen erwischte er am Bein, er flüchtete humpelnd in den Tunnel. Der letzte fand Deckung im Schnee und verkroch sich vermutlich ebenfalls in der Betonröhre.

Als Haemmerli zum Bandvagn zurückkehrte, lag Isler mit freiem Oberkörper auf einer Bank im Hänger und fluchte. Oliver reinigte seine Wunde und legte einen Druckverband an. Gegenüber saß Annabel, Christian lag auf ihrem Schoß. Sie streichelte ihn. Der Schock über den Tod seiner Eltern stand ihm ins Gesicht geschrieben. Er starrte wie entrückt ins Leere und sprach kein Wort. Sein Lebenswille schien erloschen.

»Beeil dich, Oliver, nichts wie weg hier!«, drängelte Haemmerli.

»Er hat viel Blut verloren«, erklärte Oliver. »Ich brauch noch ’n paar Minuten.«

»Hast du alle erwischt, Marius?«, quetschte Isler hervor.

»Weiß nicht, einige sicher. Was für ein verficktes Hornissennest – perfekt organisiert!«

»Adrian muss auf der Bank bleiben«, sagte Oliver. »Er ist zu schwach, um zu sitzen.«

»Okay, Carolin kommt mit zu mir auf den Vorderwagen. Sie fährt.« Kurzentschlossen hob Haemmerli Islers MP7 vom Boden auf und hielt sie Oliver entgegen. »Die nimmst du und gibst uns von hinten Feuerschutz. Ich zeige dir rasch, wie sie funktioniert.«

Wenig später startete Carolin den Bandvagn und fuhr an. Auf dem Beifahrersitz saß Haemmerli mit der MP im Anschlag und dem Fernglas in der Hand. Oliver bewachte das Heck. Isler lag hinter ihm stöhnend auf der Bank.

Wieder hatte sich von einem Moment zum nächsten alles geändert. Olivers Gedanken rasten. In seiner Fantasie verformten die Berge sich zu bedrohlichen Sagengestalten. Er wollte nur noch weg aus diesem kalten, unwirtlichen Gebirge. Nie hatte er das Grau und die Kälte mehr gehasst.

Er versuchte, die dunklen Gedanken zu verdrängen und sich an irgendein schönes Erlebnis zu erinnern, doch er konnte sich nicht konzentrieren. Seine Sicht auf die Welt war verengt auf die unmittelbaren Belange des Überlebens.

»Du hast den Kerl erschossen.«

Mit dieser Bemerkung zerrte Annabel ihn in die Realität zurück und konfrontierte ihn mit seinen tödlichen Schüssen auf den Mann im Wald. Sie sah ihn mit einer Mischung aus Fassungslosigkeit, Entsetzen und Traurigkeit an.

Bevor er antwortete, räusperte er sich umständlich und rang nach Worten. »Ja, ich hab …« Ich habe dich beschützt, es war Notwehr, wollte er sagen, aber es schnürte ihm die Kehle zu, und er konnte nicht weitersprechen.

Annabel hielt sich die Hände vor das Gesicht und schüttelte den Kopf. Auch sie war mit dem Erlebten überfordert.

Ich hätte ihm ins Bein schießen müssen, wusste Oliver, und tauschte Blicke mit seiner Tochter, die er und Michelle humanistisch-pazifistisch erzogen hatten. Das durfte er nicht alles über den Haufen werfen, nur weil sich die gesellschaftlichen Strukturen für eine Weile aufgelöst hatten.

Die barbarische Kälte und ihr aufgepeitschter Zustand hinderten sie am Sprechen. Er reichte Annabel Tee, den sie in langsamen Schlucken trank. Sie schwiegen weiter, während der schaukelnde Bandvagn durch die trostlose Landschaft knatterte. Oliver sah nach hinten, und erst jetzt wurde ihm bewusst, dass Haemmerli ihm die Verantwortung übertragen hatte, mögliche Verfolger abzuschütteln. Das hieß unter Umständen, wieder zu töten. Als er die MP7 fester umklammerte, begann er, sie zu hassen. Es gab keine Legitimation zu töten. Er war unfähig gewesen, den Angreifer als Menschen zu akzeptieren, und war zum Mörder geworden. Jedenfalls fühlte er sich so, fühlte sich nicht mehr wie ein guter Mensch.

In einer langsamen Bewegung legte er das Maschinengewehr auf den Boden, schob es mit der Fußspitze von sich weg. Er ließ den Kopf hängen und fuhr sich mit den Handschuhen über die Stirn und unter die Mütze. Seine Lippen zitterten, er war verzweifelt.

Da fasste Annabel ihn am Arm. In ihren Augen las er, dass sie ihn verstand. Sie umarmten sich und drückten sich so fest aneinander, dass sie kaum noch Luft bekamen und ihrer Verzweiflung freien Lauf ließen.

Der übrige Tag verlief ohne weitere Zwischenfälle. Keine Verfolger, keine Schüsse mehr. Sie fuhren so schnell es ging, holten alles aus dem Bandvagn heraus und vermieden fortan Tunnel. Gern hätte Haemmerli bis zum Abend Bellinzona erreicht, doch als das trübe Sonnenlicht im Westen allmählich schwand, zwang sie die unerträgliche Kälte, in dem kleinen Ort Cama ein Nachtquartier zu suchen. Das Dorf lag 15 Kilometer von Bellinzona entfernt, auf einer Höhe von 400 Metern. Dennoch herrschte hier dasselbe Schneechaos wie in den höheren Regionen um Davos und Lantsch. Die meisten der flach gebauten Häuser waren begraben unter weißen Massen, die Dächer ließen sich nur erahnen. Erst in der Ortsmitte fanden sie ein zweistöckiges Mehrfamilienhaus mit Schornsteinen, das als Unterkunft geeignet war. Niemand wollte nach den Entbehrungen und Gefahren der letzten Tage eine weitere Nacht im Freien verbringen.

Carolin parkte den Bandvagn hinter dem Haus, und Haemmerli stieg durch ein Fenster im ersten Stock. Wie inzwischen gewohnt, zeigten die Wohnungen Spuren von Plünderungen und Verwüstungen. Einige Heizkörper waren vom Frost zerborsten, doch in einem Wohnzimmer fand sich ein Kaminofen, den die Eigentümer vermutlich wegen seiner behaglichen Atmosphäre eingebaut hatten.

Als Erstes hievten Oliver und Haemmerli Isler, der schwer angeschlagen stöhnte, über das Fenstersims und betteten ihn auf eine Übereckcouch. Oliver verabreichte ihm ein Schmerzmittel aus seiner Notapotheke.

Annabel half Christian ins Haus, setzte ihn zu Isler auf das Sofa und hüllte ihn in eine Decke. Sie redete ständig mit ihm, einfühlsam und tröstend, doch der Junge war immer noch apathisch.

Carolin gelang es nicht, ihre Mutter in das Haus zu bringen. Vor Schwäche konnte sie sich kaum auf den Beinen halten, sodass sie von den Männern untergehakt und getragen werden musste.

In der Zwischenzeit entfachte Annabel ein Feuer. Sie benutzte Buchseiten als Zunder und schichtete Zweige und Holzscheite darüber, die neben dem Ofen in einem Korb lagen. Bald erfüllten die Flammen den Raum mit Wärme, ihr Widerschein tanzte auf den Wänden. Oliver sah die Kraft seiner Tochter, und es machte ihn stolz.

Draußen suchten Haemmerli, Oliver und Carolin derweil nach Holz, um über die Nacht zu kommen. Sie fanden alte Kisten, brachen Äste ab und stöberten in einem Schuppen Kaminholz auf.

Anschließend holten sie die letzten Vorräte vom Bandvagn. In Simpkins' Rucksack fand Oliver den Gamma-Scout. Er zog einen Handschuh aus, hauchte gegen seine Hand und schaltete das Gerät ein. Obwohl es für die Strategie der Gruppe kaum Konsequenzen hatte, da sie der Strahlung nur bedingt ausweichen konnten, hielt er den Gamma-Scout prüfend in die obere Schneeschicht: über 200 Mikrosievert. Wie zu Hause im Bunker, nur schlimmer, hatte Simpkins in Davos gesagt.

Während Carolin Konserven am Feuer aufwärmte, ging Annabel zum Fenster und sah auf die Straße. Sie glich einem Waldweg im Hochgebirge nach üppigem Neuschnee. Langsam senkte sich die Dämmerung herab, und bald würden die letzten hellen Streifen am Himmel ausgelöscht werden. Sie legte ihre Wange an den Fensterrahmen, lauschte dem Wind und schloss einen Moment die Augen.

Als sie die Lider wieder aufschlug, bemerkte sie auf der gegenüberliegenden Straßenseite in einem Fenster eine Gestalt. Sie schrie so laut auf, dass alle zusammenfuhren. Mit einem Satz hechtete sie zur Couch und versteckte sich auf dem Boden. Haemmerli stürzte zum Fenster, die MP im Anschlag. Vorsichtig lugte er hinter dem Rahmen hinaus.

Im Halbdunkel stand dort drüben eine gebeugte Gestalt am Fenster, still wie eine Statue. Soweit Haemmerli es erkennen konnte, war es ein alter, abgemagerter Mann mit langen grauen Haaren und ebenso langem Bart. Er sah friedlich aus. Nach einer Weile schien er zu winken.

»Was siehst du, Marius?«, flüsterte Oliver. Wie alle anderen war er auf dem Boden in Deckung gegangen.

»Ein alter Kauz, der mir zuwinkt. Scheint irgendwie überlebt zu haben. Ich denke, von dem geht keine Gefahr aus.« Haemmerli drehte sich vom Fenster weg, lehnte sich an die Wand und sagte zu Oliver: »Das Licht des Feuers hätte uns für Angreifer sowieso verraten. Wir sollten rübergehen und nachsehen.«

»Okay, ich gehe mit.«

»Darf ich auch mitkommen?«, fragte Annabel.

Überrascht über ihren Mut starrte Oliver sie an. »Ich weiß nicht. Wenn es doch …«

»Ist schon in Ordnung«, sagte Haemmerli. »Du bleibst einfach ganz dicht hinter mir, Annabel.«

Vorsichtig stapften sie über die Straße, Haemmerli voran, im Gefolge Oliver und Annabel. Auf der anderen Seite klopften sie an das Fenster im ersten Stock. Haemmerli leuchtete mit seiner Taschenlampe in das Zimmer. Der alte Mann schlurfte ihnen entgegen und öffnete das Fenster. Er schien allein zu sein.

»Gott grüezi«, sagte der Mann mit einer Reibeisenstimme. »Herein, ich hab seit Monaten keinen lebenden Menschen mehr gesehen.«

»Sie sind allein, oddr?«, fragte Haemmerli und leuchtete die Zimmerecken aus.

»Ja, allein. Meine Frau ist vor ein paar Wochen gestorben. Und davor? Will's vergessen …«

Der Mann, der sich als Kurt vorstellte, sprach Schweizerdeutsch mit italienischem Akzent. Er sah spinnendürr aus, dünnlippig, mit merkwürdig weit auseinanderstehenden Augen. Sein Gesicht sprenkelten rote, gelbe und blaue Fleckchen, Einblutungen unterschiedlichen Alters; das lange graue Haar und der Bart hingen in verfilzten Strähnen herab. Eine eingefallene Wange wurde durch ein geldstückgroßes Geschwür entstellt.

»Ich kann Ihnen leider nichts anbieten«, sagte er, »meine Vorräte sind verbraucht.«

»Dann essen Sie bei uns Abendbrot«, bot Annabel ihm an. Oliver hob überrascht die Hand, um sie zu bremsen und tauschte einen skeptischen Blick mit Haemmerli.

»Da sag ich nicht nein, oddr?«, meinte der knarzige Alte und lächelte.

Nachdem Haemmerli zögernd genickt hatte, gingen sie zurück in ihr Quartier. Alle saßen um den Tisch herum, aßen lauwarme Dosensuppe und blickten neugierig auf, als sie den unerwarteten Gast bemerkten. Der alte Mann setzte sich dazu, bekam einen Teller Suppe und schlang das Essen gierig in sich hinein. Mit knochigen Fingern und einem Löffel kratzte er die letzten Reste vom Teller. Danach schaute er zufrieden aus einem selbstgestrickten Pullover in die Runde und bedankte sich.

»Erzählen Sie uns Ihre Geschichte«, bat Carolin den Mann.

»Ach«, winkte er ab, »das ist so traurig, oddr. Wollen Sie das wirklich hören?«

»Aber ja«, ermutigte ihn Annabel.

»Also gut, wenn die junge Frau darauf besteht …« Kurt lehnte sich zurück in die Kissen. »Wir waren eine große Familie, wissen Sie. Wir wohnten alle in dem Haus da drüben. Mein Schwiegersohn arbeitete in Zürich, als die Bomben fielen. Wir haben ihn nie wiedergesehen. Dann gab es da noch meine

Tochter und die drei Enkelkinder, auch eine befreundete Familie aus dem Dorf, die sich mit uns im Haus verschanzte. Diejenigen, die die Strahlenkrankheit überlebten, sind später nach Süden geflohen, sie wollten nach Italien. Monatelang widerstanden wir den Milizen, die ihre Raubzüge machten. Wir ernährten uns von geschmolzenem Schnee und Büchsen, die ich über die Jahre für Stromausfälle und solches Ungemach gehortet hatte. Die Banditen kamen von einem Gewaltrausch in den nächsten, mordeten, plünderten. Eigentlich gab es nur wenige Überlebende, weil der Regen so giftig war. Aber trotzdem kamen manchmal noch Flüchtlinge mit Autos vorbei. Einmal haben sie einen Bus hinten bei der Brücke beschossen. Bestimmt ein Dutzend Menschen starben, fast alles Frauen und Kinder.«

»Wir hatten auch eine Begegnung mit so einer Miliz«, erzählte Haemmerli, »und haben zwei von uns verloren.«

»Das Schlimme ist, dass die Söldner meist aus der Nachbarschaft stammen und die Überfallenen manchmal sogar persönlich kannten. Es gab Racheaktionen für wer weiß was für Nichtigkeiten vor dem Krieg: Neid und Streit, Dinge, die sich längst ins Nichts hätten auflösen sollen! Anstatt zusammenzuhalten, oddr?«

Der alte Mann stöhnte und trank einen Schluck Tee. Die anderen hingen an seinen Lippen.

»Nichts hat mehr Bestand. Die alte Welt hat sich aufgelöst. Und ich werde mich auch bald auflösen. Ich hoffe nur, dass meine Tochter und die Enkel es nach Italien geschafft haben.«

»Ich wünsche Ihnen das so sehr«, sagte Annabel. Sie stupste ihren Vater an und flüsterte: »Wir müssen ihn mitnehmen, Papa. Wir können ihn auf keinen Fall hier alleine lassen.«

Oliver kratzte sich in den Haaren, die nach Tagen ohne Wäsche juckten, als würden tausend Flöhe auf der Kopfhaut herumtanzen. Er biss sich auf die Lippe und sah seine Tochter an.

»Komm schon«, hakte Annabel nach. »Du willst den armen Mann doch hier nicht erfrieren lassen, oder?«

»Du hast ja recht, aber …«

»Lassen Sie nur«, meldete Kurt sich mit seiner heiseren Stimme zu Wort, »ich möchte sowieso bleiben, hier bei meiner Frau. Man muss die Dinge nehmen, wie sie kommen. Mich kann man nicht mehr verpflanzen.«

»Aber hier werden Sie sterben!«, beschwor ihn Annabel.

»Gebt mir lieber einen Schluck aus dem Flachmann, der da auf dem Tisch steht. Dann bin ich schon glücklich.«

Annabel, die verzweifelt wirkte, reichte ihm die Flasche, aus der noch vor kurzem Simpkins getrunken hatte. Selig nippte der alte Herr an dem Cognac und erzählte weiter vom Leben in Cama vor dem Krieg, davon, wie glücklich er mit seiner Frau und den Kindern hier gewesen war. Nach zehn Minuten fielen ihm die Augen zu, und er schlief auf dem Sofa ein.

»So ein netter alter Herr«, meinte Madeleine mit dünner Stimme. »Am liebsten würde ich bei ihm bleiben.«

»Mutter«, protestierte Carolin, »so etwas darfst du nicht sagen!«

»Aber ich kann nicht mehr. Ihr musstet mich ja schon tragen wie eine Oma zur Tür vom Altersheim.«

»Du bist noch nicht mal fünfzig, Mama. Warum geht's dir eigentlich so schlecht? Was fehlt dir?«

»Ich weiß nicht. Die Beine gehorchen mir einfach nicht mehr, die Füße schmerzen, und ich fühle mich völlig zerschlagen.«

Bei Oliver, der selbst bleierne Erschöpfung spürte, gingen bei den Worten *völlig zerschlagen* gelbe medizinische Warnleuchten an. Plötzlich ergaben Madeleines Schwäche, ihr ganzes Verhalten einen Sinn, den er aufgrund der sich überschlagenden Ereignisse bislang nicht wahrgenommen hatte. Er musste sie untersuchen – sofort.

Als Erstes sah er sich ihre Füße an, die vom Frost schlimm zugerichtet waren. Auf blau-violettem Grund standen reihenweise blutige Blasen, an manchen Stellen war die Haut abgelöst und schwarz verfärbt. Er bat Madeleine, die Decke zur Seite zu legen und ihren Pullover hochzuheben. Sie protestierte, da sie fror. Mit den Fingern klopfte er ihre Lunge ab. Auf der linken Seite hörte sich der Klopfschall gedämpft an, auf der rechten schien alles normal zu sein. Er verfluchte es, kein Stethoskop zu haben. Als er den Handrücken an ihren Hals legte, spürte er, wie sie glühte.

»Du hast eine Lungenentzündung«, sagte Oliver ernst. Wahrscheinlich hatte die Wirkung der Strahlung ihr Immunsystem geschwächt und ihren Zustand noch verschlechtert.

»Lungenentzündung?«, fragte Madeleine ungläubig. »Wenn ich im Leben zweimal einen Schnupfen hatte, ist das viel. Ich habe eine exzellente Abwehr. Das kann überhaupt nicht sein.«

»Genaueres kann ich unter den Umständen natürlich nicht sagen, aber du hast hohes Fieber und eine Entzündung in der linken Lunge.«

»Und, Herr Doktor, was gedenken Sie zu tun?«

»Du musst reichlich trinken, und ich gebe dir Tabletten. Deine Füße verbinde ich mit Jodsalbe, dann halte sie in die Nähe des Feuers.« Er holte zwei Ibuprofen aus seiner Apotheke und reichte sie ihr. Mit zittrigen Fingern nahm Madeleine die Pillen und schluckte sie mit Tee. Carolin, die neben ihnen saß, hatte sich eine Hand vor den Mund geschlagen und Tränen in den Augen. Oliver wusste, was sie dachte.

»Ich hätte die Antibiotika nicht im Bunker lassen dürfen«, brach es schluchzend aus ihr heraus. »Um Gottes willen, ich Idiot!«

»Mach dir keine Vorwürfe«, versuchte Oliver, sie zu beruhigen, »wir finden neue. Und überhaupt, vielleicht brauchen wir ja gar keine.«

»Bestimmt habe ich sie sogar angesteckt!«

Weinend fiel sie in seine Arme. Oliver streichelte sie, während ihre Tränen auf seine Schulter tropften.

»Hör auf zu flennen, Carolin!«, herrschte Madeleine ihre Tochter an, aber es klang kraftlos. »Wie sagte der nette alte Mann? Man muss die Dinge nehmen, wie sie kommen.«

»Morgen sind wir in Bellinzona, stimmt's, Marius?«, fragte Oliver.

»Ich denke schon«, meinte Haemmerli. »Ich setze mich nachher noch mal ans Funkgerät.«

»Seht ihr, und Bellinzona ist eine richtige Stadt, da gibt es sicher Apotheken. Dann kommt alles in Ordnung.« Oliver lächelte beiden Frauen abwechselnd zu und versuchte, eine optimistische Stimmung zu verbreiten. Doch Madeleine waren die Augen zugefallen, und Carolin blieb untröstlich. Die Kinder schliefen bereits auf ihren Matratzen. Isler dämmerte stöhnend auf dem Sofa und wälzte sich unruhig hin und her.

Inzwischen drehte Haemmerli an den Knöpfen des Funkgerätes und versuchte, den Kontakt zu anderen Siebzehnern wiederherzustellen, vor allem zu Oberleutnant Jaeck. Minutenlang antwortete die Elektronik nur mit einem Rauschen. Hartnäckig redete er auf das Gerät ein: »An Standort Locarno und alle Siebzehner in der Umgebung von Bellinzona, Oberleutnant Jaeck, bitte kommen, von Kommandant Haemmerli, antworten!«

Als er schon kurz davor war aufzugeben, schnarrte es plötzlich im Lautsprecher. Erregt sprang er auf und hielt die Antenne ans Fenster, um das Signal klarer zu bekommen.

»An Kommandant Haemmerli von Oberleutnant Jaeck, Meldung verstanden! Sehr erfreut, Ihre Stimme zu hören, Verbindungskontrolle, antworten.«

»Haemmerli verstanden, two, antworten.«

»Verstanden, three. Haben uns auf der Burg Sasso Corbaro verschanzt. Zwanzig Personen. Würden uns über Besuch, Waffen und Vorräte freuen. Von Oberleutnant Jaeck, antworten.«

»An Oberleutnant Jaeck, schaffen es morgen wahrscheinlich zur Burg Sasso Corbaro. Sind momentan in Cama. Haben Verluste hinnehmen müssen. Können nicht viel bieten, uns aber selber versorgen. Gibt es Locarno noch? Von Kommandant Haemmerli, antworten.«

»An Kommandant Haemmerli, freue mich, dich zu sehen, Marius. Locarno intakt. Machen Patrouillen dorthin. Muss es kurz halten. Von Oberleutnant Jaeck, Schluss.«

Am Morgen ließen sie es ruhig angehen und schliefen bis in den Vormittag hinein. Während sie aufbrachen und den Bandvagn beluden, nahm Annabel fünf Konserven aus den Vorräten und ging zu dem Haus gegenüber.

»Was hast du vor?«, fragte Oliver.

»Ich bringe dem alten Mann ein paar Büchsen, damit er was zu essen hat.«

»Du willst ihm – was? Wir sind inzwischen ziemlich knapp bei Kasse, weißt du das?«

»Das ist mir egal. Ich finde, das gehört sich einfach so.«

Die Sorge um das Überleben überschattete Olivers Gedanken. Er wäre nicht auf die Idee gekommen, mit dem alten Mann, der ohnehin sterben wollte, zu teilen. Dann senkte er den Kopf und erschrak über sich selbst, weil er bereits so zynisch dachte. Außerdem fühlte er, dass er noch etwas gutzumachen hatte.

»Schon gut, du hast recht, gib ihm zwei Büchsen.«

»Vier.«

»Okay, aber komm nicht heulend zu mir, wenn dir der Magen knurrt!«

Annabel klopfte an das Fenster des alten Herrn und übergab ihm die Geschenke. Gerührt bedankte sich der Mann, legte ihr eine Hand auf die Schulter und sagte: »Du machst deine Sache, Kind, das weiß ich. Du wirst dein Bestes geben und dir immer treu bleiben. Ein herrliches Gefühl ist das, nicht dauernd entscheiden zu müssen, wer man ist. Ich wünsche dir viel Glück.«

Kapitel 5

Die Burg Sasso Corbaro thronte auf einem Felsen über Bellinzona, der vor der Stadt die Ebene markierte. Carolin spähte vom Fahrersitz und Oliver vom Heck aus nach einer Apotheke, um Antibiotika zu besorgen. Madeleine ging es schlechter, und auch Isler brauchte Medikamente gegen eine drohende Wundinfektion.

»Das mit den Apotheken können wir wahrscheinlich vergessen«, meinte Isler mit dünner Stimme. »Die sind mit Sicherheit alle geplündert. Wir sollten es bei meinen ehemaligen Kollegen versuchen.«

Er nannte Adressen von Ärzten, an die er sich aus seiner Tätigkeit als plastischer Chirurg erinnerte. Sie durchsuchten mehrere Praxen und wurden bei Doktor Leoporidi, einem Allgemeinmediziner, fündig. Der Schnee hatte sämtliche Hinweisschilder auf den Arzt unter sich begraben, und die Praxis lag gut versteckt in der vierten Etage eines Bürogebäudes. Oliver und Haemmerli durchstöberten die Räume, wo Instrumente und Inventar unter einer Schicht aus Staub und feinen Eiskristallen lagen. Alles schien unberührt. Auf dem Anmeldetresen stand ein Schild mit der Aufschrift *Pause.*

Im Schein ihrer Taschenlampen fanden sie schließlich einen Schrank, der einen großen Vorrat an Medikamenten enthielt: Schmerzmittel, Psychopharmaka, Insulin und verschiedene Antibiotika für die häufigsten Infektionen. Das Breitbandantibiotikum Levofloxacin, das Carolin geholfen hatte, bot das Lager nicht, nur das weniger effektive Ciprofloxacin. Haemmerli besorgte einen Müllsack, in dem sie den Inhalt der Regale verstauten. Die Medikamente seien ein hervorragendes Tauschmittel und würden ihnen unter Umständen noch gute Dienste leisten, meinte er und pries die Vorratshaltung von Doktor Leoporidis.

Noch auf dem Bandvagn versorgte Oliver seine beiden Patienten mit Medikamenten, wobei er mit Isler vorher die beste Wahl diskutierte. Als Madeleine das erste Ciprofloxacin mit Tee schluckte, hellte sich Carolins Miene auf. Den Morgen über hatte sie kaum ein Wort gesprochen und verzweifelt die Lippen zusammengepresst.

Anschließend fuhren sie zu dem Hügel mit der Burg Sasso Corbaro, an dessen Fuß eine serpentinenreiche Straße begann, die sich 200 Höhenmeter hinaufwand. Mühsam tuckernd schob sich der Bandvagn den jahrhundertealten Mauern entgegen. Die Hauptburg bildete ein Quadrat, aus dem an zwei Ecken Türme unterschiedlicher Größe hervorstanden. Der nach allen Seiten hin freistehende Gebäudekomplex war für eine Rundumverteidigung konzipiert worden. Die Mauern trugen Wehrgänge. Das wuchtige Eingangstor aus Eiche befand sich in der talseitigen Westfront.

Auf dem Platz vor dem Tor brachte Carolin den Bandvagn zum Stehen. Sofort herrschte gespannte Stille. Oben auf der Wehrmauer waren vier bewaffnete uniformierte Männer in Stellung gegangen und zielten auf das Fahrzeug. Haemmerli runzelte die Stirn und lief rot an. Mit ruckartigen Bewegungen stieg er aus, knallte die Wagentür zu und schritt auf das Tor zu.

»Was soll die Showeinlage, Urs?«, rief er, sodass es laut in der Umgebung schallte. »Hältst du uns für Verbrecher, die eure Burg plündern wollen?«

Nach einer Pause, in der ein Fingerschnipsen wie ein Schuss geklungen hätte, öffnete sich knarrend die Pforte.

»Sei gegrüßt, Marius«, empfing Urs Jaeck seinen alten Kameraden und winkte den Männern auf der Mauer zu, ihre Waffen zu senken. »Sorry, aber wir haben schon zu viel erlebt, als dass wir Risiken eingehen könnten. Ich freue mich, dich zu sehen.«

Die Ehemaligen der Kompanie 17 gaben sich die Hände und endlich huschte ein Lächeln über Haemmerlis Gesicht. Das Tor wurde ganz geöffnet, und nach einem Wink Jaecks fuhr Carolin den Bandvagn in den Innenhof. Neben den beiden Türmen fiel ein Wohntrakt auf, der übereck an die Umfassungsmauer gebaut war.

Die anderen sechs Überlebenden der Gruppe um Haemmerli stiegen aus dem Bandvagn, wobei Madeleine von ihrer Tochter und Isler von Oliver gestützt werden mussten. Annabel kümmerte sich um Christian, bei dem sie sich unterhakte.

»Das da oben auf der Mauer sind vier meiner acht Männer unter Waffen«, erläuterte Jaeck. »Drei sind ehemalige Siebzehner, den Rest habe ich von versprengten Angehörigen der Schweizer Armee rekrutiert. Drei sind derzeit auf Patrouille westlich von Locarno. Einer von ihnen ist Fischknecht.«

»Leutnant Henri Fischknecht aus Locarno?«, fragte Haemmerli.

»Ja.« Obgleich es keine Armee mehr gab, merkte man dem Verhalten Jaecks Respekt gegenüber einem Vorgesetzten an. Haemmerli stand als Kommandant deutlich höher als ein Oberleutnant.

»Wozu dienen die Patrouillen?«

»Ich muss ständig für ausreichende Bewaffnung und den Unterhalt meiner Leute sorgen, lebenswichtige Ressourcen aufbringen«, erklärte Jaeck und hob die Schultern, sodass sich seine Jacke ausbeulte. »Und Nachrichtenbeschaffung war ja schon immer unser Job. Heute sind sie wertvoller als Gold. Ich muss Gewissheit über die Fakten haben, um Entscheidungen treffen zu können. Vor ein paar Tagen haben wir in der Nähe des Lago Maggiore ein Wildschwein geschossen, das wollen wir heute Abend grillen. Ihr seid herzlich eingeladen.«

»Fantastisch«, freute sich Haemmerli. »Ich kann den Dosenpamps nicht mehr sehen! Wir haben unterwegs kein einziges Tier gesehen, nicht mal eine Ratte.«

»Hier gibt's noch welche. Neben Ratten und Wildschweinen, die sich scheinbar von Vorräten der Landwirte ernähren, sieht man ab und zu auch Rotwild. Keine Ahnung, wie die so lange durchhalten konnten.«

Jaeck berichtete von einer Zentralheizung, die sie mit Holz und Kohle betrieben. Sie war vor einigen Jahren in die Burg – damals ein Museum – eingebaut worden. Strom lieferten ein benzinbetriebener Generator sowie Sonnenkollektoren auf den Dächern und ein Windrad. Den größeren der beiden Türme bewohnten Jaeck, drei Frauen und zwei Kinder. In welchen familiären oder sonstigen Verhältnissen sie zueinander standen, ließ er offen. Im Untergeschoss des Turmes war die Küche, wo mehrere Frauen für die Bewohner kochten. Darüber hinaus gab es für Männer und Frauen jeweils ein Bad mit Wannen.

Während des Rundgangs fielen Oliver zwei Frauen auf, die mit Schüsseln in den Händen über den Hof zur Küche gingen. Sie hatten einen südländischen Teint, lange schwarze Haare und gefällige Rundungen. Durch ihre gesenkten Köpfe und den schleichenden Gang wirkten sie jedoch eingeschüchtert. Ein etwa 16-jähriger Junge kam in Uniform und geschultertem Maschinengewehr die Treppe zu den Männern auf der Mauer hinauf und salutierte. Der militärische Drill stieß Oliver ab.

Als die Gruppe am Wohnkomplex an der Mauer vorbeikam, bemerkte Annabel ein Mädchen im Grundschulalter, nicht älter als neun. Ihr zartes, blasses Gesicht umrahmte ein Strahlenkranz widerspenstiger schwarzer Haare. Trotz ihrer dicken Winterkleidung sah sie zerbrechlich aus wie eine Magersüchtige. Sie saß auf einer Türschwelle und verdrillte gedankenverloren die Härchen ihres Fellmantels; dabei legte sie den Kopf auf den Ärmel und sah traurig zu Annabel hinüber. Einen Moment schien es, als flackere bei der Begegnung ein feuriges Temperament in dem Mädchen auf, doch dann wich sie Annabels Augen aus.

»Kannst du dich mal kurz um Christian kümmern, Paps?«, fragte Annabel und führte den Jungen, der alles wortlos mit sich geschehen ließ, an seine rechte Seite.

»Natürlich«, bestätigte Oliver leise und suchte unruhig einen festen Stand, weil er auch Isler am linken Arm untergehakt hatte. Behutsam legte er den Arm um Christian, und während er es tat, kam ihm die Erkenntnis zu Bewusstsein, dass er in Zukunft voll für den Jungen verantwortlich sein würde. Christian hatte niemanden mehr, auch keine entfernten Verwandten, die man um Hilfe hätte bitten können. Oliver hatte plötzlich das Gefühl, als kämen die alten Mauern der Burg auf ihn zu und raubten ihm die Luft zum Atmen.

Inzwischen ging Annabel auf das schmächtige Mädchen zu, das aussah wie eine Wilde aus dem Zauberwald, und hockte sich zu ihr.

»Wie heißt du, Kleines?«, fragte sie und sah wieder in die dunklen traurigen Augen, in denen der Lebensmut erloschen schien.

»Sie heißt Marcelina, unser Sorgenkind«, mischte sich Jaeck ein. »Sie spricht kein Wort. Manchmal muss sie sogar gefüttert werden, sonst wäre sie schon verhungert.«

Annabel wandte sich zu ihm um. »Aber woher kommt sie? Und was ist aus ihren Eltern geworden? Was soll aus ihr werden?«

»Wir haben sie vor drei Monaten aufgelesen, ein paar Kilometer östlich von hier«, berichtete Jaeck in einem Olivers Ansicht nach zu sachlichen Ton. »Total verwahrlost. Ihre Eltern sind wahrscheinlich auf der Flucht nach Süden von Banditen erschossen worden.«

Nach dieser knappen Auskunft ging Jaeck weiter auf den Wohnkomplex zu, um mit seiner kurzen Führung fortzufahren.

Annabel, der die Betroffenheit über das Gehörte anzusehen war, blieb bei dem Mädchen, dessen Augen sich mit Tränen gefüllt hatten. Sie streichelte die dünnen Ärmchen unter dem Fellmantel und lächelte sie an.

»Ich hab 'nen kleinen Leuchtturm. Willst du den mal sehen? Komm einfach nachher zu mir, ja?«

Marcelina blickte auf und stutzte, dann zog der Hauch eines Lächelns über ihr Gesicht. Sie nickte.

»Alles kommt in Ordnung, Kleines. Ich bin die Annabel und kümmere mich ab jetzt um dich. Versprochen.«

»So, Haemmerli, kommen wir zum Geschäftlichen«, sagte Jaeck sofort, als sie das Innere der Burg betraten. Dort war es behaglich warm. »Ich könnte euch drei Zimmer hier vermieten, ein größeres mit vier und zwei kleinere mit je zwei Betten.«

»Von christlicher Nächstenliebe und alter Kameradschaft hältst du wohl nicht viel, was, Urs?«, entgegnete Haemmerli ironisch und furchte die Stirn.

»Komm schon, Marius, in diesen Zeiten ist sich jeder selbst der Nächste. Da draußen herrscht das Gesetz des Dschungels. Und wenn wir einen kleinen, feinen Handel hinbekommen, haben schließlich alle was davon.«

Haemmerli rieb sich den Nacken und verschränkte die Arme. »Schon gut, wir wollen nicht feilschen, nur eine Nacht hier warm und sicher verbringen. Wir könnten euch Schmerzmittel, Antibiotika, drei Pfund Kaffee und Zigaretten überlassen.«

»Wo habt ihr Medikamente her?«, fragte Jaeck überrascht. »Alle Apotheken und Krankenhäuser sind doch längst bis auf die letzte Packung Aspirin geplündert.«

»Nimm es mir nicht übel, aber wir behalten unsere Quellen lieber für uns.«

»Habt ihr auch Beruhigungsmittel, Morphine, Mittel gegen Übelkeit und was zur Wundversorgung? Wir brauchen dringend Nachschub, weil ein paar unserer Leute die Strahlenkrankheit haben. Man kann ja wenig machen, nur lindern. Zehn sind schon dran gestorben.«

»Klar.« Haemmerli musste schlucken. »Von den Morphinen haben wir aber nur drei Schachteln und eine Packung mit Ampullen. Ich leg noch Jodsalbe und Mull dazu.«

»Wunderbar! Für diese Sachen biete ich euch gegrilltes Wildschwein und ein Vierbettzimmer an. Wird ganz schön eng«, spöttelte Jaeck. »Ein bisschen mehr musst du für die Zweibettzimmer schon noch auf den Tisch legen. Ich dachte vor allem an Futter für unsere Maschinengewehre.«

Haemmerli verzog das Gesicht und holte zwei Magazine aus dem Rucksack, die sie vor dem *Interconti* in Davos an sich genommen hatten. Er reichte Jaeck die Vierzig-Patronen-Magazine, doch als er danach griff, zog er sie noch einmal zurück.

»All inclusive, Urs?«

»Sicher.«

Nach der Abwicklung des Tauschs zeigte Jaeck der Gruppe die Zimmer, die spartanisch mit Betten, an Drähten aufgehängten Glühlampen und einfachem Mobiliar eingerichtet waren. Carolin und Madeleine sowie Oliver und Annabel bezogen die Zweibettzimmer, Haemmerli, Isler und Christian das Vierbettzimmer.

Als Erstes stellte Annabel ihren Leuchtturm auf den Nachttisch und lehnte sich an den Heizkörper. Mit einem Ausdruck von Überraschung im Gesicht schaltete Oliver den Lichtschalter an und aus.

»Unfassbar, dass ich das noch mal erleben darf.« Er begann zu lächeln, schnallte den Rucksack ab und warf sich auf das Bett.

»Ich bin völlig breit, könnte bis morgen Mittag durchschlafen.«

»Ich bin eigentlich noch ganz fit und hole jetzt Marcelina zu uns, wenn das okay ist«, meinte Annabel. »Sie war so verstört und verängstigt, die Arme.«

»Du kannst sie nachher zu uns holen. Erst ist die Badewanne angesagt. An die letzte Dusche im Bunker kann ich mich schon gar nicht mehr erinnern.«

»Okay, dann danach.«

»Marcelina geht's sicher wie Christian«, sagte Oliver nachdenklich. »Wird schwer für sie, irgendwann wieder ein halbwegs normales Leben zu führen. Aber wer kann das überhaupt noch in dieser Welt?«

Eine Viertelstunde später schlenderten sie mit Haemmerli und Carolin zu den Bädern. Annabel trug einen verblichenen Bademantel, den sie im Schrank gefunden hatte. Oliver genoss es, sich vor dem Spiegel endlich den Stoppelbart abzurasieren. Langsam zog er die Klinge über das mit Rasierschaum bedeckte Gesicht. Am Ende trocknete er sich ab und strich sich zufrieden über die glatte Haut.

Inzwischen lief heißes Wasser in die Wannen. Dampfwolken stiegen auf. Dann spürte Oliver die feuchte Hitze und hörte das platschende Geräusch, als sein Körper ins Wasser tauchte. Haemmerli tat es ihm nach, prüfte die Temperatur mit der Fußspitze, zuckte zurück, ließ kaltes Wasser nachlaufen und glitt schließlich ebenfalls in die Wanne.

Nachdem Oliver sich vorsichtig seine wunden Füße und zweimal seine verfilzten, juckenden Haare gewaschen hatte, saßen die Männer still nebeneinander, nahmen die Wärme auf, schwitzten und entspannten sich.

Aus dem Frauenbad drangen Fetzen eines angeregten Gesprächs, Kichern und verspielt klingendes Geplätscher herüber. Der Gedanke an die nackte Carolin in einer schäumenden Badewanne erregte Oliver und heizte seine Fantasie an.

»Was sind das eigentlich für komische Patrouillen, die dieser Oberleutnant macht?«, fragte Oliver, um sich von seinen erotischen Gedanken abzulenken. »Hast du den Halbstarken mit dem Maschinengewehr rumlaufen sehen? Dieses ganze militärische Drillgehabe macht mir ein mulmiges Bauchgefühl.«

»Dein Bauch trügt dich nicht«, bestätigte Haemmerli. »Ich denke, der schlaue Urs hat sich in einen Kriegsherrn verwandelt, der mit seinen Adlaten von Plünderungen und vom Handel mit Geraubtem lebt. Der sichert mit der Waffe seinen Unterhalt.«

»Ätzend«, fluchte Oliver. »Wenn ich an den Überfall auf uns denke und das hier sehe, wird's im Rest der Region kaum besser aussehen, oder?«

»Wahrscheinlich. Aber momentan sind wir in der Höhle des Löwen. Draußen sind wir zwischen den Fronten.«

»Und was machen wir jetzt?«

»So schnell wie möglich wieder abhauen, was sonst?« Beim Einseifen von Rücken und Achselhöhlen dachte Haemmerli nach. Es arbeitete in ihm, er biss sich auf den Lippen herum. Nach einem Moment des Innehaltens fügte er ernst hinzu: »Ich glaube übrigens nicht, dass alle auf der Burg freiwillig hier sind.«

»Du meinst diese eingeschüchterten Frauen? Denkst du etwa, er …«

»Ich will mir das gar nicht ausmalen oder weiter drüber nachdenken!«

Da Annabel nach dem Baden bleierne Müdigkeit überfiel, hielten Vater und Tochter, beide wohlig durchgewärmt, auf dem Zimmer eine Mittagsruhe.

Nach einer Stunde erwachte Annabel wieder, zog sich an und saß wenig später mit Marcelina auf ihrem Bett. Oliver, dessen Erschöpfung ihren Tribut forderte, schlief einfach weiter.

Annabel zeigte Marcelina ihren Leuchtturm und erzählte ihr von der Flucht aus dem Bunker, von den Erlebnissen in Davos, Alvaschein und Cama. Die furchteinflößenden Ereignisse ließ sie weg, schmückte stattdessen die schönen Begebenheiten aus: die Begegnung mit dem alten Kurt in Cama, den Fund des Bandvagn und die gemütlichen Abende am Feuer. Manchmal lächelte Marcelina zaghaft, was aber die traurigen Züge aus ihrem Gesicht kaum vertrieb. Erst als Annabel in ihren zottigen Haaren herumzupfte und ihr sagte, dass sie wie ein Wiedehopf stinke, fing das Mädchen an zu kichern.

Ohne lange Umstände lotste Annabel die Kleine ins Bad und ließ heißes Wasser in die Wanne, wo sie den abgemagerten Körper gründlich schrubbte und ihr die Haare wusch. Anschließend setzte sie Marcelina auf einen Hocker und begann, die dicken, sich nun seidig anfühlenden schwarzen Haare zu einem Dutzend Zöpfe zu flechten. Dabei redete sie weiter auf sie ein, erzählte davon, dass sie den Leuchtturm während eines Urlaubs an der Ostsee gekauft hatten, dass ihre Mutter in Südamerika verschollen war und dass sie große Angst vor den Verbrechern hätte, die in der Eiswüste vor den Mauern der Burg ihr Unwesen trieben. Marcelina taute allmählich auf und lächelte.

»Ich hab auch solche Angst«, begann das Mädchen plötzlich zu sprechen. Ihr schweizerdeutscher Dialekt war schwer zu verstehen.

»Wovor denn?«, fragte Annabel.

»Vor dem Herrn Jaeck.« Marcelina öffnete weit die Augen und sah sich um, als wolle sie sich vergewissern, dass niemand sie hörte. »Der ist immer so streng, schreit und bringt die Frauen zum Weinen.«

Einen Moment lang unterbrach Annabel ihre Arbeit. »Wie bringt er die Frauen zum Weinen?«

Sie bekam keine Antwort. Marcelina schüttelte nur hastig den Kopf und rutschte auf dem Hocker hin und her.

»Dir gefällt's wohl nicht auf der Burg?«, hakte Annabel nach.

Wieder schüttelte die Kleine den Kopf, und jetzt schossen ihr Tränen in die Augen. Schließlich umarmte sie Annabel, presste sich an sie und ließ sich streicheln.

»Ich vermisse meine Eltern so«, offenbarte Marcelina bebend. »Ich will hier nur weg … ganz weit weg!«

Später brachte Annabel die Waise zurück in das Zimmer, das sie mit den anderen Kindern teilte. Dann ging sie zu Oliver, der nach wie vor traumlos schlief. Sie zog ihm die Decke weg und rüttelte ihn. Mühsam öffnete Oliver die Augen. Es fiel ihm schwer, sich zu orientieren. Sein Mund war trocken wie nach einer durchzechten Nacht.

»Wir müssen sie mitnehmen!«, überfiel ihn Annabel.

»Was?«

»Marcelina! Wir müssen sie mitnehmen!«

»Wa… warte mal 'ne Sekunde«, stammelte Oliver und wand sich mühsam hoch. »Ich muss erst mal was trinken.«

Er schlurfte zum Tisch, nahm die Flasche Wasser und trank. Dabei sah er, dass Annabels Augen vor Entschlossenheit funkelten. Den Blick kannte er nur zu gut. Sie hatte sich etwas vorgenommen, ihr Beschluss war unumstößlich. Extrem hartnäckig, dachte er, wie ihre Mutter.

»Wie soll denn das gehen, Annabel?«

»Wir nehmen sie mit und fertig. Wo ist das Problem?«

»Ich muss mich schon um Christian kümmern und habe keine Ahnung, wie ich das schaffen soll.« Schlagartig war in Olivers eben noch so fahles Gesicht Blut geschossen.

»Ihre Eltern wurden ermordet, Papa«, argumentierte Annabel laut und gestenreich. »Und auf dieser ehrenwerten Burg hier wird Frauen und Kindern sonst was angetan, von diesem Kriegsmenschen, diesem bescheuerten Jaeck!«

»So, was denn? Was geht hier vor?«

»Weiß ich selber nicht so genau, aber es muss schrecklich sein. Marcelina hat es mir weinend angedeutet. Sie hat so viel Schiss, dass sie sich nicht traut, wirklich was zu sagen.« Annabel verschränkte die Arme und keuchte. Aus jeder ihrer Poren strömte Leidenschaft. »Also, nehmen wir sie nun mit, oder nicht?«

Oliver atmete durch, setzte sich auf das Bett und stützte den Kopf auf die Hände.

»Willst du dem armen Mädchen sagen, dass sie hier ihre düstere Zukunft alleine meistern muss, ja? Verdammt, nun rede schon!«

»Ich muss erst nachdenken«, protestierte Oliver schwach, obwohl er zu keinem klaren Gedanken fähig war.

»Das scheint ja sehr mühsam zu sein!«

»Ist es auch.« Oliver nahm noch einen Schluck Wasser und versuchte, sich zu konzentrieren. Nach einem Moment sagte er: »Es geht nicht, Annabel. Wir können nicht die ganze Welt retten. Erst Christian, jetzt Marcelina … Wer weiß, wen wir unterwegs noch alles aufgabeln! Und falls wir je irgendwo im Süden ankommen, wie soll ich da auch noch für sie sorgen? Ich bin schon froh, wenn wir beide überleben!«

»Warum bist du nur so herzlos geworden?« Annabel stampfte mit dem Fuß auf und begann zu schluchzen. »Ich erkenne dich gar nicht wieder, Papa … Wenn Mama das wüsste!« Damit stürmte sie aus dem Zimmer und knallte die Tür zu.

Wie soll ich diesen Schritt gehen, dachte Oliver, als er wieder allein war. Ja, wie sollte er diesem hilflosen Mädchen, und darüber hinaus Christian, ein Zuhause und damit Geborgenheit und Stabilität geben? Er sank in sich zusammen. Wenn sie Glück hatten, würden sie als Flüchtlinge einen halbwegs sicheren Ort erreichen, wo die Zukunft in den Sternen stand. Blieben bei den Strapazen, die ihnen bevorstanden, genug Kraft und Zeit, um Marcelina und Christian Geduld, Einfühlungsvermögen, Liebe und Verständnis entgegenzubringen? Was wäre, und das war ja wahrscheinlich, wenn Marcelina durch ihre Erlebnisse längst schwere psychische Störungen hatte, wenn sie traumatisiert war? Und würde der zwielichtige Jaeck das Mädchen überhaupt ziehen lassen? Oder hatte er womöglich eigene Pläne mit ihr? Wie ein Schwarm wütender Heuschrecken schwirrten die Gedanken in Olivers Kopf herum.

Plötzlich schob die Tür sich wieder auf, und Annabel, noch verschmierte Tränen auf den Wangen, führte Marcelina an der Hand ins Zimmer. Sie steckte in einem viel zu großen Fellmantel, und ihr kaum zu bändigendes Haar lag in frisch geflochtenen Zöpfen, sodass sie Oliver entfernt an den Sonnengott Helios erinnerte. Und tatsächlich: Die Strahlen einer Sonne schienen ihn zu treffen, als er in Marcelinas Gesicht schaute. Es strahlte Traurigkeit, Ernsthaftigkeit, Zerbrechlichkeit und Gutmütigkeit in einer Intensität aus, die ihn zittern ließ. Annabel rührte sich nicht und schwieg. Ihre feuchten Augen erforschten Olivers Gesicht.

Zwischen den Burgmauern war es ruhig. Nur ab und zu drang das Klappern von Töpfen über den Hof. Im Zimmer atmeten drei Menschen schwer. Schließlich sah Oliver tief in Marcelinas Augen, die so warm wie Feuer und so traurig wie eine verlorene Kindheit zu ihm zurückblickten. In diesem Moment zerbröselte das Gefühl alle rationalen Bedenken. Er lächelte sie an, ein Lächeln, das immer breiter wurde, bis Marcelina es kindlichglücklich erwiderte und Annabel mit einstimmte.

»Okay«, brachte Oliver mit bebender Stimme hervor, »okay.«

Da es auf Sasso Corbaro keinen Arzt gab und die Kranken nur von einer Schwester versorgt wurden, bat Jaeck Oliver um eine Visite. Am Nachmittag traf er sich mit Schwester Bigna, die vor dem Krieg in Bern in einer Abteilung für chronisch Kranke gearbeitet hatte. Sie wollte immer nur eins, erzählte sie, Patienten so gut wie möglich unterstützen, ihre Leiden lindern. Das wäre ihre Berufung, nie hätte sie sich nach etwas Anderem gesehnt. Bignas Haut war so bleich wie der weiße Kittel, mit dem sie zur Visite erschien. Ihre dunkelblauen Augen blickten hart, und ihr Gesicht schien vergessen zu haben, wie man lacht. Sie sah vorzeitig gealtert aus. Ihr blond-graues Haar hatte sie am Hinterkopf hochgesteckt und ein Tuch darum gewickelt, aus dem ein langer grauer Zopf entsprang.

Auf der spartanischen Krankenstation lagen vier Patienten, zwei Frauen und zwei Männer, provisorisch voneinander getrennt durch eine spanische Wand aus Holz und Papier. Ihr Pflegezustand war, das erkannte Oliver mit einem Blick, in Anbetracht der widrigen Umstände ordentlich. Dennoch stach ihm ein unangenehmer, fauliger Geruch entgegnen. Ein Mann litt an einem Schilddrüsentumor, der vermutlich durch Bakterien infiziert war.

»Er hat Fieber«, stellte Oliver fest, als er das derbe, harte Gewebe am Hals tastete.

»Ja, neben dem offenen Tumor hat er noch eine Wundrose am Bein«, berichtete Schwester Bigna. »Aber wir haben keine Antibiotika mehr.«

Der gesamte rechte Unterschenkel sah dunkelrot entzündet aus und war heiß.

»Bis jetzt«, sagte Oliver. »Wir haben unsere Vorräte vorhin mit Oberleutnant Jaeck geteilt. Geben Sie ihm zweimal eine Cefpodoxim.« Er sah den Mann an, dessen tiefliegende Augen von Todesangst erfüllt waren. »Haben Sie Schmerzen?«

Der Mann nickte, konnte aber nicht sprechen, röchelte nur und pfiff beim Einatmen.

»Ansonsten Schmerzmittel, Kühlung – das Übliche.«

»Ich weiß«, sagte Schwester Bigna.

Arzt und Schwester sahen sich mit dem Wissen an, dass es mit diesem Patienten bald zu Ende gehen würde.

Daneben lag ein älterer Herr, der aufgrund der Strahlenkrankheit an chronischem Durchfall und Schwäche litt. Schwester Bigna, deren Pflege Oliver ausdrücklich lobte, musste ihn zehnmal am Tag waschen und lagern. Auch hier konnten sie nur Symptome lindern, aber nichts ursächlich für ihren Patienten tun.

Auf der anderen Seite der spanischen Wand quälte sich eine Frau von Anfang dreißig mit einer schweren Lungenentzündung, die Oliver an die von Madeleine erinnerte und die er genauso behandelte. Der Frau, die aus Locarno stammte, waren sämtliche Haare ausgefallen, selbst Wimpern und Augenbrauen.

Die letzte Patientin berührte Oliver am meisten. Sie war mit Fixiergurten ans Bett gefesselt, das zusätzlich ein Gitter umgab.

»Frau Riedi«, stellte Schwester Bigna sie vor. »Sie hat ihre ganze Familie in Mailand verloren, als die Bomben fielen. Durch einen Zufall war sie hier in Bellinzona und hat überlebt, aber sie ist total traumatisiert. Wir mussten sie fixieren, da sie sich ohne starke Beruhigungsmittel mehrfach selbst verletzt hat und Suizidgefahr besteht. Die meisten Medikamente sind uns ja ausgegangen.«

Oliver nahm sich einen Stuhl, setzte sich und fragte so einfühlsam, wie es ihm sein eigener aufgewühlter Zustand gestattete: »Wie geht es Ihnen, Frau Riedi?«

»Wer sind Sie?«, rief die Patientin, ruckte ein paarmal in den Fixiergurten und sah ängstlich zu ihrer Pflegerin.

»Ein netter Arzt, Doktor Bertram, der nach Ihnen schauen möchte«, sagte Schwester Bigna.

»Ich will niemanden sehen … nichts hören!«, echauffierte sich Frau Riedi. »Verschwinden Sie, keine Fremden aus der Unwirklichkeit! Frau Riedi ist irgendwo da draußen, nicht hier drin.«

Es folgte ein zerfahrener Redeschwall, der sich zu einer Panikattacke gesteigert hätte, wenn Oliver nicht rasch und besonnen vor die Tür gegangen wäre. Dort berichtete Bigna ihm vom ständigen, belastenden Wiedererleben der Patientin – Flashbacks, Albträume. Meist habe sie Angst, und ihre Nerven lägen dann blank, unterbrochen von Phasen völliger Apathie.

Geduldig hörte Oliver zu und überlegte, was für Ratschläge er geben sollte. Wegen der knappen Zeit kam eine Psychotherapie durch ihn selbst nicht infrage. Er musste sich darauf beschränken, Schwester Bigna die Eckpfeiler einer solchen Behandlung zu vermitteln, da sie die einzige Vertraute von Frau Riedi zu sein schien. Er empfahl ihr, sich immer wieder ihre Lebensgeschichte erzählen zu lassen und dabei besonderen Fokus auf den Verlust ihrer Familie zu richten. Schritt für Schritt müsse sie sich damit auseinandersetzen, um hoffentlich irgendwann einen Schlusspunkt setzen zu können. Um die Fixierung möglichst bald zu beenden, regte er die Gabe von Beruhigungsmitteln und eines Antidepressivums an, die sie aus der Praxis in Bellinzona mitgebracht hatten. Zum Schluss schüttelte Oliver Schwester Bigna die Hand, und beide sprachen sich Mut für die kommenden Aufgaben zu.

Das Bild der fixierten Frau Riedi bewegte Oliver. Während er zurück zum Wohntrakt ging, wurde ihm bewusst, welche Erlebnisse die Menschen in seinem Umfeld zu bewältigen hatten. Christian und Marcelina hatten sämtliche Angehörigen verloren, Carolin ihren Vater, ihren Freund und ihre Geschwister, Annabel ihre Mutter – dazu die schrecklichen Erlebnisse auf der Flucht. Und er selbst? Er vermisste Michelle.

Am Nachmittag rief Haemmerli aufgeregt die Gruppe zu sich ins Zimmer. Er hatte sich ein Radio geborgt und über Kurzwelle Signale aus Afrika und dem Sudan empfangen, die meisten Programme auf Arabisch. Ein Sender hieß *Nubian Radio*, war in Khartoum ansässig und sendete auf Englisch. Bis auf Madeleine, die nebenan im Bett blieb, lauschten alle gebannt den Nachrichten. Ihr Informationshunger war nach den Monaten im Bunker gigantisch.

Zunächst ging es um eine Reihe von Experimenten, bei denen Wissenschaftler mit Heliumballonen die Ozonschicht untersucht hatten. Die Ergebnisse seien ermutigend, hieß es, die Stärke der Schicht zwischen dem Äquator und dem zwanzigsten nördlichen Breitengrad zwar deutlich dünner als vor dem Krieg, aber mit entsprechendem Sonnenschutz sei ein Leben im Freien weiterhin möglich.

Darauf folgte ein Bericht, von dem sie aufgrund des schlechten Empfangs nur Fragmente mitbekamen: Millionen Flüchtlinge »geißelten« das Land, sagte der Sprecher; von einer »humanitären Katastrophe« war die Rede.

Haemmerli drehte am Empfangsknopf, um das Piepen und Rauschen zu minimieren. Mit Erfolg: Nach den Nachrichten wurde eine Reportage über die Landwirtschaft gesendet, die wegen der Flüchtlingskrise vor enormen Herausforderungen stünde. Der Ackerbau am Nilufer laufe auf Hochtouren, immer mehr Land trotzten die Bauern der Nubischen Wüste ab. Zur Sicherung der Ernährung seien die zentralen landwirtschaftlichen Regierungsprojekte Gezira-Projekt, New-Halfa-Projekt und Blauer-Nil-Projekt auf höchste Prioritätsstufe gesetzt worden.

Plötzlich erstarb die Stimme des Moderators, das Radio gab nur noch ein Schnarren von sich. Haemmerli bemühte sich vergeblich, das Signal wieder einzustellen. Schweigend saß die Gruppe um den Empfänger und musste das Gehörte erst einmal verarbeiten.

»Das Leben scheint da unten ja wieder einigermaßen zu funktionieren«, durchbrach Carolin die gespannte Stille. »Na ja, abgesehen von der Flüchtlingskatastrophe. Von Bomben und Fallout war jedenfalls nicht die Rede.«

»Das ist erstaunlich«, pflichtete Oliver ihr bei. »Und Bürgerkrieg war ebenfalls kein Thema. Früher ging es den ganzen Tag darum.«

»Dann sollte der Sudan vielleicht unser Ziel sein«, meinte Haemmerli und rieb sich die Hände. »Aber der Reihe nach. Erst mal müssen wir nach Südeuropa kommen, und wenn wir das schaffen, haben wir immer noch das Mittelmeer vor der Nase.«

Es entspann sich eine intensive Diskussion über die Möglichkeiten und die vor ihnen liegenden Herausforderungen. Dabei wechselten sich das Aufblitzen von Optimismus, dass es nun bewiesenermaßen einen lebenswerten Flecken auf der Erde gab, ab mit Haareraufen und Bedenken, denn ein menschenwürdiges Leben schien im Sudan nicht für alle garantiert. Oliver bemühte sich um konstruktive Gedanken, und irgendwann ging ihm ein Licht auf, mehr eine vage Idee.

»Wisst ihr was«, warf er ein, »wir sollten versuchen, nach New Halfa im Südsudan zu kommen. Ich hab doch mal bei diesem Joint Venture zwischen der Firma meines Vaters und den Chinesen gearbeitet.«

»Und?«, fragte Haemmerli.

»Da habe ich Freundschaften geschlossen, unter anderem mit einem Mann aus dem Vorstand der New Halfa Agricultural Production Corporation, der NHAPC. Er heißt Salah Abed Elhai.« Einen Moment hielt Oliver inne und blickte ins Leere, als ließe er schöne Erinnerungen vor seinem geistigen Auge vorbeiziehen. »Er und seine Familie waren so gastfreundlich, hatten so viel menschliche Wärme – unglaublich. Wir sind nach dem Joint Venture in Kontakt geblieben, wollten uns sogar wiedertreffen.«

»Das ist aber ziemlich dünn«, meinte Haemmerli.

»Dünn ist kein Ausdruck«, brachte Isler vor, der vom Bett aus zugehört hatte. »Woher willst du wissen, dass dein Salah Dingsda noch in New Halfa steckt? Die Regierung kann ihn inzwischen sonst wo hingeschickt haben. Da ist doch alles im Umbruch.«

»Ich würde sagen, es ist eher wahrscheinlich, dass er dort weiterhin in leitender Position arbeitet«, hielt Oliver entgegen. »New Halfa wurde in der Reportage ausdrücklich erwähnt. Warum sollten sie jemanden mit genauer Sach- und Ortskenntnis, der dort mit Haus und Familie verwurzelt ist, versetzen?«

»Weil auf der ganzen Welt kein Stein mehr auf dem anderen ist.«

»Ja, Adrian, da hast du natürlich recht. Niemand kann etwas Genaues darüber sagen. Aber ich denke, das könnte unsere Chance sein.«

»Lasst es uns da versuchen«, sagte Carolin. »Wo sollten wir sonst auch hin?«

Die Gruppe debattierte noch bis kurz vor dem Abendessen weiter, wog ab und kam trotz der vielen Unvorhersehbarkeiten am Ende zu der Entscheidung, es in Richtung New Halfa zu riskieren.

Der massive Hauptturm in der Nordostecke der Burg, den Jaeck bewohnte und in den er eingeladen hatte, umfasste vier Geschosse.

Er erwies sich als geschmackvoll eingerichtet mit antiken Stilmöbeln und modernen Elementen. Bis auf Madeleine und Isler, die in ihren Betten blieben, nahmen die gesamte Gruppe und fast alle Burgbewohner am Abendessen teil. Nur zwei Frauen, die in der Küche arbeiteten, und Schwester Bigna, die sich um ihre Patienten kümmerte, fehlten. An der Tafel im Wohnzimmer duftete es nach Wildschweinbraten mit kandierten Feigen, dazu wurde Rotwein gereicht. Nach sieben Monaten Konserven und Tiefkühlkost lief Oliver das Wasser im Mund zusammen.

Die Stimmung wirkte ausgelassen. Oliver und Haemmerli hatten sich vorgenommen, sich nicht in Jaecks Belange einzumischen, selbst wenn sich weitere Details seines autokratischen Systems herauskristallisieren sollten. Sie waren fest entschlossen, nicht einmal ironische Bemerkungen fallen zu lassen, um ihre Reise nach Süden nicht zu gefährden.

Jaeck, der an der Stirnseite der Tafel thronte, schlug mit einem Messer an sein Weinglas und bat um Aufmerksamkeit. Die Burgbewohner fielen sofort in ein Schweigen und sahen ihn ehrfurchtsvoll an; nur Annabel kicherte etwas länger. Erst nachdem Jaeck ihr einen kritischen Blick zugeworfen hatte, verstummte sie. Dann begann er mit durchdringend tiefer Stimme eine Rede.

»Ich freue mich, dass wir heute Abend in so geselliger Runde beisammen sein können, während draußen vor dem Tor Krieg und Chaos herrschen. Zunächst möchte ich unsere Gäste um Marius Haemmerli begrüßen, mit dem ich früher bei den Siebzehnern gedient habe. Er war ein großartiger Kamerad, ein noch größerer Athlet und ein Vorbild, mit dem ich viele Einsätze bewältigt und von dem ich einiges gelernt habe. Ich hoffe, Marius, ich kann dich und deine Gefolgsleute doch noch dazu bewegen, Teil unserer Burggemeinschaft zu werden, einer starken Gemeinschaft, die unglaublich harte Arbeit leistet, um unser großartiges Leben hier weiter zu verbessern.«

Angesichts der Tatsache, dass sie für ihre Anwesenheit auf der Burg einen hohen Preis zahlen mussten und von Teilhabe an der Burggemeinschaft bislang nie die Rede gewesen war, hörte Haemmerli dem Vortrag mit versteinerter Miene zu.

»Doch besonders möchte ich allen danken, die hier ihren Job machen, auch und gerade jenem Siegertypen, Leutnant Henri Fischknecht, der momentan draußen auf Patrouille ist. Wir stehen am Anfang von etwas Unglaublichem, einem historischen Wandel, der das gescheiterte System vergessen lassen wird. Die Macht kommt zurück in die Hände unserer Familien, Gemeinden und Bürger von Tessin! Deshalb möchte ich euch ermutigen, weiterhin große Träume zu haben, dieses großartige Land besser zu machen, als es je zuvor war. Lasst uns darauf anstoßen, Freunde!«

Die Männer in Uniform und drei Frauen applaudierten eifrig. Die zwei hübschen dunkelhaarigen Frauen hingegen, die Oliver im Hof aufgefallen waren, klatschten so zurückhaltend, dass man es bei genauem Hinsehen eher für Händereiben hätte halten können. Eine von ihnen blinzelte, die andere wandte sich schnell ab und sah nach unten.

Die Weingläser klirrten, und das Essen wurde serviert. Oliver spürte eine Beklemmung. Die Atmosphäre erinnerte ihn an die im Bunker. Haemmerli, der links neben Jaeck Platz genommen hatte, zog ein finsteres Gesicht. Schließlich stieß Oliver mit Carolin an, die neben ihm saß, und trank vom Rotwein, der ihm angenehm die Kehle herunterrann. Auch das Essen war eine Offenbarung: knusprige Kruste, zartes, aromatisches Fleisch, dem Kräuter Finesse gaben.

Je mehr Oliver trank und aß und je intensiver er sich mit Carolin unterhielt, desto mehr entspannte er sich und drängte die düsteren Gedanken an Jaeck und seine Absichten in den Hintergrund. Auch von Carolin schienen die Strapazen abzufallen.

Von ihrem Gesicht lösten sich jene traurigen und harten Züge, die sich unter dem Eindruck der Ereignisse der letzten Tage eingegraben hatten. Sie wirkte wieder jugendlich und natürlich, lachte sogar gelegentlich.

Oliver beobachtete Carolin fasziniert. Er sehnte sich nach Berührungen. Die Erinnerungen an die letzten Zärtlichkeiten mit Michelle waren nur noch blass, sein Körper ausgehungert. Ihre Blicke signalisierten, dass auch sie mehr als Sympathie für ihn empfand und seine Gefühle verstand. Ihre Hände fanden zusammen. Sie hielten sich fest, wie sie es schon in Davos getan hatten, erst vorsichtig und verhalten, dann durchdrungen von Leidenschaft. Ihre Finger umschlangen einander und tasteten nach der Energie des anderen.

»Ich wäre jetzt gern mit dir allein«, flüsterte Carolin ihm ins Ohr.

»Ja, ich auch«, erwiderte er, während sein Herz raste. »Ich weiß nur nicht, wie das möglich sein soll.«

Er sah hinüber zur anderen Seite des Tischs, wo Annabel Marcelina aufheiterte und auch die anderen Kinder mit gestenreichen Erzählungen und Späßen in ihren Bann zog. Nur Christian saß abwesend da und schwieg. Vater und Tochter winkten sich über den Tisch zu.

An der Stirnseite der Tafel redete Jaeck, ein Glas Rotwein in der Hand, derweil auf seinen ehemaligen Vorgesetzten Haemmerli ein. Er schwärmte von der gemeinsamen Zeit bei den Siebzehnern, die eine ausgezeichnete Lebensschule gewesen sei. Die Erfahrungen hätten ihn sein gesamtes späteres berufliches Leben begleitet. Vor dem Krieg hatte er ein Kongress- und Messezentrum in der italienischsprachigen Schweiz geleitet.

»Das war wie bei uns, Marius. Vor einem Bankett musste ich unmissverständliche Anweisungen geben, wie bei einer militärischen Übung. Und jetzt, hier draußen in dieser apokalyptischen Wildnis, sind die Säulen des Erfolgs ebenfalls Kompetenz, spezielle Fähigkeiten und straffe militärische Führung. Du musst bis ins Detail durchorganisiert sein, rasch und überlegt entscheiden und viel Verantwortung übernehmen, sonst verwirkst du dein Leben und das deiner Untergebenen.«

»Was willst du denn mit deiner Kompetenz und Erfahrung erreichen, außer zu überleben?« Haemmerli zog ironisch eine Augenbraue hoch. Wer ihn kannte, konnte an seiner versteinerten Miene ablesen, wie ihn das Gebaren seines Gesprächspartners anwiderte.

»Nun, du kannst es ruhig wissen. Wir wollen das Tessin unter unsere Kontrolle bringen und damit die Region sicher machen. Du hast doch selbst da draußen die Anarchie und das Chaos erlebt. In der Umgebung haben wir schon sechs Stützpunkte, wo Leute von uns sitzen oder mit uns kooperieren. Das sichert uns die Ressourcen und das Überleben.«

»Und warum erzählst du mir das alles?«, fragte Haemmerli trocken.

Jaeck goss ihm Wein nach, beugte sich vor und sagte verschwörerisch: »Weil ich dich und Isler dabeihaben will. Zwei erfahrene Berufskämpfer, die wissen, wie man eine Patrouille in feindliches Gebiet infiltriert.«

Haemmerli lehnte sich zurück, verschränkte die Arme und entgegnete nach einer längeren Pause: »Ich glaube nicht, Urs, dass ich derjenige bin, den du an deiner Seite haben willst. Die Welt hat genug Krieg gesehen. Um offen zu sein, ist es mir in der Schweiz zu kalt geworden. Meine Gruppe will nach Süden, nach Afrika – und ich auch.«

»Aber Marius, überleg doch mal, was wir zusammen alles erreichen könnten«, versuchte Jaeck, ihn mit weitausladenden Gesten zu überzeugen. »Wir könnten eine ganz neue Welt erschaffen, nach unseren Vorstellungen, ein neues Tessin, das uns faktisch allein gehören würde. Dazu Frauen und …«

»Urs, du hast mich offenbar nicht richtig verstanden. Die Antwort heißt nein!« Und dieses *Nein* war endgültig. Haemmerli sagte es in einem Ton, der keinen Widerspruch duldete.

Daraufhin fiel bei Jaeck eine Maske. Er ließ sich auf seinen Stuhl zurückfallen, rümpfte die Nase und funkelte Haemmerli aus schmalen Augen an.

»Dann will ich euch nicht länger aufhalten. Morgen nach dem Frühstück werden wir euch verabschieden. Ich denke, das ist eine schlechte Entscheidung, die du bereuen wirst.«

»Das mag sein.« Haemmerli versuchte, seine harten Gesichtszüge zu lösen und entspannt zu lächeln. Als es misslang, leerte er das Weinglas in einem Zug, setzte sich aufrecht und sagte: »Hör mal, Urs, ich will dich nicht vergrätzen. Die Entscheidung, in den Süden zu gehen, stand schon in Davos fest. Du solltest mit uns kommen, weil hier alles verseucht ist und doch nur Krankheit und Tod drohen. Was erwartest du?«

»Die Zukunft, Marius! Eine Zukunft, wie ich sie mir nie habe träumen lassen!«

»Ich verstehe.« Haemmerli atmete tief durch. »Gieß mir bitte noch mal nach. Wirklich klasse, der Wein. Ich muss noch eine Sache mit dir besprechen.«

»So, was denn?«

»Am Funkgerät hast du mir gesagt, Locarno existiert noch.«

»Ja, das stimmt. Im Hangar sind sogar noch Flugzeuge.«

Vor dem Krieg hatte der Hangar kleine Flugzeuge beherbergt, wie Haemmerli wusste: eine Pilatus, eine Bücker und eine Beechcraft King Air 350ER. Sie waren über eine 800 Meter lange Piste gestartet und gelandet.

»Ist die Beechcraft noch unversehrt?«, fragte Haemmerli vorsichtig.

»Ja. Wir haben zwei Leute am Flughafen, die alles bewachen.«

»Das ist die einzige Maschine, mit der wir in den Sudan kommen könnten.«

Das Land im Norden Afrikas lag über 4000 Kilometer entfernt, was etwa der Reichweite der Beech entsprach.

Jaeck beugte sich vor und musterte Haemmerli aus halb geschlossenen Lidern. »Das wird dich einiges kosten, Marius. Keine Angst, ich raube dir nicht das letzte Hemd. Aber letztlich gibt es nur ein angemessenes Honorar für die Beech.«

Einen Moment sah Haemmerli an die Decke, wo ein mit Glühlampen besetzter Leuchter den Raum erhellte. Dann schwenkte er sein Glas und warf einen nachdenklichen Blick auf die Schwebeteilchen im Wein.

»Wenn uns zwei deiner Leute zum Flughafen begleiten und die Maschine vollgetankt wird«, sagte er endlich, »kannst du den Bandvagn behalten. Sie können anschließend damit zur Burg zurückfahren.«

»Ich überleg mir noch ein Honorar für die Taxifahrt«, meinte Jaeck gönnerhaft, »aber ich denke, wir werden uns einig, und ich kann meinem Stützpunkt am Flughafen Bescheid geben.«

»Warum hast du die Beech eigentlich nie benutzt?«

»Wir haben nur Treibstoff für einen Flug. Und wo sollte ich hin? Wie gesagt, es geht mir um das Tessin.«

Nach dem Abendbrot gingen alle zurück in ihre Zimmer. Oliver und Carolin hatten Mühe, ihre leidenschaftlichen Blicke und Berührungen vor den anderen zu verbergen. Mit einer Umarmung und Küssen verabschiedete sich Annabel von Marcelina, flüsterte ihr noch etwas zu und brachte dann Christian, der teilnahmslos hinter ihr hertrottete, ins Zimmer der beiden Siebzehner. Carolin sah nach ihrer Mutter, die fest schlief.

»Es wird alles gut mit Marcelina«, sagte Annabel, als sie mit ihrem Vater allein war. »Wir packen das, Paps.«

Sie blieb stehen, während Oliver schon auf dem Bett lag. Er fühlte sich durchgewärmt und leicht beschwipst, vor allem aber heiß verliebt.

»Ja, irgendwie werden wir schon alles schaffen«, bestätigte er und bewunderte seine große, gertenschlanke Tochter, die in ihren langen rotbraunen Haaren herumzwirbelte. »Willst du dich nicht auch endlich hinhauen?«

»Nö, noch nicht«, antwortete sie mit ihrer sanften Stimme. »Sag mal, Paps, hast du was dagegen, wenn ich heute Nacht bei Marcelina und den anderen schlafe? Platz ist da genug, und sie braucht mich, glaube ich, momentan total dringend.«

»Wo ist denn das?«, wollte Oliver wissen, da er den Verhältnissen auf der Burg nicht traute.

»Die Kinder haben ihr Zimmer hinten links auf dem Gang.«

»Tja, ob das in Ordnung geht. Ich weiß nicht recht …«

»Für Marcelina interessiert sich doch eh keiner hier – das ist ja gerade das Problem.« Halb im Hinausgehen schob sie nach: »Und wenn was schiefgeht, schreie ich. Also?«

»Okay«, willigte Oliver ein, während sein Herz bereits bis zum Hals schlug. »Ich denke, das geht in Ordnung.«

»Super«, freute sich Annabel, kam noch einmal zurück und gab ihm einen Kuss auf die Wange. »Hab dich lieb! Schlaf schön!« Ehe er noch etwas entgegnen konnte, war sie aus dem Zimmer gestürmt.

Angesichts der Chance, die sich aus der neuen Situation ergab, war Olivers Mattigkeit mit einem Schlag heller Aufmerksamkeit gewichen. Er fühlte sich wie ein Teenager vor der ersten Nacht mit seinem Mädchen. Rasch versuchte er, vor dem holzgerahmten Spiegel die schütteren Stellen seiner Haare mit längeren zu überdecken. Gern hätte er Deo und Aftershave benutzt. Nervös und fahrig prüfte er den heißen Heizkörper. Dann schlich er zu Carolins Tür und klopfte leise. Für den Fall, dass Madeleine öffnete, hatte er sich eine Ausrede zurechtgelegt.

Doch Carolin öffnete und lächelte Oliver glücklich an. Sie trug ein kurzes, blaues Seidennachthemd mit Spitze, das sie offenbar in einem Schrank gefunden hatte.

»Schläft sie?«, flüsterte er und wies mit einem Blick ins Zimmer.

Sie nickte heftig und sank in einer fließenden Bewegung in seine Arme. Die Umarmung war so intensiv, dass beide kaum Luft bekamen. Erst als sie wieder durchatmen mussten, lösten sie sich voneinander und tauschten erregte Blicke. Ihr Mund kam ihm entgegen, um den seinen für einen Kuss zu empfangen. Lange lösten sich ihre Lippen nur voneinander, um Luft zu holen. Sie küsste seine Wangen, seine Stirn, seine Schläfen.

»Annabel, sie … sie schläft heute bei Marcelina … Und ich …«

Den gestotterten Satz konnte er nicht beenden. Sie hielt ihm eine Hand vor den Mund, sprang an ihm hoch und schlang ihre Beine um seine Hüften.

»Trag mich zu dir rüber«, flüsterte sie und bedeckte sein Gesicht weiter mit Küssen.

Schon während er sie in sein Zimmer trug, wurden die Zärtlichkeiten heftiger. Carolin schmiegte ihren Körper fest an den seinen. Oliver schob die Tür mit einem Fuß zu und sank mit ihr auf das Bett. Zitternd glitten seine Hände über ihren schlanken Körper. Er schmiegte sein Gesicht an ihren Nacken, küsste ihren Hals und atmete ihren Duft ein.

Carolin genoss die Liebkosungen und wiegte sich immer mehr in seinen Armen, bis sie es nicht mehr aushielt und sich von ihm löste. Sie sprang auf und ließ ihr Nachthemd zu Boden gleiten. Und dann stand sie mit ihren herrlichen Rundungen vor ihm.

Das Liebespaar ließ seinen Gefühlen freien Lauf. Es war, als versuchten sie, all das nachzuholen, was sie in den letzten Monaten versäumt hatten. Nur in den kurzen Pausen mischte sich ein Geflüster, in dem sie einander aus ihrem Leben erzählten.

»Ich bin so glücklich, dass ich mit dir zusammen hier bin«, gestand Oliver.

»Ja, ich auch«, flüsterte sie.

»Ich glaube, Michelle wäre mit uns einverstanden, weil du so ein wunderbarer Mensch bist.«

»Hab ich ihren Segen?«

»Ja. Ich hab sie wirklich geliebt, aber jetzt ...«

Am nächsten Morgen verirrte sich schwaches Licht durch das Fenster zum Burghof ins Zimmer. Es durchquerte den Raum bis zum Bett, wobei tanzender Staub seinen Weg kreuzte. Carolin lag in Olivers Armen; ihr braunes Haar floss über seine kräftigen Schultern und seine Brust. Nach der Liebesnacht schliefen sie selig, während für die anderen innerhalb der Mauern der Burg längst der Tag begonnen hatte.

Auf dem Flur brodelte morgendliches Leben, Schritte und Stimmen wechselten einander ab. Plötzlich schob sich ohne Ankündigung die Tür mit einem Quietschen auf, und Annabel stolperte herein. Sie erschrak mit einem Seufzer.

Oliver starrte sie an, versuchte mühsam, zu sich zu kommen. Er fühlte sich ertappt und verwirrt. Mit aufgerissenen Augen und heruntergeklapptem Kinn sah Annabel zurück.

»Wir ... Ich meine, ich ...«, stammelte er und wusste nicht, was er sagen sollte.

»Sorry ... ich ...«, stotterte Annabel aufgelöst. Dann verschwand sie Hals über Kopf aus dem Zimmer.

»Verdammt!«, fluchte Oliver, schwang die Beine aus dem Bett und schlüpfte in seine Sachen. »Das hätte nicht passieren dürfen!«

»Schon okay«, beruhigte Carolin ihn, »das wäre früher oder später sowieso passiert.«

»Besser später.«

»Sie wird es verstehen, du wirst sehen.«

Instinktiv rannte Oliver seiner Tochter hinterher, die in Haemmerlis Zimmer geflüchtet war, und wollte sich erklären. Dort fand er sie allein. Vor einem Spiegel bürstete sie ihre Mähne. Ihr rotes Gesicht hatte Flecken.

»Wo sind die anderen?«, fragte Oliver.

»Schon im Hauptturm, frühstücken.« Sie wandte sich um und blinzelte beim Sprechen. »Hör mal, ich sehe klar, Papa, und irgendwie geht das sicher in Ordnung. Für den Moment war ich nur … überrascht … und verwirrt.«

»Verstehe. Ich wollte dir nur sagen, dass ich …«

»Wir müssen jetzt nicht darüber reden«, unterbrach sie ihn. »Später vielleicht.«

»Gut«, akzeptierte er ihren Willen.

Sie nickte und sah ihm tief in die Augen, ernst, aber auf eine bestimmte Weise auch verständnisvoll. Er spürte, dass sie sein inneres Chaos begriff.

Unvermittelt durchbrach ein Hilfeschrei auf dem Flur ihr Gespräch. Carolin rief Olivers Namen. Erschrocken riss er die Tür auf und trat auf den Gang.

»Meine Mutter lässt sich nicht aufwecken!«, wimmerte Carolin verzweifelt und hielt sich die Hände vor das Gesicht.

Gemeinsam eilten sie in Madeleines Zimmer, Annabel folgte. Oliver setzte sich zu der Kranken ans Bett und tastete mit dem Handrücken ihren Hals ab. Sie glühte. Ihr Atem ging schnell, der Puls war flach und raste im kritischen Bereich.

»Ihr setzt sie auf, damit ich sie untersuchen kann«, bestimmte Oliver. »Wir müssen sie irgendwie wachbekommen, um ihr Medikamente geben zu können.«

So muss es in der Ära gewesen sein, als die Ärzte noch keine Antibiotika gehabt hatten, schoss es ihm durch den Kopf. Bald würden auch sie in der postantibiotischen Zeit leben. Das Ciprofloxacin hatte jedenfalls versagt. Die Situation wurde obendrein durch den Umstand verschlimmert, dass er ihr keine Infusion verabreichen konnte. Das wäre effektiver als Tabletten gewesen.

Carolin und Annabel hievten die Kranke hoch, was wegen ihrer Bewusstlosigkeit nicht einfach war. Auch den Kopf mussten sie stützen. Als Madeleine endlich aufrecht saß, legte Oliver den Mittelfinger der Linken auf ihren Rücken, spreizte die anderen Finger ab und klopfte mit dem Mittelfinger der Rechten kräftig auf den aufliegenden Finger. Auf der gesamten linken Seite der Lunge hörte sich der Klopfschall stark gedämpft an, das untrügliche Zeichen der Lungenentzündung. Darüber hinaus waren bereits Teile der rechten Seite betroffen.

»Legen wir sie wieder hin«, sagte Oliver voller Sorge. »Falls wir sie wachbekommen, werde ich die Dosis des Antibiotikums verdoppeln und noch ein anderes dazugeben.«

»Und wenn wir sie nicht wachbekommen?«, fragte Carolin, deren Augen sich mit Tränen füllten.

»Wir müssen. Ihr Körper muss Flüssigkeit aufnehmen.« Oliver rieb sich den Nacken und runzelte die Stirn. »Und das Fieber muss runter. Hat jemand eine Idee?«

»Ich geh rasch raus und wickle Schnee in ein Handtuch«, bot Annabel an.

»Gute Idee. Und ich hole die Antibiotika.«

Carolin blieb bei ihrer Mutter und streichelte ihre heißen Wangen. Verzweifelt schüttelte sie den Kopf und blickte beschämt zu Boden.

»Hätte ich die Antibiotika bloß nicht im Bunker gelassen! Oliver hätte dich schon viel früher behandeln können«, machte sie sich mit zittriger Stimme Vorwürfe. Dann wandte sie sich wieder Madeleine zu und flüsterte: »Es wird alles gut, Mama. Du wirst sehen, alles wird gut.«

Einen Augenblick später kehrte Oliver mit zwei Medikamentenschachteln zurück.

»Ich habe Cefpodoxim dabei. Zusammen mit der doppelten Dosis Cipro sollte das wirken.«

»Ist das genauso gut wie das Antibiotikum, das ich hatte?«, fragte Carolin zweifelnd.

»Die Kombination ist unschlagbar«, log Oliver nach einer Pause, die einen Hauch zu lang war.

Mit einem Handtuch voller Schnee bog Annabel jetzt um die Ecke und legte es auf dem Tisch ab. Sie nahm eine Handvoll, ging zu Madeleine und rieb ihr damit vorsichtig das Gesicht ein. In der Zwischenzeit formte Oliver den Schnee im Handtuch zu einer Art Matte und platzierte sie unter den Waden der Patientin.

»Madeleine!«, rief Annabel und klatschte mit ihren kalten Händen behutsam auf die Wangen der Bewusstlosen. »Madeleine, aufwachen!«

Es dauerte quälende Minuten, bis die Kranke endlich erste verwaschene Laute von sich gab. Nur allmählich formten sie sich unter den hoffnungsvollen Augen der Pflegenden zu gestammelten Unmutsäußerungen.

»Lasst … mich … in Ruhe!« Mit schwachen, abwehrenden Handbewegungen unterstrich Madeleine ihre Forderung. »Weg mit … dem kalten Zeug!«

Nachdem sie die Patientin abermals in eine halbwegs sitzende Position gebracht hatten, versuchte Oliver, ihr die Tabletten mit Wasser einzuflößen. Das erwies sich als kompliziert, da sie die Medikamente immer wieder ausspuckte und ihr ein Großteil des Wassers aus dem Mund lief. Erst nach etlichen Versuchen und viel gutem Zureden schluckte sie die Medizin.

Nach dieser Prozedur dämmerte Madeleine sofort wieder ein, und Carolin begann, in ihre offenen Hände zu schluchzen. Eine Welle der Verzweiflung schüttelte sie. Oliver nahm sie in die Arme. Er spürte ihren Körper beben, und es gelang ihm erst mit Hilfe von Annabel, die Carolins Schultern und Arme streichelte, sie zu beruhigen.

»Ich gehe jetzt zu Marius«, brachte Oliver nach einer Weile hervor, »und bitte ihn, unseren Aufbruch zu verschieben. Ihr haltet hier solange Wache.«

»Das wird nicht einfach«, sprach Carolin aus, was auch Oliver beschäftigte. Ihre Stimme klang wie ein kummervolles Flüstern. »Dieser verdammte Jaeck wird uns hier nicht länger dulden.«

»Ich weiß.«

Draußen belud Haemmerli den Bandvagn und steckte bereits mitten in den Vorbereitungen für die Abfahrt. Alles wirkte angespannt. So gut er konnte, half ihm Isler, dessen linker Arm in einem Verband ruhig gestellt war und dem es offenbar besser ging. Auch Christian lud Vorräte auf das Fahrzeug.

An der Innenseite des Eingangstors spielte sich indes eine Szene ab, die Oliver erst bemerkte, als Jaeck etwas Unverständliches über den Platz brüllte. Die von Leutnant Henri Fischknecht geleitete Patrouille war in die Burg zurückgekehrt. Mehrere Uniformierte führten drei gefesselte Frauen und zwei Jungen im Alter von etwa 16 Jahren über den Hof. Sie stießen die geschwächten Gefangenen, die in ihren Lumpen aussahen wie Bettler, und brüllten sie an. Der Tross verschwand hinter den Mauern des Hauptturms. Abgestoßen von der Szene ballte Oliver eine Faust und musste schlucken.

»Marius!«, rief er, als er beim Bandvagn angekommen war. »Ich muss dich sprechen!«

»Heute geht's weiter, Oliver«, sagte Haemmerli bestimmt und mit in die Hüften gestemmten Händen. »Wird verdammt noch mal auch Zeit, wenn ich mich hier so umsehe!«

Mit einem Kopfnicken signalisierte Oliver Verständnis und offenbarte sich dann: »Wir können leider noch nicht weg.«

»Was erzählst du da? Wir müssen, sonst …«

»Madeleine ist nicht transportfähig. Ihre Lungenentzündung hat sich verschlechtert. Sie ist bewusstlos.«

»Großer Gott«, fluchte Haemmerli und schlug mit einer Hand gegen den Bandvagn. »Ich halte es hier keine Minute länger aus. Ich habe auch keinen Plan, wie ich das mit Jaeck regeln soll. Was kannst du für sie tun, Oliver?«

»Wir haben schon alles versucht, was in unserer Macht steht«, sagte Oliver und hielt sich am Laster fest. »Es sieht nicht gut aus.«

Ratlos schüttelte Haemmerli den Kopf, presste die Lippen aufeinander und grübelte. Schließlich sagte er: »Ich versuche, mit unserem Warlord zu verhandeln. Geh solange zurück zu deiner Patientin. Ich komme gleich nach.«

Die beiden Siebzehner trafen sich im Arbeitszimmer des Oberleutnants. Nur der breite alte Schreibtisch erinnerte an ein ziviles Arbeitszimmer, der Rest glich einer Waffenkammer.

»Warum siehst du mich so kritisch an, Marius?«, fragte Jaeck aggressiv. »Gefällt dir nicht, was draußen läuft? Hör zu, das ist eine reine Sicherheitsmaßnahme. Wir müssen Neubewohner erst mal in Quarantäne nehmen und uns einen Überblick verschaffen, ob wir ihnen trauen können und ob sie in der Lage sind, sich einzufügen. Andernfalls bricht hier Chaos aus. Und gegen die Nahrungsmittel, die wir gefunden haben, wirst selbst du nichts …«

»Du missverstehst meinen Blick«, unterbrach ihn Haemmerli, der sich zwingen musste, seine wahren Gedanken nicht zu verraten. »Mir ist egal, was du hier auf der Burg treibst. Ich will nur etwas nachverhandeln.«

»Nachverhandeln? Hört, hört! Was denn?« Jaeck spitzte den Mund und bekam einen gierigen Blick.

»Eine unserer Frauen ist schwer erkrankt«, brachte Haemmerli zögernd vor. »Sie ist nicht transportfähig. Deshalb wollte ich dich fragen, ob wir noch ein paar Tage auf der Burg bleiben können. Wir nutzen auch unsere eigenen Vorräte und halten uns nur in den drei Zimmern auf.«

»Eine Nacht«, entgegnete Jaeck hart. »Und die kostet dich deine beiden Maschinengewehre.«

»Ein MG, sonst sind wir da draußen verloren, das weißt du. Wenn es unbedingt sein muss, lege ich noch einen Gamma Scout und ein Paar Walkie-Talkies dazu, aber zwei Nächte sind das Minimum.«

»Morgen früh verschwindet ihr, wie besprochen, mit unserer Eskorte. Dafür bleiben eine MG, der Gamma Scout und die Walkie-Talkies hier.« Jaeck kratzte sich am Hinterkopf, überlegte einen Moment und fragte: »Um welche Frau geht es?«

»Die ältere von beiden, Frau von Holtzendorff. Du kennst sie vielleicht aus Filmen. Sie war vor dem Krieg Schauspielerin.«

»Nein, kenne ich nicht«, sagte Jaeck und verschränkte die Arme. »Dann bete mal, dass sie morgen wieder fit ist!«

»Noch was.« Im Hinausgehen sprach Haemmerli den letzten Punkt an, der ihm auf der Seele brannte. Oliver und vor allem Annabel hatten ihn darum gebeten. Er versuchte, ihn so beiläufig wie möglich zu verhandeln. »Dieses stumme, komische Mädchen, Marcelina.«

»Ja, was ist mit ihr?«

»Bertrams Tochter will, dass sie mit uns in den Süden kommt. Sie hat anscheinend einen Beschützerkomplex entwickelt. Hast du was dagegen, wenn wir sie mitnehmen?«

Jaeck grinste und winkte abfällig ab. »Ihr könnt das gestörte Balg gern behalten. Viel Spaß dabei! Hätte hier eh keine Zukunft.«

Entgegen allen Bemühungen wachte Madeleine den ganzen Tag über nicht wieder auf. Ihr Zustand glich einem Koma. Oliver wusste jetzt, dass sie nicht überleben würde. Je tiefer die Bewusstseinstrübung ihrer Mutter wurde, je schneller ihr Puls raste und je flacher sie atmete, desto mehr Gewissheit bekam auch Carolin. Mal schluchzte sie leise, mal vergrub sie ihr Gesicht in den Händen. Die Bertrams trösteten sie nach Kräften, bis Annabel ging und sich um Marcelina kümmerte.

Als Carolin ihre stockende Stimme kontrollieren konnte, überwand sie sich, Oliver etwas zu fragen: »Wie waren deine Eltern eigentlich so?«

Was seine Eltern gearbeitet hatten, wusste sie bereits aus Gesprächen, wie sie wirklich gewesen waren, noch nicht.

»Nach dem Tod meines Vaters musste ich oft über ihn nachdenken«, offenbarte Oliver sich mit gedämpfter Stimme. »Trotz seiner leitenden Stellung und seines Erfolges war er im Grunde ein zurückhaltender Mensch, fast schüchtern, manchmal sogar sozialphobisch. Das Schlimmste für ihn war, nach Hause zu kommen und mit Leuten außerhalb der Familie Gespräche führen zu müssen. Davon hatte er schon in der Firma genug. Er sagte mir mal, dass er sich wünschte, mehr Zeit für Freunde und zum Glücklichsein zu haben. Die Arbeit wuchs ihm einfach über den Kopf.«

»Und deine Mutter? Warum wollte sie nicht mit in den Bunker kommen?«

»Als sie wegen ihrer Multiplen Sklerose aufgehört hatte, als Oberärztin in der Charité zu arbeiten, und pflegebedürftig wurde, tat sie alles, um ihrer Familie nicht zur Last zu fallen. Sie war eine Kämpfernatur, organisierte ihre Pflege selbst, machte Physiotherapie, rang mit Depressionen.«

Für einen Moment hielt Oliver inne, sah zu Boden und brachte seine zitternde Lippe unter Kontrolle. Dann atmete er durch und fuhr fort: »Und doch zogen gerade ihre Stimmungsschwankungen die Familie oft mit runter. Da kam man gar nicht drum herum. Ich fühlte mich total hilflos. Es kostete viel Kraft, Geduld und Liebe. Ich habe versucht, für mich selbst zu sorgen, um die nötige Stabilität zu haben, damit ich ihr besser Halt und Zuversicht geben konnte. Aber es war schwer. Als es darum ging, in den Bunker zu ziehen, hat sie sich geweigert.«

Mit einem Seufzen unterbrach Madeleine Olivers Bericht. Obwohl sich ihr Brustkorb immer noch unregelmäßig auf und ab bewegte, folgten weitere tiefe Atemzüge und ein schwaches, unruhiges Zupfen an der Bettdecke. Carolin befeuchtete ihre Lippen und kontrollierte den Sitz des Kopfkissens, mit dem sie den Oberkörper der Sterbenden aufgerichtet hatten.

Plötzlich schlug Madeleine die Augen auf und murmelte etwas Unverständliches. Carolin nahm ihre Hand, die sich kalt anfühlte und bereits bläulich verfärbt war. Doch ihre Mutter glitt wieder in den Dämmerzustand, ganz so, als pendle sie zwischen dieser und der jenseitigen Welt hin und her, als wäre ihre Seele nur noch durch einen dünnen Faden mit ihrem Körper verbunden.

So verging eine halbe Stunde. Es schien, als klammere sich Madeleine an das Leben. Dann schlug sie noch einmal ihre Augen auf und sah ihre Tochter an.

»Gute Menschen hast du da um dich, Liebes«, brachte sie in einem röchelnden Flüsterton hervor, der Oliver einen Schauer über den Rücken jagte. »Und nun lass mich allein!« Daraufhin schlossen sich ihre Augen.

»Ohne uns löst sie sich leichter vom Leben«, meinte Oliver und legte Carolin den Arm um die Schulter. »Lass uns rausgehen.«

Carolin akzeptierte, dass ihre Mutter den Faden allein zerreißen wollte. Sie kippte das Fenster an und ließ sich von Oliver vor die Tür führen.

Dort warteten beide, wobei Oliver versuchte, Carolins Verzweiflung zu lindern. Von außen betrachtet, streichelte er ihr nur über das Haar und wiegte sie kaum spürbar in seinen Armen, doch wie er es tat – mit völliger Hingabe. Im Hof wühlten derweil die Geräusche des Lebens: Stimmen, Schritte und der Widerhall alltäglicher Verrichtungen. Wie aus dem Nichts wimmerte plötzlich ein Windstoß zwischen den Mauern.

»Es ist furchtbar«, flüsterte Carolin, »in so kurzer Zeit beide Eltern zu verlieren.«

»Ja, das ist es«, pflichtete Oliver ihr bei. Er musste schlucken und fügte hinzu: »Ich glaube, es ist jetzt vorüber.«

Behutsam löste er sich von ihr, ging zurück in das Zimmer und setzte sich zu Madeleine. Ihr fahles Gesicht wirkte starr, aber friedlich; ihre Augen waren geschlossen, und ihre Wangen begannen einzufallen. Vergeblich tastete er nach ihrem Puls. Sie war von ihnen gegangen.

Währenddessen begegneten sich auf dem Flur Annabel und Carolin, deren tränenfeuchte Wangen glitzerten.

»Sag mal, Annabel«, fragte Carolin, »hast du vielleicht … vielleicht irgendwo eine Kerze für mich? Ich möchte sie anzünden, wenn …« Beenden konnte sie den Satz nicht, er ging in Schluchzern unter.

Statt einer Antwort kam Annabel auf Carolin zu und schloss sie in die Arme. Das weinende Mädchen war genauso groß wie die Frau, die den Zuspruch dankend annahm.

»Es tut mir so leid«, flüsterte Annabel und sah Carolin in die Augen. »Ich hab vorhin in Marcelinas Zimmer Kerzen gesehen. Ich guck mal.«

Die Trauerfeier fand am nächsten Morgen in der kleinen Kapelle zwischen Hauptturm und Ziehbrunnen statt. Jaeck hatte die Andacht dort gestattet. Ein schlichtes Holzkreuz schmückte den Raum, dessen Gewölberippen mit verblichenen Malereien bedeckt waren. Madeleine lag in ein Leintuch gehüllt auf einer Bank.

Haemmerli hielt eine kurze Rede, die er mit einem allgemeinen Teil einleitete und mit Details der Familiengeschichte versah, die ihm Carolin am Vorabend erzählt hatte.

»Mit Madeleine sind wir aus einer dunklen Welt emporgestiegen und einen fast ungangbaren Weg gegangen. Wir haben getrauert, gekämpft und die Hoffnung nie aufgegeben. Es wird immer eine Lücke bleiben. Wir aber werden unseren Weg weitergehen, und sie wird in unseren Gedanken, in unseren Erinnerungen und in unseren Herzen sein.«

Da es weder innerhalb der Burgmauern noch im gefrorenen Boden der Umgebung eine Möglichkeit gab, die Tote zu beerdigen, kam nur eine Feuerbestattung in Betracht. Mühsam suchten Haemmerli und Oliver im Wald Holz und schichteten es vor dem Burgtor zu einem großen Haufen. Dann trugen sie Madeleines Leichnam hinaus, betteten ihn auf die Scheite und entzündeten alles.

Kapitel 6

Langsam wand sich der Bandvagn die Serpentinen von der Burg hinunter ins Tal, in dem Bellinzona lag und wo sich der Weg über eine Ebene bis kurz vor Locarno anschloss. Dort, in der Nähe des Lago Maggiore, war der Flughafen. Für die Fahrt hatte Haemmerli drei Stunden kalkuliert. Dazu kam noch die Zeit, um das Flugzeug startklar zu machen. Eile war geboten, denn sie wollten noch am frühen Nachmittag starten und das Tageslicht nutzen.

Plötzlich verschlechterte sich das Wetter; wie aus dem Nichts wirbelten Schneeflocken durch das Grau, hinter dem die Stadt im Tal langsam unsichtbar wurde. Der Wind blies unbarmherzig von den Felsen und zerpflügte den Schnee, der sich zu gefährlichen Wehen türmte. Der Sturm steigerte die Kälte zu einem brutalen Gegner, der besonders den Kindern Kraft abverlangte. Das Halbdunkel und die Ungewissheit der Zukunft trieben Angst auf ihre Gesichter. Nur Marcelina, deren Zöpfe aus einer Fellmütze herauslugten, lächelte hin und wieder und kuschelte sich an Annabel.

Am Steuer saß einer von Jaecks Söldnern, Korporal Claudio Bertoli, ein schweigsamer Mann mit kräftiger Statur und aknevernarbtem Gesicht. Neben ihm konzentrierte sich Isler auf den Weg, die MP7 im Anschlag, die ihm nicht mehr gehörte. Das Heck sicherten Haemmerli und Fischknecht, die sich wenig zu sagen hatten. Haemmerli verübelte ihm die Komplizenschaft mit der Gewalt. Fischknechts Gesicht mit dem dünnlippigen Mund und der eigentümlich hohen Stirn war von der Kälte violett angelaufen und trug einen verkrampften Ausdruck.

»Sag mal, Haemmerli«, unterbrach Fischknecht das Schweigen, »wo wollt ihr eigentlich genau hin, drüben in Afrika?«

»Oliver?«, leitete Haemmerli die Frage an seinen Freund weiter.

»New Halfa, Südsudan«, erklärte Oliver. »Fünfzig Kilometer von Eritrea am Schwarzen Nil. Hab da mal beim Weizenanbau gearbeitet.«

»Weizenanbau?«, fragte Fischknecht sarkastisch. »Neger im Sudan bauen Weizen an?«

»Allerdings!« Angesichts der Kälte sparte sich Oliver einen Kommentar zu seiner Wortwahl, da er Fischknecht ohnehin nie mehr wiedersehen würde. Der Frost fraß sich überall fest und drohte, seine Lippen zu lähmen.

»Ich dachte, da gibt's nur Hunger, Lehmhütten, stundenlanges Laufen zum Brunnen und gegenseitiges Abschlachten. Hab im Radio gehört, dass die nicht gerade zimperlich mit Flüchtlingen aus Europa sind. Warum sollten ausgerechnet Neger was für euch übrig haben?«

»Weil ich da jemanden kenne.« Am liebsten hätte Oliver dem Leutnant einen Kinnhaken verpasst.

»Nenn mir deine Adresse da unten«, spottete Fischknecht, »ich schick dir Spenden, wenn's hier wieder läuft.«

»Momentan gibt es hier nichts weiter als gefrorene Scheiße«, mischte Haemmerli sich ein. »Mach dir das mal klar, Fischknecht!«

»Wenn hier erst alles weggetaut ist«, entgegnete der Leutnant, »geht's wieder bergauf. Die Burgleute werden dann profitieren, ganz gewiss.«

»Wenn hier alles weggetaut ist«, begehrte Haemmerli auf, »wirst du kaum lange genug leben, um den Aufschwung mitzuerleben. Die Strahlung wird dir einen Tumor verpassen, an dem du verrecken wirst, mein Bester.«

Fischknecht zündete sich eine Zigarette an, drehte sich weg und beendete auf diese Art das Gespräch.

Während der Fahrt durch Bellinzona schwiegen die ehemaligen Fallschirmaufklärer, denn die Stadt war bedrückend und gefährlich. Überall gab es unübersichtliche Ecken und Schneeverwehungen. Die Sichtweite war auf unter hundert Meter gesunken, was es allerdings auch für Angreifer schwierig machte, einen Hinterhalt zu legen.

Bertoli lenkte den Bandvagn in Richtung Nordwesten, um die Autobahn nach Locarno zu erreichen. Das gelang ohne Zwischenfall. Der Weg zum Flughafen schien frei, zumal Wind und Schnee nachließen. Weiter unten in der Ebene klarte es sogar auf; fahles Sonnenlicht drang durch Risse in den Wolken, die über den Himmel getrieben wurden. Das Kettenfahrzeug kam schneller voran als erwartet, weil der Sturm den Schnee weggeweht hatte.

Carolin saß niedergeschlagen auf der Bank und zitterte vor Kälte. Hin und wieder blickte sie auf die Straße. Sie schien noch nicht realisiert zu haben, was geschehen war, dass sie sich in einer neuen Situation befand. Sie lehnte ihren Kopf an Olivers Schulter.

Nach zwei Stunden Fahrt rastete die Gruppe kurz vor ihrem Ziel am Rande eines Waldes. Sie suchten Äste zusammen und entzündeten auf dem Boden ein Feuer, über dem sie Wasser zum Kochen brachten und Konserven erhitzten. Der schwarze Tee schmeckte bitter, die Suppe fahl, aber beides wärmte.

»Gott sei Dank«, sagte Fischknecht, »liegt der Flugplatz vor Locarno, denn in der Stadt herrschen Plünderer. Trotzdem müssen wir auf der Hut sein.«

»Warum?«, fragte Oliver besorgt.

»Weil die Gesetzlosen auch die Umgebung unsicher machen.« Fischknecht nahm einen kräftigen Zug von seiner

Zigarette. »Keine Sorge: Jaeck hatte vorhin Funkkontakt mit unserem Stützpunkt am Flughafen. Da war alles ruhig.«

»Und wie wollen wir vorgehen, um keine Überraschung zu erleben?«

»Wir sind Aufklärer, Oliver«, erklärte Haemmerli. »Wir werden erst mit Jaecks Leuten am Flughafen Kontakt aufnehmen, anschließend das Gelände sichern und uns erst dann nähern. Du kannst dich also entspannen.«

»Gewiss«, ergänzte Fischknecht, »zumal es aufgeklart hat und das Gelände in der Ebene am Seeufer übersichtlich ist.«

Da die beiden ehemaligen Elitesoldaten, so unterschiedliche Ansichten sie sonst auch vertraten, in militärischen Fragen einhellig Sicherheit vermittelten, war Oliver für den Moment beruhigt. Er ging zu seiner Tochter, die Marcelina den zugefrorenen Lago Maggiore zeigte. Das Wasser schien zum Greifen nahe. Noch vor einem Jahr haben Menschen hier Urlaub gemacht, bei mildem Wetter und Wärme, dachte Oliver. Jetzt sah der See aus wie eine unwirkliche, riesige Gletscherplatte, die sich kaum von der weißen Umgebung abhob.

»Wann sind wir endlich da?«, fragte Annabel bibbernd.

»Noch 'ne halbe Stunde.« Oliver legte den Arm um seine Tochter und blickte in die Ferne. »Sieht aus, als wäre der See bis zum Grund durchgefroren. Wird Zeit, dass wir in den Süden kommen. Ich halt die Kälte nicht mehr aus.«

Nach einem Moment des Innehaltens wandte er sich Marcelina zu, ging in die Hocke, um mit ihr auf Augenhöhe zu sprechen.

»Freust du dich auf die Reise?«

Rasch nickte Marcelina, senkte den Kopf und versteckte sich halb hinter Annabel.

»Bald fliegen wir mit einem Flugzeug nach Afrika. Da werden wir uns ein neues Zuhause aufbauen.« Oliver berührte das fremde Mädchen am Arm, versuchte, Vertrauen aufzubauen.

Hinter Annabels Mantel lugte Marcelina hervor und sah Oliver mit einem Blick an, der alle für sie existenziellen Fragen zu enthalten schien: Wer immer du auch bist, kann ich mich auf dich verlassen? Wirst du mich beschützen? Und vor allem: Bin ich dir wichtig, kannst du mir Geborgenheit bieten?

Oliver hielt ihrem Blick stand, lächelte und nickte. Dann stand er auf. Als er zurück zum Feuer gehen wollte, zupfte Annabel an seiner Jacke.

»Ich mag Carolin auch«, sagte sie. »Ändert ja nichts daran, dass wir Mama lieben und nie vergessen.«

»Nein«, bekräftigte Oliver stockend, »wir werden sie nie vergessen … und ich werde Mama auch immer lieben … und …« Tief bewegt verschlug es ihm die Stimme. Vater und Tochter umarmten einander innig.

»Danke«, brachte Oliver nur hervor.

Der Bandvagn erreichte um die Mittagszeit den Flugplatz Locarno, der sich einen guten Kilometer vom Lago Maggiore entfernt in der Ebene befand. Der Tower stach weit sichtbar aus dem Gelände heraus, das Oliver verwinkelt und provinziell vorkam. Eine U-förmige Zufahrtsstraße säumten beidseits Gebäude. Durch die Lücken sah man hohe Zäune, die den Flughafen abriegelten. Schilder kennzeichneten eine Helikopter-Chartergesellschaft, das Fallschirmsprungzentrum der Siebzehner und die Rettungsflugwacht, die hier vor dem Krieg ihren Sitz gehabt hatten. Sogar ein italienisches Restaurant war hier ansässig gewesen, wie ein Schild verkündete. Dahinter lagen die Hangars.

Gleich zu Beginn der Straße passierten sie das Quartier der Siebzehner. Hinter einem Fenster im ersten Stock standen zwei Männer in Uniform, die nicht genau zu erkennen waren. Sie signalisierten mit erhobenen Daumen, dass alles in Ordnung war.

Haemmerli, der nach den folgenschweren Ereignissen zu seiner alten Wirkungsstätte zurückkehrte, sah ungeachtet aller Konzentration bewegt aus. Seine weit geöffneten Augen leuchteten, und er rieb sich freudig die Hände. Als sie jedoch an dem alten Quartier vorüberfuhren, durchfuhr ihn Unruhe. Er zog die Schultern nach oben und presste die Lippen aufeinander.

»Sind das eure Männer?«, fragte er Fischknecht, der den Leuten im Gebäude zurückgewunken hatte.

»Klar, wer sonst?«

»Hast du sie genau erkannt?«

»Nun ja«, antwortete Fischknecht verunsichert, »wir haben vorhin mit ihnen gesprochen, sie tragen unsere Uniformen, also …«

»Kannst du sie identifizieren?«, hakte Haemmerli energisch nach.

»Nein, dafür waren sie zu weit weg.« Ein gequältes Lächeln sollte offenbar signalisieren, dass der Kommandant ihm auf die Nerven fiel. Fischknecht schob nach: »Wenn wir euch abgesetzt haben und zurückfahren, werde ich sie fragen, okay?«

Haemmerli musterte den Leutnant kritisch und brummte schließlich ein »Okay«, da der Bandvagn ohnehin fast das Ende der U-förmigen Straße erreicht hatte.

Sie fuhren durch ein Tor in den Innenhof des Restaurants und hielten. Beim Aussteigen war es so still, dass das Knirschen des Schnees unter ihren Stiefeln von den Mauern zurückhallte.

Wie vereinbart ließ sich Korporal Bertoli die MP7 aushändigen. Isler verzögerte die Übergabe, klammerte sich an die Waffe. Es schien ihm fast körperliche Schmerzen zu bereiten, sich von seiner Ausrüstung zu trennen.

Fischknecht erläuterte Haemmerli den Standort der Beechcraft in den Hangars. Die Männer vom Stützpunkt sollten ihm später helfen, die Maschine startklar zu machen und einen sicheren Abflug zu gewährleisten.

Die Verabschiedung der einstigen Armeeangehörigen voneinander erfolgte durch kurzes, kühles Händeschütteln und ohne gegenseitige gute Wünsche. Dann stiegen Fischknecht und Bertoli ins Führerhäuschen des Bandvagn und knatterten los.

Als das Fahrzeug den Hof verlassen hatte, zog Haemmerli seinen Feldstecher aus dem Rucksack und ging zu einer Metallleiter, die auf der Innenseite des Hofes an eine Mauer montiert war.

»Komm«, forderte er Isler auf, »das sehen wir uns an.«

Die Kameraden kletterten die Leiter hinauf, was Isler Mühe bereitete, da er den linken Arm nicht heben und die Hand im Verband nur eingeschränkt bewegen konnte. Angekommen auf dem flachen Dach, sahen sie dem Bandvagn nach, der sich dem U-Schenkel der Straße näherte, auf dem sie gekommen waren.

Als er am Quartier der Siebzehner vorbeifuhr, brach wie aus dem Nichts ein Gefecht los. Maschinengewehrsalven und Schüsse knallten, eine Granate explodierte, Männer rannten um ihr Leben, Schreie hallten über das Gelände. Schnee stob auf, und Rauchwolken stiegen empor. Der Überfall verlief scheinbar chaotisch, war aber exakt geplant gewesen. Die Angreifer hatten das Kettenfahrzeug bewusst in die umzäunte U-förmige Straße fahren lassen, die sich nun als Falle erwies.

Haemmerli rannte zurück zum Dachrand und schrie: »Oliver, Carolin, nehmt die Kinder und versteckt euch in der Küche! Wir werden angegriffen!«

Während er zurücklief, um hinter einem Schornstein in Position zu gehen, sah er auf einem der Dächer gegenüber zwei Gestalten hinter einem Mauervorsprung, die mit Gewehren auf ihn zielten.

»Adrian, in Deckung!«

Die Warnung kam zu spät. Ein Geschoss zerriss Isler den Bauch. Mit einem fragenden, entsetzten Ausdruck im Gesicht fiel er vornüber und starb.

Mit einem Hechtsprung suchte Haemmerli hinter dem Schornstein Schutz vor den Kugeln, von denen mindestens eine zentimeterweit an seinem Kopf vorbeizischte. Weitere schlugen dumpf in die Mauer ein. Steinsplitter flogen umher und trafen ihn an der Wange, die zu bluten begann. Er rang nach Atem, biss die Zähne zusammen und fluchte mit der Verzweiflung, die einen erfasst, wenn man gerade einen Freund verloren hat.

Trotz des Beschusses behielt er die Nerven, nahm seinen Feldstecher und musste beobachten, wie vier Männer den Bandvagn kaperten. Vermutlich hatten sie Fischknecht und Bertoli bereits getötet.

Vorsichtig robbte Haemmerli ein Stück nach vorn, sodass er am Schornstein vorbeispähen konnte. Einer der beiden Schützen vom Dach gegenüber kam aus der Deckung. Vermutlich fühlte er sich sicher, da ihr Angriff vom Restaurantdach aus nicht erwidert wurde. Haemmerli fackelte nicht lange, stellte seine MP7 auf Einzelfeuer und nahm den Kopf des Mannes ins Visier, um eine mögliche schusssichere Weste zu umgehen. Alles andere wäre zu riskant gewesen. Der Schuss musste sitzen – und er saß. Den Mann schleuderte es zur Seite, Blut spritzte an die Mauer und der Getroffene sank tot zusammen.

Der Motor des Bandvagn drehte hoch. Haemmerli riss die Augen auf, als er sah, dass die Banditen wendeten und die Straße zurückfuhren. Wenn diese Männer ins Restaurant eindrangen und er allein gegen sie kämpfen musste, waren sie verloren. Er musste unverzüglich handeln! Obwohl er den zweiten Mann von gegenüber nicht sah und damit ein unberechenbares Risiko einging, rannte er zur Vorderseite des Restaurantdachs und sprang von dort aus auf die Straße.

Niemand war zu sehen. Er rannte zur gegenüberliegenden Straßenseite, spurtete an zwei Gebäuden vorbei, bis der Bandvagn den Scheitelpunkt des Us passiert hatte. Dann schlug Haemmerli die Scheibe zu einem Büro ein. Die Schreibtische waren durchwühlt, Möbel umgestürzt, Chaos, überzogen von Dreck und Eiskristallen. Draußen näherte sich lärmend der Bandvagn.

Unterdessen waren Oliver und Carolin mit den Kindern in die Restaurantküche gerannt. Der Edelstahl glänzte und reflektierte das Licht der Taschenlampen. Überall lagen Bestecke, Geschirr und Küchengeräte herum. Eine Abzugshaube war verbeult, die Klappe einer Geschirrspülmaschine aus ihrer Verankerung gerissen.

Olivers Herz raste, sein Mund war trocken, und er schwitzte. Wohin mit den Kindern? Er zog die Schiebetür eines Edelstahlschrankes auf, die beim Öffnen quietschte.

»Marcelina, hier rein, komm! Keinen Mucks, hörst du?«

Das Mädchen nickte, schlüpfte in den Schrank und schob Töpfe beiseite, bis sich die Tür wieder schließen ließ.

Für Christian und Annabel mussten andere Schränke leergeräumt werden, damit sie hineinpassten. Scheppernd landeten eine Fritteuse, Kochkessel, eine Nudelmaschine und sonstige Utensilien auf den Fliesen.

»Wir beschützen euch mit unserem Leben«, versprach Oliver. Dann drückte er seine Tochter und fasste Christian aufmunternd an den Arm. Die Stahltüren der Schränke schlossen sich hinter ihnen.

»Ich hab solche Angst«, gestand Carolin mit bebender Stimme. Sie hatte die Arme verschränkt und die Hände unter die Achseln gesteckt.

Oliver löste ihre ängstliche Haltung, umarmte sie und flüsterte: »Ich auch.«

Fieberhaft überlegte er, wie sie sich gegen Eindringlinge verteidigen könnten. Aus seinem Rucksack zog er die Pistole 75 und lud sie. Carolin drückte er das Messer in die Hand, das er von Haemmerli bekommen hatte. Er leuchtete auf die Edelstahlschränke, die in der Mitte der Küche ein Rechteck bildeten.

»Versteck dich unter dem Schrank, in dem Marcelina liegt! Ich krauche in die große Tiefkühltruhe da drüben.«

Carolin legte sich flach auf den Boden unter die Metallquader, das Messer fest umklammert, Oliver zwängte sich in die Tiefkühltruhe. Durch die Glastür, die er einen Spalt offenließ, leuchtete er noch einmal in den Raum. Dann schaltete er die Taschenlampe aus.

Sekundenlang herrschte Stille, die nur einmal durch ein dumpfes Ploppen von Stahl durchbrochen wurde; eines der Kinder musste sich bewegt haben. Olivers Atem ging schnell, keuchend. Er zwang sich, die Luft tief und langsam ein- und wieder auszuatmen.

Vom Flur drang jetzt das Geräusch vorsichtiger Schritte herein. Zunächst entfernten sie sich wieder, um dann rasch knirschend näherzukommen. Plötzlich strahlte der Lichtkegel einer Taschenlampe in die Küche. Oliver konnte einen Mann sehen, der ein Maschinengewehr trug und erregt den Raum absuchte. Seine Haut straffte sich über einem eingefallenen, nadelscharfen Gesicht mit einem Stoppelbart.

Der Eindringling stapfte bis zu der Stelle, wo Carolin auf dem Boden lag. Dabei stieß er gegen Töpfe und Geräte, sodass Oliver das Blut in den Adern gefror. Die Waffe in seiner Hand zitterte.

Der Strahl der Taschenlampe schwenkte in Richtung Tiefkühltruhe. Alles, was folgte, verlief in Sekundenbruchteilen. Instinktiv wusste Oliver, dass sich Fragen oder Warnungen verboten. Kurz bevor das Licht ihn zu blenden drohte, feuerte er zwei Schüsse ab.

Der Mann stieß einen Schrei aus und gab eine kurze, ziellose Maschinengewehrsalve ab. Die Geschosse prasselten in die Decke und ins Metall der Wandschränke. Dann stürzte er, fiel parallel zu Carolin auf die Fliesen und sah ihr direkt in die Augen.

Seine italienisch-deutschen Flüche, gemischt mit tiefem Stöhnen, verstand Carolin nicht. Im Schein der auf den Boden gefallenen Taschenlampe bemerkte sie, dass der Mann nach seiner Pistole im Halfter fingerte. Dafür hatte er nur einen Arm frei, der andere klemmte unter seinem Oberkörper fest. Um seine Hand von der Waffe wegzuziehen, blieb keine Zeit, da sich seine Faust bereits um den Griff geschlossen hatte. Carolin umklammerte ihr Messer und stach es bis zum Heft in den Hals des Mannes, begleitet von einem lauten Schrei. Ein kurzes, schnell ersterbendes Röcheln, eine wachsende Blutlache, und es war vorbei.

Der Bandvagn spiegelte sich in den Scheiben der gegenüberliegenden Gebäude. Haemmerli zerrte einen Tisch vor das Fenster und platzierte zwei Handgranaten darauf. Aus einer zog er den Splint, ließ den Bügel los und warf sie durch das eingeschlagene Fenster in den Bandvagn, der in diesem Moment am Büro vorbeifuhr. Dann zog er den Splint aus der zweiten Granate. Die erste Detonation ließ das Fahrzeug in einem Feuerball vom Boden abheben. Asphaltbrocken, Schnee und Splitter flogen durch die Luft. Die Druckwelle brachte Glas zum Zerbersten. Der Bandvagn setzte wieder auf, Schüsse wurden abgefeuert. Eine Kugel traf Haemmerli im Bauch, als er die zweite Granate auf das Führerhäuschen warf.

Unter der Explosion erbebte die Umgebung. Die Wucht des Projektils und die Druckwelle warfen Haemmerli zu Boden. Rauchschwaden lagen über der Straße, Fahrzeugtrümmer brannten. Hätte es überlebende Angreifer gegeben, wäre Haemmerli nicht in der Lage gewesen, ihnen etwas entgegenzusetzen. Aber es gab keine, nur Tod und Zerstörung.

»Gott verdammt!«, fluchte Haemmerli und hielt sich mit der Hand die blutende Wunde. Er stöhnte vor Schmerzen. Mühsam raffte er sich auf, setzte seinen Rucksack ab, suchte Verbandmull aus dem Erste-Hilfe-Set und presste ihn sich auf den Bauch. Dann schleppte er sich zurück zum Restaurant.

In der Küche stieß Oliver die Tür der Kühltruhe auf, stolperte über die Nudelmaschine und stürzte. Er hörte Carolins Schrei, fuhr blitzartig hoch und hastete zu ihr. Er erfasste die Situation nicht vollständig, sah nur die Waffe des Mannes, die er ihm mit einem Fußtritt aus der Hand schleuderte. Erst danach bemerkte er das Messer in seinem Hals, die Blutlache, das entsetzte Gesicht Carolins, die unter den Schränken hervorlugte.

»Alles okay?«

»Nein«, antwortete sie leise und verstört.

Eingesperrt im Schrank, brüllte Christian und schlug mit den Fäusten gegen das Metall. Oliver eilte zu ihm und zog die Tür auf.

»Es ist so dunkel hier, verdammt!«, brüllte der Junge verzweifelt. »Was waren das für Schüsse? Ich hab solche Angst … Ich will hier raus, ich krieg keine Luft mehr!«

»Alles okay«, versuchte Oliver, ihn zu beruhigen, »ich musste jemanden erschießen, der …«

»Ich will hier raus … Ich hab solche Angst!«

»Du kannst bald raus, aber nicht gleich. Es ist noch nicht vorbei!« Oliver legte ihm eine Hand auf den Rücken. »Ich geb dir meine Taschenlampe, und du hältst noch ein paar Minuten still, okay?«

»Nein, ich bleib hier nicht länger drin!«

»Du musst, sonst sterben wir alle!«

Der Junge starrte Oliver mit aufgerissenen Augen an. In seinem bleichen Gesicht ging eine Veränderung vor. In einer langsamen Bewegung nahm er die Taschenlampe und machte sich zitternd wieder klein.

»Alles wird gut, Christian, vertrau mir. Nur noch ein paar Minuten.« Mit diesen Worten schob Oliver die Schranktür zu.

Carolin leuchtete unter dem Schrank mit ihrer Taschenlampe, sodass Oliver den Weg zurückfand. Als Erstes zog er den Getöteten an dessen Jacke beiseite, was eine Blutspur auf den Fliesen hinterließ. Anschließend reichte er Carolin die Hand, um ihr hochzuhelfen. Entsetzt blickte sie auf den Toten.

»Wir sollten ihn abdecken«, brachte sie stockend hervor, »schon wegen der Kinder.«

Oliver nahm zwei Tischdecken aus einem Hängeschrank, breitete sie aus und legte sie über die Leiche. Während er das tat, erschütterten plötzlich zwei Explosionen das Restaurant. Der Raum bebte. Druckwellen schossen durch seinen Körper und lösten einen weiteren Adrenalinstoß aus.

»Großer Gott, was war das?«, rief Carolin fassungslos.

»Weiß nicht, aber der Wahnsinn geht weiter!«

»Was sollen wir bloß tun?«

»Weitermachen wie bisher.« Oliver hob die Waffe des Toten auf, nahm Carolin an die Hand und führte sie zu dem Schrank, in dem Christian lag.

»Hier, nimm die Waffe und leg dich auf den Boden!«, bestimmte er. »Ich klettere wieder in die Tiefkühltruhe und erledige jeden, der hier reinkommt. Schafft es doch jemand, gibst du ihm den Rest.«

Natürlich wusste Oliver, dass sie gegen gut ausgebildete Söldner oder gar Granaten keine Chance hatten. Ihnen blieb nur die Hoffnung. Er zwängte sich zurück in die Truhe, deren Enge ihm den Atem zu nehmen drohte.

Er wartete, lauschte auf jedes Geräusch und versuchte, sein rasendes Herz unter Kontrolle zu bringen. Als erneut Schritte im Flur zu hören waren, spürte er, wie sich der Druck in seiner Brust bis zur Unerträglichkeit steigerte. Eiskristalle knackten unter den Sohlen, und die Fliesen warfen das Echo zwischen den Wänden zurück. Die Schritte hatten etwas Schlurfendes, als zöge der schwer atmende Eindringling ein Bein nach.

»Seid ihr in Ordnung?«, rief endlich eine Stimme. Es war Haemmerli.

»Gott sei Dank!«, flüsterte Oliver erleichtert und atmete tief durch. »Marius, wir sind in der Küche – und okay! Komm rein!«

»Ich kann nicht«, sagte Haemmerli, »bin angeschossen worden.«

Geschockt öffnete Oliver die Truhe, knipste die Taschenlampe an und eilte zu seinem Freund, der auf dem Boden an der Wand lehnte. Sein Gesicht war blass und sah gezeichnet aus. Mit einer Hand hielt er sich die blutende Wunde.

»Was ist passiert?«, wollte Oliver wissen, während er sich den provisorischen Verband anschaute und nach dem Puls tastete.

In knappen Worten berichtete Haemmerli, was sich draußen ereignet hatte. »Auf dem Dach gegenüber waren zwei Typen«, brachte er gepresst hervor. »Einen davon hab ich aus den Augen verloren. Der könnte hier noch irgendwo rumschleichen.«

»Ich glaube, das ist der, den Carolin und ich erwischt haben. Er liegt tot in der Küche.«

»Dann kann vorerst nichts mehr passieren.«

Oliver senkte den Kopf, blickte zu Boden und sagte leise: »Adrian … Das ist so furchtbar.«

»Ja, auf ihn war wirklich Verlass. Jetzt liegt er erschossen auf dem Dach.«

»Wir müssen ihn beerdigen«, sagte Oliver.

»Nein, dazu ist keine Zeit. Wir machen sofort die Beech flott und dann nichts wie weg. Es können jederzeit neue Banditen aus Locarno herkommen.«

»Das wird nicht gehen«, wandte Oliver ein. »Mit deiner Schusswunde brauchst du Ruhe und Antibiotika. Und ich werde sehen, was ich chirurgisch für dich tun kann.«

»Du und chirurgisch was für mich tun!« Der Lacher, den Haemmerli sich abrang, klang gequält. »Du weißt doch, dass du nicht mal eine Schnittwunde zusammenflicken kannst, ohne dass dir hinterher die Klebestreifen an den Fingern hängen. Nein, mein Bester, gib mir die Antibiotika, die dein Schächtelchen hergeben, und auf geht's!«

In der Zwischenzeit hatte Carolin die Kinder aus ihren Verstecken befreit. Sie machten einen tief verängstigten Eindruck. Alle wurden von den Erwachseneren umarmt und getröstet. Marcelina zitterte am ganzen Körper und klammerte sich an Carolin fest.

Oliver reinigte und verband Haemmerlis Wunde, ein tiefer Schuss durch die seitliche Bauchwand, und verabreichte ihm eine hohe Dosis Antibiotika, weil er eine Bauchfellentzündung befürchtete. Schusswunden, die eventuell den Darm verletzt hatten, gehörten eigentlich auf den Operationstisch. Für den Moment konnte er aber nicht mehr für ihn tun.

Die Beechcraft stand unberührt im Hangar. Wie Jaeck gesagt hatte, handelte es sich um eine King Air 350ER, einen modernen Businessflieger mit zwei Propellern und luxuriöser Ausstattung: acht breite Ledersitze, Entertainment, elektrische Fensterverdunkelung und weiterer Komfort, den niemand mehr benötigte.

Als Erstes checkte Haemmerli die Tanks. Sie waren bis zum Rand gefüllt. Jaeck hatte Wort gehalten. Wie aus den Bordpapieren hervorging, hatte ein Geschäftsmann kurz vor Kriegsausbruch die Maschine für einen Flug nach Moskau gechartert, ihn aber nicht mehr erreicht.

»Es ist jetzt 14:30 Uhr«, erläuterte Haemmerli, der bereits die Flugcheckliste abarbeitete. »Wir werden so schnell wie möglich starten, müssen aber irgendwo zwischenlanden, da der Flug in den Sudan gut acht Stunden dauert und wir bei Dunkelheit weder fliegen noch landen können.«

In der Checkliste notierte Haemmerli den Startflughafen, Treibstoffmenge, Frequenz des Towers, Start- und Landegeschwindigkeiten sowie den Zielflughafen. Im Anschluss daran begann er, die Technik zu prüfen, wobei die Maschine an verschiedenen Stellen brummte und quietschte.

»Wir werden auf dem Reggio Calabria Airport zwischenlanden«, erklärte er. »Der liegt an der Südwestspitze Italiens gegenüber von Sizilien, ungefähr dreieinhalb Stunden Flug von hier.«

»Dann hole ich jetzt Carolin und die Kinder«, sagte Oliver und stieg aus dem Cockpit. »Soll ich noch irgendetwas mitnehmen?«

Haemmerli lächelte verschmitzt und zögerte.

»Was ist?«, fragte Oliver.

»Deine Familie, oddr?«

Oliver errötete, senkte verlegen den Kopf, hob ihn dann wieder und lächelte stolz zurück.

»Kanister, leere Flaschen und alles, womit man Wasser transportieren kann«, instruierte ihn Haemmerli. »Wir fliegen in die Wüste.«

Vom Hangar stiefelte Oliver zum Restaurant. Die beklemmende Stille über dem Gelände wirkte trügerisch. Ein leichter, geräuschloser Wind steigerte die Kälte zu einer Tortur. Dieses Europa, in dem es offenbar keinen einzigen lebenswerten Ort mehr gab, würden sie es je wiedersehen? Er fühlte bei dem Gedanken keine Leere, sondern Zuversicht.

Im Restaurant fanden sich leere Plastikflaschen, die sie mit dem saubersten Schnee füllten, der greifbar war. Sie packten ihre Sachen in die Rucksäcke und liefen zurück zum Hangar. Oliver legte einen Arm um Carolin und drückte sie an sich. Auch die Kinder sorgten wie ein eingeschworenes Team füreinander. Reisefieber hatte die Verstörtheit etwas verdrängt.

Vor dem eingestaubten Flugzeug blieben sie stehen und staunten über die Größe des imposanten Stücks Hightech. Die Spannweite der Flügel maß 17 Meter, die Höhe vier Meter. Auf dem Rumpf stand *Special Missions*. Haemmerli winkte ihnen aus dem Cockpit zu.

Sie stiegen ein. Die Beech war startbereit. Oliver setzte sich auf den Copilotensitz, Carolin und die Kinder schnallten sich auf die cremefarbenen Ledersitze.

»Wenn man dazu in Stimmung wäre«, sagte Annabel, »könnte man hier sogar Filme gucken.«

Vorn im Cockpit standen Schweißperlen auf Haemmerlis blasser Stirn; er wirkte angespannt. »Bin lange nicht geflogen«, gestand er und startete die Triebwerke.

Die Motoren knatterten mühsam los, kamen dann aber schnell auf Touren und ließen die Beech vibrieren.

»Müssen Flugzeuge nicht aus dem Hangar gezogen werden, bevor sie starten?«, fragte Oliver.

»Du kannst gerne rausgehen und ziehen«, antwortete Haemmerli trocken.

»Aber fliegt uns von dem Wind nicht die Halle um die Ohren?«

»Wird's schon aushalten. Nach uns die Sintflut!«

Die Maschine ruckte an. Umherwirbelnder Staub mischte sich mit Schnee und schon lag der Hangar hinter ihnen. Das Rumpeln der Räder auf dem unebenen Boden übertrug sich auf den Innenraum. Um zur Startbahn zu gelangen, mussten sie das Flughafengelände umfahren, das trostlos und verlassen vorüberzog. Ein paar kleine Rauchschwaden zeugten noch von dem Gefecht.

Oliver erfasste plötzlich die Sorge, in letzter Sekunde überfallen oder beim Start abgeschossen zu werden.

Wie er es gewöhnt war, funkte Haemmerli auf dem Weg zum Start den Tower an, aber es kam keine Antwort.

»War ja auch nicht zu erwarten«, witzelte er. »Woll'n mal sehen, ob wir unsere Single-use-only-Maschine in die Luft bekommen!«

Sie erreichten den Anfang der Startbahn. Die Motoren heulten auf, und die Maschine begann zu beschleunigen. Sie wackelte wie ein Auto auf einem Feldweg. Alle wurden in die Sitze gedrückt und durchgeschüttelt. Dann hoben sie von dem schroffen Untergrund aus Eis und Schotter ab. Die Vibrationen hörten auf, und das Flugzeug stieg langsam in die Höhe, lag sicher wie ein Brett in der Luft. Rumpelnd fuhr das Fahrwerk ein, und bald sahen sie den Lago Maggiore unter sich.

Oliver musste schlucken, um den Druck in seinen Ohren auszugleichen und Tränen zu unterdrücken. Noch einmal zog das schneebedeckte Alpenpanorama an ihnen vorüber. Nur ein paar Quellwolken verhüllten die Gipfel, an anderen Stellen schnitten sie scharf in den Himmel.

Irgendwo über dem See überquerten sie die Grenze der Schweiz zu Italien. Wenig später flogen sie in Richtung Süden, um zur Westküste Italiens zu gelangen, an der sich Haemmerli orientieren wollte.

Während des Steigflugs tauchte linker Hand der Ort auf, wo Mailand hätte liegen müssen. Doch umgeben von geschwärzten und schneebedecken Ruinen öffnete sich nur ein riesiger weißer Krater. Das Bild der ausradierten alten Stadt trieb Carolin Tränen in die Augen. Auch Oliver und Haemmerli blickten geschockt auf die Überreste der italienischen Metropole, die aussahen wie ein eisbedecktes Hiroshima.

Es folgte ein Stück weißer Ödnis, kalt beleuchtet vom aschenen Tageslicht. Etwas weiter südlich dann das zerstörte Genua, ebenfalls nichts als ein rußiger Fetzen im ewigen Winter.

»Ob sich ganz Europa so in Nichts und Nacht aufgelöst hat?«, fragte Oliver bedrückt. »Diese Bilder bekomme ich nie wieder aus meinem Kopf.«

Haemmerli sah finster zu ihm rüber. »Ja, die Wahnsinnigen kannten kein Halten.«

»Hoffentlich gibt es überhaupt noch ein Land, in dem es sich zu leben lohnt.«

»Das haben sie doch im Radio gesagt, Oliver.« Mühsam verzog Haemmerli den Mund zu einem Lächeln. »Das wird schon, Kopf hoch!«

Die Küste war kaum zu erkennen, so sehr verschwamm die Grenze zwischen schneebedecktem Land und zugefrorenem Mittelmeer. Aus 4000 Metern Höhe wirkte alles bis zum Horizont wie gefangen unter einem riesigen Gletscher.

Haemmerli biss sich auf die Lippen und wischte sich in regelmäßigen Abständen den Schweiß mit einem Handtuch aus dem Gesicht. Bei der Navigation konnte er sich kaum auf Sicht verlassen, sondern musste auf die Instrumente vertrauen. Nur sporadisch war der italienische Boden anhand zerstörter Städte oder Höhenzüge zu identifizieren.

Auf der Höhe Korsikas nahm Oliver das Fernglas und suchte das Gebiet unter ihnen nach markanten Punkten ab. Er sah Handelsschiffe, die an der Küste gestrandet waren, und einen halb versunkenen, vom Eis gepackten Flugzeugträger. Auch Rom war vollständig verwüstet worden, der Anblick schmerzte besonders. Über dem Tyrrhenischen Meer steuerte Haemmerli die Beech schließlich von der Küste weg, direkt auf den Zielflughafen zu.

Je weiter sie nach Süden kamen, umso öfter taten sich im Eis Risse auf. Dann gab es abgebrochene Stücke von der gigantischen Eisschelfplatte des nördlichen Mittelmeeres, Eisberge, die durch die offene See trieben und in immer kleinere Bruchstücke zerfielen.

Kurz vor ihrem Ziel auf der südlichsten Spitze Italiens schlugen die Wellen endlich frei gegen die Küste. Im Hinterland folgte ein schmales Gebiet, in dem sich geschwärzte Wälder und graubraunes Ödland vom Schnee abhoben, bis weiter landeinwärts das schmutzige Weiß die Oberhand gewann.

Den Reggio Calabria Airport steuerte Haemmerli aus nordwestlicher Richtung an. Zunächst überflog er zweimal flach die Landebahn, um das Gelände zu inspizieren. Alles schien verlassen. Die Gebäude der Umgebung wirkten verfallen oder ausgebrannt. Durch die Nähe zum Meer waren die Pisten des Flughafens eisfrei.

Turbulenzen schüttelten die Beech durch. Haemmerli kämpfte mit den zahllosen Hebeln, Lämpchen und Instrumenten, ein hochkomplizierter Job, dessen Routine er verloren hatte. Erfolglos versuchte er, mit dem Tower Kontakt aufzunehmen.

Beim Landanflug fuhr rumpelnd das Fahrwerk aus. Haemmerli gab je nach Bedarf mehr oder weniger Gas, sodass die Triebwerksgeräusche mal leiser, mal lauter wurden. Das Flugzeug sank dem Boden entgegen, was die Kinder in Aufregung versetzte. Die Landung war hart, die Triebwerke röhrten, und am äußeren Ende der Landebahn kam die Beech schließlich zum Stehen, die Propeller trudelten aus. Haemmerli hatte bewusst eine Parkposition abseits des Terminals gewählt, um so wenig Aufmerksamkeit wie möglich zu erregen. Soweit es in der Abenddämmerung zu erkennen war, befanden sich landseitig Einfamilienhäuser, zwischen Piste und Meer eine Straße und Bahngleise.

Die Gruppe traf sich in der Kabine zum Abendessen. Carolin erwärmte die letzten Büchsen Ravioli in der Bordküche, wo sich in einem Schrank, dessen Tür zunächst klemmte, auch Knabbereien, Softdrinks und kleine Whiskyflaschen fanden. Annabel, Christian und vor allem Marcelina fielen nach den Strapazen schon während des Essens die Augen zu. Oliver und Carolin klappten die Sessel der Kinder nach hinten und legten Schlafsäcke darauf, weil die Temperatur im Flugzeug rasch wieder sank. Das Außenthermometer zeigte minus fünf Grad an.

Haemmerli saß gekrümmt auf seinem Sitz und atmete schwer. Gegessen hatte er nichts, nur etwas Wasser und Whisky getrunken.

»Lass mich mal deine Wunde untersuchen«, forderte Oliver ihn auf und drückte die Rückenlehne seines Sessels nach hinten, ohne die Antwort abzuwarten.

Langsam und unter Schmerzen lehnte Haemmerli sich an, zog sein Hemd aus der Hose und legte die Wunde am linken Mittelbauch frei. »Sieht nicht gut aus, Doc, oddr?«

Um die Einschussstelle hatte sich das Gewebe trotz der Antibiotika rötlich entzündet und fühlte sich hart an. Seine tastenden Finger signalisierten Oliver, dass es schlecht um den Freund stand. Eine sofortige Operation war unabdingbar. Er reinigte die Wunde mit Alkohol aus einer Whiskyflasche und legte einen neuen Verband an.

»Ich gebe dir jetzt die nächsten Antibiotika« sagte er stockend. »Morgen müssen wir sehen, ob wir in der Stadt ein Krankenhaus finden.«

»Vergiss es«, entgegnete Haemmerli und stöhnte vor Schmerzen auf. »In ganz Italien gibt es nichts mehr, was funktioniert, schon gar nicht in Reggio Calabria. Hast es selbst gesehen.« Mühsam raffte er sich wieder auf in eine gebeugte

Position, die ihm Linderung verschaffte. »Gib mir lieber noch was von dem Fusel. Bringt mich wieder auf die Beine.«

Oliver reichte ihm den Flachmann.

Zitternd führten Haemmerlis Hände die Flasche zum Mund, und er trank ein paar kräftige Schlucke. Nach einigen Minuten schien es, als hatte der Whisky tatsächlich eine belebende Wirkung auf ihn. Plötzlich sagte er: »Sobald es hell wird, fliege ich die Beech in den Sudan. Hier können wir auf keinen Fall bleiben, viel zu gefährlich.«

»Woher willst du das so genau wissen?«

»Warum soll's hier anders sein als in der Schweiz? Nein, in deinem New Halfa wird man mir schon helfen, aber wenn hier was schiefläuft … Ich bin schließlich der einzige Pilot an Bord.«

Die Kinder schliefen fest, obwohl Christian träumte und Unverständliches redete. Für die drei Erwachsenen hingegen verlief die Nacht unruhig. Haemmerli wälzte sich hin und her und stöhnte, sodass Oliver ihm hohe Dosen Schmerzmittel verabreichen musste. Carolin brachte eine Schüssel mit Wasser herbei und kühlte mit einem Tuch die schweißige Stirn des Kranken und dessen schwer atmende Brust. Aus dem Kühlschrank besorgte sie Eiswürfel, die er im Mund zergehen ließ.

Am Morgen rappelte Haemmerli sich keuchend mit Olivers Hilfe auf, der ihn zum Cockpit führte. Sofort begann er, seine Checkliste abzuarbeiten und alles für den Start vorzubereiten.

Oliver und Carolin weckten inzwischen die Kinder, die unwillig die Augen aufschlugen und murrten. Die Erwachsenen stellten die Rückenlehnen für den Start wieder gerade und achteten auf angelegte Sicherheitsgurte. Dann kochten sie Kaffee und Tee und reichten salzige Cracker zum Frühstück.

»Ist das alles?«, fragte Annabel.

»Mehr haben wir nicht mehr«, gestand Oliver. »Für jeden noch einen Fruchtsaft, unterwegs eine Cola. Das war's.«

»Und was essen wir in Afrika?«

»Zwei Büchsen Chili con Carne. Später werden wir in New Halfa versorgt.«

Skeptisch schlürfte Annabel ihren Kaffee und biss lustlos in einen Cracker. Marcelina hingegen freute sich über das ungewöhnliche Frühstück.

»Hey, Leute«, rief Haemmerli aus dem Cockpit, »das müsst ihr euch ansehen!«

Nachdem Oliver und Carolin herbeigeeilt waren, deutete Haemmerli in Richtung Startbahn. In Lumpen gehüllt, liefen etwa zwei Dutzend Gestalten auf sie zu. Sie trugen Stangen oder Stöcke in den Händen und hielten sie nach oben. Es sah aus wie eine seltsame Prozession von Bettelmönchen, gespenstisch.

»Die nehmen uns das Flugzeug auseinander!«, rief Oliver.

»Verdammt, ja, die wollen uns plündern«, wurde sich Carolin bewusst. »Nichts wie weg hier!«

»Ja, und sie werden vor nichts Halt machen!« Hektisch bediente Haemmerli Hebel und Knöpfe. Die Triebwerke starteten. »Seht doch nur, sie kommen von überall!«

Tatsächlich schleppten sich aus der Richtung des Terminals nun weitere Gestalten auf die Beech zu, Überlebende des nuklearen Holocaust, die in dem Flugzeug offenbar so etwas sahen wie einen Heilsbringer.

»Carolin, geh nach hinten und schnall dich an!«, bestimmte Haemmerli. »Oliver, setz dich neben mich und assistiere mir!«

Alles ging jetzt rasend schnell. Haemmerli tourte die Motoren hoch, die Beech vibrierte und setzte sich in Bewegung. Die Menschen draußen vor den Fenstern waren inzwischen nähergekommen, fuchtelten wütend mit ihren Stangen. Einige warfen sie in Richtung Flugzeug wie Speere, schon prallte ein Holzstab gegen das Leitwerk. Oliver hoffte, dass sie der startenden Maschine rechtzeitig aus dem Weg gingen. Noch mehr aber hoffte er, dass die Beech unbeschädigt blieb.

Während das Flugzeug immer mehr beschleunigte und unter einem Speerhagel versank, huschten die Gestalten nur wenige Meter entfernt an ihnen vorüber, gestikulierend und schreiend. Dann blieben sie zurück, verschwanden aus dem Blickfeld der Fenster, und wie unter einem Stöhnen hob die Maschine sich in den Graupelschauer des düsteren Morgens.

TEIL III
Der Weizen gedeiht im Süden

Kapitel 1

Nachdem die Beech gestartet war, flogen sie um den bergigen Südzipfel Italiens und verließen Europa über das Mittelmeer. Es schien, als flögen sie der aufgehenden Sonne entgegen, die trauernd durch den trüben Himmel auf die verbrannte Erde blickte. Oliver zitterte, ein Kloß im Hals hinderte ihn am Sprechen. Als die Maschine in den Horizontalflug überging, glaubte er zu sinken. Plötzlich hatte er das Gefühl, ein alter Mann zu sein, ohne Illusionen, ohne Zukunft. Sie hatten ihre Heimat verloren, es gab kein Zurück mehr. Diese Gewissheit brannte sich in sein Herz.

Unter Schmerzen konzentrierte Haemmerli sich auf seine Aufgaben als Pilot. Nach vorn gebeugt umklammerte er den Steuerknüppel und stützte sich darauf. Auf seinem blassen Gesicht standen Schweißperlen, die er sich mit einem Tuch abwischte. Besorgt gab Oliver ihm Wasser.

»Kann ich irgendwas für dich tun, Marius?«

»Ja, gib mir die Morgendosis.«

Nachdem Oliver die Antibiotika aus dem hinteren Teil der Maschine geholt hatte, drückte er sie aus den Blistern und reichte sie Haemmerli. Unterbrochen von Stöhnen, schluckte er sie hinunter.

»Und jetzt kannst du mal für eine Stunde das Ruder übernehmen«, schlug Haemmerli vor. »Ich hau mich hinten hin. Bin zu kaputt.«

»Ich soll was?« Oliver erschrak. »Ich habe sonst schon nichts mit Fliegen am Hut, geschweige denn, dass ich …«

»Keine Sorge, der Autopilot ist aktiv. Er steuert uns in südöstlicher Richtung über das Mittelmeer, immer geradeaus. Du wirst nur Wasser sehen. Gibt's Probleme, sag Bescheid.«

Mühsam stemmte Haemmerli sich aus dem Cockpit, und mit feuchten Händen setzte Oliver sich in den Pilotensitz. Er verschränkte die Arme, um sicherzugehen, nicht versehentlich den Steuerknüppel oder einen Hebel zu berühren. Vor sich sah er nur das Meer und den Himmel. Sie wirkten fremd, wie auf einem anderen Planeten.

Carolin half Haemmerli hinten in einen Sitz und sorgte für eine Decke und Wasser. In der Kabine herrschte eine gedrückte Stimmung. Die Kinder sahen zu den Erwachsenen, als hätten sie Schuldgefühle und viele Fragen. Marcelina knetete einen ihrer Zöpfe, Christian umklammerte die Sitzlehne vor sich.

»Was waren das für Menschen auf dem Flugplatz, Marius?«, brach es schließlich aus Annabel heraus.

»Das waren Überlebende, so wie wir«, antwortete Haemmerli schwer atmend.

»Warum haben wir dann nicht wenigstens einige von ihnen mitgenommen? Wir hätten doch noch Platz gehabt!«

»Das stimmt schon ... Ja, ich hätte auch am liebsten alle mitgenommen, aber ...« Jedes Wort bereitete Haemmerli Mühe. »... aber die wollten die Maschine stürmen, um sie zu plündern. Dann wäre niemand in den Süden geflogen. Und wir hätten es nicht überlebt.«

Annabel presste die Lippen zusammen, in ihrem Gesicht arbeitete es. »Woher willst du das so genau wissen? Kann doch auch sein, dass sie harmlos waren und nur Hilfe brauchten.«

»So, wie die sich aufgeführt haben?«, zog Carolin die Diskussion an sich, ihr Ton war hart und bestimmt. »Wolltest du gerne von denen ausgeraubt und gelyncht werden?«

»Das ist doch alles Scheiße, faule Ausreden!« Annabel wurde laut. »Wir hätten versuchen müssen, mit ihnen zu reden, statt sie fast zu überrollen. Wir sind auch nicht besser als die Wiegeles und Jaecks dieser Welt!«

»Hör mit dieser Diskussion auf, Annabel! Wie hätten wir denn mit ihnen reden sollen?«

»Keine Ahnung«, gab Annabel aufgebracht zurück. »Zum anderen Ende der Startbahn rollen, von Weitem mit ihnen verhandeln. Irgendwas. Ihr Erwachsenen seid doch die schlauen Köpfe hier!«

»Ich hatte einfach nur eine Scheißangst vor dieser Horde. Verstehst du das?« Carolin senkte den Blick und rieb sich die Nase, als Haemmerli jäh aufstöhnte und sich den Bauch hielt.

»Ich brauche was gegen die Schmerzen«, ächzte er.

»Mein Gott«, rief Carolin bestürzt, »du siehst nicht gut aus.«

»Frag Olli … seine Kiste!«

Auf einmal entfaltete sich hektische Betriebsamkeit in der Kabine. Carolin stürzte ins Cockpit, um Oliver nach Tabletten zu fragen.

»Gib ihm ein Coxib und zwei von den Tilidin«, erklärte er.

»Und was noch?«, hakte sie nach. »Können wir ihn nicht irgendwie aufpäppeln?«

»Ich bin kein Intensivmediziner, Carolin, und einen Notfallkoffer haben wir auch nicht.«

»Doch«, wandte sie ein. »Ich glaube kaum, dass ein russischer Geschäftsmann ohne Defi geflogen wäre. Und dann ist Adrenalin bestimmt nicht weit.«

»Das wäre eine Möglichkeit, ihn über Wasser zu halten. Wenn du was findest, musst du …«

»Ab damit in den Oberschenkelmuskel«, rief sie im Hinausgehen und stürmte zurück in die Kabine.

Dort hatten Annabel und Christian inzwischen Eis aus der Bordküche besorgt und in eine Plastiktüte geschüttet. Den kühlenden Beutel hatten sie auf Haemmerlis entzündete Wunde gelegt. Marcelina hockte daneben, hielt seine Hand und reichte ihm Wasser.

Unter dem letzten Sitz fand Carolin den Notfallkoffer. Wie sie vermutet hatte, enthielt er neben anderen Ampullen eine Adrenalin-Fertigspritze. Sie packte den Injektor aus und ging zurück zu Haemmerli, der tief und schnell atmete und eingedämmert war.

»Marius«, stieß sie ihn an und hob, als er die Augen wieder aufschlug, die Spritze in sein Blickfeld. »Adrenalin!«

Schwach nickte Haemmerli, und ohne zu zögern stach Carolin die Nadel durch die Hose in seinen Oberschenkel und injizierte das Hormon, das seinen Kreislauf stabilisieren sollte.

Im Cockpit verschwamm die Horizontlinie zwischen dem grauen, wolkenlosen Himmel und dem Meer, sodass Oliver die Orientierung verlor. Er schloss einen Moment lang die Augen, während das Flugzeug auf die nordafrikanische Küste zuhielt.

Haemmerlis kritischer Zustand erfüllte ihn mit Sorge. Was konnte er tun? Eine Möglichkeit wäre es, ihre Pläne zu ändern und in die sudanesische Hauptstadt Khartoum zu fliegen, um dort eine Klinik für ihn zu finden. Aber wenn es im Sudan noch Militär gab, würde es ihnen eine Landeerlaubnis erteilen? Für Europäer, die mitverantwortlich waren für das größte Desaster der Menschheitsgeschichte? Alternativ konnten sie medizinische Hilfe in der größeren Stadt Kassala suchen, zwei Autostunden von New Halfa entfernt. Dort gab es ebenfalls einen Flughafen.

Ein Ruckeln riss ihn aus seinen Gedanken. Das Flugzeug wurde hin und her geschüttelt, und die Triebwerke schienen ungleichmäßig zu arbeiten. Angsterfüllt schnallte er sich ab und hastete in die Kabine.

»Was war das?«

»Turbulenzen«, erklärte Haemmerli mit dünner Stimme. »Bleib vorn. Kein Problem für den Autopiloten.«

Das eingefallene graue Gesicht des Kranken, um den Carolin und die Kinder sich kümmerten, erschütterte Oliver. Er hielt einen Moment inne, tauschte einen Blick mit ihm und ging zurück ins Cockpit. Kaum hatte er sich wieder angeschnallt, tauchte eine schmale Küstenlinie am Horizont auf. Land, endlich Land! Das muss Libyen sein, dachte er aufgeregt, über 2000 Kilometer von der Schweiz entfernt.

»Seht euch das an!«, rief er nach hinten, doch das Vibrieren der Triebwerke übertönte seinen Ruf.

15 Minuten später überflogen sie den schmalen, türkisfarbenen Küstensaum und ließen das Meer hinter sich. Dem gelben Sandstrand schloss sich ein karg bewachsener, hügeliger Streifen an. Nur an einer Stelle vermutete Oliver einen kleinen Ort, sonst gab es keine Anzeichen von Besiedlung. Eine Straße zog sich durch diese Gegend, dann begann übergangslos die Sahara.

Sand und Fels bestimmten die Landschaft, so weit er sehen konnte. Manchmal drückte sich der basaltschwarze Untergrund durch den gelben Sand. Oliver fand die Wüste alles andere als eintönig; sie hatte viele Farben und Facetten. Während er aus dem Fenster sah, knackte und schnarrte plötzlich das Funkgerät, gefolgt von einer Durchsage auf Englisch, gesprochen mit arabischem Akzent: »Hotel Bravo Dash Papa Quebec Whiskey, you are fifteen miles away from the Egyptian airspace. Change your heading! Turn immediately to the west! Hotel Bravo Dash …«

Oliver sprang auf und stürzte in die Kabine. Die Situation war unwirklich. Nach dem, was sie erlebt hatten, hätte er nie gedacht, auf eine funktionierende Luftraumkontrolle zu treffen.

»Marius, wir empfangen über Funk ein ägyptisches Funksignal! Der sagt irgendwas von Bravo Dash und …«

»Das ist unsere Kennung. HB-PQW. Unser Transponder überträgt diese Daten. Was hat er noch gesagt?«

»Weiß ich nicht mehr.«

»Hilf mir hoch, schnell!«, stöhnte Haemmerli und hielt sich beim Aufstehen den Bauch. Oliver und Carolin mussten ihn stützen und gemeinsam zum Cockpit bringen.

Aus dem Funkgerät tönte weiter die warnende Stimme: »Change your heading! Turn immediately to the west! Acknowledge! Hotel Bravo …«

Mit wenigen Handgriffen schaltete Haemmerli den Autopiloten ab und zog den Steuerknüppel nach rechts. Die Beech drehte sofort nach Westen, sodass Oliver und Carolin an die Wand gedrückt wurden. Dann griff der Pilot nach dem Mikrofon und redete mit dem Tower. Zunächst bestätigte er, dass er verstanden und der Anweisung, nach Westen abzudrehen, Folge geleistet hatte. Anschließend versuchte er unter Hinweis auf ihre Notlage, eine Überflugerlaubnis für Ägypten zu erhalten. Doch der Tower wies die fremde Maschine ab und drohte, ein Verstoß würde mit sofortigem Abschuss geahndet. Der Lotse gab sich als Angehöriger des ägyptischen Militärs zu erkennen.

»Verdammt! Um Ägypten rumzufliegen, ist zwar kein großer …«, Haemmerli stockte kurz und kniff die Augen zusammen, »… aber es ist ein Umweg. Unser Treibstoff ist auf Kante genäht.«

»Wie viel macht das aus?«, fragte Carolin.

»Weiß nicht. 250 Kilometer?«

Nachdem er sich etwas gefangen hatte, flog Haemmerli eine flache Linkskurve und nahm Kurs in Richtung Süden, parallel zur Grenze zwischen Ägypten und Libyen.

Unter ihnen glitt das endlose Gelb der Wüste dahin. Was würde geschehen, wenn die Sudanesen ihnen denselben Empfang bereiteten? Wohin sollten sie dann ausweichen? Drängende Fragen arbeiteten in Oliver, der sich für den Moment daran aufrichtete, wenigstens den libyschen Luftraum ungehindert passieren zu können.

»Die Radarüberwachung war in Afrika eigentlich immer lückenhaft, die Flugsicherheit unterirdisch«, presste Haemmerli hervor. »Wollen wir hoffen, dass das so geblieben ist. Früher mussten die Piloten ihre Position regelmäßig selbst durchgeben. Das lassen wir lieber bleiben.«

Inzwischen wies Carolin die Kinder in der Kabine an, sich anzuschnallen.

»Warum?«, fragte Christian.

»Wegen der Turbulenzen. Und falls wir wieder eine scharfe Kurve fliegen müssen, so wie eben.«

»Ja, wir sind fast von den Sitzen geflogen. Was war denn los?« Zum ersten Mal seit Davos hatte Christian wache Augen.

»Die Ägypter lassen uns nicht ihr Land überfliegen. Wir mussten abdrehen.«

»Und was heißt das?«

Carolin streichelte ihm beruhigend über das Haar. »Ein kleiner Umweg. Ist aber nicht weiter dramatisch.«

Je weiter sie nach Süden kamen, umso mehr klarte der diesige graue Himmel auf, der ihre Flucht bisher verdunkelt hatte. Die Sonne zog ihren Bogen und schien nun direkt ins Cockpit. Sie wirkte so kräftig wie vor dem Krieg. Oliver dachte an den Radiobericht, den sie auf Sasso Corbaro gehört hatten. Was wäre geworden, wenn die fragile Ozonschicht sich überall auf der Erde aufgelöst hätte?

Eine knappe Stunde später erreichten sie das Dreiländereck zwischen Libyen, Ägypten und dem Sudan. Kurz danach drehte Haemmerli nach Südosten ab und dann tauchte ein gleißendes Band unter ihnen auf, der Nil. Die Trennung zwischen der Wüste und dem grünen Streifen der Zivilisation war scharf. In den bewässerten Gebieten um den Fluss konnten sie Häuser, Felder und Straßen ausmachen. Schiffe bahnten sich ihren

Weg über das Wasser, und in der tiefstehenden Sonne leuchteten Sümpfe.

Der Treibstoff wurde allmählich knapp. Auf der Höhe von Atbara, wo der Schwarze Nil in den Nil mündete, tippte Haemmerli auf die Anzeige, die in den roten Bereich eintauchte.

»Ich gehe jetzt runter auf 2000 Meter«, erklärte er. Schweißüberströmt hatte er Mühe, sich gerade im Sitz zu halten. »So oder so, wir müssen bald landen.«

Als der Höhenmesser 6000 Fuß zeigte, gerieten sie in einen Sandsturm. Schlagartig schien es, als flögen sie ins Nichts. Der gelb-rostrote Schleier vor den Fenstern verhinderte jede Sicht; es gab keine Orientierung mehr. Die Beech vibrierte und wurde von Turbulenzen hin und her geschleudert.

Haemmerli atmete langsam und tief. Seinem Körper trotzte er das letzte Quäntchen Konzentration ab, brachte das Flugzeug in eine stabile Lage, wobei er sich ausschließlich am künstlichen Horizont orientierte. Er flog Kurven, ließ die Triebwerke aufheulen und nahm dann wieder Schub weg, um die Kontrolle zu behalten. Irgendwo unter ihnen musste die Straße von Atbara nach New Halfa sein. Dort wollte er eine Notlandung versuchen, da der Treibstoff nicht mehr bis zu ihrem Zielort reichte.

Die Beech kämpfte sich durch das Sandmeer. Olivers Arme und Beine schliefen ein, er verkrampfte sich in seinem Sitz. Plötzlich bemerkte er sekundenlang ein Geräusch, etwas Unstetes im Triebwerkslärm, ein Dröhnen. Er wandte sich nach hinten um, dann war es weg. Auch Haemmerli hatte die Störung bemerkt. Er prüfte die Instrumente, aber bis auf die fast leeren Tanks zeigten sie nichts Außergewöhnliches.

Voller Angst lauschte Oliver dem Geräusch der Motoren, wartete auf Veränderungen. Und tatsächlich folgten jetzt Aussetzer, das rechte Triebwerk begann zu stottern, bis seine Rotationen ganz aufhörten und die Beech an Geschwindigkeit verlor. Erschüttert sah er zu Haemmerli, der mehr Schub auf das linke Triebwerk gab.

Bevor auch der zweite Propeller aussetzte, flogen sie aus dem Sandsturm heraus. Unter ihnen sah Oliver jetzt karge Vegetation, typisch für die Halbwüste, wo das Land zwischen Juni und September zum Leben erwachte. Nur die Straße nach New Halfa sah er nicht.

Das Flugzeug verlor immer mehr an Geschwindigkeit. Verzweifelt drehte Haemmerli eine flache Rechtskurve, suchte nach der Schotterpiste. Und sie hatten Glück: Zwischen zartem Gras und blühenden Büschen fanden sie die Straße. Sie sah fest genug aus, um den Rädern Halt zu geben.

Haemmerli fuhr das Fahrwerk aus und drückte den Steuerknüppel nach vorn. Die Beech senkte ihre Nase und hielt auf die Piste zu.

»Den Kopf auf die Knie legen!«, schrie Carolin den Kindern zu.

Kurz bevor die Räder den Boden berührten, ging Haemmerli wieder in den Horizontalflug über. Dann setzten sie hart auf. Ein paar Mal federten die Reifen, Staub wirbelte empor, und schließlich rollte die Beech über den Schotter. Haemmerli trat auf die Bremse und versuchte mit dem Seitenruder, das Schlingern des Flugzeugs abzufangen. Oliver traute seinen Augen nicht: Hinter einer kleinen Steigung versperrte ein quer zur Straße liegen gebliebener Laster den Weg. Die Maschine bremste nicht stark genug. War das die tödliche Klippe, an der ihr Rettungsboot in letzter Sekunde zerschellen würde? Unwillkürlich streckte er Arme und Beine nach vorn, drückte sich aus dem Sitz. Kurz vor dem Aufprall riss Haemmerli das Ruder nach links, und die Beech taumelte knapp an dem Hindernis vorbei.

Kaum hatte das Flugzeug die Piste verlassen, wurden die Insassen von heftigen Stößen geschüttelt. Ohne Kontrolle holperten sie über das Buschland. Die Kinder schrien. Oliver kam es vor wie eine Ewigkeit, bis sie endlich langsamer wurden. Als er bereits Hoffnung schöpfte, dass die Notlandung gut enden würde, brach der Boden vor ihnen plötzlich ab, und das Flugzeug rutschte über die Kante eines Hanges.

Cockpit und Fahrwerk bohrten sich in den Sand, das Bersten von Metall erfüllte den Raum. Der Aufprall war so heftig, dass alle nach vorn geschleudert wurden. Oliver schlug mit dem Kopf auf den Steuerknüppel und verlor die Besinnung.

Als er wieder zu sich kam, sah er Haemmerli, der ebenfalls das Bewusstsein verloren hatte. Kopf und Schultern lagen über dem Steuer. Beim Blick durch das Kabinenfenster schauderte er. Die Propeller waren verbogen, und das Flugzeug war stark nach vorn geneigt. Oliver schüttelte sich, um seine Benommenheit zu vertreiben, tastete sich ab. Alles schien okay zu sein, keine klaffenden, blutenden Wunden, nur eine Schwellung über dem rechten Auge und eine kleine Blutspur über der Wange. Dann fiel ihm Annabel ein, und blitzartig erfasste ihn die Angst, dass die Gefahr noch nicht vorüber war. Die Beech könnte explodieren.

Er schnallte sich ab und schälte sich aus dem Sitz. Noch wackelig auf den Beinen kämpfte er sich hinauf in die Kabine. Annabel hielt ihm einen nach oben gestreckten rechten Daumen entgegen.

Als er sie erreichte, drückte er ihren Kopf an seine Brust, wobei er sich am Sitz festhalten musste, um nicht wegzurutschen. Auch Christian war unverletzt geblieben, stöhnte nur. Mit Carolin tauschte er einen flüchtigen Kuss und drückte im Vorübergehen ihre Hand, während er sich zu Marcelina vorarbeitete. Sie hing wimmernd und tränenüberströmt in ihrem Sitz und hielt sich mit beiden Händen den linken Fuß. Der Knöchel war bereits geschwollen, ohne jedoch offensichtliche Zeichen einer Fraktur zu zeigen.

»Ich verbinde das gleich und gebe dir ein Schmerzmittel, aber zuerst müssen wir raus aus diesem Flugzeug!«

Er tastete sich zur Tür im Heck und betätigte den Hebel. Glücklicherweise war das Metall nicht stark verzogen, sodass sich die Tür mit ein paar Tritten öffnen ließ. Die Luft, die zu ihnen hereinströmte, war trocken und warm, erfüllt von einem Geruch nach Frühling. Mit einem Schritt kletterte Oliver hinaus und sah sich um. Karg bewachsenes Land und ein etwa drei Meter tiefes, ausgetrocknetes Flussbett, in dem die Beech ihr Ende gefunden hatte. Ihr Fahrwerk steckte ramponiert im Sand, der Rumpf war überzogen von unzähligen Schrammen, doch die Flügel mit den Tanks schienen intakt geblieben zu sein.

Keine Zeit zu verlieren, dachte Oliver und hastete zurück ins Flugzeug. Er schnallte Marcelina von ihrem Sitz und trug sie zusammen mit Carolin ins Freie. Annabel und Christian, die allein hinauskletterten, kümmerten sich um das Mädchen in sicherer Entfernung.

Dann liefen Oliver und Carolin zurück zur Beech, um Haemmerli zu bergen. Die Sonne brannte vom Himmel, sodass sich die Kabine bereits aufheizte. Der schwierige Abstieg zum Cockpit brachte sie ins Schwitzen. Haemmerli hing immer noch über dem Steuerknüppel, war aber wieder bei Bewusstsein.

»Alles okay, Marius?«

»Nein … lasst mich … Mit mir …« Haemmerli versagte die Stimme, er wirkte apathisch.

Beim Anblick seines Zustands überfiel Oliver dumpfe Angst. »Los, Soldat, auf die Beine!«, befahl er. »Wir helfen dir und bringen dich raus! Du wirst sehen, alles kommt in Ordnung!«

»Nein, lass mich, ich …«

»Mach schon, Marius!«, flehte Oliver und wischte sich den Schweiß ab. »Ohne dich sind wir alle geliefert – komm!«

»Ja, Marius, hilf mit, beweg dich!«, forderte nun auch Carolin, der das Entsetzen im Gesicht geschrieben stand.

Nachdem sie den Gurt gelöst hatten, hakten sie Haemmerli unter und begannen, an ihm zu zerren und zu ziehen. Aber erst als der Siebzehner mitarbeitete, gelang es, ihn Stück für Stück gegen die starke Neigung durch die Maschine zu hieven. Sie mussten sich mit aller Kraft an den Sitzen abstützen und mit den Füßen abstemmen, um das Gleichgewicht zu halten. Die Strapazen ließen Olivers Herz rasen. Während eines Innehaltens riss er sich den Pullover vom Körper. Der Schweiß rann in Strömen. Auch Carolin zog sich bis aufs Unterhemd aus. Ihr Atem war ein Keuchen am Limit.

Als sie den Verwundeten über die Schwelle bugsieren wollten, verloren sie kurz die Kontrolle. Haemmerli versagten die Beine. Er rollte den Abhang hinunter und blieb besinnungslos im Sand liegen. Verzweifelt sprang Oliver hinterher, um Erste Hilfe zu leisten.

»Hol Wasser!«, rief er Carolin zu, die unverzüglich in den Tiefen der Beech verschwand.

Nach einem Augenblick kehrte sie mit einer Flasche Wasser und einem T-Shirt zurück. Sie kniete sich neben den Verletzten und wischte ihm Gesicht und Hals ab. Tränen schossen ihr in die Augen.

Fast hatten beide die Hoffnung schon aufgegeben, als Haemmerli die Augen aufschlug. Sie halfen ihm in eine sitzende Position, flößten ihm Wasser ein und schleppten ihn zu der Stelle, wo die Kinder saßen.

Annabel hatte sich in der Zwischenzeit um Marcelinas Fuß gekümmert. Ihr Bein lagerte auf einem Sandhaufen. Carolin schüttete behutsam Wasser über den Knöchel und tröstete das wimmernde Mädchen.

Die Gruppe kauerte im mageren Schatten eines knorrigen Busches. Die Wasserflasche wurde herumgereicht, und jeder nahm kleine Schlucke. Oliver kam es vor, als steigere sich dadurch sein brennender Durst nur. Die warme Luft war ungewohnt. Das Außenthermometer im Flugzeug zeigte 25 Grad. Damit betrug der Temperaturunterschied zu den eisigen Alpen mehr als vierzig Grad. Alle atmeten schwer, obwohl sie das Licht herbeigesehnt hatten.

»Bist du wirklich okay?«, fragte Oliver Annabel, deren Blick besorgt zwischen Haemmerli und der eintönigen Gegend hin und her wechselte.

»Ja, aber was wird jetzt aus uns? Wie weit sind wir weg von New Halfa?«

Oliver zuckte mit den Schultern und versuchte, sich zu sammeln. Eine Böe wirbelte Staub auf. Der Boden war trocken, die Regenzeit hatte gerade erst begonnen.

»Wir holen erst mal alles aus dem Flugzeug«, durchbrach Christian das Schweigen, »dann sehen wir weiter.«

»Ja, irgendwie muss es weitergehen«, meinte Carolin, die sich vor dem Staub zu schützen versuchte. Ängstlich sah sie zu Haemmerli, der vor sich hindämmerte.

Plötzlich schlug der Siebzehner die Augen auf und nahm den letzten Schluck aus der Wasserflasche. »Christian hat recht«, brachte er mit einer Stimme hervor, über die er kaum noch Kontrolle hatte, »alles muss da raus.«

»Also los, holen wir die Sachen ins Freie!« Voller Tatendrang sprang Christian auf. Er war der Einzige, den die wiedergefundene Sonne sofort zu beleben schien und der realisierte, der Kälte und der atomaren Verseuchung entkommen zu sein.

Vielleicht gab die Veränderung auch den initialen Impuls, den Tod seiner Eltern allmählich zu überwinden.

»Moment, das ist zu gefährlich! Die Maschine kann immer noch explodieren!« Oliver starrte den Jungen an und wunderte sich über dessen Energie.

»Ohne Sprit?«, fragte Haemmerli, lächelte dünn und winkte ab. »Das geht in Ordnung.«

Da bis zur Dämmerung nicht mehr viel Zeit verblieb, machten sich Oliver, Annabel und Christian unverzüglich zu dem Wrack auf. Carolin blieb zurück bei den Kranken.

Das Flugzeug wirkte in der menschenleeren Gegend wie ein gestrandetes Relikt aus einer längst vergangenen Zeit. Mahnend ragte das Heck in den sich rosa färbenden Abendhimmel. Oliver stieg mit Christian in die Kabine, wo sie die Rucksäcke, den Inhalt des Kühlschranks und den Verbandkasten bargen, sonst aber nicht viel Brauchbares fanden. Sie reichten alles Annabel hinaus, die ihnen die Sachen abnahm. Gemeinsam schleppten sie die Dinge zum Lagerplatz, bauten zwei Zelte auf, sammelten Brennholz und entfachten ein Feuer. Kurz nach sieben kippte die Sonne vom Horizont, eine halbe Stunde später senkte sich Dunkelheit über das Land.

Sie kochten Tee über dem Lagerfeuer und erhitzten die letzten zwei Büchsen Chili con Carne, was nach dem kargen Frühstück aus Crackern allerdings nicht reichte, um den Hunger zu stillen. Haemmerli trank nur und kämpfte gegen die nächste Bewusstlosigkeit an. Seine Lider senkten sich schon wieder drohend über seine Augen.

Die Stimmung war gedrückt. Alle schwiegen und sahen verstohlen auf den, der sie aus dem Bunker bis in den Sudan geführt hatte.

Nach dem Essen versorgte Oliver Marcelinas Knöchel mit einer Binde und brach den Ast eines Busches so zurecht, dass er als Krücke taugte. Zur Nacht gab er ihr ein Mittel gegen die Schmerzen, die das Mädchen tapfer ertrug.

Das flackernde Licht der Flammen beleuchtete Haemmerlis aschfahles Gesicht. Oliver flößte ihm Wasser ein, tastete seinen rasenden Puls und fühlte die Infektion in seinem Körper. Der Bauch war inzwischen hart wie ein Brett, und als seine Finger über das große Geschwür glitten, wusste er, dass er ohne ein modern eingerichtetes Krankenhaus nichts mehr für seinen Freund tun konnte. Diese Erkenntnis stürzte ihn in einen Abgrund. Mit einer Hand fuhr er sich über das Gesicht, um seine zitternden Lippen zu verbergen. Die Umgebung kam ihm so fremd vor wie ein ferner Planet. Wenn Haemmerlis Stunde kommen sollte, ein Wunder ausblieb, wie konnte er ihm helfen, ohne Angst und Schmerzen zu sterben?

»Ich komme nicht mit in dein komisches New Halfa«, offenbarte Haemmerli sich. Alle Augen waren jetzt auf ihn gerichtet. »Du weißt, dass ich Landwirtschaft hasse.«

»Nein, wir gehen zusammen weiter«, beschwor Carolin ihn. Ihr Gesicht war bleich, die Augen aufgerissen.

»Khartum«, entgegnete Haemmerli. »Ich schlag mich nach …« Er krümmte sich und stöhnte. Quälende Sekunden vergingen, bevor er weitersprechen konnte. »Keine Sorge, ich erklär euch vorher noch, wie ihr ins … gelobte Land kommt.«

»Nein, Marius, Carolin hat recht! Wir müssen zusammenhalten, und du kommst mit uns!« Verzweifelt rüttelte Oliver an seiner Schulter und tauschte einen Blick mit Carolin.

»Wie ihr meint«, sagte Haemmerli und winkte ab. »Morgen. Jetzt ist erst mal Inventur. Was haben wir noch?«

»Nein«, widersprach Annabel, »wir müssen das erst klären, Marius. Versprich uns, dass du bei uns bleibst!«

»Mädchen … ich kann nicht … Morgen, okay?«

Annabel nickte ihm zu mit einem Blick, in dem sich Verwirrung, Schmerz und allmähliche Einsicht mischten. Das Feuer knisterte, und etwas raschelte im Gebüsch.

»Wir haben die Rücksäcke, Zelte und wahrscheinlich viel zu warme Klamotten«, begann Oliver mit der Aufzählung der Dinge, die sie aus der Beech geborgen hatten. »In einem Schrank habe ich noch vier Schokoriegel gefunden, aber sonst war's das mit Essbarem. Und ich habe …«

»Wasser«, unterbrach Haemmerli. »Wie viel Wasser?«

»Drei Literflaschen. Dazu ein paar Büchsen Softdrinks und Säfte.«

»Wie viele Büchsen?

»Zehn vielleicht?«

»Wenn ihr Glück habt, reicht das einen Tag«, erklärte Haemmerli. »Wie es ausschaut, hat es sich auch in Afrika abgekühlt. Aber trotzdem braucht ihr mehr Wasser.«

Das stimmte. Vor dem Krieg hatten in der Gegend am Tag vierzig Grad und mehr geherrscht, jetzt waren es unter dreißig.

»Wo sollen wir das herbekommen? Ich habe keine Ahnung.« Oliver wurde bewusst, wie sie es bereits verschwendet hatten.

»In der Beech gibt's Tanks für Toilette und Waschbecken«, erklärte Haemmerli stöhnend. »Nehmt so viel mit, wie ihr tragen könnt.«

»Und unterwegs?«

»Auf Regen warten, in Flussbetten graben oder notfalls mit Steinen, Folie und einem Gefäß Dunstwasser auffangen.« Mit stockender Stimme schilderte der Überlebensfachmann die Methode, wie man Feuchtigkeit aus tiefen Bodenschichten gewann und gesammelte Pflanzen in Trinkwasser verwandelte.

»Die Plastikflaschen müsst ihr in die Sonne halten, um sie zu entkeimen … Oder abkochen.«

Unterbrochen von Schmerzen und mit immer dünnerer Stimme gab Haemmerli weitere Hinweise, um die Wanderung nach New Halfa zu überstehen: Kopfbedeckungen aus T-Shirts gegen die Sonne, Benutzung des Kompasses auf dem Weg nach Südosten, Festlegung einer Marschrichtung. Er gab ihnen auch den Rat, eine Pistole zur Verteidigung und zum Erlegen von wilden Tieren mitzunehmen. Oliver sah das skeptisch, weil er fürchtete, in dem eigentlich gastfreundlichen Land mit einer Waffe in der Hand falsch verstanden zu werden.

»Ich hoffe«, brachte Oliver an, »wir finden unterwegs ein Dorf mit einem Markt, wo wir uns mit dem Nötigsten eindecken können. Ich hab ein paar Goldmünzen dabei. Vielleicht bekommen wir dafür sogar ein Pferd.«

»Das Gold … ist gut«, röchelte Haemmerli.

Welche Währung wohl galt, fragte sich Oliver. Gold, Dollar, Sudanesisches Pfund, Naturalien? Lagen verwüstete Landschaften vor ihnen oder war die Natur in Afrika schon dabei, sich zu erholen? Es schien so, wenn er an das junge Grün dachte, das sie heute gesehen hatten. Das erste Grün seit fast acht Monaten. Würden sie auf Überlebende und funktionierende Gemeinschaften treffen? Welche Herausforderungen lagen vor ihnen? Die Gedanken jagten durch Olivers Kopf. Nur eins war ihm klar: Sie würden nie aufgeben.

Als er das nächste Mal zur Seite sah, war Haemmerli bewusstlos zur Seite gesackt. Oliver tastete seinen Puls, der flach war und raste. Seine Hand fühlte sich kalt an, und sein Atem ging unregelmäßig, hörte sich an wie ein rasselndes Seufzen. Plötzlich wusste er, es ging zu Ende. Im ersten Moment dieser Einsicht verharrte er wie gelähmt mit gesenktem Kopf und offenem Mund. Dann rannen ihm Tränen über die Wangen, und eine tiefe, lähmende Trauer erfüllte ihn.

Die Kinder und Carolin spürten, was geschah. Annabel begann zu schluchzen, und Oliver nahm ihre Hand und tröstete sie. Ein Gefühl von Benommenheit und Verzweiflung drohte, über ihm zusammenzuschlagen, ihn in die Tiefe zu reißen. Hinter einem faden Schleier am Himmel stand die Sichel des Mondes. Am liebsten hätte Oliver sich in den Sand geworfen, laut geschrien und an nichts mehr gedacht.

Um dem Gefühl der Ausweglosigkeit etwas entgegenzusetzen, klammerte er sich an alltägliche Verrichtungen, forderte die Kinder mit stockender Stimme auf, zum Zelt zu gehen und sich zum Schlafen fertig zu machen.

Annabel zog ihren Leuchtturm aus dem Rucksack, und Oliver bestückte ihn mit einem Teelicht. Dann versammelten sich alle vor dem Zelt, um einander eine gute Nacht zu wünschen. Jedes Kind bekam von den Erwachsenen Umarmungen und Küsse, wobei Annabel vom Weinen bebte.

»Was wird heute Nacht mit dem armen Marius?«, fragte Marcelina.

»Ich bleibe bei ihm«, sagte Oliver.

»Ich hab Angst vor den wilden Tieren hier. Beschützt du uns vor Löwen und so?«

An solche Bedrohungen hatte Oliver bislang nicht gedacht, nur an menschliche Feinde. »Natürlich«, beruhigte er das Mädchen, »ich glaube aber, hier gibt es nur kleine Nager, Schlangen und Greifvögel. Nichts Furchterregendes, keine Löwen. Außer am Wasser, da könnte es Krokodile geben.«

Nachdem sie den Reißverschluss des Kinderzelts geschlossen hatten, begleitete Oliver Carolin zum anderen Zelt. Dort räumte er seine Isomatte und einen Schlafsack nach draußen.

»Was hast du vor?«, fragte Carolin unsicher.

»Ich will ihn nicht einsam sterben lassen. Ich will wenigstens in seiner Nähe sein.«

Ihre Augen erforschten sein Gesicht, blickten ängstlich und mit großem Schutzbedürfnis, vor allem aber zärtlich. »Ich hab solche Angst, Oliver.«

»Ich auch.«

»Glaubst du, wir müssen hier sterben?«

»Nein«, sagte er fest und nahm ihre Hände. »Dieser Sand wird nicht zu unserem Leichentuch werden. Das weiß ich.«

Ihre Lippen fanden sich zu einem Kuss. Sie umarmten sich lange.

»Ich hab gehört, es wird nachts kalt in der Wüste«, meinte Carolin, die Oliver festhielt, als er sich lösen wollte.

»Ich glaube nicht. Damals gingen die Temperaturen in New Halfa nachts selten unter zwanzig Grad. Das war oft kaum auszuhalten. So kalt wie in den Alpen wird's auf keinen Fall.«

»Okay. Und Schlangen?«

»Die kriechen nicht durch Planen.«

»Ich meine es ernst, Oliver«, gestand sie und zog ihn fester zu sich. »Ich … ich hab eine Phobie.«

»Ich werde dich beschützen, Carolin, und nie alleine lassen.«

Neben dem Feuer richtete Oliver sich sein Nachtlager unter freiem Himmel ein. Im Rucksack sah er Getränkedosen und musste sich zusammenreißen, um den wertvollen Schatz nicht in gierigen Schlucken zu trinken. Die Zunge in seinem Mund war verklebt wie ein gedunsenes Stück Fleisch.

Haemmerli röchelte und schien schon fast auf der anderen Seite zu sein. Hatte er sein Schicksal angenommen? Sein Gesicht jedenfalls zeigte keine Anspannung und keinen Schmerz mehr, nur noch Frieden und Gelöstheit. Oliver fütterte die Flammen mit Ästen und streckte sich aus auf der harten, lauwarmen Erde. Um ihn herum wisperten und rumorten die Geräusche der Wüstennacht. Er sah dem Zucken der Flämmchen zu, beobachtete, wie das berstende Holz sich in Glut verwandelte. Im

Sudan konnte man namenlos sterben, wusste er. Angst durchdrang ihn, als er sich an die zerbröselnden menschlichen Knochen erinnerte, die er damals am Straßenrand gesehen hatte. Würde auch sein eigenes Skelett hier bald irgendwo verrotten? Er versuchte, diese Gedanken zu vertreiben und wandte sich stattdessen Haemmerli zu, nahm seine Hand.

»Ist doch ein nettes Fleckchen hier draußen, Marius«, flüsterte Oliver. »Wildnis, ein kleines Lagerfeuer …«

Ein Kloß in seinem Hals unterbrach ihn. Er hatte nicht die Kraft, um weiterzusprechen.

Als die Sterne zu verlöschen begannen, erstarb Haemmerlis Atem. Es war vorbei. Oliver legte eine Decke über den Toten. Erst im Morgengrauen übermannte ihn der Schlaf.

Kapitel 2

Das Weinen der Kinder weckte Oliver, als die Sonne bereits über dem Horizont stand. Der Anblick des mit einer Decke verhüllten Marius Haemmerli schockierte sie – der nächste Tote, den sie in zu kurzer Zeit verkraften mussten. Carolin kam aus dem Zelt. Alle lagen sich in den Armen, in Tränen aufgelöst und verwirrt.

Oliver besorgte Tabletts aus der Beech, die er und Carolin als Schaufeln benutzten. Damit gruben sie Haemmerlis Grab in den Wüstensand. Die Kinder bauten ein Kreuz aus Zweigen und ritzen seinen Namen hinein. Während der Arbeit schwiegen alle.

Nachdem sie fertig gegraben hatten, trugen Oliver und Carolin den Toten zu der Grube. Ihre Trostlosigkeit wurde durch die fremde, einsame Gegend bis zur Unerträglichkeit gesteigert. Die Trauernden versammelten sich um die letzte Ruhestätte. Oliver stellte sich an die Kopfseite des Grabes und versuchte, eine Andacht zu halten. Er räusperte sich, kämpfte gegen seine gelähmte Zunge an.

»Ja … das war's.« Mehr bekam er nicht heraus. Seine Stimme versagte.

Carolin nahm ihn bei der Hand und sprang für ihn ein. »Wir lassen dich nun los, lieber Marius. Gott möge seine Arme weit für dich ausbreiten. Geh deinen Weg. Du gehst ihn nun allein, aber du wirst unsere Liebe und Dankbarkeit spüren, die bei dir ist, wohin deine Reise dich auch führt.«

Einen Moment lang herrschte Schweigen, bis Carolin sich in einer anmutigen Bewegung bückte, eine Handvoll Sand nahm und auf den Toten herabrieseln ließ. Alle taten es ihr nach.

Dann schütteten sie das Grab zu und stellten das Holzkreuz darauf. Zum Schluss legte Marcelina noch eine gelbe Wüstenblume auf den frisch aufgeworfenen Sand.

»Wie geht es jetzt weiter?«, fragte Carolin, die sich ihre Angst nicht anmerken lassen wollte. Doch Oliver wusste es, wenn er ihre Augen sah.

»Wir müssen so schnell wie möglich weg hier«, erklärte er, »einen bewohnten Ort finden. Also packen wir die Sachen, holen das Wasser aus dem Flugzeug und gehen los.«

Die Sonne stach ihm in den Augen. Obwohl er sich leer und müde fühlte, brodelte eine Unruhe in ihm. Konzentriert versuchte er, eins nach dem anderen zu erledigen. Zunächst stieg er in die Beech, um Flaschen mit dem Wasser aus den Tanks zu befüllen. Nur ein dünner Strahl träufelte aus dem Hahn, der magere drei Liter hergab. Inzwischen bauten Carolin und die Kinder die Zelte ab, packten die Rucksäcke und bereiteten ein karges Frühstück aus zwei Büchsen Fruchtsaft und den Schokoriegeln.

Nachdem sie gegessen hatten, brachen sie auf. Sie hatten T-Shirts gegen die Sonne um ihre Köpfe gewickelt, trugen langärmlige Hemden und Allroundstiefel. Die Winterjacken hatten sie im Wrack zurückgelassen – wie alles, was nur für Minusgrade taugte. Annabel und Christian liefen nebeneinander und sahen in ihren Jeans und karierten Hemden aus wie Entdecker. Dahinter humpelte Marcelina mit schmerzverzerrtem Gesicht an der Seite Carolins. Oliver wagte einen Blick zurück auf das Flugzeug und auf Haemmerlis Grab, über das eine Windböe Staub trieb.

Mithilfe der Spuren, die die Beech ins Buschwerk gerissen hatte, fanden sie zurück zur Schotterstraße und zu dem liegen gebliebenen Truck, um den Reifenabdrücke in den Sand gegraben waren. Erfolglos durchsuchten sie den Laster nach Vorräten und schöpften doch Hoffnung auf Hilfe aus den frischen Fahrzeugspuren neben ihm.

Oliver bestieg eine Anhöhe, überblickte das Gelände und bestimmte die Richtung der Straße mit dem Kompass. Sie führte nach einer Kurve direkt nach Süden. Daraus schloss er aus seiner Erinnerung an Ausflüge während der Betreuung des Weizenprojekts, dass sie sich irgendwo zwischen Atbara und New Halfa befinden mussten – weitab von ihrem Ziel. Er kannte dieses eintönige Stück Straße und schätzte die zu bewältigende Strecke auf 100 bis 150 Kilometer, also mehrere Tagesmärsche. Mindestens vier, dachte er deprimiert und hoffte, an Dörfern vorbeizukommen, wo es Märkte gab, auf denen sie sich mit dem Notwendigsten eindecken konnten.

In schleppendem Trott gingen sie los. Trotz der noch erträglichen Temperaturen war die Luft drückend und voller Staub. Bald klebte er überall an der Haut und überzog das ohnehin verfilzte Haar mit einem Schleier. Schon nach wenigen Minuten plagte sie der Durst. Die Trockenheit der Kehle behinderte das Sprechen.

Nach einer Viertelstunde fing Marcelina an zu weinen, weil ihr Knöchel schmerzte. Oliver ließ anhalten, die Wasserflasche herumgehen und nahm das Mädchen auf seine Schultern. Nun wurde jeder Schritt für ihn zu einer Strapaze, was die Gruppe zu häufigem Ausruhen zwang. Seine malträtierten Füße schmerzten. Die Wasservorräte schmolzen rasch dahin. Zuweilen trug Carolin die Neunjährige, die trotz ihres Untergewichtes schwer war wie Blei.

Um die Mittagszeit kampierten sie an einem Felsblock, auf dem mit weißer Farbe die Entfernung nach New Halfa gemalt war: 127 Kilometer! Allen stand die Erschöpfung ins Gesicht geschrieben, und ihre Mägen schmerzten vor Hunger. Oliver dachte an die Pistole in seinem Rucksack und ärgerte sich, dass keine Tiere aufreizend vor ihm herumspazierten wie auf einer Safari. Tatsächlich hatten sie bislang keine Spuren von etwas Lebendigem gesehen.

»Seht mal, da hinten!«, rief Christian plötzlich und deutete in die Richtung, aus der sie gekommen waren. In einigen Kilometern Entfernung hob Staub sich in die Höhe.

»Vielleicht eine Windhose«, vermutete Annabel.

Sie tranken in kleinen Schlucken aus einer Coladose und starrten gebannt auf die Sandwolke, die allmählich näherkam. Schließlich trauten sie ihren Ohren kaum: Motorengeräusche durchbrachen die Stille der Einöde, und kurz darauf fuhr ein Kleinlaster mit offener Ladefläche auf sie zu.

»Oh, mein Gott«, rief Carolin aufgewühlt, »da sitzen Leute hinten drauf, seht nur! Vielleicht können die uns bis New Halfa mitnehmen? Dann gehen wir zu deinem Freund, und alles wird gut.«

Hoffentlich, dachte Oliver und nahm Carolins Hand. Ob Salah Abed Elhai noch den Weizenanbau in der Region New Halfa leitete?

Das Geräusch des Lasters schwoll an. Sie sahen, dass auf der Ladefläche etwa zehn Männer mit dunklen, scharf geschnittenen Gesichtern saßen. Je näher sie kamen, umso heftiger schlug Olivers Herz. Er erinnerte sich an die Gastfreundschaft der Menschen im Sudan, die ihn mitunter fast erdrückt hatte.

Der Laster fuhr langsamer, als wolle er stoppen. Erwartungsvoll blickte die Gruppe hinauf zu den Männern. Oliver hob den Daumen wie beim Trampen, die Kinder winkten, kreischten, und Annabel sprang voller Vorfreude auf die Rettung in die Luft.

Doch die Reifen griffen mit einem Kratzen in den Schotter, kleine Steine flogen zur Seite. Einer der Männer mit finsterem

Gesicht brüllte etwas auf Arabisch und wies mit einem Dolch in Richtung Norden, ein anderer stimmte in das abweisende Röhren ein.

»Nehmt uns ein Stück mit«, rief Oliver in brüchigem Arabisch. »Bitte! Wir sind am Verhungern.«

Der Lärm des aufheulenden Motors schluckte seine Worte. Niedergeschlagen sahen sie dem Laster hinterher, dessen Abgaswolke in der Luft hängen blieb.

»Was haben sie gesagt?«, fragte Annabel, deren Lippen zitterten.

»Wir sollen uns dahin verpissen, wo wir hergekommen sind. Ich hab auch was von europäischen Zombies verstanden.«

Das Entsetzen brachte Annabel aus der Fassung. Tränen rannen in Schlieren über ihre schmutzigen Wangen. Die anderen hatten Mühe, sie zu trösten. Während sie auf der endlosen Straße weiterzogen, geschah dasselbe noch zwei weitere Male. Niemand hielt an und half ihnen. Ein Laster war vollgestopft mit gut drei Dutzend Europäern, die abgemagert und heruntergekommen auf der Ladefläche kauerten. Er wirkte wie ein Gefangenentransport, der von bewaffneten Afrikanern bewacht wurde.

Oliver trug Marcelina weiter auf seinen Schultern, wobei er ihre Beine hielt und sie ihre Arme um seinen Hals schlang, was eine Welle an Wärme und Vertrautheit durch seinen Körper strömen ließ. Annabel hatte recht gehabt, dachte er, sie aus dieser finsteren Burg mitzunehmen: Marcelina strahlte in enormer Fülle positive Energie aus, die anderen Menschen Kraft gab.

Nachmittags trafen sie auf einen Flüchtlingstross, der noch langsamer als sie selbst über den Schotter schlurfte. Bei jedem Schritt wirbelte Staub auf und wurde vom Wind über das Buschland geweht. Die etwa zwanzig weißen Flüchtlinge trugen verblichene Fetzen. Sie sahen aus wie Bettler, die ihre letzten Habseligkeiten auf Handwagen vor sich herschoben.

Oliver hatte Angst, dass die Verzweifelten sie berauben könnten. Carolin nahm Marcelina an die Hand, und er holte die Pistole aus dem Rucksack, steckte sie sich vorn in die Hose und zog das Hemd darüber. Ein missbilligender Blick Annabels traf ihn. Unwillkürlich sah er sich nach Haemmerli um, aber da war niemand mehr.

Als sie den Trupp eingeholt hatten, der aus abgemagerten Männern, Frauen und Kindern bestand, begrüßten sie sich mit *Hello*, blieben stehen und musterten einander schweigend. Die Atmosphäre war angespannt und geprägt von Misstrauen. Dann traten drei Männer vor und richteten das Wort an Oliver. Mit ihren langen, verwahrlosten Bärten und Haaren sahen sie verwegen aus.

»Where are you from?«, fragte einer. Er hatte eine tiefe, heiser klingende Stimme.

»Germany«, sagte Oliver. »And you?«

»From Spain, El Ejido, south of Sierra Nevada.« Die Männer wechselten ein paar Worte auf Spanisch untereinander.

Dann sprach ein anderer auf Deutsch mit spanischem Akzent: »Die radioaktive Wolke kam nicht über die Sierra. Wir konnten fliehen mit Boot über Mittelmeer. Langer Weg.«

»Gibt es viele Überlebende aus Europa?« Tausend Fragen schossen Oliver durch den Kopf. Der Informationshunger brodelte wie ein Geysir in ihm hoch.

»Euch fehlen Información?«

Mit einem Nicken bestätigte Oliver seine Unwissenheit.

»Die Vernichtung war total. Europa ist tot! Viele sind ertrunken. Nach den Bomben gab es Stürme. So viele Tote im Wasser.« Der Mann senkte kurz den Blick, sein Mund bebte. »Wie habt ihr überlebt?«

»In einem Bunker, in der Schweiz.«

»En un búnker en Suiza«, übersetzte der Mann mit sarkastischem Unterton. Die Männer redeten wieder auf Spanisch miteinander; es klang verschwörerisch. Oliver tauschte einen Blick mit Carolin, aber ihr Schulterzucken signalisierte, dass auch sie die Sprache nicht verstand.

Die Männer traten einen Schritt vor, Oliver wich zurück. Christian stellte sich vor Annabel.

»Habt ihr was zu essen dabei?« Der Mann versuchte zu lächeln, aber es verunglückte zu einer Grimasse. »Wie sagt man auf Deutsch? Wir sind abgebrannt. Seht nur, unsere Kinder!«

Die Kinder standen still neben den Erwachsenen. Sie spürten die Spannung. Ihre eingefallenen Gesichter sahen im Schein der schräg einfallenden Sonne blass aus, ihre Haut wirkte wie dünnes Leder. Ein etwa sechsjähriger Junge starrte Oliver aus großen Augen an. Seine Ärmchen glichen dürren Zweigen, er hechelte vor Durst. Mit knochigen Händen strich seine Mutter sich den Staub aus dem zerknitterten Gesicht. Auf ihrem Arm wuchs ein zentimetergroßes Geschwür.

»Gonzalo has not taken a proper meal for months!«, begann die Frau zu lamentieren. »First we drove with this fucking ship, almost thirsty, then run for weeks. My daughter Graciela has already died.« Sie begann zu schluchzen, aber ihre Augen gaben keine Tränen her. »You must help us!«

Eine Welle von Mitgefühl ergriff Oliver. Er seufzte und spürte das Zittern seiner Knie. »Wir … wir haben selbst nichts zu essen«, brachte er mühsam hervor.

»Zu trinken?«, hakte der Mann nach und wies auf die Kinder, aber Oliver schüttelte den Kopf.

»You must help us!«, kreischte die Frau, wie es nur Mütter vermögen, die ihre Kinder beschützen wollen. Dann Stille. Das Säuseln einer Brise mischte sich mit schnellen, tiefen Atemgeräuschen. Unter einem Schuh knirschte Sand.

»Ahora!«, brüllte plötzlich der Mann, der die Unterhaltung begonnen hatte. Im selben Augenblick zogen die Männer Messer und stürzten auf Oliver zu. Aufgrund ihrer Schwäche aber waren sie zu langsam, um das Überraschungsmoment nutzen zu können. Nach einem Schritt stoppten die Angreifer, denn Oliver hielt ihnen seine Pistole entgegen.

Verblüfft sahen die Männer auf die Waffe.

»You're bluffing, right?«

»Leute, das muss nicht enden in Drama. Gebt uns, was in den Taschen ist, und gut!« Der Mann hob das Messer und fuchtelte damit herum. »Na los!«

»Papa, nicht!«, flehte Annabel, die Olivers entschlossene Haltung sah. »Nicht schon wieder!« Verzweifelt schlug sie sich die Hände vor das Gesicht.

Der Spanier mit den Deutschkenntnissen übersetzte den anderen, ohne den Blick von Oliver abzuwenden. Annabels Worte verfehlten ihre Wirkung nicht. Die Mundwinkel der Widersacher gingen ein Stück nach unten, ebenso die Hände mit den Messern.

»You are not shooting, Sauerkraut! This little fake thing is not even loaded, right?«

»Trust me, I will.«

»I don't …«

Als der Mann den Fuß nach vorn setzte, schoss Oliver vor ihm in den Boden. Schotter stob auf, der Knall donnerte in die Luft, und die Männer fuhren zusammen. Annabel kreischte, beruhigte sich aber rasch wieder, als sie sah, dass der Konflikt gelöst war. Die Männer wichen zurück und wandten sich mit hängenden Köpfen ab.

So schnell sie konnten, liefen Oliver und seine Gruppe an den Spaniern vorbei. Selbst Marcelina, die sich während der Auseinandersetzung hinter Carolin versteckt hatte, hielt humpelnd auf ihre Krücke gestützt mit den anderen mit. Erst, als sie außer Sichtweite waren, nahm Oliver sie wieder auf seine Schultern.

»Die armen Leute«, brachte Annabel hervor, »die tun mir so leid. Habt ihr die Kinder gesehen? Das waren nur noch Skelette. Wir hätten ihnen was von unserem Wasser geben sollen.«

»Das reicht gerade noch bis morgen früh«, wandte Christian ein. »Wenn wir dann nichts finden …«

Mit einem Seufzer, der ihre ganze Hoffnungslosigkeit in sich barg, hob Annabel die Hand. »Aber sie hungerten so erbärmlich. Es ist so schrecklich, ich bekomme das einfach nicht auf die Reihe!«

»Ich ja auch nicht.« Christian schüttelte den Kopf und konnte nicht weitersprechen.

Oliver fasste Annabel an ihrem zarten Handgelenk. »Wenn wir die Möglichkeit haben, werden wir anderen helfen. Heute war das unmöglich. Glaubst du, mir haben die Kinder nicht leidgetan?«

Sie sah ängstlich zu ihm hoch, ihre rotbraunen Haare quollen unter ihrem Kopftuch hervor. »Es ist so traurig … und ich bin so fertig. Versprichst du mir, dass wir helfen, wenn wir können?«

»Ja, bestimmt, ich verspreche es.«

In den nächsten zwei Stunden waren sie allein auf der Straße. Sie mussten oft stehen bleiben, um auszuruhen. Es gibt kein Zurück mehr, dachte Oliver. Europa ist tot, hat der Spanier gesagt. Die letzte Hoffnung, dort irgendwo könnte noch Leben sein, ist dahin. Und wie sollten sie es hier schaffen? Hier in der weiten Wüste Afrikas, wo bald Verdursten und Verhungern drohten?

Die tiefe Sonne warf rötliches Licht auf Annabels Gesicht. Ihr Blick war nach innen gekehrt. Sie schwieg, blinzelte oder nestelte an den Gurten des Rucksacks herum.

»Hättest du ihn erschossen?«, fragte sie Oliver unvermittelt.

»Natürlich nicht!«

Alle Blicke richteten sich auf ihn.

»Und wenn sie versucht hätten, einen von uns zu erstechen? Oder als Geisel zu nehmen?«

»Nur, wenn es gar nicht anders gegangen wäre. Dann hätte ich uns verteidigt.«

»Das ist okay«, sagte Annabel und ergänzte später mit einer energischen Geste: »Wenn wir in Sicherheit sind, musst du das verdammte Ding wegschmeißen, Papa! Sofort! Es bringt nur Unglück.«

»Okay, wenn wir in Sicherheit sind.«

Der Abend dämmerte. Sie mussten einen Rastplatz suchen, der von der Straße aus nicht zu sehen war. Oliver prüfte die menschenleere Gegend. In hundert Metern Entfernung ragten Sandhügel aus der Ödnis wie Dünen. Dahinter würden ihre Zelte geschützt sein. Also stapften sie querfeldein durch das Buschland. Einige Sträucher zeigten junge Triebe, Blätter und Knospen, dazwischen Kakteen und vereinzelt sogar Blumen. Nur noch ein paar Regentage, dachte Oliver, und die Landschaft wird eine Metamorphose erleben, von der kargen Wüste zur grünen Pracht.

Plötzlich schrie Carolin auf. Aufgeregt versuchte sie, den Kindern den Anblick dessen zu ersparen, was sie entdeckt hatte. Sie schob Annabel und Christian beiseite, Oliver setzte Marcelina ab.

»Was ist?«, fragte Annabel.

»Zwei Skelette«, erklärte Carolin, nachdem sie sich wieder gefangen hatte. »Die liegen wahrscheinlich schon ewig da rum. Sehen nicht wirklich schrecklich aus, aber als Gute-Nacht-Anblick taugen sie nicht.«

Oliver sah sich die Toten an. Sie sahen aus wie Menschen, die sich nahe der Straße verirrt hatten, denen das Wasser zur Neige gegangen war. Wie Mumien lagen sie im Sand, teilweise skelettiert. Obwohl sie friedlich wirkten, übermannte ihn Angst beim Anblick der verblichenen Knochen. Er sah in ihnen seinen eigenen Tod. Einen Moment lang schloss er die Augen. Die Abendsonne glühte und das Rot des Blutes hinter den Lidern verstärkte nur den Spuk in seinem Kopf. Werden wir auch so enden, fragte er sich. Was wird von mir bleiben?

Er schreckte hoch, als Carolin ihm die Hand auf die Schulter legte und ihren Kopf an ihn schmiegte. Sofort verflogen die düsteren Gedanken.

Sie wahrten Abstand zu den Skeletten, suchten sich einen ruhigen Platz hinter dem Sandhügel und tranken ihre letzte Flasche Wasser. Oliver fühlte sich so müde, dass er kaum noch die Augen offen halten konnte. Nie zuvor hatte er eine so tiefe Erschöpfung gespürt. Kopfschmerzen und bohrender Hunger plagten ihn. Die Kraft, nach Wasser zu graben, fand er nicht mehr. Morgen früh, entschuldigte er sich im Stillen.

Den anderen ging es ebenso. Marcelina war so entkräftet, dass sie unvermittelt einschlief und zur Isomatte getragen werden musste. Beim Aufbau der Zelte maulten Annabel und Christian bei jedem Handgriff, dass sie zu kaputt und zu hungrig für die Arbeit wären.

»Was trinken wir morgen früh?«, fragte Carolin, während sie für sich und Oliver das Nachtlager herrichtete.

Oliver zuckte mit den Schultern, wich ihrem Blick aus und kratzte sich seine juckende Kopfhaut.

»Sieh mal, da drüben!« Sie deutete auf eine Gruppe buschiger Kakteen und versuchte zu lächeln. Als Oliver zögerte, hakte sie nach: »Komm schon! Wir müssen es wenigstens versuchen.«

Umgeben von den Lauten der beginnenden Nacht nahm Carolin die Taschenlampe und leuchtete Oliver, der mit einem Topf eine kleine Grube aushob. Die Anstrengung ließ ihn leise fluchen. Er zerstückelte mit dem Schweizer Taschenmesser eine Kaktusfrucht, stellte einen Topf in die Mitte der Grube und platzierte die Pflanzenteile darum. Von den Stichen der Stacheln bluteten seine Hände. Zum Schluss spannte er eine Plastikfolie über das Loch und beschwerte ihren Rand mit Steinen. Carolin legte einen kleinen Stein über die Mitte, sodass das Kondenswasser in den Topf tropfen konnte. Ein paar rote Kaktusfeigen legten sie als Frühstück beiseite.

»Wird nicht viel bringen«, meinte Oliver. »Vielleicht einen halben Liter?«

»Besser als nichts. Wenigstens für die Kinder.«

Im Zelt schmiegte sich das Paar aneinander und unterhielt sich noch einige Minuten.

»Wie soll es morgen weitergehen? Woher sollen wir Wasser nehmen und was zu essen? Ich will nicht wie die Leute da drüben enden, Oliver.«

»Das werden wir nicht. Morgen werden wir schon was finden.«

»Was macht dich so optimistisch?«

»Ich kann mir einfach nichts anderes vorstellen«, gestand Oliver. »Heute ist für mehr als die Gedanken an kühle Säfte und Ful ohnehin kein Platz mehr in meinem Hirn.«

»Ful?«

»Ein traditionelles Bohnengericht. Am besten mit fettem Fleisch.«

Einen Augenblick lang lauschten sie ihrem schnellen, trockenen Atem und ihren knurrenden Mägen und drückten sich noch fester aneinander.

»In meinem Kopf ist nicht mal Platz für Trauer … um Marius«, gestand er. »Das verwirrt mich.«

»Mir geht es genauso«, stimmte Carolin mit stockender Stimme zu. »Wenn man wenigstens wüsste, wie die Dinge jetzt zusammenhängen. Die Welt ist so unbegreiflich geworden. So gefährlich und fremd.«

»Ja, und er hätte uns da durchgeführt.«

Sie redeten über ihren Freund. Darüber, was sie verloren hatten, was besonders an ihm gewesen war. Irgendwann weinten sie und umarmten sich, bis der Schlaf sie übermannte.

Am nächsten Tag trieb die Sonne sie aus dem Zelt. Anfangs konnte Oliver sich vor Müdigkeit kaum rühren. Sein Rücken schmerzte, und seine Beine waren steif wie Holz. Sie hatten länger geschlafen als geplant, was für ihr Vorhaben, einen rettenden Ort zu finden, Gefahr bedeutete und zur Eile zwang.

Carolin und Oliver bargen den Topf aus der Kakteengrube, der dank der kräftigen Sonne gut mit Wasser gefüllt war. Dann weckten sie die Kinder, gaben ihnen zu trinken und sammelten gemeinsam Strauchwerk für ein Feuer. Darüber brannten sie die Dornen und feinen Härchen der Kaktusfeigen ab, um sich nicht daran zu verletzen. Das karge Frühstück aus den saftigen Früchten sättigte kaum.

Nachdem die Zelte abgebaut und die Rucksäcke gepackt waren, stiefelten sie los. Oliver wusste, dass es in der Gegend vereinzelt Dörfer mit Marktplätzen gab, doch so weit das Auge reichte, zitterte nur die Steppe in der flimmernden Luft. Der Tag war heißer als vermutet, an die dreißig Grad. Aus dem Stahlblau des Himmels schoss unerbittlich das Sonnenlicht, schien alles zum Sieden zu bringen.

Wie gelähmt trotteten sie dahin mit jener Langsamkeit, die in Afrika seit der Menschwerdung die Tage bestimmt. Alle hielten sich die Hand über die Augen, um sich vor dem sengenden Licht zu schützen. Oliver dröhnte der Kopf. Jeder

Schritt schmerzte, als würde sein Hirn gegen die Schädelknochen schrammen. Dennoch trug er Marcelina und suchte die Gegend nach Wasservorkommen ab. Vergeblich.

Je schlimmer sein Durst wurde, umso mehr Knochen und Schädel glaubte er am Wegrand in vertrockneten Ästen und Steinen zu sehen. Zweimal kamen sie wieder an europäischen Flüchtlingen vorbei, darunter auch verwaiste Kinder, denen Fetzen um ihre ausgezehrten Körper flatterten. Die Menschen hatten keine Kraft mehr zum Betteln oder Streiten. Einige saßen am Straßenrand und warteten auf den Tod, von der Strahlenkrankheit gezeichnet, neben ihnen ihre letzten Habseligkeiten.

Gegen Mittag spürte Oliver, dass Marcelinas Ärmchen den Halt zu verlieren drohten. Anfangs war sie manchmal noch ein paar Schritte gehumpelt, aber dafür fehlte ihr jetzt die Kraft. Ihr Puls raste und schließlich verlor sie die Besinnung. Ihr Zustand war kritisch. Ohne Hilfe konnte Oliver das Mädchen nicht mehr tragen. Also falteten sie aus einem Pullover eine Rucksacktrage, in die sie Marcelina mit einiger Mühe hüllten. Carolin half Oliver, das Bündel auf seinen Rücken zu heben und festzuzurren.

Der Marsch dörrte sie aus. Annabel und Christian platzten die Lippen auf, an ihrer ausgetrockneten Haut klebte Staub. Mit gesenkten Köpfen schwankten sie über den Schotter, dessen Knirschen sie zu verhöhnen schien.

Als die Sonne am höchsten stand, kam ein alter Militärlaster die von Schlaglöchern übersäte Straße herangetuckert. Ohne Hoffnung auf Hilfe ließen sie ihn vorüberziehen. Die Kinder waren zu müde, um aufzublicken. Das war Glück, denn schemenhaft sah Oliver durch den aufgewirbelten Staub einen Berg Leichen auf der Ladefläche, Tote mit ausgestreckten Armen und Beinen, verkrampft in allen möglichen Lagen, die Köpfe zurückgeworfen. Trotz der Hitze liefen ihm kalte Schauer über den Körper.

Er ballte die Fäuste, mobilisierte den letzten Willen, diesem Schicksal zu entgehen. Obwohl er bei jedem Schritt bleierne Müdigkeit spürte und seine Füße bluteten, suchte er die Umgebung ununterbrochen nach Wasser ab. Und tatsächlich: Bald sah er in etwa hundert Metern Entfernung am Himmel Vögel über einer kleinen Senke kreisen, in der das Grün kräftiger gedieh.

Er ließ Carolin und die Kinder abseits der Straße im mageren Schatten eines Strauches warten und schlug sich querfeldein durch das Gestrüpp, bewaffnet mit zwei Töpfen. Die Luft flimmerte, sein Körper siedete und der dürftige Schweiß mischte sich mit dem Staub zu einem klebrigen Film auf seiner Haut.

In der Senke, etwa halb so groß wie ein Dorfteich, war der Sand dunkler. Oliver sah Tierspuren, Fliegen surrten um seinen Kopf. Er fing an zu graben. Als der Sand feucht wurde, buddelte er wie ein Besessener, keuchte, ging an seine Grenzen – und hatte Erfolg. Dunkles, erdiges Wasser sickerte in das Loch, das er grub.

Oliver konnte sein Glück kaum fassen. Wie ein Kind freute er sich und hatte Tränen in den Augen. Er füllte beide Töpfe mit dem kostbaren Nass und trug sie vorsichtig zurück zur Straße. Dort erntete er für seinen Fund von den Kindern bewundernde Blicke und von Carolin einen freudigen Kuss. Er kramte Chlortabletten zur Desinfektion aus dem Rucksack und gab sie in die Töpfe. Dann hieß es warten, denn die Einwirkzeit betrug eine halbe Stunde.

Doch so lange hielt niemand es aus, der quälende Durst war zu groß. Zuerst tranken Annabel und Christian, während Carolin Marcelinas Lippen und Stirn befeuchtete und versuchte, sie aus ihrer Benommenheit zu wecken. Erst nach langer Ungewissheit reckte sie sich, setzte sich auf und begann gierig zu trinken.

»Mein armes, ausgetrocknetes Mädchen«, sagte Oliver und streichelte über ihr widerspenstiges Haar. »Dann werde ich mal Nachschub holen.«

Christian begleitete ihn zurück zu der Wasserstelle und half, das Loch zu vergrößern und eine Flasche zu füllen. Mehr gab die Grube nicht her. Oliver warf eine Entkeimungstablette hinein und befestigte sie mithilfe eines Riemens an seinem Gürtel. Zumindest diesen Tag würden sie überstehen, dachte er, und einen Augenblick lang spürte er über diesem Gedanken sogar den Hunger nicht mehr.

Endlich, am frühen Nachmittag, tauchte ein kleiner Ort am Rand der Straße auf. Vor dem Krieg hatte im Sudan die Scharia gegolten, erinnerte Oliver sich. Deshalb bat er Carolin und die Mädchen, ihren Sonnenschutz zu Kopftüchern umzuformen und ihre Gesichter zu verdecken. Ein Appell Annabels erinnerte ihn daran, seine Pistole abseits des Weges im Sand verschwinden zu lassen.

Mit letzter Kraft und ohne einen Tropfen Wasser schleppten sie sich zu dem Dorf, das den Namen *Wasatanbalum,* Wüstenblume, trug. Ein ausgetretener Pfad führte von der Straße weg und grenzte bald an Lehmhütten mit offenen Vordächern. Sie hatten die Farbe von Erde und glichen einander, als gäbe es keine Zeit.

Unter den Dächern saßen Frauen, kochten Tee auf Holzkohleöfen und backten Fladenbrot, das sie zusammengerollt in Milch tunkten.

Oliver spürte, wie sein Magen sich vor Hunger zusammenkrampfte. Gleich an der ersten Hütte fragte er auf Arabisch nach Tee und Brot. Die Frau starrte ihn an. Ihre ausdruckslosen Züge hingen lose zwischen den Falten ihres Gesichts. Ihr graues Haar war zu unzähligen Zöpfen geflochten.

Befremdet suchte Oliver nach der sprichwörtlichen Gastfreundlichkeit der Sudanesen. Wildfremde Leute hatten ihm einst bei jeder Gelegenheit kostenlos Quartier angeboten und ihn großherzig empfangen.

Die Frau, die ein verblichenes hellgrünes Tuch mit roter Schmuckborte trug, deutete missmutig in Richtung Dorfplatz, wo offenbar ein Markt abgehalten wurde. Die anderen Frauen wandten sich ab, eine zischte etwas.

Niedergeschlagen schlurfte die Gruppe weiter in Richtung Zentrum, Marcelina humpelte an Carolins Hand. Annabel kämpfte mit den Tränen.

Sie erreichten den Markt, einen weitläufigen Platz mit vielen Ständen und Kamelen. Abseits, auf einem Sandplatz, standen Lastwagen mit dicken Doppelreifen und kleine Transporter. Männer der Wüste kontrollierten den Eingang. Ihre dunkle Haut stand in Kontrast zu den weißen Tüchern, die um ihre Köpfe geschlungen waren. An ihren Gürteln baumelten Messer. Die Nomaden hatten eine stolze Haltung und musterten Olivers Gruppe mit stechenden Blicken.

»Wir möchten uns mit Vorräten eindecken«, begann Oliver mit einem Arabisch, das brüchig geworden war. Englisch wäre ihm lieber gewesen.

»Bettler aus Europa haben keinen Zutritt mehr! Wir haben genug davon«, schimpfte einer der Nomaden. »Fahrt in eines der Shagarab-Lager! Ende der Wohltätigkeit!«

»Und wir haben das Diebespack satt! Keinen Platz mehr für weißes Gesindel!«, keifte ein anderer.

Shagarab – ein Albtraum, wie Oliver wusste. Drei der Camps lagen nahe Kassala, wo schon vor dem Krieg Tausende Flüchtlinge aus Eritrea und dem Südsudan unter katastrophalen Bedingungen in Lehmhütten oder Containern gehaust hatten: Müllberge, kein Strom, kaum Toiletten, Vegetieren hinter Stacheldraht.

»Habt ihr wenigstens Wasser für die Kinder?«, bat Oliver beschämt. Schmutzig wie er war, kam er sich seiner Würde beraubt vor.

»Und mit was willst du bezahlen?«, brüllte ihn der erste an.

»Du bist wohl nicht auf dem neuesten Stand, wie?«, stieg der zweite hitzig ein. »Deine Euro kannst du für deinen Hintern nehmen, genauso Dollar oder was noch in deinen Taschen steckt. Hier gilt das Sudanesische Pfund, Tauschware oder Gold – sonst gar nichts!«

Die Männer lachten, und Oliver verlor den Mut. Carolin und die Kinder hielten die Köpfe gesenkt. Mit zugeschnürter Kehle brachte er hervor: »Ich habe Gold, hier …« Er zog eine von zwei Zehntelunzen Gold aus seinem Hemd, die er dort verwahrt hatte. Andere waren in seinem Rucksack verstaut, eine Reserve im Schuh versteckt.

»Oh-ho!« Ungläubig prüften die Männer das glitzernde Goldstück und wurden schlagartig zugänglicher. »Sieh an, sieh an, der kluge Mann sorgt vor.«

»Warum hast du das nicht gleich gesagt?«

»Ich dachte, hier …«, stammelte Oliver.

»Seit Kriegsende haben wir über zwei Millionen Flüchtlinge aufgenommen. Mehr geht nicht. Selbstschutz, verstehst du. Die Regierung hat die Grenzen dichtgemacht. Jetzt müssen die Leute woanders hin, nach Ägypten oder Libyen, meinetwegen in den Tschad oder den Niger.«

»Ja, sonst gehen wir selber vor die Hunde. Aber wenn du für deine Familie sorgen kannst, geht das in Ordnung.« Genüsslich spielten die Finger des Mannes mit der Zehntelunze. »Jedenfalls könnt ihr für diesen kleinen Liebling hier auf den Markt.«

Der Weg wurde freigegeben, und die Männer widmeten sich wieder ihrem Alltagsgeschäft, kümmerten sich um ihre Kamele, die sie mit der ihnen eigenen Lässigkeit in Schach hielten. Hundert Fragen schossen Oliver durch den Kopf, aber die Chance, endlich Wasser und Essen bekommen zu können, verdrängte alle Neugierde.

Auf dem Markt brodelten der Handel und das Leben. Zuerst kehrten sie in einer Garküche ein, deren Betreiber ihnen ebenfalls mit Skepsis begegnete. Erst als Oliver wieder ein Goldstück aufblitzen ließ, wurden sie mit frischem Mangosaft bewirtet. Sie saßen auf Teppichen und tranken in großen Schlucken. Der Saft knirschte zwischen ihren Zähnen, spülte den Staub herunter. Alle stießen mit ihren Tonbechern an.

»Meine Güte«, schwärmte Christian, »der geilste Saft meines Lebens!«

»Ist das köstlich«, stimmte Marcelina zu.

»Was nehmen wir zu essen?«, fragte Annabel. »Haben die hier 'ne Karte oder so was?«

»Die Karte ist der Geruch«, erklärte Oliver, »und ich rieche Bohnen und Fleisch. Das nennt sich Ful. Vielleicht gibt's auch Asida.«

»Was ist das, Asida?«

»Hirsebrei mit Zwiebelsoße.«

Außer Carolin, die Asida wählte, entschieden sich alle für Ful. Die nächsten Minuten waren eine Folter. Der Hunger gab sein Finale mit krampfhaften Bauchschmerzen und einer fast krankhaften Verengung der Wahrnehmung. Um sich herum sahen sie nichts anderes als Dinge, die mit Essen in Verbindung standen: Gewürze, Datteln, Feigen, pulverisierte Tomaten, Kaffeekannen aus Blech, aus denen es dampfte, Zwiebeln, Öle, Zucker, Tee, Hirsemehl und weitere Garküchen.

Nach einer gefühlten kleinen Ewigkeit kam der Junge mit einem prall gefüllten Tablett und erlöste sie von ihren Qualen. Das Ful wurde mit Fladenbrot gereicht. Die in Öl und Knoblauch über einem Holzkohleofen gekochten braunen Bohnen schmeckten vorzüglich. Sie schöpften die Suppe mit Brot aus dem Topf, schwiegen und aßen gierig. Mit jedem Löffel kehrten die Lebensgeister zurück in ihre ausgezehrten Körper. Als Nachtisch gab es Kokoskuchen, Säfte und starken gefilterten Bohnenkaffee. Alle waren sich einig, seit Ewigkeiten nicht mehr so gut gegessen zu haben.

Gestärkt stürzten sie sich ins Gewühl des Marktes, um ihre Vorräte aufzufüllen. Neben Nahrungsmitteln gab es regionale Produkte wie gewebte Grasmatten, geflochtene Lederriemen und Sättel, aber auch Holzkohlebrenner, Schaufeln und andere Gerätschaften. Sie hätten auch ein Pferd oder ein Kamel erstehen können, aber Oliver wollte morgen lieber einen Laster mieten, um damit weiter nach New Halfa zu fahren. Daher beschränkten sie ihre Einkäufe auf das Notwendigste: Fladenbrote, Orangen, Mangos, Säfte und so viel Wasser, wie sie tragen konnten. Dazu kamen schlichte weiße Kopftücher für Carolin und die Mädchen sowie Schirmmützen für Oliver und Christian. Obwohl alles billig zu sein schien, rann ihnen das Geld, das sie beim Bezahlen des Essens mit der Goldmünze gewechselt bekommen hatten, wie Sand durch die Finger.

Ein kleiner Pfad führte vom Markt weg, vorbei an dumpf brüllenden Kamelen und an Hütten aus Ästen, Blättern und Stroh. Am Ortsrand fanden sie das Gästehaus, das man ihnen auf dem Markt empfohlen hatte. Es war nicht viel größer als drei Lehmhütten. Seine Mauern waren weiß gekalkt, Türen und Fenster hellgrün gestrichen. In dem weitläufigen Garten standen drei Dutzend rostige Metallbetten mit Grasmatten. Die Herberge war nur etwa zur Hälfte mit Nomaden verschiedener Stämme und mit Nubiern belegt. Ihre Hautfarbe schwankte von tiefem Schwarz bis zu hellem Braun. Europäer sah man keine. Männer und Frauen schliefen separat. Die Betten waren durch Palisaden aus Stroh voneinander getrennt; dennoch gab es kaum Privatsphäre.

Der Geruch von Holzfeuer wehte ihnen entgegen. Frauen bereiteten das Abendessen zu, umringt von Katzen, die ihre Pfoten genüsslich in alle Richtungen streckten. Hinter dem Haus war ein Brunnen. Der Reihe nach wuschen sich Oliver und die anderen ihre verfilzten Haare und schrubbten ihre verdreckten Körper mit Seife und Schwämmen.

Nach dieser Erlösung setzten sich Carolin und die Mädchen auf den Boden und füllten bereitstehende Waschteller mit ihrer Wäsche. Der feinpulverige Sand hatte sie durchdrungen bis in die letzte Faser. Sie schrubbten, wrangen und spülten die Sachen in Laugenwasser, während Christian die Kleidungsstücke zwischen ihren Betten auf ein geflochtenes Seil hängte.

Unter den Augen der afrikanischen Männer vermied Oliver es, sich am Waschen zu beteiligen, was er sonst getan hätte. Ihn zog es zu den Nomaden, um seine Neugier zu befriedigen und die Fahrt nach New Halfa auszuhandeln. Sie saßen in der Nähe ihrer Tiere, kochten Tee über einem kleinen Feuer, spielten, rauchten und plauderten.

»Darf ich ein bisschen zusehen?«, fragte Oliver auf Arabisch.

Die Männer hatten sich um einen Backgammon-Tisch gruppiert, der von Laternen beleuchtet wurde. Oliver war seit der Kindheit von Brettspielen fasziniert. Mit Haemmerli und Isler hatte er zuweilen ein Schachturnier im Bunker ausgetragen. Es schien Ewigkeiten her zu sein.

»Klar kannst du, setz dich zu uns.«

Unaufgefordert reichten sie ihm eine Tasse heißen Tee. Er schmeckte bitter.

»Sag, warum sprichst du so gut Arabisch?«

»Ich war vor ein paar Jahren als Berater in New Halfa beim Weizenanbau«, erklärte Oliver. »Vorher hatte ich Arabischkurse, Einzelunterricht bei einem Sudanesen.«

»Wir haben alle Verwandte, die irgendwie beim New-Halfa-Projekt arbeiten«, berichtete einer der Männer, dem Feuerschatten über das Gesicht fielen. Es glich gegerbtem Leder und strahlte dennoch Sanftheit aus. »Mein Bruder hat Land von der Gesellschaft gepachtet. Er baut Weizen und Erdnüsse an. Zurzeit läuft es gut, weil die Leute nach dem Krieg besser zusammenhalten und der Stausee gut gefüllt ist.«

Das war nicht immer so gewesen, wusste Oliver. In der Vergangenheit hatte es Krisen gegeben. Konflikte zwischen Nubiern und Nomaden, die als Farmer angesiedelt worden waren, hatten ihr Übriges zu den dürftigen Ergebnissen der Landwirtschaft beigetragen.

»Wie läuft es denn nach dem Krieg im Sudan?«, wollte Oliver wissen. »Ich meine, was hat das Land abbekommen? Mir ist aufgefallen, dass es kühler geworden ist … Meine Güte, ich hab so viele Fragen.«

»Du hast lange keine Zeitung gelesen, was?«

Oliver schüttelte den Kopf. »Ich war sieben Monate in einem Bunker in der Schweiz, abgeschnitten von der Außenwelt. In Europa herrscht Eiszeit, minus 25 Grad.«

»Zum Glück für uns sind die Bomben im September gefallen, nach der Regenzeit. Deshalb haben wir keinen Fallout abbekommen. Und Afrika wurde ja auch von den Bomben verschont.«

»Manchmal ist es eben gut, auf einem vergessenen Kontinent zu leben«, warf ein anderer Mann ein und lachte herzhaft.

Dann fuhr der mit dem sanften Gesicht fort: »Im Sudan reißen wir uns momentan zusammen. Es gab eine Konferenz zur nationalen Einheit, aber du weißt ja bestimmt, dass die nur schwer zu verwirklichen ist. Die Realität lässt wenig Raum für Träumereien. Immerhin bekriegen wir uns nicht mehr gegenseitig. Und damit das so bleibt und wir nicht bald Fremde im eigenen Land sind, hat die Regierung den Anspruch auf Asyl ausgesetzt.« Er trank einen Schluck und lächelte. »Aber um auf deine Frage zurückzukommen, wie es jetzt läuft: Für uns konkret kann ich dir sagen, eigentlich wie eh und je. Mit Kamelen durch die Wüste, das ist unser Zuhause.« Wieder gab es Gelächter, bis der Mann Oliver fragte: »Spielst du Backgammon?«

Oliver nickte und wurde aufgefordert, sich an den Tisch zu setzen und eine Partie um zwanzig Pfund mitzuspielen. Für das Goldstück hatte er 250 Sudanesische Pfund bekommen – dreimal weniger, als es seinem Wert vor dem Krieg entsprochen hatte.

Während die Würfel rollten und die Steine geschoben wurden, erzählten die Männer von den schweigenden Waffen der rivalisierenden Großmächte. Alle waren beteiligt gewesen. Da nun alles zerstört sei, könne nicht mehr gekämpft werden. Die gesamte nördliche Hemisphäre liege begraben unter Eis und Schnee, das hätten Erkundungsflüge ergeben.

Von Beginn der Partie an geriet Oliver ins Hintertreffen, weil die Gedanken an das Überleben seine Konzentration zerbröseln ließen wie Zwieback. Sein Gegner, der gekonnt würfelte, räumte rasch seine Steine ab.

»Wisst ihr was über Südamerika? Wie sieht es dort aus?« In kleinen Schlucken trank Oliver von dem bitteren Tee, der gegen die bleierne Müdigkeit half.

»Über Kurzwelle kommen manchmal Berichte rein. Der Süden liegt auch unter Eis, und der Norden bekam viel radioaktiven Niederschlag aus den USA ab. Aber immerhin gibt es Überlebende.«

Schmerzvoll dachte Oliver an Michelle, seufzte und biss sich auf die Lippe. »Gibt es noch Flüge, Transatlantikflüge?«

»Derzeit fliegt nur wenig innerhalb von Afrika. Die Wartung der Maschinen ist schwierig. Die Hersteller sind ja alle verschwunden.«

»Und Internet, Telefon? Gibt es darüber Kontakte?«

»Alles zusammengebrochen«, berichtete sein Gegenüber. »Mit den Nachbarstaaten halten wir ein lokales Netz aufrecht, aber wer damit seinen Lebensunterhalt verdient hat, ist längst pleite. Dann lieber Kamele, was, Männer?«

Die Männer raunten zustimmend, und die Tiere prusteten und schnaubten wie zur Bestätigung.

Die Partie näherte sich dem Ende.

»Die Würfel wollen wohl nicht so, wie du willst?«, kommentierte ein Zuschauer Olivers drohende Niederlage.

Ein letztes Mal rollten die Würfel über den Spieltisch mit einem hohlen Klackern. Oliver verlor die Backgammon-Partie haushoch.

»Noch eine Runde?« Der Sieger sah ihn mit verschmitzt zusammengekniffenen Augen an.

»Nein, danke, ich bin zu kaputt von der Reise«, entschuldigte sich Oliver, der kaum die Augen offen halten konnte. »Aber ich wollte noch fragen, ob mich und meine Leute morgen jemand mit einem Laster nach New Halfa bringen könnte.«

»Für zwanzig Pfund organisieren wir dir das. Melde dich morgen um neun bei Ahmed Baba. Der fährt nach Kassala und nimmt euch sicher für 15 Pfund pro Nase bis New Halfa mit.«

Dankbar gab Oliver dem Mann das Geld, womit bis auf die 75 Pfund für die Fahrt seine Barreserven schon wieder aufgebraucht waren.

»Etwas noch«, brachte er eine Frage an, die ihm besonders unter den Nägeln brannte, »ist Salah Abed Elhai in New Halfa eigentlich noch in Amt und Würden?«

»Wer soll das sein?«

»Er war vor dem Krieg im Vorstand der Landwirtschaftlichen Produktionsgenossenschaft.«

Der Mann kratzte sich seinen Turban, fasste sich an die Nase und sagte: »Ich weiß nicht so genau, glaube aber schon.«

Mit diesem Hoffnungsschimmer verabschiedete Oliver sich von der Runde und ging zurück zur Herberge. Obwohl er nicht einen Tropfen Alkohol getrunken hatte, fühlte er sich benebelt. Die Sichel des Mondes warf ihr schwaches, kühles Licht über das Dorf, in dem vollkommene Stille herrschte. Mauern und Hütten schienen verschwunden. Mühsam rang er um Orientierung, tastete sich über den Sand. Er fühlte sich traurig und einsam, und die Angst brach durch, die ihn den ganzen Tag begleitet hatte.

Endlich fand Oliver die Herberge. Als er erschöpft auf seine Matte sank, spürte er eine brennende Sehnsucht nach Carolin und den Kindern, doch sie schliefen unerreichbar hinter den Palisaden. Er lag da, und die fremde Welt um ihn herum peinigte seine Sinne, bis ihm die Augen zufielen. Düstere Gefühle und Gedanken begleiteten ihn bis in die Tiefe seiner Träume.

KAPITEL 3

Am nächsten Morgen rüttelte Marcelina Oliver aus dem Tiefschlaf. Als Erstes sah er ihre Zöpfe, die am Rand des Kopftuchs wie die aufgegangene Sonne in den blauen Himmel strahlten. Mühsam richtete er sich auf und erinnerte sich an die Sehnsucht der Nacht. Sie wünschten sich einen guten Morgen und umarmten einander. Ihre Offenheit und Liebenswürdigkeit verwirrten ihn. In diesem Moment spürte er etwas in sich in Bewegung geraten, ein Gefühl der Seelenverwandtschaft, als gehöre Marcelina schon immer zu ihm, zu seiner Familie. Oliver lächelte und kniff unter dem gleißenden Licht die Augen zusammen.

Nachdem sie sich voneinander gelöst hatten, sah Oliver zur Uhr und begriff, dass ihnen bis zur Abfahrt des Lasters nur noch wenige Minuten blieben. Er schreckte hoch und stürzte zu Carolin und den anderen Kindern. Ein paar flüchtige Küsse und Umarmungen hinter den Palisaden, dann brachen sie ihr Quartier ab und wickelten schnell das Frühstück ein, das vorbereitet auf dem Tisch stand. Sie rannten – Oliver mit Marcelina auf dem Arm – zu dem Platz neben dem Markt, wo Ahmed Baba mit einem Kleintransporter auf sie wartete. Dessen Motor tuckerte bereits ungeduldig. Oliver begrüßte ihn und übergab ihm das Geld für die Fahrt.

Während sie auf die Ladefläche kletterten, sprach Ahmed Baba mit den Nomaden. Seine weiche, liebenswürdige Stimme ließ sich kaum in Übereinstimmung bringen mit der gegerbten schwarzen Haut und dem langen Bart. Die Nomaden rauchten Wasserpfeife, balancierten einen Kochtopf über einem Feuer und tranken Kaffee, dessen verführerischer Duft Oliver in die Nase stieg. Das dumpfe Brüllen der Kamele vibrierte in der

Luft. Wenige Bäume zerbrachen das gleißende Sonnenlicht und warfen lange Schatten über den Staub.

In einem unbeobachteten Moment küssten sich Oliver und Carolin. Beide spürten ihre Liebe, aus der sie Kraft schöpften. Sie wickelten ihr Frühstück aus und begannen, Fladenbrot und Obst zu essen und den Fruchtsaft zu trinken. Es schmeckte köstlich und frisch. Dank der Aussicht, ihr Ziel noch am Vormittag zu erreichen, waren sie trotz aller Strapazen und der erlittenen Verluste ausgelassen. Zum ersten Mal genossen sie auch die Wärme Afrikas.

Ahmed Baba rief seinen Leuten ein paar Abschiedsworte zu, warf die Tür zu und ließ den Motor aufheulen. Dann ruckten sie an, Staubwolken wirbelten auf, und schon jagte der Laster durch die Steppe.

Vorbei schossen Sträucher und Kakteen, die im Staub ihrer Spur verschwanden. Die Straße war uneben und voller Löcher, sodass der Laster schlingerte und von Stößen geschüttelt wurde. Oliver hielt sich an der Außenklappe fest und kämpfte gegen eine aufkommende Übelkeit an.

»Diese beschissene Schaukelei«, schimpfte Annabel, die blass geworden war, »das konnte ich noch nie haben.«

Oliver wies auf die Grasmatte auf der Ladefläche. Unwillkürlich musste er an die Reisetabletten denken, die er im Bunker zugunsten wichtigerer Medikamente zurückgelassen hatte.

»Wie lange dauert es bis New Halfa?«

»Eine gute Stunde«, sagte Oliver.

»Verdammter Mist!« Annabel rollte mit den Augen, warf sich auf die Matte und kauerte sich zusammen wie ein Embryo.

»Ich kotze auch gleich«, stöhnte Christian. »Bin Autofahren einfach nicht mehr gewohnt.«

Carolin gab ihm den Rat, den Horizont zu fixieren und sich darauf zu konzentrieren. Marcelina, der das Geruckel weniger auszumachen schien, schmiegte sich an ihre Seite. Oliver musste lächeln. Eine Medizinstudentin aus Tübingen und ein Waisenkind aus dem Tessin, die einander in den Armen hielten und denen er jetzt so nahestand. Wie fern war doch die Welt davor!

Unzählige Autowracks säumten die Piste. Selbst Kamelen lauerte hier der Tod auf; vereinzelt lagen Skelette am Straßenrand. Oliver kam es bei den unwirklichen Bildern vor, als glitten sie wie in einem Film geräuschlos die öde Straße entlang, als schlucke der Tod jeden Laut. Er ahnte, was noch folgen würde, und griff nach Carolins Hand. Christian wies er an, sich neben Annabel auf die Matte zu legen.

»Jetzt gleich!«, befahl er rau, als der Junge seiner Aufforderung nicht nachkam.

Kaum hatte Christian widerwillig den Kopf gesenkt, da zogen Leichen an ihnen vorüber, Tote, die sich auf der Flucht verirrt hatten oder denen das Wasser ausgegangen war. Manche waren bereits skelettiert, andere lagen halb verwest im Sand wie Mumien, daneben rostende, ausgebrannte Autowracks. Oliver erschauerte vor der Nähe des Todes.

Die schnurgerade Straße führte durch eine flache, eintönige Savanne, die sich mit Geröll abwechselte. Hin und wieder durchquerten sie ein ausgetrocknetes Flussbett. Sie trafen auf Dörfer, verdorrte Felder und Nomaden mit Ziegen, Schafen und Kamelen. Je näher sie New Halfa kamen, umso weniger Tote säumten die Straße. Endlich tauchte ein grüner Streifen am Horizont auf, sogar Bäume ließen sich darin erahnen.

»Da ist es!«, rief Oliver aufgeregt. »Das Gebiet um New Halfa, seht ihr? Ein Kanalnetz macht das Land fruchtbar.«

Alle stemmten sich hoch und sahen gebannt in Richtung der riesigen künstlichen Oase. Oliver erzählte in knappen Worten, wie es zu der Ansiedlung gekommen war, wie vor über siebzig Jahren der Nilstaudamm von Aswan im Süden Ägyptens gebaut worden war und der künstliche See ganze Städte überflutet hatte. 10000 Menschen wurden damals an den 800 Kilometer südöstlich gelegenen Fluss Atbara zwangsumgesiedelt.

Angesichts des nahenden Ziels gerieten alle in eine erwartungsvolle, ungeduldige Stimmung. Sie ließen Wasserflaschen kreisen, verteilten Mangos und unterhielten sich fieberhaft.

»Was tun wir in New Halfa als Erstes?«, fragte Carolin, die glücklich und nachdenklich zugleich wirkte.

»Wir gehen zu Salah Abed Elhai und fragen ihn, ob er uns eine Bleibe besorgen kann.« Oliver rieb sich die Hände. Bislang hatte er sich zu diesen Fragen wenig Gedanken gemacht, die Flucht war zu aufreibend und kräftezehrend gewesen. »Dann fragen wir ihn, wie wir uns nützlich machen können. Und natürlich, wie die Dinge dort überhaupt stehen.«

»Ich stelle mich bei einem Arzt vor«, rief Annabel. »Vielleicht kann ich da helfen und was lernen. Aber erst mal mach ich ’ne Weile blau.«

»Ich hab noch keinen Schimmer, was ich machen soll«, sagte Christian. »Sehen, was so läuft. Vielleicht ganz normal zur Schule gehen, wenn es die da gibt …«

»Du Spießer!«, zwackte Annabel ihn.

»Ich will auch zur Schule!«, rief Marcelina.

In Carolins Gesicht zeigte sich Zuversicht. Die Strähnen ihres braunen Haars flatterten im heißen Wind. »Vielleicht kann ich anderen Flüchtlingen Sprachunterricht geben. Immerhin spreche ich Englisch und Französisch. Und Arabisch kriege ich sicher auch noch hin.«

Oliver nahm ihre Hand, und sie lächelten sich an. »Ja, irgendwie wird sich alles schon finden.«

»Ich kann’s noch gar nicht glauben, dass wir es bis hierher geschafft haben.«

Die Mangos schmeckten herrlich. Unter dem wolkenlosen Himmel schmiedeten sie Pläne, umarmten einander und lachten.

Die grüne Zone rückte immer näher. Hohe Bäume mit dicken Stämmen zeichneten sich ab, dazwischen ausgedehnte Felder, sogar Tiere, Kanäle und Dörfer, Satellitensiedlungen von New Halfa. Das Leben schien hier noch zu funktionieren. Wie schön wäre es, dachte Oliver, wenn wir dort ein neues Zuhause fänden.

An einer Kreuzung bog der Laster nach links ab und fuhr parallel zur Oase weiter, nicht mehr gerade darauf zu, wie Oliver es erwartet hatte. Zunächst dachte er sich nichts dabei, aber mit jedem Kilometer wuchs in ihm ein Gefühl von Unsicherheit, eine unheilvolle Unruhe, eine Ahnung. Das Tosen des Fahrtwinds und das Knacken und Bersten der Steine unter den Reifen zerrten an seinen Nerven. Er krallte sich an der Außenklappe fest und leckte sich den Staub von den Lippen.

»Fahren wir einen Umweg?«, fragte Annabel, die sehnsüchtig auf die prachtvolle Natur blickte.

»Ich weiß nicht.«

»Wow«, erschrak sie, als sie Olivers finstere Miene sah. »Warum auf einmal der Doomblick?«

Oliver zuckte mit den Schultern.

»Was ist denn das da hinten?« Christian hatte sich umgewandt und deutete auf ein riesiges Gebilde, das sich in etwa zwei Kilometern Entfernung abzeichnete. Der Laster fuhr weiter, und jetzt sahen sie es: Sie steuerten auf ein Meer aus Zelten, Containern und Wellblechhütten zu, über dem eine graue Dunstglocke hing. Sie schienen in den größten Slum hineinzusteuern, den die Menschheit je gesehen hatte. Trostlosigkeit, so weit das Auge reichte. Drumherum wuchs nichts, ein Kontinent aus Elend mitten in der Einöde.

Gelähmt starrte Oliver auf das Lager und spürte, wie sein Herz zu rasen begann. Marcelina sah fragend zu den Erwachsenen, den anderen stand Angst ins Gesicht geschrieben.

»Ich bin überhaupt nicht neugierig auf so ein Scheißlager«, rief Annabel erregt. »Irgendwas läuft hier schief. Tu doch endlich was!«

Oliver nahm einen kräftigen Schluck aus der Wasserflasche und klopfte dann an die Scheibe hinter dem Fahrer. Ahmed Baba wandte sich um, schob die Scheibe zur Seite und fragte: »What?« Den Blick behielt er auf der Straße.

»Where are we going?«, fragte Oliver, der Mühe hatte, den Lärm zu übertönen.

»Shagarab camp four. There is a transit zone. You must register there before you can go to New Halfa.« Er sah kurz nach hinten, die freundlichen Züge waren aus seinem Gesicht verschwunden. »Have your ID-cards ready!«

Mit diesen Worten schob er die Scheibe wieder zu und kratzte sich seinen Bart.

»Wir sollen unsere Ausweise bereithalten«, übersetzte Oliver entgeistert, obwohl er wusste, dass es die normalste Sache der Welt war, bei der Einreise in ein fremdes Land den Ausweis vorzuzeigen. »In dem Lager gibt es eine Transitzone, wo wir uns registrieren lassen müssen. Dann geht es wohl weiter.«

»Ich traue diesem Typen nicht«, meinte Carolin. »Wie der schon geguckt hat.«

»Ja, ja, das mag alles sein, Carolin, aber wir müssen jetzt unsere Ausweise rausholen.«

»Okay, ich … ich sehe mal nach, wo er sein könnte.«

Die Farbe war aus ihrem Gesicht gewichen und sie begann mit aufgerissenen Augen, ihren Rucksack zu durchwühlen. Mit wenigen gezielten Handgriffen fischte Oliver Annabels und seine Papiere aus dem Gepäck, und auch Christian zog seinen Ausweis ohne langes Suchen aus der Innentasche.

»Ich habe aber keinen Ausweis«, brachte Marcelina hervor und begann zu schluchzen. Hilflos hielt sie Oliver ihren Rucksack entgegen. »Den hatten meine Eltern, glaube ich. Was wird jetzt aus mir?«

Oliver wischte sich mit der Hand über das Gesicht, überlegte fieberhaft. »Wir sagen einfach, du bist meine Tochter, okay?«

»Ja, bitte!«, flehte Marcelina und warf sich ihm an den Hals.

»Du musst mir nur noch sagen, wann und wo du geboren bist und solche Sachen.« Er drückte sie und streichelte ihr über das Kopftuch.

»Am 25. Mai in Locarno.«

»Wir lassen dich niemals allein«, schwor Annabel und nahm das kleine Mädchen in ihre Arme. »Wir stehen das gemeinsam durch – alle für einen, einer für alle!«

Währenddessen filzte Carolin ihren Rucksack, nestelte in jeder kleinen Tasche herum und verteilte den Inhalt auf der Ladefläche: Obst, Wasserflaschen, Kleidungsstücke, ein Smartphone, ein Buch über Pädagogik und Fotos. Schweiß rann ihr über das Gesicht, und sie blinzelte. Oliver rollte mit den Augen und verzog den Mund.

»Na, was ist?«

»Ich … ich finde meinen Ausweis nicht. Ich glaube, ich habe dieses verdammte Ding im Bunker gelassen.« Beschämt hockte sie sich auf die Knie und sah zu Oliver auf.

»Du hast was?«

»Ich hätte nie gedacht, den nach einem Atomkrieg noch mal zu brauchen. Wozu auch?«

»So eine verdammte Scheiße, Carolin!«, schrie Oliver auf und merkte, wie er die Nerven verlor. Ihm war, als verwandle sich der staubige Boden unter ihm in Treibsand. Rasend vor Wut schleuderte er seine Wasserflasche in die Wüste.

»Ich kann's einfach nicht glauben«, brüllte er, jedes Wort betonend. »Dachtest du, die Sudanesen setzen sich an ihren PC, loggen sich beim Einwohnermeldeamt in Tupflingen ein und gleichen deine Angaben mit denen ab? Großer Gott!«

Den Kopf gesenkt, begannen Carolins Augen, sich mit Tränen zu füllen. Sie schlug sich die Hand vor das Gesicht.

»Ich kann's einfach nicht glauben … Unglaublich!«

»Hör endlich auf zu schreien!«, fuhr sie hoch. »Das hilft mir jetzt null weiter, verdammt!« Nun heulte sie richtig los, sodass der Rotz in breiten Schlieren über ihre Wangen lief. Auch die Kinder begannen zu weinen und sahen dem Streit hilflos zu.

»Und du hör auf zu flennen«, brüllte Oliver, der sich in seiner Wut und Verzweiflung nicht mehr unter Kontrolle hatte, »davon wird's auch nicht besser!«

»Du machst wohl immer alles richtig, was? Der große Oliver Bertram«, brüllte Carolin, »der einen ganzen Flüchtlingstross von Mitteleuropa bis ins Herz von Afrika führt! Dass ich nicht lache!«

»Ich versuch's wenigstens und vergesse nicht zu Hause die absoluten Basics!«

»Hört auf, euch anzuscheißen!«, kreischte Annabel dazwischen. »So was Bescheuertes hab ich ja noch nie erlebt!« Sie deutete in Fahrtrichtung, wo sich das Lager näherte. »Kriegt euch endlich wieder ein!«

»Du hältst dich da raus, kapiert?«, fuhr Oliver sie an, bevor er zusammenbrach und selbst in stakkatoartigen Wellen schluchzte. Er verlor die Hoffnung und wollte die Dinge, die da auf sie zurasten wie ein alles verschlingender Sandsturm, willenlos über sich ergehen lassen.

Es verging eine Minute, in der kein Wort fiel.

Christian zeigte als erster Initiative und zupfte an Olivers Hemd. »Wollen wir nicht langsam wieder konstruktiv werden?«

Ungläubig sah Oliver den Jungen an. Er wusste zunächst nicht, wie er darauf reagieren sollte. Sie sahen sich tief in die Augen, und in diesem Moment erwachte Oliver aus seiner Paralyse. Er hockte sich zu Carolin und fasste ihr vorsichtig an den Arm.

Wütend schlug sie seine Hand weg. »Hau ab!«

Es folgte knisterndes Schweigen. Sie saß zusammengekauert da, die Stirn auf die Unterarme gestützt, er beharrlich davor.

»Wir werden das trotzdem irgendwie zusammen durchstehen«, brachte Oliver schließlich hervor. Er fühlte sich schuldig, weil er die Fassung verloren hatte. »Ich habe eine Idee, was wir machen werden. Pass auf, wir …«

»Ich pfeif auf deine Ideen!«, giftete sie ihn an, hob jedoch den Kopf, sah ihm in die Augen und hielt seinem Blick stand. Ihr tränenverschmiertes Gesicht bebte.

»Wenn sie dich zur Überprüfung dabehalten wollen«, erklärte Oliver und wies mit dem Kopf in Richtung Lager, »dann hole ich dich mit Salahs Unterstützung da raus. Ich fahre nach New Halfa und organisiere Hilfe. Ist ja nur ein kurzer Weg, einmal New Halfa und zurück. Alles wird gut, Familienzusammenführung. Du wirst schon sehen.«

Allmählich löste sich die Spannung zwischen ihnen, und Carolin sank ihm entgegen, und sie umarmten sich.

»Ich hab solche Angst, Oliver.«

»Ich auch. Aber wir packen das.«

Der Laster hielt vor einem breiten Eingangstor. Es war mit Stacheldraht gesichert und trug große Warnschilder in verschiedenen Sprachen. Ahmed Baba sprang vom Fahrersitz, ließ die Fahrertür offen und entriegelte die Heckklappe, die mit einem Krachen nach unten schlug. Den Motor ließ er laufen.

»Here you have to register«, erläuterte er Oliver schroff. Seine Stimme hatte jede Liebenswürdigkeit verloren. »The soldiers there will instruct you. Go, hurry up!«

Als die Gruppe abgestiegen war, setzte der Fahrer sich wieder ans Steuer und schlug die Tür zu. Oliver rannte ihm hinterher und hämmerte an die Scheibe.

»Hey, wait!«

»Register! Then I will come back.« Daraufhin trat Ahmed Baba aufs Gas. Die Reifen fraßen sich in das Gemisch aus Schotter und Sand und hinterließen eine Wolke aufgewirbelten Staubes. Rasch ebbte das Motorengeräusch ab. Alle sahen dem Laster fassungslos hinterher. Annabel zitterte und atmete schnell. Oliver drückte sie an sich.

»Kein Problem, wir finden einen neuen Fahrer«, versuchte er, seine Tochter zu beruhigen.

Ehe sie das Geschehene realisieren konnten, stürzten zwei Soldaten in gefleckten Tarnanzügen und mit vorgehaltenen Maschinengewehren auf sie zu. Sie befahlen den Neuankömmlingen auf Englisch, sich ans Ende der Wartenden vor dem Tor anzustellen.

In einer Schlange standen dort europäische Flüchtlinge, etwa drei Dutzend Männer, Frauen und Kinder. Sie trugen abgerissene Kleider und wirkten müde und ausgezehrt. Offenbar waren sie monatelang unterwegs gewesen und hier gestrandet.

Vor dem Eingangstor standen rechts und links zwei Panzer unter einem Sonnendach aus Palmenwedeln, dazwischen Soldaten. Dahinter befanden sich drei Container und ein großes, weißes Zelt. Auf einem stand in roten Lettern *TRANSIT ZONE*. Das gesamte Lager Shagarab Vier, ein Konglomerat aus Hütten, Zelten, Steinen und Staub, war umgeben von einem metertiefen Graben und einem Stacheldrahtzaun, der bis zum Horizont zu reichen schien. Wassertanks ragten empor. Von Strommasten hingen Kabel, pendelten schlaff im Wind. Stimmengewirr drang aus dem Lager, Flüche, Musik.

Gemächlich, aber mit aggressiven Gesten und Worten, wurden die Menschen von den Soldaten auf das Gelände gelotst. Dann verschwanden sie für einige Zeit in dem Zelt am Eingang, bis sie mit hängenden Köpfen auf der anderen Seite wieder herauskamen. Manchmal entlud die Verzweiflung der Neulinge sich in einem Handgemenge, doch die Soldaten griffen rasch und resolut durch, sodass keine Zweifel an ihrer Autorität aufkamen.

Die Einzigen, die das Lager verließen, waren Händler mit leeren Schubkarren, auf denen sie vermutlich Lebensmittel angeliefert hatten, sowie ein Wassertankwagen.

»Ich will auf keinen Fall hierbleiben«, sprach Annabel aus, was alle dachten, und klammerte sich an ihren Vater. Sie weinte und vergrub das Gesicht an seiner Brust.

»Ich kläre das, mein Schatz«, ermutigte Oliver sie. »Wenn die uns hier festhalten wollen, kriegen sie es mit Salah zu tun, warte nur ab.« An die Hilfe seines Freundes glaube er fest.

»Und wenn wir hierbleiben müssen«, versuchte auch Christian, ihr und sich selbst Mut zuzusprechen, »dann höchstens eine Nacht. Bis sie unsere Identität festgestellt haben. Eine weitere Nacht im Zelt, das stehen wir doch locker durch, oder?«

Annabel sah Christian zweifelnd an, der bekräftigend nickte, um ihr zu zeigen, dass er es ernst meinte. Danach löste sie sich von ihrem Vater, und die Jugendlichen redeten unter vier Augen weiter.

Schweigend nahm Carolin den freien Platz an Olivers Seite ein. Sie schmiegte sich an ihn, und beide legten ihre Arme um die Schulter. Neben der Angst vor dem Kommenden stand ihr die Betroffenheit über ihr Versagen im Gesicht.

»Es tut mir so leid«, flüsterte sie.

»Schon okay, ich hätte mich zusammenreißen müssen.«

»Weißt du, ich liebe dich, Oliver.«

»Ich liebe dich auch. Ich kann dir gar nicht sagen, wie sehr ich dich brauche.«

Carolin hielt Marcelina an der Hand. Das Mädchen sah von allen am wenigsten ängstlich aus. Sie verkörperte das Urvertrauen eines Kindes, denen Erwachsene Geborgenheit und Sicherheit versprochen haben.

Sie betraten das große weiße Zelt. Angestellte der sudanesischen Regierung registrierten hier die Neuankömmlinge. Sie trugen einen grünen Mundschutz. Der Ton war rau, die Stimmung feindselig.

Die Beamten nahmen von allen die Fingerabdrücke und fertigten Fotos im Seiten- und Frontalprofil an. Jeder musste komplizierte Formulare ausfüllen. Annabel weinte während der entwürdigenden Prozedur.

Niemand interessierte es, dass Carolin und Marcelina keinen Ausweis hatten. Wie die anderen Flüchtlinge bekamen sie nach der Registrierung ein blaues Armband, von dem sie nicht wussten, was sie mit ihm anfangen sollten.

Als Oliver an der Reihe war, zeigte er den Offiziellen seinen Ausweis und versuchte ihnen klarzumachen, dass er nach der Erfassung der Daten nach New Halfa fahren wollte, um mit Salah Abed Elhai zu sprechen. Er würde für seine Familie sorgen und ihre Identitäten bestätigen.

»Salah – who?«, fragte einer der Beamten und lachte seinen Kollegen an. »We don't know such a person!«

Oliver erklärte den Leuten, dass Elhai eine einflussreiche Person im NHAPC sei und er selbst lange im Sudan gearbeitete habe. Er kenne Land und Leute und könne seinen Lebensunterhalt selbst bestreiten.

»NHAPC, all right, all right«, witzelte der Beamte. Er erklärte ihm in einem sarkastischen Ton, dass in der Transitzone ausschließlich die Gesetze der sudanesischen Regierung galten, nicht die der NHAPC. Und das Stück Plastik, mit dem er ihm dauernd vor der Nase herumwedele, sei ein wertloses Stück Scheiße. Daraufhin nahm er Oliver den Ausweis ab und warf ihn hinter sich in den Raum.

Wutentbrannt stieß Oliver den Beamten zur Seite, um sein am Boden liegendes Dokument aufzuheben. Bevor er es zu fassen bekam, sprangen zwei Soldaten herbei und überwältigten ihn in einem kurzen Gerangel. Brutal drehten sie ihm die Arme auf den Rücken und stellten ihn wieder auf. Der Schmerz war so stark, dass Oliver glaubte, Sehnen würden reißen und Knochen brechen. Er schrie auf, die Kinder kreischten, und Carolin schluchzte mit beiden Händen vor dem Gesicht.

»Are you a terrorist?«

Die Regierungsangestellten waren aus ihrem Alltagstrott gerissen und verfielen in einen übertriebenen Diensteifer, brüllten Oliver an: »Come on, talk to me, stranger from a strange land! Are you a terrorist?«

»No«, stöhnte Oliver.

»Terrorist?«

»No, I swear!«

Die Beamten lachten, was Oliver mehr schmerzte als seine Arme. Das Gelächter war wie ein Tritt in den Unterleib.

Als sie genug von dem Schauspiel hatten, nahmen sie ihm den Rucksack ab, schütteten den Inhalt auf einen Tisch und filzten, was nicht von selbst herausfiel. Sie fanden drei Krügerränder und ein halbes Dutzend Zehntelunzen Gold, die sie kennerisch durch ihre vor Freude zitternden Finger gleiten ließen.

»Friede sei mit dir, Fremder«, sagte der erste Beamte glückstrahlend in brüchigem Englisch und klopfte Oliver auf die Schulter. »Wir werden die Münzen für dich verwahren, bis eure

Asylverfahren abgeschlossen sind. So lange dürft ihr die Transitzone nicht verlassen.«

»Wir müssen hierbleiben?«, fragte Oliver ungläubig.

Shagarab Vier sei ein *Pre-Integration Camp* für Asylsuchende im Sudan, erklärte der Beamte. Wer es unerlaubt verlasse, behindere das Asylverfahren, würde inhaftiert und könne des Landes verwiesen werden.

»Und wie lange dauert das Verfahren?«

»It's a Pre-Integration Camp, I don't know exactly. Maybe a few months.«

Daraufhin erhielt Oliver das blaue Armband, das im Lager zum Erhalt von Lebensmittelrationen berechtigte. In der Nähe des Eingangs befände sich ein Supermarkt, erklärten die Beamten, dort erfolge die Verteilung. Ihre Zelte könnten sie in der deutschen Kolonie aufschlagen. Der Weg dorthin wurde mit knappen Worten und Gesten umrissen.

Der Gang durch das riesige Lager war ein Albtraum. Immer wieder verirrten sie sich und waren zwei Stunden lang damit beschäftigt, die deutsche Kolonie zu finden. Auf ihrer verzweifelten Suche wurden sie mit allen Facetten des Elends hinter dem Stacheldraht konfrontiert. Container waren noch die besten Unterkünfte. Der überwiegende Teil der Behausungen bestand aus abgerissenen Zelten, Wellblech- und Lehmhütten. Manche Bewohner hatten Plastikplanen über Lehmwände gespannt und darunter Küchen und selbstgebaute Toiletten improvisiert. Überall lagen Berge von Müll. Stromanschlüsse gab es kaum.

Oliver stand unter Schock. Mechanisch zupfte er sich in den Haaren herum. Er hatte Angst, die Kontrolle zu verlieren, durchzudrehen. Carolin hatte die Arme verschränkt, den Kopf gesenkt und zog die Schultern zusammen. Die Gesichter der Kinder spiegelten blankes Entsetzen wider. Schreckhaft versuchte Annabel, von Menschen, die ihnen begegneten, Abstand zu halten. Die fremden Stimmen und der Lärm zerrten an ihren Nerven.

Am schlimmsten war der Anblick der Menschen. Sie sahen bis auf die Knochen abgemagerte Kinder und Säuglinge. Ihr Wimmern und Schreien ging ihnen durch Mark und Bein. Die gesundheitlichen Auswirkungen des Elends waren verheerend. Manche ausgetrockneten Körper konnten anscheinend nicht einmal mehr Tränen produzieren.

An vielen Stellen sahen sie Kranke, die wie betäubt auf dem Boden lagen und sich unter Schmerzen krümmten. Andere hatten Durchfall und erbrachen sich ständig. Auf ihren Körpern sah Oliver rötliche Flecken, charakteristisch für Typhus. Gesehen hatte er solche Patienten noch nie, sich aber im Rahmen seiner Doktorarbeit über die Geschichte der Infektionskrankheiten damit beschäftigt.

Doch neben dem unvorstellbaren Leid gab es auch Zeichen von Normalität, Alltag und Hoffnung. In kleinen Läden wurde mit Lebensmitteln gehandelt, Garküchen boten Gegrilltes an, Friseure gingen unter freiem Himmel ihrem Handwerk nach, und in Unterständen verkauften Leute selbst geschneiderte Kleidung. Auf unerklärliche Weise fand das Leben sogar unter diesen unmenschlichen Bedingungen Mittel und Wege.

Auf der Suche nach der deutschen Kolonie fragten Oliver und Carolin jeden Ansprechbaren nach dem Weg. Dabei begegneten sie einsamen Menschen, Waisen, Paaren und Familien, die all ihre Habe in winzige Hütten quetschen mussten. Sie kamen aus ganz Europa, versprengte Reste eines Kontinents, die hier eingesammelt und kaserniert worden waren.

Carolin kam mit einer Französin aus der Provence ins Gespräch. Sie hatte mit ihrer Familie zu Kriegsbeginn in Tunesien Urlaub gemacht und war nach wochenlangen, entbehrungsreichen Märschen hier gestrandet. Unterwegs hatten sie unzählige Schikanen erdulden müssen, hatten in einem libyschen Gefängnis gesessen und während der Flucht ihre fünfjährige Tochter verloren. Sie wirkte erschöpft. Ihr langes schwarzes Haar war zerzaust und floss wild zusammen in einem Pferdeschwanz, der über ihr abgetragenes Kleid bis zur Taille fiel. Die Züge der Frau, die Catharine hieß, waren außergewöhnlich fein geschnitten. Ihre lebenslustigen Augen blitzten und strahlten trotz allem Optimismus aus.

Nachdem Carolin ihr Beileid wegen der verstorbenen Tochter ausgedrückt hatte, fragte sie nach dem Ablauf des Alltags im Lager.

»Jeder Tag ist wie der andere«, berichtete Catharine. »Wenn wir nicht rumsitzen und warten, putzen wir den Container, bauen morgens das Schlaflager in ein Wohnzimmer um, kochen, wenn wir was zu essen auftreiben können, und spielen Karten mit den Kindern.«

Sie rief ihre Kinder heraus, die im Container saßen, und forderte sie auf, Bonjour zu sagen. Der abgemagerte Jaques, etwas jünger als Christian, schüttelte brav allen die Hand, die sechsjährige Chloé-Manon zierte sich und versteckte sich hinter ihrer Mutter.

»Und dabei geht es uns noch gut«, erzählte Catharine weiter, »weil mein Mann Elektriker ist und wir seine Arbeit gegen Essen tauschen können. Er ist gerade unterwegs und beseitigt einen Kurzschluss bei den Engländern.« Sie strich sich in einer fließenden Bewegung das Haar aus dem Gesicht. »Hier im Lager ist nur mit Gold, sudanesischen Pfund oder eben Handwerk was zu bekommen. Die blauen Armbänder könnt ihr vergessen. Vor dem sogenannten Markt gibt es jede Woche Tumulte, wenn die Hauptlieferungen kommen. Da bleibt kaum für jeden was übrig.«

»Und wie lange warten Sie schon auf den Abschluss Ihres Asylverfahrens?«, fragte Carolin vorsichtig.

Catharine winkte mit niedergeschlagenem Blick ab. »Zu lange. Kaum jemand hier hat das Lager bisher verlassen.«

Mit den Tränen kämpfend streichelte Carolin der Französin über den Rücken und plötzlich schlossen sich beide in die Arme.

»Ich würde alles dafür geben, wenn ich diesen Scheißcontainer da aufstellen könnte, wo früher unser Haus gestanden hat, im Luberon. Dort gehören wir hin – nur dort.«

Dann beschrieb sie Carolin detailliert den Weg zu den Deutschen.

»Sont-ce que tous vos enfants?«, fragte sie Oliver, der Französisch nicht verstand.

»Ob das alles unsere Kinder sind«, dolmetschte Carolin.

»Jetzt ja«, antwortete Oliver und Carolin übersetzte.

Catharine lächelte und wünschte ihnen alles Gute.

Endlich erreichten sie den Bereich des Lagers, in dem ihre Landsleute interniert waren. Wie überall herrschten auch dort Elend, Hunger und Lethargie. Niemand nahm Notiz von den Neuankömmlingen. Sie wateten durch Berge von Müll, um einen Platz für ihre Zelte zu finden. Es roch nach Fäkalien, Verwesung und Rauch.

Die erste freie Stelle zwischen Wellblechhütten und improvisierten Verschlägen wurde ihnen von drei stoppelbärtigen, langhaarigen Männern verstellt, die trotz ihrer schlechten körperlichen Verfassung entschlossen auftraten. Sie sagten, das Gebiet sei reservierter Privatbesitz. Oliver ballte die Faust und presste die Lippen aufeinander, kapitulierte aber vor der Übermacht und zog mit seiner Familie weiter. In Gedanken sandte er ihnen Flüche zu, unterster Abschaum und mieses Dreckspack. Dabei kickte er eine Konservendose durch die Luft.

Ganz in der Nähe bot sich die nächste Möglichkeit, sich niederzulassen, eine vermüllte, staubige Fläche, kaum größer als ein Vorgarten. Doch schon öffnete sich die Tür des angrenzenden Containers, Schritte schlurften heran und Schuhe schlappten.

»Hier nicht!«, schnauzte ein Mann um die fünfzig, als er sah, was Oliver vorhatte. Er war ein strammer Typ mit kräftigen Schultern und ebensolchen Beinen. Auf seinen Wangen brannten rote Flecken, die Augen blickten kämpferisch. Das kurze Kraushaar und der Vollbart hatten einen deutlichen Anflug von Grau. Er trug weite, löchrige Jeans und ein Hemd, dessen Farbe und Muster verblichen waren. Oliver staunte über seinen zünftigen Bauch, der wie durch ein Wunder alle Entbehrungen überstanden hatte. Der Schweißgeruch hingegen, der von ihm ausging, überraschte ihn nicht.

»Können wir nicht erst mal reden?«, fragte er und versuchte eine beschwichtigende Geste. Sein Gegenüber atmete kurz und scharf und entblößte schmutzig braune Zähne.

»Nein, können wir nicht. Und nun verschwindet!«

Oliver entwich ein sarkastischer Lacher, dann stemmte er die Hände in die Hüften. Carolin berührte seinen Unterarm, wollte ihn beruhigen.

»Wissen Sie eigentlich, was wir durchgemacht haben?«, fragte er den Mann, der im Begriff stand, wieder in seiner Absteige zu verschwinden. »Was hat einer wie Sie eigentlich vor dem Krieg beruflich gemacht? Waren Sie Investmentbanker oder so was?«

Der Mann drehte sich um, baute sich wie ein Stahlross vor Oliver auf und sagte: »Anwalt.«

»Anwalt«, wiederholte Oliver in bissigem Ton. »Na dann, Herr Anwalt, wissen Sie ja, dass es unser gutes Recht ist, unsere Zelte hier aufzuschlagen, und Sie werden uns nicht daran hindern. Oder haben Sie bei Grundstücks- und Menschenrecht im Studium gefehlt?«

Es entstand ein knisterndes Schweigen, während sie sich mit Blicken befehdeten. Oliver bemerkte, dass bei seinem Gegenüber ein Ohrläppchen eingerissen war und dass er seine Lippen beleckte, als wollte er seine nächsten Worte abschmecken.

»Ihr verschwindet jetzt, sonst knallt's!«

Kaum war die Aufforderung verklungen, holte Oliver aus und versetzte dem Mann mit aller Kraft einen Schlag in die Magengrube. Dabei hatte er das Gefühl, gegen eine Gummiwand zu boxen. Der Effekt war ähnlich: Der Mann wankte kurz, blieb aber stehen und packte Oliver an der rechten Schulter. Eisenfinger bohrten sich in seine Muskeln, und er glaubte, seine Knochen würden zu Brei zermalmt. Er schrie auf und rammte dem Platzhirsch wie in einer Reflexbewegung sein Knie in den Unterleib.

Das wirkte. Der Mann krümmte sich und gab einen röchelnden Laut von sich. »Du Saukerl!«, fluchte er und setzte jäh einen rechten Haken, der zwar von Olivers linkem Schlüsselbein abgedämpft wurde, mit der verbleibenden Wucht aber am Kinn landete.

Oliver taumelte, fiel und stöhnte auf, bis der Mann sich auf ihn stürzte und am Boden festhielt. Jetzt ging alles rasend schnell. Der Fleischberg ließ die Fäuste fliegen. Verzweifelt versuchte Oliver, die Arme seines Gegners festzuhalten, doch unentwegt prasselten Salven auf ihn nieder, und die feindlichen Knie malträtierten seine Oberarme. Der Kampf schien verloren.

»Wirst du nun endlich …«

Der Mann konnte den Satz nicht vollenden. Carolin hatte einen Stein gegriffen, weit ausgeholt und ihn auf seinen Schädel krachen lassen. Ein kurzer Aufschrei, Blut spritzte aus der Platzwunde, und der Klotz fiel zur Seite.

»So ein … Scheiß«, geiferte der Mann und versuchte, sich wieder hochzurappeln. »Du miese Schlampe … dich werd ich …«

Vom Adrenalin getrieben, sprang Oliver auf und fiel über seinen Gegner her, der ihn Sekundenbruchteile lang wie ein angestochener Stier mit offenem Mund anstarrte. Fest entschlossen, dem Angeschlagenen den Rest zu geben, ballte Oliver die Fäuste, holte aus und drosch wie ein Wahnsinniger zu. Den Tod des Geprügelten hätte er in diesem Moment billigend in Kauf genommen, sein Verstand war ausgeschaltet, reduziert auf das Überleben. Sein ganzer aufgestauter Frust, sein Hass auf die zerstörte Welt und auf ihre verzweifelte Lage entlud sich. Als er merkte, dass der unter ihm Liegende weiterzappelte und Widerstand leistete, bohrte er ihm sogar den Daumen ins Auge.

»Du mieser Saukerl, du Bestie! Lass mich in Ruhe!«

Sie wälzten sich im Dreck, kämpften wie Aasfresser um die letzten Reste der Zivilisation. Carolin teilte mit aus und half Oliver, die Oberhand zu behalten.

Von dem Lärm alarmiert, stürzte jetzt die Frau des Anwalts aus dem Container. Sie schwoll sofort rot an, sprang auf das Durcheinander und vergrößerte es, indem sie fauchend mit Krallen und Zähnen eingriff. Alle schlugen wild um sich und verknäulten sich, explodierten. Annabel kreischte ohrenbetäubend.

Und plötzlich stand er da, der *Direktor*, wie der Chef der deutschen Kolonie von allen genannt wurde.

»Sofort auseinander!« Seine Stimme klang warm und voll, hatte aber das richtige Maß an Schärfe im Ton, um dem Wahnsinn Einhalt zu gebieten.

Irritiert ließen die Kampfhähne voneinander ab, und mühsam entwirrte sich das Knäuel. Alle schauten auf die charismatische Persönlichkeit, die den Spuk durch ihr bloßes Erscheinen beendet hatte. Auffällig waren die vollen dunkelblonden Haare und die leuchtend blauen Augen eines Mittvierzigers. Seine Miene verriet keinerlei Erregung.

Olivers gesamter Körper schmerzte. Es kostete ihn Mühe, sich hochzurappeln. Das Gesicht des Anwalts war blutüberströmt, seiner Frau lief Blut aus der Nase und tropfte in den Sand. Beide Frauen waren gezeichnet von Kratzern im Gesicht und an den Armen.

»Was geht hier vor sich, Dost?«, fragte der Direktor.

»Die Typen hier«, stammelte der Anwalt und senkte den Blick, »also, die wollten uns unseren Stellplatz wegnehmen. Wollten sich einfach vor uns breitmachen, total aggressiv. Wir haben schon so kaum Platz zum Atmen.«

»Und wo sollen diese Menschen sonst unterkommen? Haben Sie darüber mal nachgedacht?« Mit versteinerter Miene musterte er Dost, nur seine Nasenflügel bebten. »Meinen Sie, diese Familie hätte weniger mitgemacht als Sie?«

»Nein. Ich wollte doch nur …«

Der Direktor vollführte eine ausladende Geste. »Die Leute werden jetzt ihre Zelte hier aufschlagen, und Sie werden sich alle die Hände reichen. Wenn wir nicht zusammenhalten, wird es hier bald niemanden mehr geben, mit dem Sie das tun könnten. Für Sie gilt das Gleiche«, wandte er sich an Oliver und Carolin. »Hier gelten Recht und Ordnung und vor allem ziviler Anstand. Falls Sie das nicht begreifen, wird das härteste Konsequenzen haben!«

Beschämt signalisierten die Angesprochenen durch ein Kopfnicken, dass sie die Standpauke verstanden hatten.

»Tut uns leid«, quetschte Oliver mit erstickter Stimme hervor.

Dann gaben alle einander zögerlich und mit aufeinandergepressten Kiefern die Hand. Für den Moment war die Spannung entschärft, knisterte allerdings untergründig weiter. Dost drückte einen Stofffetzen auf seine Platzwunde und ging mit seiner Frau zurück zum Container.

»Mein Name ist Tessmar«, stellte sich der Schlichter bei Carolin und Oliver vor und gab auch den Kindern die Hand. »Ich heiße Sie willkommen in Shagarab. Die Leute aus dem deutschen Bereich haben mich zu ihrem Sprecher gewählt, um unsere Interessen besser vertreten zu können.«

Oliver hoffte, dass es sich bei Tessmar nicht wieder um einen Machtbesessenen wie Wiegele oder Jaeck handelte, und so schwang Skepsis mit, als er mit noch bebender Stimme fragte: »Kann man unter den Verhältnissen hier überhaupt irgendwas erreichen? Wir haben die Beamten am Eingang erlebt. Schwer vorstellbar, dass hier jemand mal entlassen wird. Kommt das vor?«

Teilnahmsvoll erwiderte Tessmar seinen fragenden Blick. »Das geschieht in der Tat selten und hängt von Zufällen ab. Es kommt vor allem darauf an, welche Berufe draußen gebraucht werden. Wenn Bedarf an Spezialkräften besteht und die Qualifikation stimmt, kann es schnell gehen. Gefragt sind vor allem praktische Fähigkeiten. Wer vor dem Krieg eher in der Dienstleistungs- oder Werbebranche gearbeitet hat oder gar im Internetbereich, für den sieht es schlecht aus. Aber wir tun unser Bestes.«

»Und wie steht es mit Ihnen?«, wollte Carolin wissen.

»Ich war Direktor an einem Gymnasium in Hannover.« Tessmar lächelte bitter. »Mathe und Physik, keine Fremdsprachen. Bisher habe ich mich damit noch nicht für draußen qualifiziert.«

Carolin berührte ihn am Unterarm und lächelte ihn an.

»Jetzt kommen Sie aber erst mal an und richten Sie sich so bequem ein, wie es geht. Und trinken Sie unbedingt nur abgekochtes Wasser. Zu allen möglichen Infektionskrankheiten gibt es hier seit einigen Wochen auch Fälle von Typhus. Also, Vorsicht!«

Als sie ihre Zelte aufgebaut und von ihren Reserven gezehrt hatten, lagen Carolin und Oliver beisammen. Dunkelheit war hereingebrochen. Durch die Plane drangen nur noch dumpfe Stimmen und das Klappern von Geschirr, selten Schreie und Streit. Verzweiflung und Angst rumorten in Oliver, schnürten ihm die Kehle zu. Er fühlte sich wie auf einem fremden Planeten. Carolin hatte ihren Kopf zwischen sein Kinn und seine Brust geschmiegt.

»Was wird nun werden? Wie sollen wir hier je wieder rauskommen?« Carolin schlang ihre Hand fester um Olivers Taille.

»Hast doch gehört, wir müssen diesen Sudanesen klarmachen, dass wir etwas können«, meinte Oliver. »Unsere Chancen sind perfekt: eine Medizinstudentin, die eigentlich Lehrerin sein will, ein Psychiater, der seit Ewigkeiten nicht mehr praktiziert hat, und der von Landwirtschaft nur weiß, wie man moderndem Schwarzrost zusieht.«

»Ach, nun hör aber auf! Mir ist wirklich nicht nach Sarkasmus zumute. Wir müssen uns eben teuer verkaufen. Ich bin Lehrerin und examinierte Krankenschwester, du Arzt und Landwirtschaftsingenieur. So in dem Stil.«

»Das kannst du doch nie belegen.«

»Muss ich das? Hast ja gesehen, was Papier hier wert ist.«

»Wie auch immer«, wechselte Oliver das Thema, »wir müssen dringend mit Salah sprechen.«

»Ja, so schnell wie möglich. Wie stellen wir das an?«

»Wenn ich das wüsste.«

Sie umarmten und küssten sich, pressten sich aneinander, als wollten sie die versäumten Zärtlichkeiten der letzten Tage nachholen. Für den letzten Schritt jedoch waren sie zu müde, zu müde auch, um die Augen länger offenzuhalten.

Nach einem Moment des Schweigens fragte Carolin leise: »Du, Oliver?«

»Ja?«

»Wir haben es so weit gebracht. Ich habe keine Lust, hier zu sterben.«

»Dazu wird es nicht kommen, versprochen. Ich werde dafür sorgen, dass wir hier rauskommen. Ich habe noch nie etwas so Schreckliches gesehen.«

KAPITEL 4

Am Morgen klatschte Wasser neben die Zelte. Die Sonne stand knapp über dem Horizont, kurz davor, das Lager mit ihren Strahlen zu fesseln. Oliver öffnete den Reißverschluss des Zeltes, musste blinzeln und stolperte aus der Benommenheit des Tiefschlafs in die Realität. Dost hatte soeben einen Eimer Abwasser ausgeschüttet. Grinsend stand er vor dem Container.

Von Adrenalin gepeitscht, sprang Oliver hoch, fest entschlossen, die Auseinandersetzung vom Vortag weiterzuführen und zu seinen Gunsten zu entscheiden.

»Sie dämlicher Arsch, was sollte das denn eben werden?«

Noch schlaftrunken zupfte Carolin ihn an seinem Slip. »Oliver, cool down, nicht schon wieder!«

»Reg dich ab«, rief Dost ihm zu. »Ich hab eure kostbaren Zelte doch gar nicht getroffen. Irgendwann werdet ihr euren Mist auch mal entsorgen müssen. Und dann?«

Mittlerweile war Oliver aus dem Zelt gekommen und inspizierte die undefinierbare Brühe, die in zwei Meter Abstand zwischen Müll im Boden versickerte. Würgereiz überkam ihn.

»Siehst du, alles okay.«

»Duzen Sie mich gefälligst nicht, verstanden?«, rief Oliver scharf. »Und nächstens kippen Sie Ihre Scheiße woanders hin!«

»Ja, ja.« Dost winkte ab und verschwand.

Verwirrt stand Oliver barfuß und in Unterwäsche im Dreck. Er sah sich um. Im Lager begann der tägliche Überlebenskampf. Tückisch und unerwartet sprang jene Einsamkeit ihn an, die immer tief in einer Kammer seines Herzens lauerte. Er hätte schreien mögen; alles kam ihm fremd vor, hoffnungslos, ohne Sinn. Bevor ihn die dunklen Gefühle übermannten, wandte er sich seiner Familie zu. Annabel hatte ihren Kopf schon aus dem Zelt gesteckt.

»Was war denn los?«, fragte sie. »Ich dachte, ihr fangt schon wieder an, euch zu kloppen.«

»Nein, nein, alles okay. Der Typ ist nur ein …«

Oliver hielt einen Daumen nach unten, tapste zum Zelt der Kinder und umarmte seine Tochter, was die finsteren Geister vertrieb. Dann fragte er sie, ob es ihr gut ginge.

»Ein bisschen schlapp«, gab sie zu, »und die Umgebung ist auch nicht gerade das, was man Land der Träume nennen würde. Wann können wir hier wieder weg?«

»Weiß nicht, aber sicher auf dem schnellsten Weg. Ich werde dafür sorgen. Versprochen!«

So gut es ging säuberten sie den Platz zwischen den Zelten, legten eine Isomatte auf den Boden und frühstückten: Fladenbrot, Obst und Fruchtsäfte, all die Dinge, die sie noch im Dorf gekauft hatten.

»Wenn wir unsere Vorräte aufgebraucht haben, wie geht es dann weiter?« Christian trank seinen Mangosaft und sah besorgt in die Runde.

»Mit unseren blauen Armbändern sollen wir vorne beim Supermarkt eine Zuteilung bekommen«, erklärte Oliver und leckte sich die Lippen. »Ich hoffe, das funktioniert.«

Während sie aßen und tranken, beratschlagte die Familie, wie sie ihr Leben im Lager organisieren sollten. Christian und Annabel erklärten sich bereit, an einem der weithin sichtbaren Tanks Wasser zu besorgen und es mit Chlortabletten zu desinfizieren, von denen noch einige in den Rucksäcken steckten. Carolin und Marcelina teilten sich für die Reinigung des Zeltplatzes ein, und Oliver nahm sich vor, mit Direktor Tessmar zu reden.

Zwischendurch verließen Dost und seine Frau ihren Container. Er wünschte der Familie gespreizt einen guten Morgen und einen guten Appetit und begleitete seine Wünsche mit einem spöttischen Lächeln. Oliver hielt sich zurück. Ihm fiel auf, dass Dost übermäßig schnaufte und sich einmal kurz die Brust hielt.

Tessmar wohnte allein in einem Zelt in der Nähe des Stacheldrahtzauns und eines Wachturms. Er saß auf einem Hocker, rauchte und redete mit einem älteren Paar. In diskretem Abstand wartete eine vierköpfige Familie auf ihren Termin bei dem Direktor, der offenbar ein vielbeschäftigter Mann war. Oliver reihte sich dahinter ein. Er sah, wie sich Tessmar Zeit für die Belange der Hilfesuchenden nahm und auf sie einging. Wie er aufgeschnappten Satzfetzen entnahm, ging es bei dem älteren Paar um die Versorgung mit Medikamenten und bei der Familie um die Beschaffung von Nahrungsmitteln und die Entlassung aus dem Lager. Alle sahen abgemagert aus. Besonders der schlechte Zustand der Kinder – ein Mädchen im Vorschulalter und ein etwa zehnjähriger Junge – bedrückte Oliver.

Als er selbst an der Reihe war, nahm Tessmar einen tiefen Zug von seiner Zigarette, und ihr Rauch blieb neben ihm in der Luft hängen wie ein Schleier.

»Was kann ich für Sie tun, Bertram?«

Oliver setzte sich ihm gegenüber und klammerte sich an die Sitzfläche des Hockers. Um etwas bitten zu müssen, hatte ihm nie gelegen. Etwas Hoffnung gab ihm die Tatsache, dass Tessmar nach der kurzen Vorstellung vom Vortag seinen Namen behalten hatte.

»Ich wollte Sie nach dem geradlinigsten Weg aus dem Lager fragen. Und ob Sie uns dabei unterstützen können.«

»Das ist immer die erste Frage, die ich zu hören bekomme. Was sind denn Ihre Qualifikationen?«

»Ich bin Arzt, und meine Frau ist Krankenschwester.«

»Was für ein Arzt?«

»Ehrlich gesagt, ich war Psychiater, bin aber auch Rettungsdienste gefahren, hab mal auf der Notaufnahme gearbeitet und …«

»Das mag alles sein, Bertram«, unterbrach Tessmar ihn, »aber ich glaube, kein Mensch hat momentan Bedarf für Psychiater. Später vielleicht, wenn die Überlebenden ihre Traumata aufarbeiten müssen. Hier heißt es jetzt mit viel Erfahrung im Krankenhaus um das Leben von Menschen zu kämpfen, also Infusionen anlegen, nächtelang operieren, gegen Infektionen angehen – ein Knochenjob. Haben Sie diese Erfahrung?«

Olivers praktische Kenntnisse als Arzt in vorderster Front lagen Jahre zurück und waren spärlich. Nur den einen oder anderen Notfallkurs hatte er pflichtgemäß besucht.

»Nein«, gestand er.

»Waren Sie Allgemeinmediziner? Kennen Sie sich mit Seuchen aus? Können Sie Geburtshilfe leisten?«

»Nein.«

Plötzlich kam ein mittelgroßer Hund aus Tessmars Zelt getapst, sein Fell war schwarz-weiß-braun. Er begann, aus einem Wassernapf zu schlabbern, der neben dem Hocker seines Herrchens stand.

»Wo haben Sie den denn her?«, fragte Oliver überrascht. »Ich meine, wie ist das hier möglich?«

»Es gibt Dinge, die sind eigentlich unmöglich, aber ich habe immer an meine Nelly geglaubt, und irgendwie haben wir beide es bis hierher geschafft.« Der Hund wedelte mit dem Schwanz und ließ sich von Tessmar am Kopf tätscheln. »Ein Australian Shepherd. Sehr intelligent und extrem sportlich, sonst hätte sie es auch bestimmt nicht überlebt. Ja, meine Große, wärst unterwegs fast verdurstet …«

»Das müssen unbedingt meine Kinder sehen.«

»Kein Problem.« Aufgeschlossen beschnüffelte Nelly Olivers Hosenbein und ließ sich von ihm kraulen.

»Zurück zu Ihrer Frage, Bertram. Sie müssen sich meinen Dienst wie eine Agentur vorstellen. Ich kann nur zu meinen Kontaktmännern gehen, wenn ich wirklich was zu bieten habe. Mein Pfund ist Vertrauen. Wenn die Leute nicht das halten, was ich den Beamten verspreche, verspiele ich dieses Vertrauen und kann am Ende gar keinem mehr helfen.«

»Ja, ich verstehe.«

»Ihre Frau«, hakte Tessmar entgegenkommend nach, »hat sie ihr Schwesternexamen dabei? In welchen Krankenhäusern hat sie gearbeitet?«

In einer langsamen Bewegung senkte Oliver den Blick und sagte mit belegter Stimme: »Sie war gar keine Krankenschwester, nur Medizinstudentin in Tübingen.«

Tessmar strich sich mit einer Hand über das Gesicht, atmete tief durch und schüttete Wasser aus einer Flasche in Nellys Napf.

»Agrartechniker«, platzte Oliver heraus, bevor der Direktor zur endgültigen Ablehnung ansetzte. »Ich könnte auch als Agrartechniker arbeiten. Ich kenne mich sehr gut mit Weizenanbau und Pestiziden aus.«

»Eben haben Sie mir noch erzählt, Sie sind Arzt.« Tessmar hob den Kopf. »Wie sind Sie denn dazu gekommen?«

»Ist ’ne lange Geschichte. Ich hab vor Jahren für einige Zeit bei einem Joint Venture hier in New Halfa gearbeitet, den Insektizideinsatz beim Weizen optimiert und solche Sachen. Und im Atombunker in der Schweiz war ich auch zuständig für die Landwirtschaft. Außerdem kenne ich Salah Abed Elhai, der hoffentlich noch im Vorstand der New Halfa Agricultural Production Corporation arbeitet.« Das Bild des Schwarzrostes flimmerte vor seinem geistigen Auge vorbei, und Oliver schluckte.

»Gut, darauf lässt sich vielleicht aufbauen. Warum sagen Sie das nicht gleich?«

Oliver fasste sich an die Nase. »Weil ich viel lieber wieder als Arzt arbeiten würde, ehrlich gesagt. Das ist mir vertrauter.«

»Schon klar. Aber wie Sie wissen, nur die Flexiblen kommen durch. Zuerst braucht man eben die, die für das sorgen können, was zum Überleben wichtig ist. Und Weizen gehört nun mal dazu.«

Damit stand Tessmar auf und mit ihm Nelly, die erwartungsvoll zu ihm emporblickte. Er reichte Oliver die Hand, ein fester, verbindlicher Händedruck. In einigem Abstand hatte sich bereits wieder eine Schlange gebildet, die auf einen Termin bei ihm wartete.

»Wir gehen nächste Woche zu meinem Kontaktmann in der Transitzone und legen ihm alles dar. Halten Sie sich bereit.«

»Ich danke Ihnen.«

»Nichts zu danken. Waren Sie schon vorne?«

»Wo vorne?«

»Heute ist Markttag. Hat Ihnen das niemand gesagt?«

»Nein.«

Da die Verteilung nur einmal in der Woche stattfand, stürmte Oliver sofort zum »Supermarkt«, ein Verschlag aus Presspappe und Wellblech, kaum größer als ein Krämerladen. Unterwegs begegnete er Dost und seiner Frau, die zwei spärlich gefüllte Tüten mit Lebensmitteln zu ihrer Behausung trugen. Sie wandten sich ab und taten, als bemerkten sie das vor Wut kochende Gesicht ihres Nachbarn nicht. Oliver ballte die Faust und fluchte, fassungslos, dass ihm dieser wichtige Termin verschwiegen worden war.

Vor dem Markt tobte ein Aufruhr. Die Menschenmenge schrie und drängelte. Im Dunst des aufstobenden Drecks sah Oliver Schlägereien. Instinktiv hielt er inne, um der Gewalt nicht zu nahezukommen. Neben ihm stand ein Mann in seinem Alter mit leeren Tüten in den Händen. Er trug das verblichene T-Shirt eines deutschen Fußballvereins.

»Mein Gott, ist das immer so?«, fragte Oliver.

»Ja, jede Woche ist hier die Hölle los«, erklärte der Mann resigniert. »Draußen steht eine Riesenschlange, und wenn sie dich dann endlich reinlassen, greifst du nach allem, was du kriegen kannst. Ganz egal was, meist nicht das, was du wirklich brauchst. Dann musst du tauschen.«

»Und Sie haben heute gar nichts abbekommen?«

»Verpennt, weil's mir nicht gut ging.« Der Mann sah sich wachsam um und fuhr leise fort. »Haben Sie Geld oder Gold?«

Oliver nickte.

»Dann bekommen Sie hier so ziemlich alles. Halten Sie die Augen offen.« Er deutete auf eine Gruppe Frauen, die auffällige bunte Kleidung trugen. »Sehen Sie da, die Frauen in den umgenähten indischen Kleidern? Die stammen aus Containern eines indischen Handelsschiffes, das während des Krieges in Port Sudan gestrandet ist. Keine Ahnung, wie die ins Lager gekommen sind. Sie können hier alles kaufen: Hochzeitskleider, Lebensmittel, Frauen ... Sogar Dinge, die man sich lieber nicht vorstellen will.«

Oliver tappte zurück, ging ins Zelt und verschloss es sorgfältig. Dann barg er die letzten sieben Zehntelunzen Gold, die er in seinen Stiefeln versteckt hatte. Zwei Münzen tauschte er in Sudanesische Pfund und kaufte davon auf dem Schwarzmarkt Lebensmittel und die nötigsten Artikel des täglichen Bedarfs.

In den folgenden Tagen schlug der Familie die Öde des Lagers mit voller Wucht entgegen. Der Kampf ums Überleben brachte sie an die Grenzen ihrer Kraft. Jeder Weg durch Shagarab konfrontierte sie mit einer brutalen, niederschmetternden

Realität. In der von Hunger, Infektionen und Strahlenkrankheit gezeichneten Atmosphäre löschte bereits ein leichter Flügelschlag des Todes die Lebensglut zahlloser Menschen aus.

Gerüchte über die Willkür der sudanesischen Behörden machten die Runde. Da die Wachen die Lagerinsassen im Wesentlichen sich selbst überließen, selten Präsenz zeigten, handelte es sich eher um eine abstrakte Bedrohung, als ob hin und wieder ein Gefängnisaufseher beim Rundgang seinen Knüppel über die Gitterstäbe gleiten ließ und man aus der Ferne sein rhythmisches Geräusch hörte. Und dieses Geräusch waren die Geschichten von Gewalt, die sich die Menschen erzählten.

Instinktiv versuchte Olivers Familie, den Kontakt zur Außenwelt auf ein Minimum zu reduzieren und sich, so oft es ging, im Zelt zu verkriechen. Es war wie mit einem Übermaß an schlechten Nachrichten, die einen Teil ihres Schreckens verlieren, wenn man sich ihnen verschließt. Die kleine, abgekapselte Welt hinter den Zeltplanen allerdings erwies sich nicht als ein Ort, an dem man der Wirklichkeit vollständig entfliehen konnte. Hier verengte sich der Blick auf Kleinigkeiten. Dreck, Gestank und Lärm steigerten die Reizbarkeit und führten zu Konflikten mit den Nachbarn, nicht nur mit Dost, dessen feindseliges Verhalten Oliver inzwischen fast verstand.

Nach ein paar Tagen begannen sie, das Lagerleben als hoffentlich bald vorübergehende Last zu akzeptieren. Sie arrangierten sich mit den Gegebenheiten und improvisierten den Alltag. Anders hätten sie ihre Nervosität und Verzweiflung nicht länger beherrschen können.

Zum ersten Mal fanden sie Zeit, sich über ihre toten Angehörigen und Freunde zu unterhalten und sie zu betrauern. Auch die Kinder fingen allmählich an, die erlittenen Erschütterungen zu verarbeiten. In der Hektik der Flucht hatten sie dafür keine Zeit gehabt. Carolin traf sich mit der Französin Catharine. Sie lagen emotional auf einer Wellenlänge und schlossen Freundschaft. Das Reden und die neue Gemeinschaft halfen, die Trauer und Resignation auszuhalten. Ihre Ungeduld hingegen ließ sich nicht zähmen. Tessmar machte sich rar und vertröstete Oliver Tag um Tag.

Ungeachtet der widrigen Umstände kosteten Oliver und Carolin in den Nächten ihre junge Liebe aus. Mehr als je zuvor lebten sie den Augenblick und stillten ihren Hunger nach Zärtlichkeiten. Manchmal, wenn sie die Spitze einer Lustwoge erreichten, schrie sie auf. »Pscht, pscht … nicht so laut«, zischte er dann mit der Hand vor ihrem Mund, bevor sie erfüllt von süßer Erschöpfung zurücksanken. Doch ihre intime Zweisamkeit, ihr Streicheln und verliebtes Reden waren nie ungetrübt, konnten es nicht sein.

»Weißt du, was meine Vorstellung momentan total übersteigt?«, flüsterte Carolin in einer jener Nächte.

»Nein.«

»Wie ich reagiere, wenn mein Freund plötzlich hier auftauchen würde.« Unsicher nestelte sie an der Decke herum, knetete sie, und wenn es hell gewesen wäre, hätte Oliver ihr Blinzeln sehen können.

»Das ist extrem unwahrscheinlich«, sagte er, nachdem er sich vorgestellt hatte, Michelle stünde am Morgen vor dem Zelt.

»Aber wenn doch?«

»Keine Ahnung, Carolin. Mich quälen diese Gedanken und Schuldgefühle genauso.« Er drückte sie an sich und küsste ihr Haar. »Hast du ihn geliebt?«

»Damals schon, aber anders als dich. Das war so unbeschwert. Großer Gott, mit welch nichtigen Problemen man sich vor dem Krieg auseinandergesetzt hat!«

»Am besten, wir lassen das einfach auf uns zukommen, treffen die Entscheidung, wenn dieser unwahrscheinliche Fall wirklich eintreten sollte. Okay?«

»Klingt nach einer klugen Strategie, Liebster. Gut. Alles andere macht einen ja sonst ganz wirr im Kopf.«

Sie begann, sich wieder sachte in seinen Armen zu bewegen, ihren Körper an den seinen zu schmiegen und Küsse mit ihm zu tauschen.

Am Nachmittag des siebten Tages wälzte sich eine rote Wolke auf Shagarab zu. Sie sah aus wie eine gigantische Welle, die bis zum Himmel reichte. Anfangs hatte sie die Sonne noch nicht erreicht, überzog sie nur mit einem roten Dunst, dann aber verdunkelte sich der Tag. Die Menschen hielten einen Moment den Atem an, bevor alle schrien, durcheinanderrannten und flohen. Wenige Minuten später verschwanden Stacheldraht, Hütten und Menschen in einer mächtigen Sandwolke, die alles unter sich begrub.

Oliver hatte schon Sandstürme erlebt und rief die anderen ins Zelt, um sich so gut es ging zu verbarrikadieren. Marcelina, die abseits gespielt hatte, humpelte und schaffte es nicht rechtzeitig zurück. Ihr Knöchel war offenbar doch schwerer lädiert als gedacht. Oliver stürzte zu ihr, um sie in Sicherheit zu bringen. Wenige Meter vor dem Ziel holte die beiden der Sand ein. Er zerrte an ihrer Kleidung, fuhr ihnen über die Haut und drang ihnen in die Augen. Oliver hielt Marcelina die Hände vor das Gesicht und versuchte, sie zu ziehen. Im rostigen Rot, halb blind, tasteten sie sich zum Zelt, wo die Hände der anderen sie hineinzogen. Schnell schlossen sie die Reißverschlüsse. Dann husteten sie sandigen Schleim und weinten rote Tränen.

Eine Stunde nachdem sie die trockene Sintflut überstanden hatten und das Zelt einigermaßen vom Sand freigeschaufelt war, bezog sich der Himmel erneut, diesmal mit grauen Wolken. Innerhalb von Minuten sammelten und ballten sie sich zu einer Gewitterfront zusammen. Sie sah aus wie ein bedrohliches Schiff, das dem Lager entgegenjagte und Feuer spie. Bald war alles in undurchdringliche Finsternis getaucht. Die Luft roch geschwängert von kommendem Regen, Blitze zuckten, Donner krachte. Der Sandsturm war nur ein Vorbote gewesen, ein Wetterphänomen, das es vor dem Krieg nicht gegeben hatte.

Erste riesige Regentropfen patschten auf den Boden, und die Menschen begannen, im Wasser zu duschen und zu tanzen. Sie kreischten und lachten, aber plötzlich brach das Unwetter richtig los. Schwere Güsse zerschnitten die Luft wie Schwerter und färbten den Sand in Sekunden dunkel. Überall trommelte es auf die Blechdächer. Innerhalb eines Augenblicks war jeder unter freiem Himmel durchnässt und musste Schutz suchen.

Frierend und mit klebenden Sachen am Körper hockte Olivers Familie im Zelt und lauschte dem Hämmern der Tropfen auf den Zeltwänden, das immer stärker wurde. Wie eine schwarze Decke senkte sich das Unwetter herab und verwandelte sich zu einem sintflutartigen Sturzregen. Allmählich sickerte das Wasser durch die Planen. Oliver lugte heraus: Regen und Sand mischten sich zu einem dunkelroten Brei. Auf den Wegen wühlten sich Bäche entlang und rissen Müll und Habseligkeiten mit sich. Das Wasser spülte selbst Tote frei, die im Sandsturm begraben worden waren.

Nach wenigen Minuten wurde der Stoff über ihnen schlaff, als hätte jemand eine Nadel in einen Ballon gestochen. Die Verankerungen gaben nach, und das Zelt fiel zusammen. Nur unter großer Anstrengung gelang es ihnen, den Reißverschluss zu öffnen und unter den schweren Planen hervorzukriechen. Draußen versanken sie sofort knietief im Schlamm. Die Strömung drohte, sie wegzureißen. Mit letzter Kraft klammerten sie sich an ihren Besitz, der im Zelt verstaut war und an dem das Wasser unbarmherzig zerrte.

Annabels Verzweiflung überstieg die der anderen. Sie schluchzte mit der Miene einer Ertrinkenden. »Hört das denn nie auf?«, schrie sie und krallte sich an Oliver fest. »Ich halte diesen Scheiß nicht mehr aus! Ich will endlich nach Hause!«

Immer, die ganze Zeit über, war es um Leben und Tod gegangen, das wusste Oliver. Am elften Tag ihres Aufenthaltes aber sollte seine Welt sich auf das absolut Existenzielle verdichten.

Am Vormittag kam der Direktor zum Zelt, um ihn zu der lange ersehnten Unterredung mit dem Beamten in der Transitzone abzuholen. Tessmar hatte Nelly dabei, die freudig mit dem Schwanz wedelte und alles beschnupperte.

»Ist die aber süß!« Obwohl sie sich am Morgen übergeben hatte, war Annabel außer sich vor Freude, den quirligen Vierbeiner streicheln zu können. »Wenn wir irgendwo angekommen sind, möchte ich unbedingt auch wieder einen Hund haben.«

In Berlin hatten die Bertrams einen schwarzen Boxer gehabt, der kurz vor dem Krieg gestorben war. Während die Erwachsenen sich unterhielten, spielten die Kinder begeistert mit Nelly, die alles willig über sich ergehen ließ.

»Nichts geht über ein Dach über dem Kopf«, würdigte Tessmar die notdürftig wiederhergestellten Zelte.

»Ich habe Moniereisen auf dem Schwarzmarkt besorgt und sie damit verankert«, erklärte Oliver. »Nach dem Gewitter mussten wir die ganze Nacht im Freien kampieren.«

»Ja, das war furchtbar«, sagte Carolin und fügte erleichtert hinzu: »Schön, dass Sie kommen konnten. Wir sind Ihnen so dankbar.«

»Ich hätte mich gern früher um Sie gekümmert«, entschuldigte sich Tessmar, »aber nach der Katastrophe war einfach zu viel zu tun.«

»Die Schreiben haben wir fertig«, sagte Carolin. »War höllisch schwer, ein paar Blätter Papier aufzutreiben.«

Sie und Oliver hatten handschriftlich kurze Bewerbungsschreiben auf Englisch verfasst, gerichtet an Salah Abed Elhai, in denen sie ihre Qualifikationen darlegten.

»Gut«, meinte der Direktor und pfiff Nelly zu sich. »Dann kann's ja losgehen.«

Zum Abschied drückte Carolin Oliver an sich, küsste ihn und wünschte ihm viel Glück. Sehnsuchtsvoll blickte Annabel Nelly hinterher. Sie sah elend und krank aus. Oliver bereitete der schlechte Gesundheitszustand seiner Tochter zunehmend Sorge.

Das Unwetter hatte die Unterkünfte vieler Menschen fortgerissen. Es herrschten Hunger und Krankheiten in einem nie gekannten Ausmaß. Auf manchen Wegen versank man knöcheltief im graurostigen Morast, an anderen Stellen war er von der Sonne bereits zu einer betonharten Masse verbacken. Aus allen Ecken drangen Klagelaute. Gern hätte Oliver geholfen, das Elend zu lindern, aber er hatte nur die Kraft, sich um die Belange seiner Familie zu kümmern. Wir sind so weit gekommen, dachte er, ich darf jetzt nicht nachlassen. Dennoch fühlte er sich wie ein Egoist.

In einem Container am Eingang trafen sie Aamir Hashim, einen Offizier, der für die Integration von Flüchtlingen zuständig war. Die Atmosphäre in der Transitzone war für Oliver nur schwer erträglich. Bei jedem lauten Wort der Angestellten, vor jedem Mann in Uniform und mit Mundschutz zuckte er zusammen. Wenngleich Darmkrämpfe ihn plagten, versuchte er, aufrecht zu stehen und den Kopf zu heben.

Der stattliche Hashim trug seine Uniform mit Stolz. Er grüßte mit verbindlichem Händedruck und nahm schweigend die Dokumente entgegen, die Tessmar ihm überreichte. In seinem Gesicht waren keine Regungen ablesbar. Nur ein winziger gutmütiger Zug um Wangen und Mund, den das Dickicht des Vollbarts fast verschluckte, ließ die Hoffnung keimen, dass er sich um die ihm angetragene Angelegenheit bemühen würde.

Olivers Fall war nicht der einzige, den der Direktor mit Hashim besprach. Mit Bedacht hatte er in den letzten Wochen drei weitere Bewerbungen deutscher Flüchtlinge vorgebracht, die mit ihren Familien auf Arbeit und Entlassung aus dem Lager hofften: ein Elektrotechniker, ein Allgemeinmediziner und ein Kfz-Mechaniker. Nächste Woche sei er in New Halfa und Kassala, sagte Hashim, und dort würde er sehen, was sich erreichen ließe.

Was die Lebensbedingungen im Lager anging, die Tessmar vorsichtig ansprach, konnte Hashim keine Verbesserungen in Aussicht stellen. Die Behörden stießen nach der Naturkatastrophe an ihre Grenzen. Nahrungsmittelvorräte, Medikamente, medizinische Versorgung und selbst Wasser, der gesamte Nachschub also, bewege sich bereits am Limit, erklärte er.

Nach der nüchternen Begegnung mit dem Offizier schlich Oliver resigniert zurück. Als er ankam, fand er Annabel hinter einem Zelt. Sie hockte auf den Knien, krümmte sich vor Schmerzen und übergab sich. Geschockt rannte er das letzte Stück und half ihr auf.

»Schatz, verdammt, was ist los?«

»Mir ist so übel … und mein Kopf.«

Plötzlich sackte sie in seine Arme, und er musste sie bis zum Zelt tragen, wo er sie hinlegte und ihre Beine hochlagerte. Carolin brachte Wasser.

Annabels von Strapazen gepeinigter Körper zitterte. Oliver tastete ihren Puls und vermutete, dass sie an einer fiebrigen Magen-Darm-Infektion litt. Unter seinen Fingern pulsierte das Blut eigenartig langsam, und ihre Haut fühlte sich glühend heiß an. Für diese Kombination aus Symptomen gab es nicht viele Erklärungen. Typhus war die wahrscheinlichste.

Annabel wimmerte, fieberte immer stärker und rang nach Luft. Der Versuch, ihr Wasser einzuflößen, scheiterte. Sollte sie nichts trinken, würde ihr Köper rasch austrocknen, ihre Nieren würden versagen, und die Hitze täte dann ihr Übriges. Hektisch durchwühlte Oliver seinen mageren Medikamentenvorrat. Haemmerli hatte fast alle Antibiotika verbraucht. Typhus musste mindestens zwei Wochen lang behandelt werden. Die letzten Tabletten reichten aber nur für vier Tage, selbst wenn er die Hälfte der empfohlenen Dosis verabreichte. Woher sollte er jetzt Antibiotika bekommen? Nicht einmal auf dem Schwarzmarkt hatte er welche gesehen. Voll dumpfer Angst ging Oliver vor das Zelt und kauerte sich zusammen. Carolin folgte und setzte sich zu ihm, umschlang seinen Kopf.

»Das kommt schon alles in Ordnung, Oliver. Sie wird wieder gesund. Ist bestimmt nur eine kleine Magen-Darm-Grippe.«

»Nein, ist es leider nicht«, brachte er stockend hervor. In seinem Gesicht stand die Verzweiflung eines Vaters, der Angst um das Leben seiner Tochter hat. »Es ist Typhus.«

»Großer Gott! Bist du dir sicher?« Sie schlug sich eine Hand vor den Mund.

»Ja. Sie braucht Antibiotika, wahrscheinlich bald Infusionen. Vielleicht sogar innerhalb von Stunden, wenn sie nichts trinkt und keine Pillen nimmt.«

»Wir werden uns was einfallen lassen.«

»Uns was einfallen lassen?«, fragte Oliver fatalistisch. Tränen quollen aus seinen Augen. »Was denn? Gehen wir nach vorne und kaufen in der gut sortierten Apotheke alles, was wir brauchen? Oder in das schöne Ärztehaus daneben und fragen einen Arzt, der Blutwerte bestimmt und Ultraschall macht? Wir sitzen hier doch in der Falle, eingepfercht, ohne alles! Wir werden hier alle verrecken!«

Oliver brach zusammen. Carolin drückte sich an ihn, doch auch das schien ihm kaum Trost zu spenden. Als ein Stöhnen aus dem Zelt drang, riss Carolin sich zusammen.

»Sie braucht uns, Oliver. Gehen wir wieder rein.«

»Okay.«

In letzter Sekunde gelang es Oliver, Annabel nach draußen zu tragen, wo sie sich erneut erbrach.

»Scheiße, geht's mir dreckig«, keuchte sie. »Ich muss mich wieder hinlegen.«

»Alles wird gut, mein Engel«, tröstete Oliver und streichelte ihre Wange. »Sag mir, wenn du wieder was trinken kannst. Dann gebe ich dir Tabletten. Du musst sie unbedingt nehmen, hörst du?«

Sie nickte, wurde jedoch rasch wieder schwächer und schloss die Augen. Carolin legte ihr einen feuchten Lappen auf die Stirn und umwickelte ihre Waden mit kühlenden Tüchern. Christian und Marcelina halfen ihr, verstört und ängstlich.

Während Oliver vor sich hinbrütete, daran dachte, wie sehr er Annabel liebte, drangen die verzweifelten Schreie, die über das Lager hallten, zunächst nicht in sein Bewusstsein. Sie kamen von Frau Dost.

»Hörst du?«, stieß Carolin ihn an.

Im ersten Augenblick verharrte Oliver wie gelähmt, dann hob er den Kopf und öffnete den Mund.

»Hilfe, Hilfe! Mein Mann, er hat irgendwas … Hört mich denn niemand? Was soll ich bloß machen? Hilfe!«

Von Sekunde zu Sekunde wurden die Schreie schriller, schwollen an zu einem Crescendo. »Er stirbt, Hilfe!«

»Hilf diesem Schwachkopf endlich, verdammt«, zischte Annabel von ihrem Krankenlager aus. Der Lärm hatte sie aus ihrem Dämmer gerissen.

Es klang wie eine Ermahnung, dass es sinnlos wäre, jetzt aus Rache nichts zu tun und »Verrecke doch, du dummes Schwein« zu sagen. Also sprang er auf und lief hinüber, um Erste Hilfe zu leisten.

Dost lag bewusstlos auf dem Boden des spärlich möblierten Containers. Oliver versuchte, seinen Puls an der Halsarterie zu tasten: nichts. Wie in einer Reflexbewegung verpasste er ihm einen kräftigen Schlag auf den unteren Teil des Brustbeins, der seine Frau zusammenzucken und den leblosen Körper erbeben ließ. Er tastete wieder den Puls: nichts! Also begann er mit Wiederbelebungsmaßnahmen. Jede Sekunde, in der das Blut nicht floss, starb Hirngewebe ab. In regelmäßigem Rhythmus, schneller als im Sekundentakt, stemmte er sich mit übereinandergelegten Händen auf Dosts Brustbein und drückte es in Richtung Wirbelsäule.

Vor einem Jahr hätte er in einer vergleichbaren Situation Frau Dost angewiesen, den Notarzt zu verständigen. Der wäre unverzüglich mit einem Defibrillator und Medikamenten herbeigestürmt, um das Flimmern von Dosts Herz zu unterbrechen. Mit bloßen Händen gab es nur wenig Hoffnung, das Leben des Patienten zu retten. Oliver wusste, dass eine Herzdruckmassage das Herz nicht wieder zum Schlagen bringen konnte, sondern nur einen minimalen Kreislauf aufrechterhielt.

Nach dreißig tiefen Stößen, bei denen Brustbein und Rippen gelegentlich knackten, streckte er Dosts Kopf nach hinten, hielt seine Nase zu und beatmete ihn zweimal durch den Mund. Dann setzte er die Druckmassagen fort und überlegte bereits, wann er mit der Reanimation aufhören sollte, denn es schien keine Hoffnung mehr zu geben. Dosts Frau stand neben ihm. Sie hatte die Hände vor das Gesicht geschlagen und weinte.

Auf einmal begannen Dosts Lider im Rhythmus der Impulse zu flattern, erst kaum sichtbar, dann deutlich, bis sie sich öffneten. Die Augen sahen den, der da schweißgebadet auf ihm herumstemmte, mit einer Mischung aus Ratlosigkeit, Angst und Vertrauen in die ärztliche Kunst an. Dann schlossen sie sich wieder. Oliver unterbrach die Druckmassage und tastete nach der Halsarterie, die jetzt schwach und schnell pulsierte. Wie ein Ertrinkender fuhr Dost hoch und schnappte mit panischem Röcheln nach Luft. Er hielt sich am Arm seines Retters fest, keuchte und stöhnte.

»Alles okay.« Oliver klopfte ihm resolut auf den Rücken, als hätte sein Patient sich nur verschluckt.

Dost hustete. Es dauerte eine Minute, bis sein Atem sich beruhigt hatte und er etwas sagen konnte. Oliver überlegte, wie dieses Wunder möglich geworden war. Es blieb eigentlich nur die Erklärung, dass das Herz gar nicht aufgehört hatte zu schlagen. Die Bewusstlosigkeit musste eine andere Ursache gehabt haben.

»Gütiger, was war das?«

Mit schmerzverzerrtem Gesicht hielt Dost sich die Brust und schüttelte den Kopf, überrascht, dem Tod entkommen zu sein.

»Hatten Sie zuvor Schmerzen?«, fragte Oliver in ärztlichem Ton. »Luftnot, Brennen über dem Brustkorb oder etwas Ähnliches?«

»Mir war nur, als wenn jemand auf mir draufgesessen hätte. Die Luft blieb mir weg. Und dann …« Er zuckte mit den Schultern und sah zu seiner Frau.

»Dann ist er auf den Boden geschlagen und blieb einfach liegen«, berichtete Frau Dost. Tränen rannen ihr über die Wangen. »Ich dachte schon, das war's jetzt.«

Sie setzte sich zu ihrem Mann, und beide umarmten sich. »So schnell wirst du dein Dickerchen schon nicht los«, scherzte Dost erleichtert.

»Ich schätze, Sie hatten einen schweren Herzanfall, wenn nicht sogar einen Infarkt«, erklärte Oliver. »Haben Sie hohen Blutdruck, rauchen Sie?«

»Vor dem Krieg hat er Kette geraucht«, sagte Frau Dost ernst. »Und Blutdruck hatte er auch, der mit Tabletten behandelt werden musste.«

»Na ja, so was verschwindet nicht einfach wieder.« Oliver hielt einen Moment inne und blickte abwesend auf ein Sortiment Werkzeug, das ordentlich an einer Wand hing. Die Angst um Annabel rückte ihm wieder ins Bewusstsein. Er hatte im Grunde keine Zeit, hier eine längere Sprechstunde abzuhalten, die nicht einmal in sein Fachgebiet fiel.

»Bevor wir weiterreden, Doc«, unterbrach Dost seine Gedanken, »will ich erst mal Danke sagen. Ohne Sie wäre ich jetzt im Arsch.«

»Das geht schon in Ordnung«, sagte Oliver.

»Und es tut mir auch leid, wie das anfangs zwischen uns gelaufen ist.«

»Ja«, stimmte seine Frau ein, »am Ende der Welt, nach allem, was wir durchgemacht haben, darf so was eigentlich nicht passieren. Entschuldigen Sie, wir werden es wiedergutmachen.«

Nach einem Zögern nahm Oliver Dosts Hand, die er ihm entgegenhielt.

»Können Sie auf dem Schwarzmarkt eventuell Aspirin auftreiben?«, wollte Oliver wissen.

»Ja, könnte klappen.«

»Dann besorgen Sie sich welches. Es wirkt blutverdünnend und beugt vielleicht einer ähnlichen Attacke vor. Und wenn Sie schon dabei sind, besorgen Sie auch etwas gegen hohen Blutdruck – egal was.«

»Schwierig«, prustete Dost. »Und was kann ich sonst noch tun?«

»Hier nicht viel, fürchte ich. Weniger Aufregung zukünftig.« Im Gehen deutete Oliver auf die Werkzeuge. »Ich dachte, Sie sind Anwalt, nicht Klempner oder Elektriker?«

»Mit Klebeband, einem Schraubenzieher, Öl und einer Kneifzange kannst du auf der Flucht einiges erledigen«, erklärte Dost. »Auch im Lager hat mir das schon oft geholfen.«

Anerkennend nickte Oliver. »Ich muss jetzt zu meiner Tochter, sie ist krank.«

»Was hat sie?«

»Typhus, fürchte ich.«

»Wenn Sie Hilfe brauchen …«

»Falls Sie ein Teelicht oder eine Kerze auftreiben könnten, wäre das toll«, sagte Oliver im Hinausgehen.

»Ich besorge welche, verlassen Sie sich drauf«, versprach Dost.

Gegen Abend verschlechterte sich Annabels Zustand deutlich. Das Erbrechen hörte erst auf, als ihre Haut und ihre Zunge Zeichen von Austrocknung zeigten. Sie glühte und döste in Fieberträumen, aus denen sie nur noch selten emporstieg. In den Wachphasen flößte Carolin ihr Tee und Medikamente ein, die aber nicht zu wirken schienen. Selbst ein Aspirin, das Dost mit einer Handvoll Teelichter gebracht hatte, senkte nicht das Fieber. Im Kerzenschein untersuchte Oliver ihren Bauch und tastete, typisch für Typhus, eine vergrößerte Milz. Die Haut war bereits übersät mit kleinen blassroten Flecken.

Die beiden anderen Kinder schliefen im Zelt nebenan und zeigten glücklicherweise keine Zeichen von Ansteckung. Während Carolin Annabel pflegte, kauerte Oliver auf seiner Isomatte und zupfte an den Ärmeln seines T-Shirts. Manchmal rieb er sich mit den Fingern über die Augen.

»Sie braucht schnellstens ein anderes Antibiotikum«, flüsterte er. »Es wirkt nicht. Und irgendwie muss Flüssigkeit in ihre Venen, sonst …« Er ließ den Kopf auf die Arme fallen.

»Dann gehe ich jetzt gleich zu Tessmar und bitte ihn um Hilfe«, sagte Carolin. »Es muss doch eine Möglichkeit geben.«

»Nein, du kannst nicht einfach mitten in der Nacht durch das Lager spazieren, das ist viel zu gefährlich.« Gerüchte von

Überfällen und Vergewaltigungen liefen um. »Außerdem, was sollte Tessmar jetzt tun?«

»Dann eben morgen früh.«

Eine Weile lagen sie sich in den Armen. Später versuchten sie zu schlafen, wälzten sich auf ihren Matten und schreckten hoch, wenn sich der Klang von Annabels schnellem, flachem Atem veränderte. Oliver ließ seinen Tränen freien Lauf. Die Angst um das Leben seiner Tochter drang in jede Faser seines Körpers und raubte ihm den Schlaf.

In den frühen Morgenstunden kochte Oliver Tee und bereitete ein karges Frühstück aus Fladenbrot und Mangomus, das er auf dem Schwarzmarkt ergattert hatte. Als Carolin aus dem Zelt kroch, war ihr Haar verwuschelt, und ihr ungeschminktes Gesicht wirkte verschlafen. Oliver schluckte, denn ihre Entschlossenheit und Schönheit zeugten trotz aller Umstände von Edelmut und Größe.

Sie gingen durch das Lager zum Direktor. Es war noch so still, dass sie schlichen, um niemanden zu wecken. Oliver kam es entgegen, dass Carolin das Gespräch führen wollte. Der Kloß in seinem Hals und seine zittrige Stimme hätten ihn am Reden gehindert.

Sie erreichten Tessmars Zelt zu früh und warteten diskret in einigen Metern Abstand. Im Gegensatz zu Nelly schlief er offenbar noch. Die Hündin zwängte sich durch einen Spalt und freute sich schwanzwedelnd über den Besuch ihrer neuen Bekannten. Eine Weile streichelte Carolin sie, und dann kam Tessmar heraus und zündete sich eine Zigarette an.

»Was führt Sie so früh hierher? Sie sehen besorgt aus.«

»Unsere Tochter Annabel hat Typhus und braucht dringend Hilfe«, erklärte Carolin. Sie fragte, ob man so schwer Erkrankte nicht in das Krankenhaus nach New Halfa bringen oder ein Arzt im Lager ihr Infusionen und Antibiotika geben könnte.

Tessmar hörte zu, wich aber ihrem Blick aus und nahm tiefe Züge von seiner Zigarette. »Es tut mir leid«, sagte er nach einem Moment des Schweigens, »ich kann Ihnen nicht weiterhelfen. Das einzige Krankenhaus in New Halfa ist hoffnungslos überfüllt, und ärztliche Hilfe, abgesehen von Selbsthilfe, gibt es in Shagarab nicht. Das wissen Sie doch.«

»Aber irgendwas müssen wir doch tun können«, wandte Oliver verzweifelt ein. »Ich werde meine Tochter nicht einfach sterben lassen. Und wenn wir Ihrem Offizier den Fall schildern?«

»Ich verliere meine Reputation, Bertram, wenn ich Dinge vortragen würde, die unmöglich sind, und …«

»Ich scheiß auf Ihre Reputation!« Oliver wurde laut. »Hier geht es nicht um die Ehre oder um beschissene Etikette, sondern um das Leben meiner Tochter!«

»Ich verstehe Sie ja nur zu gut, aber …«

»Hören Sie endlich auf zu qualmen, das geht mir auf die Nerven!«

Carolin kniff Oliver in die Seite. Nelly fing an zu bellen.

»… aber leider bin ich genauso machtlos wie Sie. Es tut mir leid. Es ist wohl besser, wenn Sie jetzt gehen.«

Auf dem Rückweg begegnete ihnen wieder Trostlosigkeit und Elend. Ein Mann und zwei Halbwüchsige beweinten eine ausgemergelte Tote vor ihrem Wellblechverschlag. Was sollten sie mit ihr tun? Wie sollten sie sie begraben?

Oliver blieb stehen und sank zusammen, krank vor Angst. Er atmete stoßweise und schlug mit der Faust auf den harten Boden.

»Sie – darf – nicht – sterben«, brachte er mit bebender Stimme hervor und bearbeitete den Sand mit Schlägen im Rhythmus der Silben. »Sie – darf – nicht – sterben!«

Carolin wandte sich von der traurigen Szene vor der Wellblechhütte ab. »Das wird sie nicht, Oliver, glaub mir. Sie ist stark und schafft das.«

»Ich muss hier raus. Zu Salah!« Mit flackerndem Blick sah Oliver sich nach allen Seiten hin um, als suche er im Stacheldrahtzaun eine Lücke zur Flucht.

»Ja, dann komm, Oliver!« Carolin zog ihn hoch. »Steh auf, und lass uns einen Plan schmieden. Aber nicht hier!«

Wie ein pflegebedürftiger Greis hakte er sich bei ihr unter und ließ sich zurück zu den Zelten führen. Die Angst hatte ihn in einen Zustand versetzt, der seinen Verstand zu lähmen drohte.

Als sie zurückkehrten, stand das Ehepaar Dost vor ihrem Container.

»Was ist passiert?«, fragte er, erschüttert von Olivers Anblick.

»Ich muss hier raus!« In Olivers Stimme, die wie aus dem Nichts wieder fest klang, lag die unbedingte Entschlossenheit eines Verzweifelten. »Drinbleiben, gefangen auf ihren Tod warten … unmöglich!«

Vorsichtig sah Dost sich um, nickte und winkte Oliver mit einer kurzen Kopfdrehung in den Container. »Seien Sie mein Gast.«

»Das ist okay«, bestärkte Carolin ihn, »ich kümmere mich um die Kinder.«

»Geht es Ihnen besser?«, fragte Oliver, nachdem sie sich an einen Tisch gesetzt hatten.

»Ja, keine Schmerzen mehr.« Dost schlug sich mit der Hand auf die linke Seite der Brust. »Noch ist mein Herz nicht gebrochen.«

Einen Moment lang herrschte Schweigen. Frau Dost senkte den Blick und schürzte die Lippen.

»Wir wissen, was Sie durchmachen«, fuhr Dost fort. »Auf der Flucht über das Mittelmeer haben wir unsere beiden Kinder verloren. Nele war elf und Felix noch nicht mal zwei.«

»Das tut mir aufrichtig leid!«, sagte Oliver bestürzt und war dennoch außerstande, den Schmerz der Dosts an sich heranzulassen. Frau Dost drückte seine Hand.

»Zuerst muss ich Ihnen sagen«, erläuterte Dost, »dass es sehr gefährlich ist, draußen laut von Flucht zu reden. Das kommt bei den sudanesischen Behörden nicht gut an. Zum Zweiten sollten Sie sich fragen, was Sie genau vorhaben. Was erwarten Sie außerhalb des Lagers? Niemand wird Ihnen helfen, wenn Sie nicht einen Batzen Gold zu bieten haben oder einflussreiche Leute kennen. Außerdem bringen Sie den Rest Ihrer Familie in Gefahr, sollten Sie geschnappt werden. Sie müssen das mit ganz kühlem Kopf angehen, nüchtern und emotionslos. Dann kann es zu etwas Konstruktivem führen.«

»Ich habe beides«, erklärte Oliver, »ein paar Zehntelunzen Gold, und ich kenne einen Sudanesen vom Vorstand der Landwirtschaftlichen Produktionsgenossenschaft in New Halfa, mit dem ich vor dem Krieg zusammengearbeitet habe.«

»Okay, das ist gut, sehr gut.«

Dost räumte Tassen vom Tisch und kramte ein Stück Kreide aus einer verblichenen Truhe, die offenbar als Werkzeugkiste, Kleider- und Küchenschrank zugleich diente. Dann zeichnete er die Umrisse von Shagarab auf den Tisch, Straßen und die Oase. Eine Fläche in einigem Abstand stellte New Halfa dar.

»In einer Ecke der deutschen Kolonie gibt es eine unübersichtliche Stelle, hier. Zwischen den Zelten finden Sie genug Deckung, um in der Dunkelheit bis an den Stacheldrahtzaun zu robben. Die nächsten Wachtürme sind zu weit weg. Sehen Sie, hier.« Dost zeichnete zwei Punkte in die Grenze des Lagers, das an der beschriebenen Stelle eine kleine, nasenförmige Ausstülpung aufwies.

»Okay, verstehe.« Bei dem Gedanken, allein in der Dunkelheit in die Wüste zu flüchten, begann Olivers Herz, wild zu schlagen. Obwohl er ein T-Shirt trug, versuchte er, seinen Kragen mit dem Finger zu lockern.

»Wollen Sie was trinken?«, fragte Frau Dost.

Oliver nickte und lächelte dankbar. Sie reichte ihm ein Glas Wasser.

»Keine Sorge«, beruhigte Dost ihn, »kein Mensch wird Sie sehen oder verpfeifen. Die sind hier alle viel zu sehr mit sich selbst beschäftigt.« Er stand wieder auf, ging hinüber zu seinem Werkzeug, nahm eine Zange und reichte sie Oliver.

»Damit können Sie den Draht durchschneiden. Das ist die beste Kneifzange, die ich habe. One-way, versteht sich. Die müssen Sie danach wegwerfen, sonst haben sie unterwegs zu viel Gewicht zu schleppen.«

»Danke!«

»Packen Sie lieber Ihren Rucksack randvoll mit Wasser und Proviant. Und nehmen Sie eine Taschenlampe mit. Haben Sie eine?«

»Ja«, bestätigte Oliver. »Haben die Typen auf den Wachtürmen denn keine Scheinwerfer?«

»Doch, haben sie. Aber die werden nie benutzt. Sonst fliegen die Sicherungen raus und der Strom im ganzen Lager ist weg.« Dost tippte auf die Lagergrenze. »Hinter dem Zaun kommt ein Graben. Der hält vielleicht einen Panzer auf, aber keinen Mann, der eine Böschung hochkriechen kann. Um schnell in die Nähe der Straße zu kommen, müssen Sie linksrum. Rechts wäre ein Umweg. Machen Sie einen großen Bogen um den Eingangsbereich, und halten Sie sich von der Straße fern!«

Die Unterredung erinnerte Oliver an Haemmerlis Planung für den Bunkerausstieg. Sie schien Jahre zurückzuliegen.

»Vor der großen Oase gibt es, glaube ich, auch einen Posten. Also Vorsicht dort«, instruierte Dost ihn weiter. »Dann müssen Sie sich in die Oase schlagen und …«

»Von da an kenne ich mich aus«, unterbrach Oliver ihn. »An den Kanälen kann man sich bis New Halfa orientieren.« Er beugte sich vor und umfasste das Wasserglas. »Woher wissen Sie das eigentlich alles so genau?«

Frau Dost fasste sich an die Nase. Der Ex-Anwalt kratzte sich am Hinterkopf. »Ich halte eben Augen und Ohren offen.«

Oliver hob den Kopf und verzog ironisch den Mund. »Ich glaube kaum, dass das für so viel Detailwissen reichen würde.«

»Wir wollten auch schon raus«, offenbarte Frau Dost, »und haben alles genau geplant.«

»Und warum haben Sie es nicht gewagt?«

»Uns fehlte der Mut«, gab Dost zu. »Draußen ist man praktisch obdachlos. Unterstützung gibt es keine. Wer aufgegriffen wird, kommt wegen Behinderung des Asylverfahrens sofort in Haft. Und wer einmal inhaftiert ist, hat kaum noch eine Chance, je wieder rauszukommen. Dann ist es sicher, dass wir im Knast sterben. Also, wozu das Ganze?«

Kapitel 5

Der verbleibende Tag war eine quälende Geduldsprobe. Annabels Wangen verfielen von Stunde zu Stunde. Nur gelegentlich stieg sie aus ihrem Dämmer empor, um über Schmerzen zu klagen. Wie eine eingesperrte Raubkatze sprang Oliver auf und tigerte hin und her. Ob im Sitzen oder Stehen, ständig wippte er mit den Füßen und trommelte mit den Fingern gegen Gegenstände. Seine Augenlider zuckten. Die Zeit wollte einfach nicht verrinnen.

Carolin half ihm, seinen Rucksack zu packen. Von den knappen Vorräten nahm er ein halbes Fladenbrot, eine Büchse Corned Beef und etwas Obst mit, dazu vier Literflaschen Wasser. Von den drei Zehntelunzen Gold, die ihnen noch geblieben waren, steckte er sich eine in die Schuhe, um sich unterwegs wenigstens einmal einen Vorteil erkaufen zu können. Die restlichen beiden gab er Carolin. Auch die Taschenlampe und das Schweizer Taschenmesser nahm er mit. Immer wieder sah er auf die Uhr, die Zeiger schienen festgerostet zu sein. Am liebsten hätte er auf jede Minute, die ihn von dem Abmarsch trennte, eingestochen und sie wie einen Luftballon zum Platzen gebracht.

Am Nachmittag wuchsen langsam die Schatten, und endlich rötete die Dämmerung den wolkenlosen Himmel. Kein Lüftchen wehte. Vor seinem Aufbruch strich Oliver Annabel noch einmal über ihr Haar. Trotz der Wärme waren seine Hände kalt.

»Ich muss jetzt los, mein Engel. Morgen Nachmittag bin ich zurück mit einem Krankenwagen«, sprach er mit trockener Kehle. »Dann bekommst du die richtigen Medikamente, Infusionen und alles, was nötig ist.«

»Meinst du wirklich, du schaffst das, Paps?« Annabel keuchte und stockte beim Sprechen.

Alle Augen waren auf Oliver gerichtet. Marcelina hielt Annabels Hand. In ihren weit geöffneten Augen lag Angst.

»Salah wird uns ganz bestimmt helfen«, beteuerte Oliver. »Und wenn nicht, finde ich eine andere Lösung.«

Christian gab ihm den Rat, unterwegs wie ein Nomade zu denken und in der Wüste höchste Vorsicht walten zu lassen. Er hatte ihn begleiten wollen, doch Oliver hatte abgelehnt. Sie drückten sich zum Abschied wie Vater und Sohn. Vor dem Zelt umarmte Oliver Carolin. Sie presste ihren Kopf an seine Brust und schluchzte leise.

»Falls ich nicht zurückkomme, wollte ich dir noch einmal sagen, wie sehr ich dich liebe. Ich würde mir mit dir so gerne hier etwas aufbauen.«

»Du kommst zurück«, entschied sie energisch, »schließlich brauchen wir dich noch. Und«, sie zögerte einen Moment, »ich habe noch nie einen Mann so geliebt wie dich.«

Sie fassten sich an den Händen, sahen sich an und küssten sich lange. Zwischen ihnen herrschte ein tiefes Vertrauen, das er schon in wenigen Augenblicken schmerzlich vermissen würde. Er liebte sie auf eine andere Weise als Michelle, aber er liebte sie leidenschaftlich, und das machte ihn glücklich.

Ungeachtet seiner Erschöpfung kratzte Oliver die letzten Kräfte zusammen, schärfte seine Sinne und konzentrierte sich auf seinen Plan. Unauffällig ging er zum Rand der deutschen Kolonie. In der späten Dämmerung waren die Umrisse der Behausungen kaum noch auszumachen. Nur mit Mühe und nach mehreren Verirrungen fand er die Stelle, die Dost beschrieben hatte, den Weg in der Nähe der Lagergrenze. Er kauerte sich zwischen zwei Zelte und wartete ab, bis sich die Dunkelheit auf

Shagarab senkte. Ein zunehmender Mond sorgte dafür, dass die Finsternis nicht ganz undurchdringlich war. In den Zelten war es ruhig; der Lagerstress zwang die Bewohner in einen frühen Schlaf.

Oliver spürte, dass der Zeitpunkt zum Aufbruch gekommen war, doch er zögerte minutenlang. Sein Herz jagte, und er zitterte. Plötzlich war es ihm, als seien die Flucht aus dem Bunker und die Ereignisse hier im Lager, als sei dies alles vor langer Zeit geschehen. Dann gab er sich einen Ruck und überwand den inneren Widerstand. Fast hatte er das Gefühl, aus einem Traum zu erwachen.

Nie war Oliver beim Militär gewesen, aber während er auf den Zaun zurobbte, kam er sich vor wie auf einem Schlachtfeld zwischen feindlichen Linien. Als der Stacheldraht vor ihm auftauchte, griff er nach der Zange in einer Seitentasche des Rucksacks. Wie Dost gesagt hatte, lag die Stelle in einem Winkel voller Schatten.

Er setzte das Werkzeug am untersten Draht an, wandte das Gesicht ab, um sich beim Zurückschnellen des Metalls nicht zu verletzen, und drückte zu. Der Draht gab nach mit einem Sirren; es klang, als wäre eine überdimensionale Gitarrensaite gerissen. Danach Stille.

Oliver rührte sich nicht. Von den Wachtürmen kam keine Reaktion, niemand schlug Alarm. Offenbar waren sie zu weit entfernt. Beherzt kniff er den zweiten Draht durch, dann den dritten und endlich war die Öffnung groß genug. Er steckte die Zange wieder in den Rucksack und schlüpfte durch die Lücke.

Vorsichtig näherte er sich dem Graben, der sich wie eine schwarze Schlucht vor ihm öffnete. Er setzte sich auf den Rand und tastete mit den Füßen nach Halt. Doch so behutsam er auch vorging, an der steilen Wand kam er ins Rutschen und riss Sand und Geröll mit sich in die Tiefe. Fast ungebremst unten angekommen, schlug er nach vorn auf den Boden. Sein Körper schmerzte, er fluchte leise.

Keine Zeit zu verlieren! Wie ein Verrückter versuchte Oliver, die gegenüberliegende Wand hinaufzuklettern. Er strampelte, krallte sich in den losen Untergrund und glitt immer wieder ab. Wie durch ein Wunder nahm niemand Notiz von ihm. Gefangen wie ein wildes Tier atmete er panisch, bis ihm schwindelig wurde, und er sich setzen musste. »Bleib cool, Oliver«, flüsterte er sich zu, »geh die Sache logisch an.«

Nach einem Moment des Innehaltens zog er die Schuhe aus und schlich nach links in Richtung Lagereingang, um eine bessere Stelle für den Aufstieg zu finden. Den nächsten Wachturm passierte er auf Zehenspitzen. Gelegentlich knirschte ein Kiesel unter seinen Füßen, doch die schwatzenden Soldaten hoch über ihm hörten es nicht. Er tastete den Untergrund nach einem Stock ab, der ihm beim Klettern hätte dienen können, aber bis auf kleine Äste fand er nichts.

Allmählich gewöhnten seine Augen sich an die Dunkelheit. Systematisch suchte er nach einer Stelle, an der die Wand eine geringere Steigung hatte und größere Steine herausragten. Zwischen den nächsten Posten wurde Oliver fündig.

Er zog sich die Schuhe wieder an und stieg, jeden Schritt vorher festlegend, los. Dabei neigte er den Oberkörper vom Hang weg, um senkrecht klettern und mit den Armen das Gleichgewicht halten zu können. Blöcke und groben Schutt nutzte er als Tritthilfe, nachdem er ihre Festigkeit geprüft hatte. Einmal rutschte er noch ab, ließ sich jedoch nicht entmutigen und schaffte schließlich den Aufstieg.

Oben angekommen, sah er sich um. Der Eingangsbereich lag etwa 200 Meter entfernt. Er ging vom Lager weg, vollführte einen Bogen, bis er einen Steinwurf entfernt von der Zufahrtsstraße straffen Schrittes durch den Sand lief.

Kein Auto durchschnitt die Dunkelheit der Halbwüste. Nur das eintönige Knirschen unter seinen Schuhen und das Knacken strickartiger Wurzeln waren seine Begleiter. Der Mond schien zwischen hüfthohen Sträuchern über flache Dünen und Mulden. Das Sternbild Orion, der Karawanenführer, gab ihm Orientierung; hell leuchteten die Sterne von einem Himmel aus schwarzem Samt.

Nach einer Stunde wurde sein Gang langsamer. Er legte eine Pause ein, brach sich ein Stück Fladenbrot ab und leerte eine Flasche Wasser. Der Weg bis New Halfa schien endlos. Er atmete durch und versuchte, sich zu motivieren. Annabel, Carolin und die Kinder, das Wissen und die Sorge um sie gaben ihm Kraft und Mut zum Weitergehen. Bleib dran, sagte er sich und raffte sich wieder auf.

In der Dunkelheit stürzte er beinahe über den Kadaver eines verdorrten, hundgroßen Tieres. Kurz leuchtete er mit der Taschenlampe darauf und fragte sich, wie groß die Möglichkeit war, hier zu sterben: Würde eine Schlange ihn beißen oder ein Skorpion ihn stechen? Würde ein Raubtier ihn reißen oder ihn morgen ein Sandsturm begraben? Der Tod war allgegenwärtig.

Weit nach Mitternacht näherte Oliver sich der Kreuzung, an der sie vor knapp zwei Wochen nach Shagarab abgebogen waren. Von hier aus war die Oase nur noch wenige Kilometer entfernt. Er kreuzte den Asphalt, der die gespeicherte Hitze des Tages abstrahlte. Obwohl keine Scheinwerfer zu sehen waren, nahm er weiter den beschwerlichen Weg durch den Wüstensand. Es roch nach fremden Blüten und Gehölzen.

Jeder Schritt verstärkte die bleierne Müdigkeit, die Oliver nach unten zog. Um nicht bewusstlos in den Sand zu fallen, suchte er mit der Taschenlampe nach einem Ort für ein Nachtlager und fand eine Stelle hinter einer kleinen Düne, schlangen- und skorpionfrei.

Plötzlich durchbohrte ein Lichtkegel die Finsternis, und ein Motor heulte auf wie ein prähistorisches Raubtier, das seine Jagd auf Beute beginnt. Quietschend drehten sich Räder auf dem Asphalt. Eine Sekunde stand Oliver reglos da, dann sah er einen Jeep mit Scheinwerfern auf dem Dach in die Steppe schwenken. Die Wachen bei dem Posten, von dem Dost gesprochen hatte, mussten sein Taschenlampenlicht gesehen haben. Als der grelle Lichtstrahl ihn traf, begann er zu rennen.

Bei der Flucht durch das Gelände folgte Oliver seinem Instinkt. Er schlug Haken und versuchte, dem erbarmungslosen Scheinwerfer zu entkommen. Schüsse knallten, Kugeln zischten an ihm vorbei. Er rannte wie ein Verrückter, und bei jedem Haken, den er schlug, kam der Jeep ins Schleudern und wirbelte Sand auf. Flüche auf Arabisch waren zu hören. Schließlich eine günstige Gelegenheit: Der Jeep stach mit der Motorhaube in eine Düne und blieb stecken.

Einen Moment hielt Oliver inne und wischte sich den klebrigen Film aus dem Gesicht. Die Scheinwerfer auf dem Dach des Jeeps strahlten in den Himmel. Er zog sein Messer, wog es und steckte es wieder weg. Dann sprintete er in die Richtung, aus der er gekommen war, darauf hoffend, dass seine Verfolger nicht mit dieser Finte rechnen würden. Im Schutz der Dunkelheit hechtete er hinter eine Düne und begann, sich einzugraben. Seine Arme und Hände rotierten. Nur das Gesicht ließ er frei, um atmen zu können.

Schritte kamen näher, offenbar zwei Soldaten. Nur wenige Meter vor seinem Versteck blieben sie stehen, beratschlagten sich. Mit angehaltenem Atem lag Oliver da und wagte sich nicht zu rühren. Der Lichtkegel einer Taschenlampe suchte die Gegend ab und verfehlte ihn knapp. Danach bekamen die Stimmen einen verzagten Tonfall und entfernten sich allmählich. Dass die Soldaten schimpfend ihren Jeep freischaufelten, hörte Oliver nicht mehr, er war längst in einen traumlosen Schlaf gefallen.

Als er aufwachte, fühlte Oliver sich wie in einem Backofen. Die Sonne stand schon hoch am Himmel und briet den Sand. In seinen Augen brannte Staub. Er musste Sandtränen weinen, um sehen zu können. Aus Angst vor Entdeckung wagte er es dennoch nicht aufzuspringen und sein Versteck aufzugeben. Krampfhaft unterdrückte er einen Hustenreiz und lauschte wie ein Luchs in die Umgebung. Je länger er jede Geräuschnuance analysierte, desto mehr heizte sein Körper sich auf. Durst quälte ihn, sein Herz hämmerte am Limit, und der Sand sog den Schweiß auf.

Erst als er ganz sicher war, dass nur der Wind säuselte, kroch er aus seinem Unterschlupf. Er schüttelte sich, riss den Rucksack auf und leerte eine Flasche Wasser. Ausgehungert schlang er das restliche Fladenbrot mit Corned Beef hinunter. Dann wickelte er sich ein Tuch um den Kopf, robbte die Düne hinauf und spähte in die Umgebung. Nichts. Offenbar waren die Soldaten zu ihrem Posten zurückgekehrt.

Oliver marschierte so schnell wie möglich los. Die Minuten waren kostbar. Jede gewonnene Minute verknüpfte sich mit der nächsten zu einem seidenen Faden, an dem Annabels Leben hing. Der an ihm haftende Sand tarnte ihn. Zu Beginn lief er dennoch geduckt hinter flachen Dünen und Sträuchern, darauf bedacht, keinen Staub aufzuwirbeln. Bald jedoch wurden seine Beine so schwer, dass er diese Art des Laufens aufgeben musste. Der aufrechte Gang verschaffte ihm auch einen besseren Überblick über das Gelände.

Obwohl Oliver den grünen Streifen der Oase schon in etwa fünf Kilometern Entfernung ausmachen konnte, galt seine Sorge dem rasch schwindenden Wasservorrat. Von ihrem nördlichen Zipfel aus waren es noch über zwanzig Kilometer bis nach New Halfa Town, wo Salah Abed Elhai lebte. Zu Fuß brauchte er für diese Strecke mindestens fünf Stunden. Während kurzer Pausen trank er sparsam in kleinen Schlucken.

Eine halbe Stunde vor der Oase stiegen ihm die Aromen frischen Grüns in die Nase. Ein einsamer Strauß lief in Olivers Marschrichtung zwischen den Büschen. Sein riesiger Körper wippte im Takt seiner langen Schritte. Auf dem fleischfarbenen Hals, der wie ein Schlauch aus dem Gefieder ragte, saß ein winziger Kopf. Der Vogel schien stur geradeaus zu blicken und keine Notiz von dem anderen Zweibeiner zu nehmen.

Also stapfte Oliver unbeirrt weiter durch den Sand, keuchend und gequält von einer trockenen Kehle. Plötzlich kreuzte der Strauß seinen Weg. Das glänzend schwarze Gefiederknäuel, von dem sich Schwungfedern und Schwanz weiß absetzten, wirkte imposant. Dann machte der Vogel sich wieder davon, nur um Oliver nach einigen Augenblicken erneut in die Quere zu kommen. Es hatte den Anschein, als vollzöge das Tier aus unerfindlichen Gründen Stadionrunden und kreise um ein unsichtbares Objekt. Das Ganze wiederholte sich zweimal, bis Oliver begriff, dass die Kreise sich bei jeder Runde verengten – und dass er selbst der Mittelpunkt der imaginären Spirale war.

Das Verhalten des Tiers machte auf Oliver nicht den Eindruck, als stünde ein Angriff bevor. Dennoch nestelte er an den Schnallen seines Rucksacks herum und zog sie fester. Würde der Vogel sich im Ernstfall verscheuchen, mit einem Stock auf Abstand halten lassen? Er wusste, dass Strauße gefährlich werden konnten. Seine Freunde aus New Halfa hatten ihm von aufgeschlitzten Leibern erzählt. Die zehn Zentimeter langen Krallen an den Füßen waren wirkungsvolle Waffen.

Der nächste Kreis endete damit, dass sich der Vogel Oliver frontal in den Weg stellte. Er hatte den Kopf abgewandt und blickte in die Wüste, als wolle er dem Blick des Menschen ausweichen. Das mächtige Tier, das Oliver einen halben Meter überragte, flappte zweimal mit den Flügeln und gab Zischlaute von sich. Nie zuvor hatte Oliver so gewaltige Augen gesehen. Das bizarre Geschöpf erinnerte ihn an jene Killervögel, die vor Millionen Jahren Herrscher über die Erde gewesen waren.

»Du fehlst mir gerade noch«, sprach er ihn an und überlegte, ob er seinem Nest zu nahe gekommen war.

Das Tier reagierte nicht auf die menschliche Stimme, zuckte nur mit dem Kopf.

»Geh mir aus dem Weg!«, befahl Oliver. »Ich hab keine Zeit für solchen Scheiß!«

Wieder wich der ungebetene Besucher keinen Millimeter zur Seite.

»Pscht! Tsch tsch!«, versuchte er, den Strauß zu verscheuchen, und wedelte mit den Armen. Dieser Wechsel der Strategie erwies sich als Fehler. Der Riesenvogel hüpfte aufgebracht in die Höhe und flatterte mit den Flügeln. Dann stieß er ein krächzendes Brüllen aus und schoss auf seinen Feind zu.

Oliver sprintete los und suchte nach der nächsten Deckung, wohl wissend, dass der Strauß ihm an Schnelligkeit, Ausdauer und Kraft weit überlegen war. Panisch warf er sich unter einen mannshohen knorrigen Busch und kroch an das Zentrum des Gewirrs aus stachligen Zweigen. Dabei riss er sich Schrammen. Nur knapp verfehlten ihn die säbelartigen Krallen und der hackende Schnabel.

Da der Strauß seinen Gegner auch mit vorgerecktem Hals nicht erreichen konnte, hüpfte er wütend auf und ab und kreischte hysterisch. Er begann damit, den Busch zu umkreisen und nach Schwachstellen abzusuchen. Seine Flügel flatterten. Bald fand er eine Bresche und versuchte, sich durch sie zu zwängen. Oliver drehte sich weg und riss sich neue Striemen.

Auf der gegenüberliegenden Seite fand der Vogel eine weitere Lücke, sodass er Oliver nun abwechselnd von zwei Seiten attackierte. Es war ein Belagerungszustand, ein Patt. Obwohl er die Löcher bei jedem Angriff vergrößerte, blieb der Strauß jedes Mal im Dornengeäst hängen.

»Hau ab, du verdammtes Biest!«, schrie Oliver, ohne den geringsten Eindruck zu hinterlassen. Auf Dauer würde seine brüchige Bastion nicht halten, wusste er. Mit dem Messer schnitt er Zweige ab, fuchtelte damit vor dem Kopf des Straußes herum, ignorierte seine blutenden Hände. Das hatte zumindest den Effekt, dass der Vogel sich zurückzog und wieder um den Busch trabte. Manchmal blieb er stehen, als wollte er sich in einer Belagerung einrichten. Die Zeit arbeitete für ihn. Möglicherweise ging das stundenlang so weiter, fürchtete Oliver.

Der Sand auf den offenen Wunden brannte, dazu kam sein unerträglicher Durst. Eingeklemmt unter dem Gestrüpp gelang es Oliver nicht, an die Wasserflasche im Rucksack zu kommen. Kostbare Zeit verrann. Er überlegte, wie er die Defensive aufheben, eine schnelle Entscheidung erzwingen konnte. Derweil begnügte der Strauß sich damit, abzuwarten und zuweilen das Gefieder aufzuplustern. Mit jedem Beben der Flügel wuchs Olivers Hass gegen das Tier.

Nach schmerzlich langen Minuten, in denen sich nichts bewegte, fasste Oliver einen Entschluss, der ihm Angst einflößte, Todesangst: Er wollte wegrennen und den Vogel mit dem Messer erledigen. Die Vorstellung einer exakten Ausführung des Plans verschluckte seine Panik.

Während der Strauß abwartete, zog Oliver sein Messer aus der Tasche, klappte es auf und kroch vorsichtig zum Rand des Busches. Dort verharrte er einige Augenblicke und spähte aus dem Augenwinkel nach dem schwarzen Federknäuel. Als er sicher war, es schaffen zu können, sprang er ins Freie.

Sekunden später hatte der Vogel den Fluchtversuch bemerkt und nahm brüllend die Verfolgung auf. Blitzartig verwarf Oliver seinen Plan und versuchte, den Busch zwischen sich und den Vogel zu bringen. Ein wilder Tanz begann: Oliver verzweifelt bemüht, Schutz zu suchen, der Strauß, einen Treffer zu landen.

Immer näher kam der Schnabel auf ihn zugeschossen, zerfurchten die Krallen den Sand. Oliver schlug Haken, Staub wirbelte auf. Kurz bevor die Situation aussichtslos wurde, nahm er seinen ursprünglichen Plan wieder auf und rannte ins freie Gelände. Der Strauß jagte ihm hinterher und hatte ihn nach wenigen Metern eingeholt.

Dann ging alles rasend schnell. Oliver hechtete mit der Brust voran in den Sand und schützte seinen Kopf mit den Armen. Der Strauß schien einen Treffer zu landen, aber seine Kralle bohrte sich nur in den Rucksack und zerschnitt eine Wasserflasche, deren Inhalt sich über Olivers Rücken ergoss. Wie ein Irrer drehte das drei Zentner schwere Tier den Fuß, um seinem Opfer den Rest zu geben. Sehnenstränge traten unter der schuppigen Haut hervor.

Oliver erfasste den richtigen Zeitpunkt, wand sich ruckartig ein Stück auf die Seite und rammte das Messer in das Bein des Vogels. Mit einem Aufschrei kam der Gigant ins Straucheln und kippte auf die Seite. Ohne zu zögern, warf Oliver sich auf das zappelnde Tier, umklammerte seinen Hals und drückte ihn zu Boden. Der Strauß versuchte, sich aufzubäumen, brüllte, keilte aus. Die Tritte aber gingen ins Leere. Und nun stach Oliver ihm das Messer tief in den Hals und in die Kehle.

Blut strömte, ein ersticktes Krächzen folgte. Die Hiebe der langen Beine wurden schwächer und pendelten schließlich aus.

Zitternd umklammerte Oliver den schlaffer werdenden Hals. Er schluchzte in einer Mischung aus Erschöpfung, Erleichterung und Mitgefühl. Erst, als die letzten Zuckungen verebbt waren, ließ er den Strauß los und blieb keuchend auf dem Rücken liegen.

Die sengende Sonne zwang ihn, auf allen vieren in den Schatten des nächsten Buschs zu kriechen. Er schnallte den Rucksack ab und trank das restliche Wasser aus einer zerknitterten, aber unversehrten Plastikflasche. Von der anderen war nicht mehr übrig als Plastikmüll. Das Mus einer Mango, das Oliver aus dem Stoff kratzte und hinunterschlang, markierte das Ende der Vorräte. Nach der kargen Mahlzeit rappelte er sich auf und lief weiter ohne Gepäck. Nur Dosts Kneifzange und das Messer behielt er. Bis auf einen Wüstenfuchs, der an Steinen schnupperte und schnell hinter Sträuchern verschwand, sah er keine Tiere mehr.

Sand knirschte zwischen Olivers Zähnen, und die Wüstenluft hatte seine Lippen aufplatzen lassen. Gegen Mittag erreichte er den Nordwestzipfel des New Halfa Landwirtschaftsgebiets. Die Grenze von Vegetation und Halbwüste war scharf. Auf den Feldern, die von Bewässerungskanälen unterteilt wurden wie überdimensionale Handtücher, spross der Weizen. Die zarten Halme sahen aus wie Rasen. Im Zentrum des Gebietes wuchsen Bäume und hohe Büsche. Nach all der Finsternis, der Eiszeit in den Alpen, dem Tod und Elend gab das saftige Grün Oliver Kraft.

Er stapfte durch den Staub und erreichte wenig später eine Satellitensiedlung von New Halfa, von der er hoffte, es sei Village Nummer zwanzig. Dort hatte er damals mit Farmern zusammengearbeitet, die ihm jetzt vielleicht helfen würden.

Als Erstes stieß er auf Nomaden, die am Rand des Dorfes in Hütten aus Bambus und Stroh lebten. Sie schlugen sich, wie er wusste, mit der Haltung von Kamelen, Schafen und Ziegen durch. Der Ort wirkte ausgestorben. Von den wenigen Menschen, die er traf, nahm niemand Notiz von ihm.

Als er an Landwirtschaftsmaschinen und Traktoren vorbeikam, die platte Reifen hatten, stiegen Erinnerungen an die Probleme der Region in ihm hoch. Die Bewässerung litt unter zunehmender Verschlickung der Kanäle, Malaria und Cholera waren allgegenwärtig, und immer wieder dezimierte Schädlingsbefall die Erträge.

Allzu gern hätte Oliver seinen brennenden Durst in einem Kanal gestillt und ein Bad genommen, doch er wusste, dass die braune Brühe mit Bakterien durchsetzt war. So zog er weiter die unbefestigte Straße entlang, bis die Hütten der Nomaden durch die festen Häuser der Nubier abgelöst wurden. Sandfarbene Wände aus Steinquadern, die sich kaum von der Umgebung abhoben, wiesen fensterlos zur Straße; dazwischen Wellblech und Metalltüren, davor Mauern, alles scheinbar regellos zusammengewürfelt. An der Straße standen Strommasten und kastenförmige Kläranlagen. Hühner und Hunde liefen umher. Einzelne Bäume und Sträucher spendeten spärliches Grün.

In den eintönigen Gebäuden meinte Oliver, Village zwanzig wiederzuerkennen. Jetzt musste er nur noch über eine Brücke gehen, in deren Nähe sich ein Kiosk befand. Farmer und Arbeiter trafen sich dort zum Essen. Und tatsächlich fand er das Bistro, vor dem verrostete Werbeschilder vom untergegangenen Europa und Amerika erzählten.

Oliver betrat das Innere, wo ausschließlich Männer saßen, die ihn mit skeptischen Blicken und gerunzelter Stirn empfingen. Peinlich berührt begriff er, dass der Empfang mit seinem Aussehen zu tun hatte. Sein Körper war mit Staub bedeckt, und das Blut aus den Schrammen hatte verkrustete Spuren auf der Haut hinterlassen.

Nach einem Moment der Stille grüßte Oliver freundlich auf Arabisch mit einer Hand auf dem Herzen, was die Situation etwas entspannte. Er setzte sich auf eine Bank und versuchte, sich zu sammeln. Unaufgefordert stellte der Inhaber, er trug eine bunte, lockere Baumwollhose und ein weißes T-Shirt, ihm ein Glas Wasser auf den Tisch. Es kostete Oliver Mühe, Haltung zu wahren und das Getränk nicht in einem Zug hinunterzustürzen. Etiketten bedeuteten den Leuten hier viel. Also setzte er das Glas erst nach einer gebührenden Zeit an und trank in kleinen Schlucken.

»Möchten Sie etwas essen?«, fragte die Bedienung auf Arabisch. »Ich habe Maschi im Ofen.« Bei dem Gericht handelte es sich um mit Hackfleisch und Reis gefülltes Gemüse.

»Sehr gerne«, nahm Oliver das Angebot an. »Können Sie eine Zehntelunze Gold wechseln?«

»Ich kann Ihnen 240 Pfund rausgeben.«

»Okay, dann einmal Maschi, bitte. Und einen großen Mangosaft.«

»Hatten Sie draußen Probleme?«, wollte der Mann wissen, deutete auf seine Wunden und wippte das Tablett hin und her.

Diese Frage hatte Oliver befürchtet. Er schluckte, nippte kurz am Wasser und setzte zu der dünnen Lüge an, die er sich zurechtgelegt hatte: »Ich arbeite als Ingenieur für die NHAPC unter Salah Abed Elhai. Na, und als ich vorhin von meiner Inspektion vom Feld kam, hatte mich auf einmal so ein völlig irre gewordener Strauß auf dem Kieker.«

In wenigen Sätzen schilderte er seinen Überlebenskampf, was ihm wegen seines eingerosteten Arabisch Überwindung kostete.

Die Männer legten seinen brüchigen Vortrag als trockenen Humor aus. Niemand schöpfte Verdacht, da die Angestellten der Produktionsgenossenschaft seit fünfzig Jahren in allen Winkeln des Anbaugebietes ihre Arbeit verrichteten.

»Hört, hört! Da haben Sie aber Glück gehabt!«

»Diese verdammten Biester! Letztes Jahr hat der gute alte Abdou dran glauben müssen.«

Von lautem Lachen unterbrochen, unterhielten die Männer sich über Straußenangriffe und erzählten sich Anekdoten über wilde Tiere, die in der Gegend hin und wieder Menschen töteten. Erst als das Maschi aufgetischt wurde, übten sie höfliche Zurückhaltung.

Obwohl gnadenlos die Zeit verrann, aß Oliver, der Landessitte entsprechend, langsam mit den Fingern der rechten Hand. Die exotisch gewürzten Auberginen und Paprika schmeckten köstlich. Überschwänglich lobte er das Gericht, dessen Genuss ihm allerdings durch sein schlechtes Gewissen vergällt wurde. Er dachte an seine hungernde Familie in Shagarab. Außerdem grübelte er darüber nach, wie er am schnellsten nach New Halfa gelangen konnte. Wenn es hier Pendler gab, würden sie erst gegen Abend den Heimweg antreten. An den Wänden hingen Werbeplakate für Getränke und ein Poster des lokalen Fußballvereins. Olivers Blicke wanderten darüber, während er nach Antworten suchte.

Nachdem der Wirt abgeräumt und kassiert hatte, setzte sich ein Mann zu ihm. In den Höhlen seines dunklen Gesichts lagen farblose Augen, die von einem Leben voller Not sprachen.

»Sind Sie nicht Doktor Bertram aus Deutschland?«, fragte er.

Oliver rieb sich die Hände, wich seinem Blick aus, suchte ihn wieder und wusste nicht, wie er reagieren sollte.

»Ich bin's«, ergänzte der Mann, »Ibrahim, hier aus Village Nummer zwanzig!«

»Ah, ja«, überbrückte Oliver die Zeit, bis seine Erinnerungen an den Mann mit dem silbrigen, schütteren Haar klarer wurden. »Ibrahim aus Khartoum, richtig?«

»Genau der.«

Vor über zwanzig Jahren war die Familie des ehemaligen Gebrauchtwarenhändlers aus der Hauptstadt nach New Halfa gekommen, um dort ihr Glück zu suchen. Gelockt durch falsche Versprechungen hatte er Land gekauft, sich verschuldet und ohne Erfahrung Ackerbau betrieben. Da das Projekt immer wieder in Krisen steckte und zu wenig Ertrag abwarf, wurden seine Hoffnungen zerstört. Damals hatte Oliver ihn beim Einsatz von Insektiziden beraten und ihm so zu einer besseren Ernte verholfen.

»Wie geht es Ihnen, Ibrahim? Hat Ihre Familie den Krieg gut überstanden?«

»Ja, es geht ganz gut«, erzählte Ibrahim und lächelte dünn. »Die radioaktiven Wolken sind zwar an uns vorbeigezogen, aber die vielen Flüchtlinge bringen die kleinen Leute an die Grenzen. Die verlieren ihre Jobs. Bei mir sind die Weizenernten noch magerer als früher. Na, wenigstens ist der Preis gestiegen. Können Sie sich demnächst mal meine Felder ansehen und mir ein paar Tipps geben?«

»Klar doch, Ibrahim«, versprach Oliver hellwach und witterte eine Chance. »Ich komme gleich nächste Woche vorbei, muss meine Route nur mit Salah Abed Elhai absprechen.« Er zog die Unterlippe zwischen die Zähne und schob dann nach: »Sagen Sie, ob Sie mich wohl nach New Halfa fahren könnten?«

»Nun, ich habe kein Auto, aber ein paar von den Männern fahren abends zurück in die Stadt. Die nehmen Sie sicher mit, wenn ich sie frage.«

»Nein, ich muss eigentlich jetzt gleich zurück. Ein Notfall«, erklärte Oliver und hatte Mühe, seine Stimme zu kontrollieren.

»Ein Notfall?«

»Meine Tochter ist schwer krank und braucht dringend Hilfe.«

Ibrahim schien Olivers Situation zu verstehen. Behutsam wandte er sich um, beugte sich vor und flüsterte: »Ich versuche, ein Auto zu organisieren. Geben Sie mir eine Viertelstunde.« Diskret wies er mit einem Blick auf den Ausgang zum Hof.

»Hinten gibt es eine Dusche. Saney, der Inhaber, lässt Sie für ein Pfund duschen. Wir sehen uns danach.«

Oliver genoss das lauwarme Wasser unter freiem Himmel, obgleich die Minuten schnell wie Sekunden verrannen. In der Zwischenzeit besorgte Ibrahim einen alten Ford Fiesta von einem Kollegen, der das Geld, das Oliver ihm anbot, freundlich ablehnte.

Der Motor heulte auf, und die Fahrt begann. Felder, Kanäle und Bäume zogen vorbei. Sie fuhren durch eintönige Satellitensiedlungen, aufgelockert von Schulen unter Strohdächern, Wassertürmen und Kläranlagen, die aussahen wie zimmergroße Metallkästen. Oliver war es nicht mehr gewohnt, Auto zu fahren. Er krallte sich am Sicherheitsgurt fest und verkrampfte sich, bis er kaum noch atmen konnte. Millionen von Gedanken schossen ihm durch den Kopf, Angst drohte, ihn zu übermannen, und er fühlte Einsamkeit.

»Sie brauchen Papiere, mein Freund«, durchbrach Ibrahim, der die wahren Umstände zu wissen schien, das Schweigen.

»Ich weiß.« Oliver vermied Blickkontakt und sah zu einer Rinderherde, die am Straßenrand von Nomaden getrieben wurde.

»Wissen Sie, was passiert, wenn wir erwischt werden?«

»Ich schätze, Sie bekommen als Fluchthelfer eine hohe Strafe aufgebrummt, und ich wandere wegen Behinderung des Asylverfahrens ins Gefängnis – wahrscheinlich für immer. Dann stirbt meine Tochter, und was aus dem Rest meiner Familie wird, will ich mir lieber nicht ausmalen.«

Angespannt zog Ibrahim die Arme hoch und umklammerte das Lenkrad.

Nach einer halben Stunde erreichten sie New Halfa. Es wirkte ebenso trist wie seine Vorstädte, dehnte sich aber auf eine deutlich größere Fläche aus. Immerhin gab es Hochhäuser, die die Monotonie auflockerten: Schulen, Verwaltungsgebäude und das ersehnte Krankenhaus. Vor dem Krieg hatten hier 50000 Menschen gelebt. Jetzt war die Stadt überfüllt, als lebte in ihr mindestens die dreifache Zahl. An einer Tankstelle wartete eine lange Schlange von Bussen. Oliver musste an die Tage in den Schweizer Alpen denken, an ihre verzweifelte Suche nach Benzin. Was hätten sie damals für eine funktionierende Tankstelle gegeben!

Ibrahim setzte Oliver in der Nähe des Marktes ab. In dem Getümmel würden sie nicht so auffallen, meinte er. Die beiden Männer gaben sich die Hand. Ergriffen bedankte Oliver sich für die Hilfsbereitschaft des Farmers. Sobald alles geregelt sei, versicherte er ihm, würde er sich um seine Felder kümmern.

Kurz darauf hetzte Oliver schon durch das Gewimmel der Straßen auf der Suche nach Salahs Haus. Gedanken an die tödliche Gefahr, in der Annabel schwebte, zuckten durch sein Hirn. Er fluchte, wenn der rötliche Sand über den Asphalt wehte und sich mit den Ausdünstungen der Stadt zu einem Schleier mischte, der ihm die Sicht nahm.

Nach einer halben Stunde fand Oliver endlich die bekannte Mauer mit den gelben und blauen Ziegeln. Er klingelte am reich verzierten Portal. Ein Bediensteter öffnete und führte ihn in den Innenhof, um den kranzartig mehrgeschossige Räume angeordnet waren. Jenseits der abweisenden Außenmauern blühten hier Blumen, dominierten kräftige Farben und Skulpturen. Der Bedienstete bat ihn, einen Moment vor einer großen Tür zu warten. Salah hatte einiges in dieses Statussymbol investiert. Schnitzwerk, Ornamente, kalligraphische Inschriften und Beschläge machten aus ihm ein Kunstwerk.

Kurz darauf wurde Oliver in ein karg möbliertes Empfangszimmer geführt, wo er auf einer hölzernen Truhenbank

Platz nahm und auf Elhais Frau Leila wartete. Geschnitzte Tafeln aus Holz, ziselierte Teller aus Messing und ein gerahmtes Foto des lokalen Fußballvereins schmückten die grünen und orangefarbenen Wände. Ein grob geknüpfter Kelim, auf dem die Gebete ausgeführt wurden, gab dem Raum einen leicht sakralen Charakter. Oliver trank von dem Tee, der vor ihm auf einem kleinen Messingtisch stand, und bemühte sich, seine Anspannung unter Kontrolle zu halten.

Die Tür öffnete sich, und Leila trat ein. Sie begrüßte Oliver herzlich, blieb aber stehen, da es der Verhaltenskodex verbot, dass sich eine Frau allein mit einem Mann in einem geschlossenen Raum aufhielt. Ihre Hände und Füße waren mit Henna bemalt. Ein rotes, kunstvoll gemustertes Tuch aus Seide, der Tob, war um ihren schlanken Körper und ihr Haar gewickelt. Sie hatte Charme und strahlte Wärme aus.

»Oliver, ich freue mich so sehr, dich zu sehen! Es ist schön, dass du den Krieg überlebt hast.«

»Und ich freue mich, dich gesund zu sehen, Leila.« Innerlich betend, dass dasselbe auch auf seinen Freund zutraf, schob er nach: »Ich hoffe, deine Kinder und Salah Abed sind ebenso heil durch diese furchtbare Zeit gekommen?«

»Ja, wir hatten großes Glück – die ganze Region hatte großes Glück. Alle unsere Kinder machen inzwischen Abitur, und Salah arbeitet mehr denn je in der Genossenschaft. Du kennst ihn ja, die Produktion muss dringend gesteigert werden.« Sie hielt einen Moment inne und fragte vorsichtig: »Und deine Familie, Oliver? Wo sind deine Frau und deine Tochter?«

Oliver senkte den Blick. »Meine Frau habe ich in den Kriegswirren verloren. Als die ersten Bomben fielen, war sie auf einer Dienstreise in Brasilien. Seitdem habe ich nichts mehr von ihr gehört.«

Mit einer Hand verdeckte Leila ihr Gesicht. »Schrecklich!«, brachte sie hervor.

»Was Annabel angeht«, berichtete er mit zittriger Stimme weiter, »sie … sie hat im Moment Typhus und liegt ohne Hilfe vor der Stadt in einem Lager.«

»Shagarab?«

Oliver nickte. »Wenn nicht schnell etwas passiert, wird sie sterben.«

»Das müssen wir unbedingt verhindern«, sagte Leila entschlossen. »Ich rede sofort mit Salah, wenn er nach Hause kommt. Er kennt gute Ärzte im Krankenhaus und alle möglichen Leute. Wir organisieren morgen etwas für die arme Annabel. Ganz sicher.« Damit wandte sie sich kurz ab und wies den Bediensteten an, Kaffee und die Wasserpfeife zu bringen. »Du möchtest doch sicher rauchen, Oliver, wie damals?«

»Nein, bitte keine Pfeife für mich. Aber ein Kaffee wäre das Größte.«

»Du kannst gern hier warten«, bot sie ihm im Hinausgehen an. »Ich lasse dir ein paar Zeitungen vom letzten halben Jahr bringen. So kannst du dich auf den neuesten Stand bringen. Und heute Abend musst du uns unbedingt erzählen, wie ihr überlebt und es bis hierher geschafft habt.«

»Einen Moment noch, bitte, Leila«, bat er sie zu bleiben.

Obwohl er wusste, dass zu hohe oder unerfüllbare Forderungen das Ehrgefühl der Sudanesen verletzten und er gerade einmal zehn Minuten im Haus seines Freundes zugebracht hatte, musste er in die Offensive gehen.

»Morgen ist es für Annabel vielleicht zu spät«, warf er seine Zurückhaltung über den Haufen. »Daher würde ich es euch nie vergessen, wenn ihr heute schon etwas für ihre Rettung organisieren könntet. Am besten jetzt gleich, Leila. Ehrlich gesagt, ich bin so verzweifelt wie noch nie in meinem Leben.«

Sie hielt inne und nestelte an dem Anhänger ihrer zarten Goldkette, einem gefassten Rubin. »Inshallah«, sagte sie schließlich, lächelte zurückhaltend und zog sich zurück.

So Gott will, bedeutete die Redewendung, wusste Oliver. Sie konnte sowohl eine Zusage als auch eine Absage bedeuten. Er setzte sich auf die Bank und trank den arabischen Kaffee, dessen kräftigen Geschmack er fast vergessen hatte. Der Bedienstete brachte ihm kurz darauf Jodsalbe, die er auf seine brennenden Wunden schmierte.

Allein mit dem Stapel Zeitungen versuchte er, seine siedende Ungeduld zu kühlen. Die Ausgaben setzten erst mehrere Wochen nach dem Fall der Bomben ein und enthielten so gut wie ausschließlich Meldungen zu Problemen des Landes. Zur Weltpolitik fand sich wenig. Offenbar waren auch im Sudan die Kommunikationsnetze zunächst ausgefallen, sodass Nachrichten nur spärlich eintrafen. Den Blätterwald einfach querzulesen, verhinderte Olivers schwaches Schriftverständnis der arabischen Sprache. Zu Südamerika fand er nichts. Ein Artikel beschäftigte sich mit den Folgen extremer radioaktiver Niederschläge in Australien, das wohl nicht direkt am Krieg beteiligt gewesen war. In großen Teilen Südostasiens gab es ähnliche Probleme mit der Strahlung und dem rapiden Klimawandel.

Oliver verkrampfte sich, wippte wie aufgezogen mit den Füßen und ließ immer wieder den Blick zur Tür wandern. Die *Konferenz zur Nationalen Einheit im Sudan*, von der er las, hätte ihm Anlass zu verhaltenem Optimismus geben können, doch er nahm sie kaum wahr. Die Parteien des Landes hatten sich zu einer neuen, weltanschaulich neutralen Zentralregierung zusammengeschlossen und einen föderativen Aufbau des Landes beschlossen. Es sollte Autonomie nach unten delegiert und ein neues Rechtssystem geschaffen werden, weg von der

Scharia. In den jüngeren Ausgaben gewannen allerdings auch Stimmen an Gewicht, die das Land gegenüber den Flüchtlingen aus Europa abschotten wollten. Das hatte letztlich zu jener Aussetzung des Anspruchs auf Asyl geführt, von der die Nomaden gesprochen hatten.

Das Warten und die Ungewissheit zermürbten Oliver. Immer wieder sprang er auf, ließ sich dann wieder zurück auf die Bank fallen und kauerte sich zusammen. Er rieb sich die Augen, starrte minutenlang ins Nichts, und schließlich überwältigte ihn die Verzweiflung. Er legte sich auf die Bank und weinte wie ein Kind – vor Erschöpfung, um Annabel und wegen des Elends auf der Welt.

Stunden später, seine Tränen waren längst versiegt, und er saß wieder da mit leerem Kopf, öffnete sich die Tür, und Salah Abed Elhai trat herein. Er war ein hochgewachsener, imposanter Mann mit dunklem Teint und gestutztem graumeliertem Vollbart, der die sudanesische Nationaltracht trug: einen langen weißen Umhang, den Ghalabiya, und einen Turban.

»As-salamu alaykum«, grüßte er herzlich mit der Hand auf dem Herzen.

»Wa alaykum as-salam«, erwiderte Oliver.

Beide gaben sich die rechte Hand und legten die linke auf die Schulter des anderen.

Salah setzte sich zu ihm. »Es tut gut, dich bei uns zu haben, Oliver«, sagte er mit seiner tiefen Stimme. »Du bist der einzige Freund aus Europa, den ich seit dem Krieg wiedersehe. Leila hat mir berichtet, in welchen Schwierigkeiten deine Tochter steckt. Da werden wir wohl Abhilfe schaffen müssen! Aber vorher musst du mir alle Fakten auf den Tisch legen.«

»Ich weiß, in welch gefährliche Situation ich dich damit bringe, Salah«, quetschte Oliver hervor. Sein Mund war so trocken, dass er kaum weiterreden konnte. »Fluchthilfe wird hier bestimmt hart bestraft … und …«

Salah sah Oliver durch seine dicke Hornbrille an. Neben seiner geübten Zuvorkommenheit lag Angst in seinen Augen. Seine Pupillen waren geweitet, und er blinzelte.

»Gut, die Fakten, Oliver. Und bitte kurz.«

In knappen Sätzen berichtete Oliver von der Internierung seiner Familie in Shagarab, vom kritischen Zustand Annabels und von seiner Flucht bis New Halfa.

Geduldig hörte Salah zu, schüttelte zuweilen den Kopf und kratzte sich den Bart. »Um ehrlich zu sein, ist es mir ein Rätsel, wie du es überhaupt bis hierher schaffen konntest. Ein Wunder! Pass auf, Oliver, wir werden Folgendes tun: Ich hole dir etwas zum Schreiben, und du stellst eine Liste mit den Dingen auf, die du für Annabels Behandlung brauchst. Damit fahren wir dann zum Krankenhaus, und ich versuche, die Sachen dort für dich zu besorgen.«

»Aber ich dachte, wir holen Annabel aus dem Lager und fahren sie selbst ins Krankenhaus«, sagte Oliver verwirrt.

»Nein, das ist unmöglich.« Salah vollführte eine ausladende Bewegung mit den Armen, legte Oliver beide Hände auf die Schultern und sah ihm fest in die Augen. »Du musst zuerst nach Shagarab zurück, um dort von mir offiziell herausgeholt zu werden. Sonst stecken sie uns beide ins Gefängnis, hundertprozentig.«

Oliver klappte der Unterkiefer herunter, und er riss die Augen auf. Sein Erstarren und seine Angst mischten sich mit plötzlicher Wut über sich selbst, weil er so naiv gewesen war.

»Ich verstehe«, brachte er hervor. »Und wie genau soll das vor sich gehen?«

»Ich habe einen alten Toyota-Van«, erklärte Salah. »Du versteckst dich hinten im Ladebereich, während ich die Dinge im

Krankenhaus besorge. Danach geht es nach Shagarab. Ich fahre auf das Gelände, du schleichst dich raus zu deiner Familie, und ich erledige die Formalitäten. Das war's.«

»Aber es gibt so viel, was schiefgehen könnte«, wandte Oliver ein. Es kostete ihn Mühe, die Panik in seiner Stimme zu unterdrücken. »Straßensperren oder wenn mich einer aus dem Auto springen sieht …«

»Ganz ruhig, Oliver. Die einfachsten Pläne sind immer die besten. Die Kontrollen an den Checkpoints werden nur in der Gegenrichtung gemacht. Niemand erwartet, dass man jemanden in das Lager hineinschmuggeln will. Außerdem kenne ich die Leute. Mit anderen Worten: Kein Mensch wird merken, dass du mit mir kommst. Du hast ja sogar noch dein blaues Armband um.«

»Gott steh uns bei«, stieß Oliver auf Arabisch aus.

»Das wird er«, bekräftigte Salah. »Doch vorher mach deine Liste! Als Arzt weißt du am besten, was du brauchst. Ich setze mich derweil an den Schreibtisch und bastle eine Dringlichkeitsanforderung für einen Landwirtschaftsingenieur und eine Krankenschwester. Ich hoffe, damit hole ich euch schnell aus Shagarab raus.«

Damit verließ Salah den Raum und hinterließ angespannte Stille. Kurz darauf brachte der Bedienstete Schreibzeug und ein Tischchen.

Fieberhaft versuchte Oliver, sich zu konzentrieren, sich an die Dinge zu erinnern, die für die Heilung von Typhus notwendig waren. Er zermarterte sich das Hirn. Welche Antibiotika versprachen die größte Wirksamkeit? Was hatte er beim Zubehör für die Infusionen zu bedenken? Annabels Leben hing an der Wahl der richtigen Nadel, des korrekten Adapters und der passenden Schläuche. Unvorstellbar, wenn die Infusion nicht an den Zugang zu ihrer Vene passte!

Eine halbe Stunde später kehrte Salah mit zwei Schreiben an die Lagerleitung von Shagarab zurück – versehen mit dem amtlichen Siegel der *New Halfa Agricultural Production Corporation.*

Kapitel 6

Oliver lag unter einer Decke im fensterlosen Frachtraum des Toyotas. Rasch wuchs die Hitze. Der bekannte Geruch landwirtschaftlicher Chemikalien stach ihm in die Nase. Der Van holperte über die Straßen, sodass er sich manchmal am Metall der Wände prellte. Dann hielten sie vor dem Krankenhaus.

»Neben dir liegt eine Flasche Wasser«, rief Salah durch die Luke zum Fahrerbereich. »Ich lasse die Fenster offen und gehe jetzt los. Bis nachher!«

Gefangen in der finsteren Enge, quälte Oliver sich durch die Zeit des Wartens. Die Sekunden vergingen langsamer als das Tröpfeln seiner Schweißtropfen auf das Blech. Von draußen drangen die Geräusche der Stadt ins Innere, laut sprechende Leute gingen vorbei, Motorenlärm schwoll an und ab, alles unterlegt vom Gemurmel der Stimmen im nahen Café und von ferner orientalischer Musik.

Dank Salahs Hilfe schöpfte Oliver Hoffnung, Annabel retten zu können. Er betete, dass sein Freund die richtigen Utensilien und Medikamente beschaffen würde.

Erst nach fast einer Stunde öffnete sich die Hecktür. Schweißüberströmt blinzelte Oliver ins Tageslicht. Dem Ersticken nahe, sog er gierig die frische Luft ein, während Salah auf die Ladefläche kletterte, das Licht einschaltete und die Tür sofort wieder schloss.

»Ich hoffe, du kannst etwas damit anfangen«, sagte er und stellte einen Karton auf den Boden. »War ganz schön schwierig zu beschaffen.«

Oliver wischte sich das Gesicht trocken. Ehrfürchtig ließ er seine Finger durch die Kostbarkeiten gleiten. Alles Notwendige war da: Infusionsbesteck und Infusionslösungen, Venenverweilkanülen, Pflaster zum Befestigen und, am wichtigsten, zwei Antibiotika, die beide zur Typhusbehandlung geeignet waren und sich sogar kombinieren ließen. In dem Pappkarton lag Annabels Erlösung von der Seuche.

Tief gerührt dankte Oliver Salah. Die Männer schüttelten sich die Hand und freuten sich wie zwei Kinder über ein lang ersehntes Geschenk.

Der Van zuckelte aus der Stadt die Wüstenstraße in Richtung Shagarab entlang. Nach einer Ewigkeit hielt er an einer Straßensperre. Die Stimmen der Soldaten, die durch das Fenster drangen, klangen höflich. Salah hielt Smalltalk und scherzte, Oliver hingegen zitterte trotz der Hitze und wickelte sich mit rasendem Herzen in die Decke.

Erst als der Motor wieder startete, der Soldat dreimal gegen die Tür klopfte und sich verabschiedete, löste sich ein Teil seiner Anspannung.

Salah rief durch die Luke: »Gut, dass du das nicht gesehen hast, Oliver. Der Posten ist eine richtige kleine Festung, mit Maschinengewehren, einem Panzer und einem Dutzend Soldaten. Nichts für schwache Nerven. Die kannst du nur mit Freundlichkeit und Humor bezwingen. In einer Viertelstunde sind wir da.«

Der rostige Toyota schaukelte auf Shagarab zu. Dann stoppte Salah vor dem Lagereingang. Noch einmal dieselbe Prozedur: Papiere zeigen, Smalltalk – für Oliver unerträglich langsam vergehende Minuten.

Nachdem sie das Tor passiert hatten, parkte Salah den Van an einer unauffälligen Stelle neben den Zelten und Containern.

»Ich stehe mit dem Heck zu einem kleinen Busch zwischen den Autos der Beamten«, erklärte Salah leise. »Es sollte dich also niemand sehen. Ich steige jetzt aus, öffne die Tür, und du schleichst dich mit der Medizin zu deiner Familie.« Er atmete tief durch. »Sag, mit wem hat dein Direktor geredet? Mit Aamir Hashim?«

»Ja, ich glaube, so hieß er.«

Salah stieg aus, ging um den Wagen herum und öffnete die Hecktür. »Viel Glück!«

»Danke«, flüsterte Oliver.

Über Shagarab lagen das bekannte Stimmengewirr und die unvermeidliche Dunstglocke. Der knorrige Strauch vor seiner Nase erinnerte ihn an den, unter dem er sich vor dem Strauß versteckt hatte. Dahinter führte ein Hauptweg entlang, auf dem in einiger Entfernung ein paar Leute gingen. Zwei Beamte standen vor einem Container und rauchten. Hellwach beobachtete Oliver ihr Verhalten. Seine Knie schlotterten, und die Angst hatte alle Farbe aus seinem Gesicht weichen lassen. Er presste sich den Karton mit den Medikamenten unter den Arm, umfasste den Türgriff und wartete auf den Moment, in dem die Beamten zu ihrer Arbeit zurückkehren würden.

Aufreibend langsam verging die Zeit, bis die Zigaretten aufgeraucht, die feinen Schleier des Rauchs davongeweht waren. Dann fiel die Containertür ins Schloss, und Oliver ergriff die Gelegenheit. Blitzschnell sprang er aus dem Van, wandte sich noch einmal um und mischte sich unter die anderen Lagerinsassen. Er zwang sich, langsam zu gehen, obwohl er mit jedem Schritt am liebsten losgestürmt wäre.

Kurz vor den Zelten rief er Carolin. Sie stürzte ins Freie, riss die Arme in die Höhe, warf sich ihm entgegen und erdrückte ihn fast. Christian und Marcelina ließen ihren Gefühlen freien Lauf, und sogleich lagen sich alle vier in den Armen, umschlangen sich und begannen zu schluchzen.

»Oliver«, brachte Carolin hervor, »du hast uns so gefehlt … Wir können nicht mehr!«

»Wie geht es Annabel?«, fragte Oliver sofort.

Mit dieser Frage löste sich die Umarmung abrupt und betretenes Schweigen breitete sich aus. Oliver sah tiefe Sorge in den vertrauten Augen. Er drückte Carolin den Karton in die Hand und schlüpfte zu seiner Tochter ins Zelt.

Mit einem Blick erfasste er die Situation. Annabels Bewusstsein war tief getrübt, Atmung und Herzschlag gingen unregelmäßig. Sie hatte ihren Kopf im Nacken gebeugt und die Beine an ihren ausgemergelten Leib gezogen. Oliver wusste, was das bedeutete: Wahrscheinlich hatte sich der Typhus durch eine Hirnhautentzündung kompliziert. Diese Haltung verursachte am wenigsten Schmerzen. Annabel war ausgetrocknet und dem Tod näher als dem Leben.

Oliver hockte neben ihr, streichelte ihr über Wangen und Haare, und seine Tränen liefen. »Mein kleiner Engel … Was soll ich jetzt noch tun?«

Hinter ihm kniete Carolin und legte ihre Hände auf seine Schultern.

»Wenn sie stirbt, dann …« Fatalistisch winkte er ab und sank in sich zusammen.

»Es ist nie zu spät, der Dunkelheit zu sagen, dass du den Mut behältst, Oliver! Bleib jetzt bei deinem Plan, und …«

»Und was?«, fuhr er hoch.

»Gib ihr endlich die verdammten Medikamente!«, schrie sie und schüttelte ihn. »Sag, was wir tun sollen, und wir werden es tun, aber fang an!«

Einen Moment lang verharrte Oliver wie betäubt und starrte Carolin an. Dann sagte er gefasst: »Ja … ja, du hast recht. So werden wir es machen. Hol die Kiste mit den Medikamenten.«

Als Erstes musste er eine Vene in Annabels Arm mit einer Flexüle punktieren. Er desinfizierte die Haut, staute das Blut mit dem Ärmel eines Hemdes und beklopfte eine Stelle in der

Ellenbeuge mit flach ausgestreckten Fingern. Danach stach er in das Gewebe – doch ohne Erfolg. Er probierte einen anderen Winkel, suchte mit zitternder Hand und wühlenden Bewegungen mit der Nadel das Blutgefäß: Fehlanzeige! Natürlich war er aus der Übung; den letzten Zugang hatte er vor Jahren in der Klinik gelegt. Das eigentliche Problem aber lag in Annabels geschwächtem Kreislauf, der nur noch einen minimalen Blutdruck aufrechterhielt. Dadurch kollabierten ihre Venen. Die Situation erinnerte Oliver an eine Patientin, die mit einem allergischen Schock auf ein Medikament reagiert hatte und von Intensivmedizinern mit einem zentralen Katheter hatte gerettet werden müssen. In Shagarab aber gab es weder Notärzte noch eine Intensivstation. Traf er Annabels Vene nicht, würde sie sterben.

»Verdammt«, fluchte er leise, warf die verbrauchte Flexüle zur Seite und nahm sich zusammen. Hochkonzentriert suchte er nach einer Lösung, überlegte, wie er die Chancen verbessern, die Biophysik überlisten konnte.

»Wir müssen irgendwie ihre Beine hochlagern«, erklärte er schließlich. »Zusätzlich legen wir einfach alle Matratzen unter Annabels Isomatte. Dann liegt sie höher und kann den Arm hängen lassen.«

Alle packten mit an und brachten die Patientin in die notwendige Position. Christian hielt Annabels Beine in die Höhe. Das Equipment stand bereit. Oliver beklopfte abermals die Armbeuge, und diesmal konnte er die Vene unter den Fingerspitzen fühlen. Schweiß perlte auf seiner Stirn. Endlich, die Nadel durchstieß die Haut und die Vene, und im selben Augenblick färbte sich die kleine Plastikröhre, die die Nadel überzog, dunkelrot. Oliver zog die Nadel aus der Röhre, schraubte den Schlauch mit der Infusion fest und öffnete die Rollklemme. Die Lösung, in die Carolin inzwischen die Antibiotika gespritzt hatte, begann zu tröpfeln.

»Gott sei Dank«, seufzte Carolin erleichtert.

Glücklich und stolz betrachtete Oliver sein Werk.

Mit weit geöffneten Augen und Mund bestaunte Marcelina die tropfende Infusion. »Wird Annabel jetzt wieder gesund?«, fragte sie.

»Ja, ganz bestimmt«, sagte Oliver und streichelte ihr über das Haar, nachdem er den Kloß in seinem Hals hinuntergeschluckt hatte.

Um den Fluss der Infusion zu beschleunigen, drehte er die Rollklemme so weit auf, bis die Lösung in einem Strahl in Annabels Vene schoss. Jetzt hieß es zu warten, zu beten und auf die Selbstheilungskräfte ihres geschwächten Körpers zu vertrauen.

Die Wärme des Tages verging. Oliver besuchte noch kurz Dost, brachte ihm die Zange zurück und bedankte sich für dessen Hilfe, bevor sich die Sonne rot hinter den Horizont senkte. Die Familie wich auch beim Abendessen, das aus Fladenbrot, Corned Beef, Tomaten und Tee bestand, keinen Zentimeter vom Krankenlager.

»Ohne Christian müssten wir jetzt hungern«, berichtete Carolin. »Er hat sich bei der Verteilung im Supermarkt im wahrsten Sinne des Wortes durchgeboxt. Das war echt der Hammer! Hat aber auch ganz schön was abgekriegt, der Arme.«

Stolz zeigte Christian seine Blessur über dem linken Jochbein.

»Und die beiden haben Wasser geschleppt, geackert und Annabel pausenlos gepflegt«, erzählte Carolin weiter und legte ihre Arme um Christian und Marcelina. »Ihr seid echt einmalig!«

Auch Oliver stimmte in das Lob ein. Jeder in diesem engen Kreis labte sich an körperlicher Nähe und schöpfte aus dem familiären Zusammensein neue Hoffnung.

Obwohl die Kinder gern bei Annabel geblieben wären, mussten sie die Nacht im Zelt nebenan verbringen. Oliver und Carolin wachten an der Seite der Patientin, pflegten sie und wechselten im Akkord die Infusionen. Wenn sie nicht abwechselnd dösten, redeten sie miteinander.

»Ich hab eine Scheißangst, weißt du.« Olivers Lippen bebten.

»Sie war die ganze Flucht über so robust«, versuchte Carolin, ihn zu beruhigen. »Sie wird es schaffen.«

»Ja, aber vielleicht hat sie ihre Kräfte verbraucht. Objektiv medizinisch gesehen sind ihre Chancen minimal.«

»Und nicht objektiv medizinisch gesehen? Ich meine, wenn du nach Argumenten suchst, die dich optimistisch stimmen?«

Oliver fuhr sich durch seinen wilden Bart. »Sie hat Infekte immer grandios weggesteckt. Wenn in der Familie die Grippe wütete, war sie nach zwei Tagen wieder fit, während ich nach einer Woche noch als welke Tomate durch die Gegend geschlichen bin.«

»Gut. Was noch?«

»Wir waren vor Jahren in Vietnam – unsere erste Asienreise. Annabel war gerade fünfeinhalb. Meine Frau und ich hingen mit Jetlag völlig fertig am Pool, aber dieser kleine Quirl sprang aufgeweckt um Mitternacht ins Wasser und genoss das Leben, verlangte nach Cola und Action. Unglaublich.«

»Seid ihr damals viel gereist?«

»Ja, jedes Jahr in eine andere Gegend der Welt, möglichst exotisch: Usbekistan, Laos, Georgien. Und du?«

»Mein Vater hat uns immer zu Dienstreisen ins Ausland mitgenommen. Später war ich dann oft mit meiner Seminargruppe unterwegs.« Plötzlich bekam Carolins Gesicht einen traurigen Zug, und sie blickte zu Boden. »Meine Freundin hat sich in Thailand mal das Bein gebrochen, richtig übel. Sie musste operiert werden, und ich hab sie jeden Tag im Krankenhaus besucht. Ich würde zu gern wissen, was aus ihr geworden ist.«

Oliver nahm ihre Hand. »Annabel hat im Bunker am meisten ihre Clique vermisst, neben ihrer Mutter, natürlich. Michelle und ich haben uns immer amüsiert, wenn sie vollmundig verkündete, sie brauche die Gruppe und die Gruppe brauche sie. Aber es war wahr. Sie hat mit ihren Freundinnen Musik gehört und getanzt, war im Theater, hat unheimlich viel gelesen und uns pausenlos über Literatur zugetextet.«

Um die Qual der Ungewissheit und des Wartens zu ertragen, redeten sie weiter. Carolin erzählte, wie sie ihre beiden Geschwister vermisste und wie ihr das Gefühl der Schuld gegenüber all den Toten zu schaffen machte. Oliver meinte, dass er es nie für möglich gehalten hätte, wie weit sich die Ereignisse von der sprichwörtlichen Mitte des Lebens, dem Alltag in der Vergangenheit, entfernen konnten, wenn es plötzlich um existenzielle Dinge ging. Die Erinnerungen an seine Burn-Out-Depression in der Klinik und an seine gescheiterte Habilitation waren inzwischen verblasst wie Kondensstreifen am Himmel.

Es war tiefe Nacht. Vollkommene Stille lag über Shagarab. Mit konzentriertem, fachmännischem Blick untersuchte Oliver Annabel, kratzte sich hinter den Ohren, grübelte. Von einem Augenblick zum anderen vollzog sich eine Veränderung in ihm, als habe er eine Erleuchtung. Seine müden Lider öffneten sich, und seine Augen begannen zu leuchten.

»Was ist?«, fragte Carolin.

»Fällt dir was auf?«

Sie schüttelte den Kopf und zuckte mit den Schultern.

»Die Beugung ihres Kopfes im Nacken hat nachgelassen«, erklärte er hoffnungsvoll. »Und sie hat die Beine ausgestreckt.

Ich finde auch, sie fühlt sich nicht mehr ganz so heiß an. Das könnte zwar auch ein ungünstiges Zeichen sein, aber ich glaube es nicht.« Er streichelte Annabel über die Wange. »Nein, du stirbst mir nicht, Kleine!«

Carolin schlug sich eine Hand vor den Mund, und ihr schossen Tränen in die Augen.

»Genau das hast du damals auch zu mir gesagt. Weißt du noch?«

»Na klar weiß ich das noch!«

Sie schlossen sich in die Arme und schluchzten, überwältigt von ihren Gefühlen.

»Oliver?«

»Ja?«

»Ob wir später gemeinsam Kinder haben werden? Ich meine, wenn das hier alles gut geht.«

»Bestimmt. Bei dreien kommt es auf ein, zwei mehr oder weniger auch nicht an, oder?«

Am nächsten Morgen kroch die Zeit durch das Zelt wie eine weitere Krankheit. Sie floss durch Olivers Kopf wie zähflüssiges Harz, stumpfte seine Gedanken ab, schlüpfte unter Annabels Decke. Noch immer war sie nicht aufgewacht. Je länger ihre Bewusstlosigkeit andauerte, wusste Oliver, umso geringer wurden die Chancen auf ein Erwachen. Jede Sekunde kam ihm vor wie eine Ewigkeit. Er malträtierte seine Lippen mit Bissen und kratzte sich Schuppen von der Kopfhaut, bis sie blutete. Stumpfsinnig blickte er auf die Infusion, die an einem Kleiderbügel von der Zeltstange hing. Die Lösung tropfte im regelmäßigen Takt mit der Präzision einer Turmuhr, während in ihm ein Sturm tobte. Nicht nur bei ihm selbst wuchs die Angst, dass er durchdrehen, die Nerven verlieren könnte, auch Carolin machte sich Sorgen. Oliver rührte sich nicht von der Stelle, aß nichts, war nicht ansprechbar. Erst als sie ihn auf etwas hinwies, stieg er aus seiner inneren Getriebenheit empor.

»Annabels Decke ist ganz feucht«, stellte Carolin beim Waschen fest. »Sie muss eingepullert haben. Das war die letzten beiden Tage nicht so.«

»Was? Lass mal sehen.« Ungläubig befühlte Oliver die Decke. Als er sicher war, keiner Sinnestäuschung erlegen zu sein, ballte er die Faust und schüttelte sie.

»Weißt du, was das bedeutet?«, fragte er.

»Dass ihre Nieren wieder arbeiten«, triumphierte Carolin. »Und wenn ihre Organe wieder richtig funktionieren, wird sie auch die Infektion überwinden!«

Doch wenngleich kontinuierlich Flüssigkeit in Annabels Venen floss und diese nun wieder auf natürlichem Wege verließ, zerstob die Hoffnung auf ein baldiges Ende der Ungewissheit so schnell, wie sie aufgeflammt war. Annabel lag weiter apathisch da und atmete schwer. Manchmal regte sie sich fast unmerklich, gab Laute von sich. Einige davon waren wie ein leises Stöhnen, andere klangen wie Hilferufe aus der Tiefe ihres Komas.

Der Tag verging quälend langsam. In der nächsten Nacht kämpfte Oliver bis tief in die Nacht gegen den Schlaf. Anfangs schreckte er noch ein paarmal hoch, sah Annabel neben sich liegen, betrachtete ihr Gesicht. Dann siegte die Müdigkeit.

Er schlief wie ein Toter. Gegen Ende der Nacht begann er zu träumen, so intensiv wie lange nicht. Er saß mit Michelle in einem Café in der Provence. Sie hatten sich vor kurzem kennengelernt, hielten Händchen, küssten sich. Glücksgefühle erfüllten Oliver. Unvermittelt fand er sich auf einer Party wieder, zu der all ihre Freunde geladen waren. Lange Gespräche, guter Wein. Doch je länger das Fest dauerte, umso mehr Unbekannte gesellten sich hinzu, und schließlich verlor er im Gewimmel den Überblick und am Ende auch Michelle.

Panisch irrte er umher und suchte sie, während der Stachel des Verlustes in ihm bohrte. Endlich fand er sie wieder, auf dem Hausboot, auf dem er in der Kindheit mit seinen Eltern einen Urlaub verbracht hatte. Die Kajüte sah aus wie eine Blockhütte aus Holz, in der ein Bett stand, umgeben von einem Moskitonetz. Am Fußende, wo ein kleines Kind spielte, lag Michelle und schlief. Er kniete nieder. Sie sahen einander in die Augen und hielten sich durch das Netz an den Händen. Doch der Stoff zwischen ihnen zerstörte die Intimität der Berührung.

Plötzlich sah Oliver vorn am Steuerrad einen sympathisch aussehenden Mann, der das Boot durch einen Urwald manövrierte. Der Fluss, auf dem sie fuhren, war ein Wirrwarr zahlloser sich verlierender Verzweigungen. Der Mann hatte ein Seil um sein Handgelenk gebunden, das er in den Fluss tauchte. Oliver fragte, was er vorhabe.

»Ich will den goldenen Riesenwels fangen«, erklärte der Mann. »Aber das geht nur, wenn ich sterbe.«

Angsterfüllt beobachtete Oliver den Mann, der um den Rand des Bootes tänzelte und wie irre in das unruhige Wasser spähte. Als er über das Geländer kletterte, schrie Oliver, um ihn aufzuhalten. Doch der Mann sprang, das schwarze Wasser schlug über ihm zusammen, und das Boot steuerte führerlos auf ein Riff zu.

Oliver stürzte sich in den Fluss und schwamm um sein Leben, gepeinigt vom schlechten Gewissen, Michelle und das Kind zurückgelassen zu haben. Am Ufer thronte auf einem Hügel ein Krankenhaus aus roten Ziegeln, wo er fortan in der Notaufnahme Patienten versorgte. Er tat den Dienst als Buße. Gegen Ende der Nacht wurde eine Frau eingeliefert, deren Gesicht zunächst in einem Schatten lag. Erst als er sie ansprach, erkannte er Carolin.

Keuchend und schweißgebadet erwachte Oliver. Er vermochte kaum, seine Glieder zu rühren. Noch immer lag er in derselben Position, in der er in der Nacht eingeschlafen war. Annabels Augen waren geschlossen. Sie rührte sich nicht und zeigte keine Veränderung. Im nächsten Moment aber schlug sie die Augen auf und sah ihn an, als hätte sie nur in einem morgendlichen Dämmer geschlummert.

»Mir geht's vielleicht beschissen, Paps«, lallte sie und versuchte zu lächeln. Dann schloss sie wieder ihre Augen.

Für Oliver waren es die schönsten Worte, die er je gehört hatte. Seine Anspannung löste sich mit einem Schlag, und er begann zu weinen. Erst flossen nur einzelne Tränen, dann strömten sie wie ein Bach. Er weinte und schluchzte, wurde von Tränen geschüttelt und hielt sich die Fäuste vor die Augen.

»Sie ist aufgewacht«, rief er.

Epilog

An einem veralteten Computer schrieb Carolin einen Brief an das *C.I.R.S*, das *Committee on the Integration of Refugees in Sudan*. Allen Widrigkeiten und der strengen Papierrationierung zum Trotz war es ihr binnen weniger Wochen gelungen, einem Dutzend Europäern aus Shagarab eine Arbeit im Land zu besorgen. Für ihre Freundin Catharine, die mittlerweile in der gleichen Satellitensiedlung von New Halfa lebte, hatte sie als Erstes gekämpft. Momentan engagierte sie sich für Direktor Tessmar, um ihm eine Anstellung als Fremdsprachenlehrer zu verschaffen.

Neben ihr am Tisch saßen Marcelina und Annabel und erledigten ihre Hausaufgaben. Nachts nutzten Carolin und Oliver den Aufenthaltsraum in dem spartanisch eingerichteten Haus als Schlafzimmer. Die Kinder teilten sich das zweite Zimmer.

»Kann ich noch eine halbe Stunde an die Möhre?«, fragte Annabel. »Ich muss ein Arabischreferat ausarbeiten. Ätzend schwer!«

»Wem sagst du das?« Um Lehrerin zu werden, büffelte Carolin ebenfalls die Landessprache. »Du kannst gleich ran, Liebes, aber um fünf müssen wir uns für Salah fertig machen, denk dran.«

Die Familie war bei den Elhais zum Abendessen eingeladen, ein Ereignis, auf das sich alle seit Tagen freuten.

»Ich drucke nur noch das Schreiben an die Schulverwaltung aus«, sagte Carolin. »Jemand muss den Männern mal langsam Bescheid geben. Gehst du, Marcelina?«

»Klar, bin gleich fertig mit Mathe.«

Annabel setzte sich an den Rechner und tippte ihren Vortrag. Sie ließ es nicht zu, sich von der Schwäche, die Monate nach ihrer

Erkrankung noch immer in ihrem Körper steckte, bremsen zu lassen. Selbst ihre seit der Hirnhautentzündung leicht gelähmte linke Hand stellte kein Hindernis dar. Seit sie gehört hatte, dass in Khartoum eine Universität mit einem Medizinstudiengang existierte, gab es kein Halten mehr. Ärztin, das war ihr großes Ziel. Nach der Schule pflegte sie stundenweise Patienten im Krankenhaus. Carolin, die dort seit ihrer Entlassung aus Shagarab als Krankenschwester arbeitete, hatte ihr die Stelle besorgt. Oliver befürchtete allerdings, sie könnte sich übernehmen.

Bevor Marcelina aufbrach, forderte sie von Carolin einen Kuss und eine Umarmung ein. Inzwischen war sie zum Sonnenschein der Familie geworden, war aufgeblüht, humorvoll und fröhlich. Von allen hatte sie am schnellsten Arabisch gelernt und Freundschaft mit Einheimischen geschlossen. Nur ihr Knöchel war nie ganz verheilt.

Sie schlug das schmucklose Tor hinter sich zu, das die Mauer durchbrach, die das kleine Haus umgab, ein wilder Mix aus Ziegelsteinen, Beton, Wellblech und blauer Farbe. Khalil, ein nubischer Junge, der vernarrt in Marcelina war, schloss sich ihr an. Singend zogen sie vorbei an hohen Sträuchern, mannshohem Gras und den nicht mehr als zwanzig Häusern, die zu Village 23 gehörten. Sie brauchten eine Viertelstunde, bis sie Oliver und Christian auf den Feldern gefunden hatten.

Oliver befestigte gerade ein Schild an einem Pfosten, das den Bereich als überprüft auswies. Dazu benutzte er Dosts Zange, die ihm dessen Frau nach seinem Tod geschenkt hatte. Der Anwalt war an einem Herzinfarkt verstorben. In seiner Tasche steckten Boden- und Pflanzenproben für Analysen, die er am nächsten Tag im Labor in New Halfa durchführen wollte.

Oliver war nicht zufrieden mit dem geringen Weizenertrag, der sich abzeichnete. Das war jedoch ein lösbares Problem, dem mit anderem Saatgut und einer besseren Düngung beizukommen war. Seine heimliche Furcht vor dem Schwarzrost plagte ihn wie ein böser Geist aus einer finsteren Zeit. Immer, wenn er Beläge auf den Halmen sah oder welke Blätter, durchfuhr ihn Panik, bis er sich vom Gegenteil überzeugt hatte.

»Wir sollten in der nächsten Saison eine andere Sorte auf die Felder bringen«, meinte Oliver zu Christian, der ihm aufmerksam zuhörte. »Ich werde nachher mal mit Salah reden.«

»Können wir nicht resistentes und richtig gutes Open-Source-Saatgut importieren?«, fragte Christian. »Irgendwo muss es doch noch welches geben. Ich hab mal gelesen, dass Open-Source von allen genutzt wird. Und dass es von niemandem privatisiert werden kann.«

»Ja, das wäre ideal. Vielleicht hat Salah noch ein paar Sorten in seiner Kühltruhe. Sonst wüsste ich nicht, woher welches kommen sollte.«

»Keine Ahnung, aus Australien, Südafrika oder so?«

»Nach allem, was ich gehört habe, ist Australien schwer von der Strahlung betroffen, und in Südafrika herrscht ein Klima ungefähr so wie in der Schweiz, als wir dort waren. Wir sind also ganz auf uns gestellt.«

»Sieht so aus, als wäre Afrika wieder die Wiege der Menschheit, was?«

Mit einem Kopfnicken pflichtete Oliver ihm bei und fluchte: »Ich hoffe, diese verdammten Kriegstreiber sind alle mit draufgegangen.«

»Papa! Christian!«, rief Marcelina von Weitem und humpelte ihnen entgegen.

Ihr fröhliches Winken vertrieb sofort die finstere Stimmung. Oliver schloss sie in die Arme und drehte sich übermütig dreimal mit ihr im Kreis.

Sie stiefelten zurück nach Village 23 und sangen zusammen *I Can See Clearly Now*. Nach dem langen Arbeitstag fand Oliver den Text passend. Auch er konnte jetzt klar den leuchtenden, sonnigen Tag sehen und sang aus vollem Herzen mit. Er freute sich auf Annabel und Carolin, die inzwischen seine Frau war. Nach ihrer Entlassung aus Shagarab hatten sie unverzüglich geheiratet, ja heiraten müssen, sonst wäre ein offizielles Zusammenleben im Sudan nicht möglich gewesen.

Während ihrer langen Reise hatte sie in vielen Augenblicken eine Wahl treffen müssen. Daraus hatte sich dieser Neuanfang ergeben, ein Anfang voller Hoffnung. Oliver hob den Kopf und sah in die untergehende Sonne. Der Duft des Weizens strömte ihm entgegen, er strich mit der Hand über die Halme. Der Horizont in der Ferne war weit und offen.

Der Autor

Erik D. Schulz arbeitet als Allgemeinmediziner und Schriftsteller in Berlin. Besonderen Wert legt er auf realitätsnahe Bezüge mit gründlich recherchierten Fakten, vor allem aber auf Spannung und Unterhaltung durch eine intensive, emotionale Zeichnung seiner Romanfiguren. Schulz ist es ein Anliegen, mit seinem neuen Roman »Der Weizen gedeiht im Süden« auf die zunehmende Gefahr eines Atomkriegs hinzuweisen.

Weitere Titel im acabus Verlag

Gabriele Albers

Nordland.
Hamburg 2059 - Freiheit

ISBN: 978-3-86282-549-3
BuchVP: 18,00 EUR
672 Seiten, Paperback

»Er lenkte die Limousine um die nur scheinbar harmlosen Pfützen herum. Im Schanzenviertel durfte man nichts und niemandem trauen.«

Hamburg im Jahr 2059. Die Bundesrepublik ist Geschichte. Die nördlichen Bundesländer haben sich zu »Nordland« zusammengeschlossen, einem Staat, in dem allein das Geld regiert. Politiker, Richter, Frauen – in Nordlands Hauptstadt Hamburg ist alles käuflich. Als ein Mann aus dem heruntergekommenen Schanzenviertel für ein Verbrechen hingerichtet wird, das er nicht begangen hat, regt sich ein lang vergessener Widerstand. Lillith, die zu den reichen Birds gehört, sympathisiert mit den Rebellen. Sie ahnt, dass mehr hinter dem Aufstand steckt. Aber Nordland ist ein gefährlicher Ort für Frauen, die das bestehende System hinterfragen. Die Männer an der Spitze räumen jeden aus dem Weg, der das fragile Gleichgewicht des Landes bedroht. Und Lilliths Vater ist nicht dafür bekannt, Ausnahmen zu machen …

Oliver Kyr

Ascheland

ISBN: 978-3-86282-449-6
BuchVP: 15,00 EUR
216 Seiten, Paperback

Die Sonne bringt die allgegenwärtige Asche, die weich auf dieser Welt ruht, zum Glänzen.

Deutschland, 2023, fünf Jahre nach dem Untergang der bekannten Welt: Zacharias Brandt wandert mit seiner dreibeinigen Hyäne Else durch das postapokalyptische Mitteldeutschland. Die wenigen Überlebenden sind weit verstreut und doch kennt man ihn überall. Er ist der Kindermacher, der vermutlich einzige Mann, der noch Nachkommen zeugen kann. Der ehemalige Zoowärter ist aber kein Freund der Menschen, die er für die Verwüstung der Welt verantwortlich macht. Doch wenn er etwas bekommen will, muss er auch etwas geben.

Ist es ein Fluch oder ein Segen, dass er ihnen Hoffnung geben kann? Will er ihnen wirklich eine neue Generation schenken?

Auf seinem Weg begegnet Zacharias Menschen, die ihn in seinen Ansichten bestätigen, aber auch solchen, die ihm neue Perspektiven aufzeigen und ihrerseits Hoffnung geben. Und während er ihnen eine neue Zukunft schenkt, sieht er in seinen Träumen immer wieder ein altes, efeubewachsenes Haus. Liegt dort seine Zukunft?